牧野论史——河南师范大学历史文化学院史学文库

苏全有　主编

比干庙古诗词汇释

李雪山　霍德柱　编著

河南人民出版社

图书在版编目(CIP)数据

比干庙古诗词汇释 / 李雪山,霍德柱编著. — 郑州 :
河南人民出版社,2021. 8
ISBN 978 – 7 – 215 – 12780 – 7

Ⅰ. ①比… Ⅱ. ①李… ②霍… Ⅲ. ①古典诗歌 –
诗歌欣赏 – 中国②词(文学) – 诗歌欣赏 – 中国 – 古代
Ⅳ. I207. 2

中国版本图书馆 CIP 数据核字(2021)第 148277 号

河南人民出版社 出版发行

(地址:郑州市郑东新区祥盛街27号　邮政编码:450016　电话:65788065)
新华书店经销　　　　河南金之汇信息技术有限公司印刷
开本　710毫米×1000毫米　　　1/16　　　印张　18.5
字数　260 千字
2021 年 8 月第 1 版　　　　　2021 年 8 月第 1 次印刷

定价:69.00 元

凡　例

　　○什么是诗？这是我们在编著这本书时考虑最多的问题。好像想清楚了，好像又想不清楚。偶然看到一段话，"玫瑰不是诗，玫瑰的香气才是诗；天空不是诗，天光才是诗；苍蝇不是诗，苍蝇身上的亮闪才是诗；海不是诗，海的喘息才是诗；我不是诗，那使得我看见听到感知某些散文无法表达的意味的语言才是诗"，觉得非常亲切。诗是情感，诗是审美，诗是灵魂的悸动，诗是生活头上的"华盖云"。那么，什么是古诗？中华文化的特质太与众不同了，作为中华文化的承载者，古诗肩负起许多职责。不仅仅是文学，还有史学、哲学、美学……它就是生活。还是《论语·阳货》说得好，"诗可以兴，可以观，可以群，可以怨"。在中华文化里，诗是最正统的，是最需要郑重其事去对待的。再进一步，什么是比干庙古诗？比干庙是特异之存在，像星空中的一闪，像枫林中的一叶，细微却璀璨。别具一格的文化原型决定了比干庙古诗的或沉重，或明亮，或刺人眼眸，或沁人心脾。本书以"比干庙古诗词"为主体，力图聚沙成塔，集腋成裘，探索、找寻其中的精神脉搏、文化基因，为新时期的比干文化乃至传统文化的研究助力。

　　○本书重在搜集、整理、释读、评析以拜祭比干、比干庙（墓、祠）为主题的古诗词，故命名为《比干庙古诗词汇释》。因上承出版过的《比干庙古碑刻解析》，为避免重复计，比干庙现存古碑刻中的诗篇皆不录入。

　　○在中华文化体系中，比干文化太重要、太特殊了，它具有无可比拟的文化原型意义。殷商末期，集王亲贵戚与国之重臣于一身的比干以死谏君，被誉为"谏臣极则"，成为古代为官为宦者的精神楷模和道德标杆。在长达数千年的封建专制社会，帝王将相为了江山永固需要比干精神，地方官吏为了施政一方需要比干精神，青年士子为了进入官场需要比干精神，就连普通民众为了育子求财也需要比干精神(文曲星和文财神),所以,比干庙成为各阶层人们心目中的圣地。这种特质是一般忠臣古庙所难以具备的。这是比干庙古诗词繁多昌盛、质量优异的文化基础。

○比干庙邻近官道,乃士子科举求仕、官员履任休致、文人雅士奔波游览之必经之路,故而比干庙古诗文的兴衰也与通京驿路、卫河水运、河防治理有关,呈现出不均匀分布的态势。有的时段作品很多,有的却较少。故本书所录亦有平衡不同时代的因素在内。

○本书的辑录范围:散存在史书、方志、个人文集、古碑刻等里面的拜祭比干、比干庙(墓、祠)的古诗词,时间截至新中国成立前。

○"比干文化丛书"从三个方面搜罗资料:"直吟篇"收录直接吟咏比干、比干庙(墓、祠)的古诗词;"撷珍篇"收录间接吟咏比干、比干庙(墓、祠)的古诗词;"天下比干庙"收录历史上各地比干庙(墓、祠)的古诗词,以拓展比干庙文化的研究视野。限于篇幅,本书仅展现"直吟篇"的部分内容。同时,附以"比干庙诗词常用典故""比干庙诗路历程"等专题资料,以帮助读者理解比干文化的深蕴。

○"汇"乃搜集整理,"释"乃释读品鉴。本书秉承《比干庙古碑刻解析》之特色,考证每篇作品的由来及创作背景,解读其思想内容及艺术特色,让普通读者能够感受到比干忠义精神的精髓,亦为专家学者的进一步研究提供素材。

○本书尊重每一篇作品的思想性、文学性和史料价值,以收集、整理资料为目的,努力为后来的研究者搭建平台,故不参与虚妄的地域、源流、真伪之类的争论。

○本书所录作品的排列,大致以时间为序。若实在考证不出具体的创作年份,则按照作者的其他信息(科举、入仕、为官河南等)做大致排序。

○本书的辑选有抢救资料的自觉意识在内,故一般不收录当代古体诗词作品。若确有力作,亦酌情录之。

○殷商留给人们的考古、实物资料太少了,有关比干的资料更少。学海无涯,本书的解读一定会出现诸多问题,冀博识者多予赐教。另外,比干罹难至今已数千年矣,其间仁人志士的纪念诗词一定是汗牛充栋,但编者阅读有限,所录仅一毛一粒而已,敬请爱好者惠赐所辑,以备再版时补入。

卫辉比干庙大殿前有一通古碑,其碑阴为"修庙赞画各官题",本为平常文字,不足为奇。但左侧占碑面三分之一位置的一行大字"荒草斜阳感忠义数行之泪"吸引了无数游人的驻足品味。这行字为正楷大字,笔迹粗深,古朴苍郁,敦厚有力,顶天立地,让人或慨然,或震撼,或流泪,或激愤……

　　在封建社会,忠君和怨君始终是矛盾存在着,这是对封建制度的深信不疑和历朝历代绵延不断的社会弊端之间的矛盾的反映。比干的死谏剖心已经成为一种精神文化的原型,存在于传统的积极入世的思想之中,成为爱国忠君的精神化身。所以,封建皇帝需要臣子学习比干,为了江山的稳固;封建文人、官吏崇拜比干,为了得到皇帝的信任而一展宏图。比干精神就是对忠孝节义思想的最好阐释,比干庙香火鼎盛也就顺理成章。因此,才有各个等级的人士拜谒比干庙,留下宝贵的古诗词。本书搜集了遗落在各个角落的明珠,把它们擦拭明亮,让比干的忠孝节义精神永恒!

目　　录

唐

宋

元

明

清

附　录

唐

比干墓①

〔唐〕徐彦伯②

大位天下宝，维贤国之镇。殷道③微而在，受辛纂颓胤④。山鸣鬼又哭，地裂川亦震。媟嬻⑤皆佞谀，虔刘⑥尽英隽。孤卿帝叔父，特进贞而顺。玉床⑦逾皓洁，铜柱⑧方歊焮。奉国历三朝，观窍明一瞬。季代⑨猖狂主，蓄怒提白刃。之子弥忠说，愤然更勇进。抚膺誓陨越⑩，知死故不吝。已矣竟剖心，哲妇亦同殉。骊龙暴双骨，太岳摧孤仞。周发次商郊，冤骸悲莫殣。锋剑剚遗孽，报复一何迅。驻罕⑪歌淑灵，命徒封旅榇。自尔衔幽酷，于嗟流景骏。丘坟被宿莽，坛陁缘飞燐。贞观戒北征⑫，维皇念忠信。荒坟护草木，刻梢吹煨烬。代远恩⑬更

---

①　选自《全唐诗》卷七十六，亦见《钦定四库全书·文苑英华》卷三百零六。

②　徐彦伯：名洪，唐代兖州瑕丘人，对策高第，调永寿尉，蒲州司兵参军，以"善文辞"著称。武则天当政，授齐州刺史。中宗神龙年间任太常少卿，修《武后实录》，封高平县子、卫州刺史等。在职有政声。擢修文馆学士，工部侍郎，又任太子宾客。开元二年卒。有文集前后各十卷（已佚），《武后实录》二十卷。

③　殷道：谓殷代的政治与礼制。《礼记·礼运》："我欲观殷道，是故之宋，而不足征也。"《史记·殷本纪》："武丁修政行德，天下咸欢，殷道复兴。"

④　受辛：指商纣王。纂：通"缵"，继承。颓胤：相对于"祚胤""胙胤"而言，指朝政衰微的厄运及于子孙后代。

⑤　媟（xiè）嬻：亦作"媟渎""媟嬻"，亵狎，轻慢。《汉纪·成帝纪四》："愿陛下正君臣之义，黜群小媟渎之臣。"

⑥　虔刘：劫掠，杀戮。《左传·成公十三年》："芟夷我农功，虔刘我边陲。"按，《方言》："虔，杀也。秦晋之北鄙谓贼为虔。"刘，指大规模杀戮。《诗·周颂·武》："胜殷遏刘，耆代尔功。"

⑦　玉床：玉制或饰玉的床。《尸子》卷下："桀为璇室瑶台，象廊玉床。"《淮南子·本经训》："帝有桀纣，为琁室、瑶台、象廊、玉床。"高诱注："以玉为床。"

⑧　铜柱：即"炮烙""炮格"。相传是殷纣王所用的一种酷刑，详见附录《比干庙古诗中常用典故》注22。歊焮（xiāo xìn），灼热。歊，（气）升腾，引申为炎热。焮，灼烧。

⑨　季代：末世。宋王禹偁《宣示宰臣已下复百官转对御札》："朕闻古之王者，树谤木，悬谏鼗，所以求己之过失也。季代以还，斯道云废。"

⑩　陨越：犹颠坠，丧失。《左传·僖公九年》："恐陨越于下，以遗天子羞。"

⑪　驻罕：指天子出行，车驾暂驻。罕，旌旗名。

⑫　贞观：谓以正道示人。贞，正，常；观，示。《易·系辞下》："天地之道，贞观者也。"亦指澄清天下，恢宏正道。唐李华《含元殿赋》："王临于朝，天地贞观。"北征：按，《钦定四库全书·文苑英华》作"卜征"，应是。卜征，古时帝王五年一巡狩，先卜问吉凶，五年五卜，都得吉兆才出行。

⑬　恩：按，《钦定四库全书·文苑英华》作"思"。

崇,身颓名益振。帝词书乐石①,国馈罗芳蚌。伟哉烈士图,奇英千古徇②。

【简析】

唐中宗时,徐彦伯曾为卫州刺史,"有善政,状闻,玺书嘉老"(《明一统志》卷二十八)。这首诗应该作于此时。武则天当政时,王公卿士多因言语不慎而为酷吏所陷,徐彦伯乃著《枢机论》以诫。其中的"上言者下听也,下言者上用也。睿哲之言,犹天地也,人覆焘而生焉;大雅之言,犹钟鼓也,人考击而乐焉;作以龟镜,姬公之言也;出为金石,曾子之言也;存其家邦,国侨之言也;立而不朽,臧孙之言也。……非先王之至德不敢行,非先王之法言不敢道,翦其谍谍之绪,扑其炎炎之势,自然介尔景福,锡兹纯嘏,则悔吝何由而生,怨恶何由而至哉?"颇有见地。

本诗围绕着比干墓叙述史事。起首两句堂堂正正,指出君王居天下大位,应当重用贤人,以贤为宝,才能使得国家安定。作者道出了封建社会发展的一般规律,奠定了全文叙事、抒情、议论的基础。"殷道"六句叙述纣王统治下人妖颠倒、黑白移位的现实,为比干的出场蓄势。"山鸣鬼又哭,地裂川亦震"运用拟人手法写出山川鬼神为之震怒,突出纣王统治下的殷商已经到了天怒人怨的地步。用语工整,注重炼字,风格古朴,韵味深沉,堪称名句。"孤卿"两句交代比干的高贵出身和圣洁的人品。"孤卿"即指比干,孔安国认为:"父师、太师、三公,箕子也。少师、孤卿,比干也。"同时,诗句中嵌"孤"也写出了比干的特立独行,暗示了当时朝中万马齐暗的状况,为比干的死谏殒身渲染气氛。比干虽然贵为纣王叔父,又居高位,按理说能够挽狂澜于既倒,但"玉床"两句告诉人们:纣王的丧心病狂已经到了无以复加的地步! 因此,比干的苦苦劝谏不仅没有起到应有的效果,反而给自己这个三朝老臣带来了"观窍明一瞬"的灾难。"蓄怒提白刃"形象地写出了纣王怒不可遏的神态,"提"颇有炼字之效,杀气腾腾之态毕现。"之子"四句赞美比干虽然"知死"却"不吝",反而"愤然更勇进"的忠义行为,令人感泣。

作孽者不可活。从"周发"开始叙述武王灭商、封比干墓的经过。"报复一

---

① 乐石:语出李斯《峄山刻石文》:"今皇帝壹家天下,兵不复起……群臣颂略,刻此乐石,以着经纪。"章樵注:"石之精坚堪为乐器者,如泗滨浮磬之类。"原指可制乐器的石料,因《峄山石镌文》用此石镌刻,后泛指碑石或碑碣。

② 徇:炫耀,夸示。左思《吴都赋》:"徇蹲鸱之沃,则以为世济阳九。"

何迅"何等畅快,何等欢欣鼓舞!"自尔"以下写比干墓虽历代封崇,但时光流逝,时常处于荒草披拂之中。无论帝王圣君怎样褒封赠谥,"身颏"是自然规律,难以避免,但比干之名"益振",忠义精神万世流芳。"身颏名益振"应是本诗的最强音,语言淳朴,振聋发聩。最后四句把赞美之情推向高潮。

徐彦伯早慧,走入仕途后以"善文辞"著称。但"自晚年属文,好为强涩之体,颇为后进所效焉"(《旧唐书》卷九十四),好用古词,率易新语,善逞学识,人称"涩体",为一时之尚。这从本诗中已见端倪。不过,本诗虽多用古词,但语意晓畅,流转自然,名句时出,颇有古雅之风,历代为人们所称道。

吊比干墓①

〔唐〕孟郊②

殷辛帝天下,厌③为天下尊。乾纲既一断④,贤愚无二门⑤。佞是福身本⑥,忠是丧己源。饿虎不食子,人无骨肉恩。日影不入地,下埋冤死魂。有骨不为土,应作直木根。今来过此乡,下马吊此坟。静念君臣间,有道谁敢论。

【简析】

孟郊一生艰难,但坚持操守,耿介不阿,以耕读自励。他在三十岁之前,

---

① 选自《全唐诗》卷三百八十一,列为孟郊所作;亦见《御定全唐诗·孟郊》卷三百八十一。《乾隆汲县志》卷十四《艺文下》录之,题为"比干墓"。按,《全唐诗》卷六百三十六中也收此诗,列为聂夷中所作。其中"有骨"作"腐骨","直木"作"石木","今来"作"余来"。《钦定四库全书·文苑英华》卷三百六十、《钦定四库全书·石仓历代诗选》卷一百零一、《钦定四库全书·集部·御定全唐诗》卷六百三十六皆列为聂夷中所作,题为"过比干墓"。

② 孟郊(751—814),字东野,唐代诗人,唐朝湖州武康人。现存诗歌 500 多首,以短篇的五言古诗最多,代表作有《游子吟》。有"诗囚"之称,与贾岛齐名,人称"郊寒岛瘦"。其诗或长于白描,不用词藻典故,语言明白淡素而又力避平庸浅易;或精思苦练,雕刻奇险。曾作溧阳尉,河南水陆转运从事。

③ 厌:饱,满足,后作"餍"。《论语》:"学而不厌,诲人不倦,何有于我哉?"宋苏洵《六国论》:"秦之欲无厌。"

④ 乾纲:天的纲维,天道。《晋书·华谭传》:"圣人之临天下也。祖乾纲以流化,顺谷风以兴仁。"亦指朝纲,君权。晋范宁《〈春秋穀梁传〉序》:"昔周道衰陵,乾纲绝纽。"一断:一经断绝。汉王充《论衡·儒增》:"头一断,手不能取他人之头着之于颈。"亦可释为"独断",即"乾纲独断",指封建君王独自掌握决策,容不得他人插手。

⑤ 二门:两种途径,两样结局。门,类别。

⑥ 按,《论语·先进第十一》:"子曰:'是故恶夫佞者。'"这里反其意而用之。

一直在乡下耕读。后辗转于河阳、河南、长安、苏州间。四十一岁时,至湖州,取乡贡进士,遂赴长安应进士试,落榜;四十三岁再试,又落第。直至四十六岁才登上进士榜。但生活依旧贫困,直到五十岁才出任溧阳县尉。人生的坎坷,仕途的多舛,使得孟郊对封建社会的本质有了较为清醒的认识。他的这首《吊比干墓》可以说是比干庙诗歌中具有一定的思想深度、主题意义比较深刻的一篇。

首联平平道来,却暗流汹涌,直刺封建专制社会的本质。"厌"字极妙,活画出封建帝王唯我独尊、志得意满、骄横跋扈、不可一世的丑态。正因为如此,社会才黑白颠倒、人妖不分。小人们奸佞恶毒,却福禄双全;义士们忠心为国,却命丧黄泉。饿虎虽然凶残,却不食亲子;比干为纣王叔父,却惨遭剖心。平凡朴实的语言中蕴藏着深刻的道理,让人在不经意间经历了一场灵魂的洗礼,这正是孟郊的诗风:诗句不蹈袭陈言,多用白描,不用典故,不雕章绘句,平易而不素淡,自然而不藻饰。

但诗风不是一成不变的,当情感积累到一定程度时,作者兴之所至,也会笔底生花。"日影不入地"一语双关,既写大自然之阴阳相隔,又写统治者之刻薄寡恩。作者认为,比干是"冤死"的,他的铮铮铁骨不会随泥土腐化,应当化作"直木"之根,永远傲立人间,接受人们的祭祀。这些充满想象力的诗句在孟郊的诗篇中是比较少见的,散发着迷人的光辉。

结尾四句点明本事,娓娓道来。本来以为情竭意尽,无甚新意,却不料最后两句奇峰突出,奏响了诗篇的最强音。"静念君臣间,有道谁敢论",作者通过比干的案例,静静地思考封建社会的君臣关系,对这个重大的命题,作者不可能颠覆性的认识,但直觉让他反问:谁还敢直言论证?无数的事实告诉我们,当朝廷中的直臣都钳口不言时,这个王朝离灭亡也就不远了。

本诗凝聚着作者对半生坎坷的思考,他的一些语句已经触及专制社会的某些本质,具有相当的思想深度。语言明白如话又不乏奇崛激扬,的确是少有的名篇。正如《彦周诗话》所言:"孟东野诗苦思深远,可爱不可学。"

比干墓①

〔唐〕汪遵②

国乱时危道不行,忠贤谏死胜谋生。一沉冤骨千年后,垄③水虽平恨未平。

【简析】

汪遵"拔身卑污,夺誉文苑"(《唐才子传》),擅为绝句,题材多为咏古。写咏史怀古诗,最忌在史语上打转,须大开大合,见处高远,以大议论发之。本诗首句先创设环境,渲染氛围,为下文蓄势。在国乱时危、正道难行的大形势下,作为忠贤之士也有诸多的谋生途径。但作者认为"忠贤谏死胜谋生",观点鲜明,不遮不掩,果决中有悲壮,卓见中有豪迈;也唯有如此,才能充分实现忠贤的价值。这比起人们在论述"三仁"行为时的费尽口舌、躲躲闪闪,更显得理直气壮,撼动山河。后两句情调转为低沉,悲痛之情溢于言表。一个"冤"字概括了比干之事的性质,此"冤"已千年,此时依然让人"恨难平"。既抒痛惜之情,又暗指统治者的昏庸之极:时值战乱,国家残破,比干墓也不会受到统治者的关注,比干的忠义也不会得到褒扬。

诗人咏史需要别具眼光。《梁溪漫志·诗人咏史》:"诗人咏史,最难须要在作史者不到处别生眼目。"一般人看商纣历史,总是慨叹比干之遇之惨之烈,但作者认为"忠贤谏死胜谋生",展人所未涉之境。这在作者的咏史诗中比比皆是,如"不知仙驾归何处,徒遣攀眉望汉宫"(《铜雀台》)、"不肯迂回入醉乡,乍吞忠梗没沧浪"(《屈祠》)、"隋皇帝欲泛龙舟,千里昆仑水别流"(《汴河》)等。本诗尾句以景作结,联想自然,含义深远。两个"平"字,音同义异,前"平"为"满",后"平"为"消",常语见奇,尽抒胸中块垒。此处之"恨"又与前句之"怨"呼应,立起全诗之骨。

---

① 选自《全唐诗》卷六百零二,也见于《钦定四库全书·万首唐人绝句》卷七十四、《钦定四库全书·御定全唐诗》卷六百零二。

② 汪遵:宣州泾县人。幼为县吏,后辞役就贡。咸通七年(866)中进士。诗一卷。

③ 垄:高丘,高地。《楚辞·东方朔·七谏沉江》:"封比干之丘垄。"注:"小曰丘,大曰垄。垄,一作陇。"

比干传①

〔唐〕贯休②

昏王亡国岂堪陈,只见明诚③不见身。想得先生也知自,欲将留与后来人。

【简析】

　　贯休为唐末著名僧人,博学多才,擅诗文。《唐才子传》称他"一条直气,海内无双……天赋敏速之才,笔吐猛锐之气……果僧中之一豪也"。其为人"落落不拘小节","有机辩,临事制变,众人未有出其右者"。反映在诗歌创作上,其诗率真大胆,多有奇论。本诗一下笔以"昏王"冠首,借古讽今之意顿生。首句语势强健,铿锵有力,厌恶、不屑之情自显。"对句好可得,结句好难得,发句好尤难得。"(《沧浪诗话·诗法》)本诗的发句干脆利落,内涵深沉,为下句蓄势。次句"只见明诚不见身"顺势而下,仿佛商纣一朝在作者看来乏善可陈,惟有比干的"明诚"留在人间。既符合比干之死的特点(剖心),又赞扬比干的忠义精神存留人间。后两句切合本诗读《比干传》的特点,进一步强调比干的忠义精神将流芳百世。作者揣测比干谏君之前已经"自知"结局,但他之所以还死谏殒身,其目的就在于"留与后来人",剖心迹于后人,留精神于万代。

　　咏史诗贵有"高格",这就要求作者见解卓异,用语警奇而含蓄蕴藉。贯休为诗多有见地,如"我恐湘江之鱼兮死后尽为人,曾食灵均之肉兮,个个为忠臣"(《读离骚经》)、"不决浮云斩邪佞,真成龙去拟何为"(《古剑池》)、"风恶波狂身更闲,满头霜雪背青山。相逢略问家何在,回觑芦花苍茫间"(《问渔夫》)等。本诗后半用推测之语剖析忠臣的内心世界,构思奇特,寄寓深远,使这首绝句有余音不尽之感。

---

① 选自《全唐诗》卷八百三十七,也见于《钦定四库全书·禅月集》卷二十四、《钦定四库全书·御定全唐诗·贯休》卷八百三十七。
② 贯休:字德隐,俗姓姜氏,兰溪人。七岁,父母绝。出家,日读经书千字,过目不忘。既精奥义,诗亦奇险,兼工书画。终于蜀,年八十一。有诗文集《禅月集》三十卷,为弟子昙域所编,与《寒山诗》同为禅门中之广为传诵者。
③ 明诚:明哲真诚。《旧五代史·唐书·末帝纪上》:"先皇帝诞膺天睠,光绍帝图,明诚动于三灵,德泽被于四海,方期偃革,遽叹遗弓。"

宋

过比干墓①

〔宋〕邵雍②

精诚皎于日,发出为忠辞。方寸③已尽破,独夫④犹不知。高坟临大道,老木无柔枝。千古存遗像,翻为⑤诣子嗤。

【简析】

邵雍是宋代著名理学家,学问广博,修养卓绝。他曾长期寄居辉县苏门山,读书授徒,影响一时。而这个时期,正是邵雍思想体系形成的关键时期。比干庙距辉县不远,比干庙文化一定会对邵雍的理学思想产生一定的影响。这首《比干墓》也应作于此时。

诗末的"翻为诣子嗤"既是本诗的落脚点,也是触发点。这首诗正是针对"诣子"的讥讽、嗤笑有感而发,赞美比干的忠义精神。首联开宗明义,直指比干的"精诚"之心让白日逊色,他发自肺腑的谏君之语俱是"忠辞"。开篇堂堂正正,有气压山河之势,颇具理学大师风范。按理,比干不计私利,为国事而慷慨陈词,理应得到君王的褒奖,但纣王方寸已乱、丧心病狂却不自知,他亲手毁了国之长城,把国家带入了灭亡的深渊。颈联写眼前之景,意象庄严大气,表达了作者的崇敬之意。"高坟临大道",可见建筑之伟、香火之盛;"老木无柔枝",借物抒情,虬木直枝,也喻正气充溢。

该诗构思谨严,内涵深沉,颇具理辩色彩、大家气度。

---

① 选自《钦定四库全书·击壤集》卷二十。按,《四部丛刊·伊川击壤集外诗》录此诗,"皎"作"皦"。《全宋诗》卷三百八十一也录,"忠辞"作"忠词"。《乾隆汲县志》卷十四《艺文下》题为"比干墓","存"作"瞻","诣"作"訾"。

② 邵雍(1011—1077),字尧夫,谥号康节,北宋哲学家。生于范阳,移居共城,晚隐洛阳。得李挺之指点,成为一代易学大师和鸿儒,形成完整独特的宇宙观,有《皇极经世》《观物内外篇》《铁板神数》《梅花心易》等流传。人称"邵子"。中年后,淡泊名利,著书教学,奇才盖世。有《伊川击壤集》二十卷传世,《宋史》卷四二七有传。

③ 方寸:即"方寸心"。心处胸中方寸间,故称。唐贾岛《易水怀古》诗:"我叹方寸心,谁论一时事。"

④ 独夫:指残暴无道、众叛亲离的统治者。详见附录《比干庙古诗中常用典故》注19。

⑤ 翻为:反而被。翻,副词,表示转折,相当于"反而""却"。

比干台①

〔宋〕赵瞻②

九阍③大坏一木支,势知不可诚不欺。商之三仁异所归,死谏不欲狂囚为。贤哉万世忠臣师,比干而已前其谁。谏不当显何所持,忠必爱君无拂辞。帝舜载赓歌康骧④,风雅比兴陈盛衰。君贤臣圣流书诗,光华荣辉同葳蕤。扶起不欲⑤忧颠危,剖心血颈鼎镬糜⑥。此意不独在一时,死者一传星日垂。犹有佞人乘其机,顺正逢恶⑦称讽规。甘言好语解人颐,如鼷食角寝不觜⑧。聪明蔽密蔀莫知⑨,微干之节世亦疑。章华非不穷裁巍⑩,姑苏⑪一同宗社移。名与土灭埽无遗,但为世鉴那足讥。兹台巍巍存遗基,尚觉清风洒肝脾。妖狐狡兔不敢依,飞沙落日予心悲。

---

① 选自《全宋诗》卷一,亦见《钦定四库全书·山西通志》卷二百二十二《艺文·七古·宋》。按,比干台在今山西孝义市东二十里汾河之上。于谦《过孝义县有感》有句:"郭巨墓荒春草合,比干台古野烟生。"相传商王遣比干于骀虞山筑台避暑,故西河县西北百二十里有比干山。
② 赵瞻(1019—1090),字大观,北宋政治家,历仕仁宗、英宗、神宗、哲宗四朝,资兼文武,名倾朝野。陕西盩厔人。举进士第,授孟州司户参军。历知万泉、夏县,皆有善政。宋英宗时,以侍御史出判汾州。宋神宗时,判开封。上疏言青苗法不便,出知同州。累迁同知枢密院事。著文集二十卷。
③ 九阍:九天之门,亦指九天,喻朝廷。曾巩《答葛蕴》:"春风吹我衣,暮召入九阍。"
④ 按,本句指在帝舜的时代,君臣和睦,政治清明,不须直谏。载赓:即赓载。谓相续而成。语出《书·益稷》:"皋陶拜手稽首,扬言曰:'念哉,率作兴事,慎乃宪钦哉,屡省乃成钦哉。'乃赓载歌曰:'元首明哉,股肱良哉,庶事康哉。'"孔传:"赓,续;载,成也。"
⑤ 扶起不欲:按,光绪九年《孝义县志·艺文参考志》作"夫岂不知"。
⑥ 糜:烂、碎。按,光绪九年《孝义县志·艺文参考志》作"糜"。
⑦ 顺正逢恶:按,光绪九年《孝义县志·艺文参考志》作"丑正逢恶"。
⑧ 按,这两句写小人做派:当面甜言蜜语,让人解颐;背后使阴谋诡计,如鼷鼠啃噬大牛,即使睡觉也不放嘴。如鼷食角,语出《春秋·成公七年》:"春,王正月,鼷鼠(鼠类最小的一种)食效牛(备郊祭之牛)角。改卜牛(改用它牛卜其吉凶),鼷鼠又食其角。"觜(zuǐ):啄。
⑨ 聪明:犹言视听;听到的和看到的。后特指君主的视听。聪明蔽密,语出《楚辞·九章·惜往日》:"蔽晦君之聪明兮,虚惑误又以欺。"蔀(bù):原指覆盖于棚架上以遮蔽阳光的草席,引申为覆盖。
⑩ 章华:即章华台。《汉纪·武帝纪一》:"楚灵王起章华之台而楚人散。"《抱朴子·君道》:"鉴章华之台灾,怛阿房之速祸。"非不:非常,极其。
⑪ 姑苏:指姑苏台。在姑苏山上,相传为吴王夫差所筑。《墨子·非攻中》:"(夫差)遂筑姑苏之台,七年不成。"

【简析】

赵瞻是陕西人,是北宋中后期具有强烈正义感和民本主义思想的一代名臣,与王安石、司马光、苏轼、范仲淹等同朝为官。历经五朝,资兼文武,德隆望尊,名倾朝野,忠君爱民,犯颜直谏,屡升屡降而不悔。他的忠君思想在朝廷为官期间表现得非常彻底,为英宗说政,劝阻英宗追认生父为皇考,力劝英宗追回派出做安抚大臣的宦官,直言神宗新法之弊……冒死、辞官、求贬以进言,置自己身家性命于不顾。因此,本诗可以说是他真挚心声的流露。

前四句先写比干谏君时面临的形势:国家覆亡已是大势所趋,比干确实是中流砥柱,但孤木难支。他也知道局面难以挽回,国势的发展让他无法再自欺欺人。在国之将亡的紧急关头,比干没有选择逃避,没有选择明哲保身,他毅然选择"死谏",以死悟君,寄希望于万一。

接着四句赞美比干的"忠必爱君"的行为。作者先用直语称赞比干为"万世忠臣师",然后又用口语指出比干之忠前无古人。在封建社会劝谏君王实属不易,"谏不当显"乃客观事实,那么,比干"以死谏君"的精神动力来自哪里呢?这样就顺理成章地出现了该诗的中心句——忠必爱君无拂辞。

"帝舜载赓"四句先描述上古大治之世"君贤臣圣"的景状,接着探讨君臣和谐的条件,即"君贤"。唯有如此,君王光华四射、臣子荣辉及身的局面才会共同出现。这四句既是过渡,又是对比。

"扶起不欲"四句进一步剖析比干"死谏"的根由——他不想让国家"颠危"。他也不是贪图一时之名,他想让国家长治久安,使宗族绵延不绝。这种气吞山河的忠义精神感动了历史,也感动了山川日月,使得"星日"为之下垂。"星日垂"富有浪漫色彩,使这首古拙浑厚的古风诗具有了灵动的气息。

"犹有佞人"四句直面现实,直斥"佞人"的无耻行为,与比干的忠义形成对比。"犹有"微露讽今之意。作者浸淫官场多年,深知陋习陈规之盘根错节。他刻画出"佞人"的实质:"乘其机""顺正逢恶";人前"甘言好语",人后"如鼹食角"。那么,这些"佞人"为什么能够如此猖狂呢?根源还在于君王的"聪明蔽密"。作者剖析之深刻、议论之大胆令人敬佩!

最后两个四句回到比干台本身进行议论。世间名台千千万万,但最后俱为灰烬,成为后世之"世鉴";眼前的比干台虽然只剩下"遗基",但登临此处,给人"清风洒肝脾"之感,因为它是比干忠义精神的化身!也正因如此,"妖狐狡兔"

不敢骚扰,忠直之士尽情抒怀悲歌。

　　人们常说"长篇之哀,过于痛哭"。长篇歌行体的特征是波澜起伏,陡转突兀。本文层次分明,随意转韵,如滔滔江水,恣肆横流。至"聪明蔽密蒜莫知"句,锋芒直刺封建统治的核心——君王,把诗意推向高潮,给人以回肠荡气之感。全诗用语多古朴,语虽拙而意工,质而不俚。结句"飞沙落日予心悲"情景交融,令人回味。一"悲"字为全文刷色,成为一文之骨。

比干①

〔宋〕王十朋②

谏君不听盍亡身,岂忍求生却害仁③。不向天庭剖心死,安知心异世间人。

【简析】

　　王十朋才华出众,但仕途坎坷,多灾多难。直至46岁,秦桧死,他才中进士第一,擢状元,授承事郎。他一生力主抗战,多遭排斥。以拯世救民为己责,追求名节,刚直不阿,批评朝政,直言不讳,人称"真御史"。这首《比干》是他咏史组诗中的一篇,在思想、主题上的突破并不多,但角度独特,充满愤激之语。首句写出了专制社会的一个普遍事实,直言忠谏者身消命陨往往是必然的结局。"盍"字用得好,与整首诗多用愤激之语的风格相吻合。次句歌颂比干的舍生求仁。后两句充满讽刺意味,愤激之中夹杂着无奈。"心异世间人"属双关,既指比干之七窍玲珑异于常人,又指比干之舍生取义、为国捐躯之精神令世人难以企及。

　　《四库全书总目》称王十朋"立朝刚直,为当代伟人"。他的诗也以"浑厚质直,思恻条畅"著称,朴质晓畅,语浅意深,俗中见奇,逐步形成了其咏史诗的特

---

①　选自《全宋诗》卷二千二十四,北京大学古文献研究所编《全宋诗》第36册第22686页;亦见《乾隆汲县志》卷十四《艺文下》,"盍"作"合";《钦定四库全书·梅溪集·前集》卷10亦录;明暴孟奇《殷太师忠烈录》卷七《五言绝句》,明万历刻本,原无题,列"王十朋,宋状元,龙图阁学士"撰。

②　王十朋(1112—1171),字龟龄,号梅溪,宋温州乐清人。南宋政治家、诗人。颖悟强记,诗文名闻远近。有忧世拯民之志,科场黑暗,屡试不第。46岁时中状元,授承事郎。为官正直清廉,品德高尚,仕途多舛,著有《王梅溪文集》。

③　按,"求生害仁"谓因谋求活命而有伤仁德。语本《论语·卫灵公》:"志士仁人,无求生以害仁,有杀身以成仁。"

性。如《纣》："酿酒为池肉作林,深宫长夜恣荒淫。何如早散桥仓粟,结取臣民亿万心。"再如《箕子》："谏君不听念君深,被发佯狂自鼓琴。千古共传箕子操,一时难悟狡童心。"但惜其变化较少,力度稍欠。

封比干墓①

〔宋〕林希逸②

埋恨非埋骨,生前怨不逢。比干犹有墓,周室合增封。一死身奚惜,孤忠③愤所钟。清朝加显泽④,终古志⑤遗踪。宠辱嗟何意,兴亡记所从。谁甘游地下,攀槛敢婴龙⑥。

【简析】

所谓省题诗,指唐宋时进士应省试时按尚书省所出题目所作之诗。本诗针对周武王封比干墓而做。首句如天外强音,破空而来。诗贵起笔突兀,封墓就是"埋骨",但作者避开正面而从反面着笔,指出所埋非骨而是"恨",给人以棒喝之感。这属于古诗中的反起。"埋恨"可做两种解释:一、"埋"的是仇恨、仇怨;二、"埋"的是遗憾。细揣诗意,以第二种解释为佳,周武王之所以封墓,除褒扬忠义精神之外,还希望天下臣子都能如比干那样忠心为国。所以,才有了下句"生前怨不逢",遗憾不能生前相逢。正因为如此,既然比干"犹有墓",周室自然应当"增封"。这其实也是一种政治姿态和政治需要。中间四句承上意而来,依然强调"封墓"并不只是怜惜一个人之死,而是因为此墓乃"孤忠"聚集之地,是忠义精神的象征;清明的周室之所以大加显扬,是为了让后人记住比干遗骸的所在,使比干的忠义精神终古流芳。后四句由比干的遭际展开,感叹一个

---

① 选自宋林希逸撰《竹溪鬳斋十一藁续集》卷十七《省题诗》,四库全书版。
② 林希逸:字肃翁,号鬳斋,又号竹溪,福清人。宋理宗端平二年(1235)进士。淳祐六年(1246)召为秘书省正字,次年迁枢密院编修官,后出知饶州,官至中书舍人。工诗,善书画,著《竹溪十一稿》九十卷。
③ 孤忠:忠贞自持,不求人体察的节操。
④ 清朝:清明的朝廷。宋苏轼《故李承之待制之六丈挽词》:"清朝竟不用,白首仍忧时。"明刘基《拟连珠》之六八:"舞法之吏,不乐清朝。"显泽:超过一般的恩泽。
⑤ 志(zhì):通"誌"。记,记住。《字诂》:"誌,记也。"
⑥ 攀槛:按,用"朱云攀槛"之典,详见附录《比干庙古诗中常用典故》注18。婴龙:喻触怒帝王。详见附录《比干庙古诗中常用典故》注17。

人的宠辱难料,个人的命运与国家的兴亡息息相关。尾联用典,感叹现在还有谁如龙逢、比干、朱云那样甘心为国殒身。在这发自肺腑的感叹中,也蕴含着期盼!

本诗为命题之作,受局限颇多,不易写得灵动飞扬。首句有古风雄浑古朴,超然迈伦的味道。尾联用典表达对忠臣的期盼,使得诗意得以升华。但整首诗的境界一般。

比干墓①

〔宋〕汪元量②

卫州三十里,荒墩草无数。忽听路人言,此葬比干处。下马拊石碑,三叹不能去。斐然成歌章,聊书墓头树。我吊比干心,不吊比干墓。世间贤与愚,同尽成黄土。斯人亦人尔,千千万万古。

【简析】

汪元量"仅为一供奉琴工,不预士大夫之列,而眷怀故主,始终不渝。宋季公卿实视之有愧"③,虽出身卑微,但心志如坚。元至元二十六年(1289)南归途中,他把种种亡国之象和胸中的凄恻悲凉记录在自己的诗词中,后人以"诗史"目之。

这首《比干墓》就写于他南归途中。他从大都出发,出蓟门,过涿州,驻真定官舍,登赵州云台,拜祭比干墓,夜宿封丘城,游故都汴京……一路情,一路诗,一路泪。本诗为五古,不拘章法,多用口语,笔随意动,情韵如滔滔江水奔流无碍。前四句引入,"荒墩草无数"已见荒凉,可"忽听路人言"才知是比干墓之所在,更见香火之零落。作者平平道来,如诉家常,但起伏变化自在其中,胸中之激荡跳跃在字里行间。接着四句叙述祭祀比干墓的情况。一个"拊"字,把作者

---

① 选自《钦定四库全书·湖山类稿》卷三。亦见胡才甫校注《(宋)汪元量集校注》,浙江古籍出版社1999年版。

② 汪元量:字大有,号水云,钱塘人。南宋宫廷琴师。宋恭帝德祐二年(1276),元军陷临安,三宫被俘北去。汪随三宫留燕京。常往监中探视被囚禁的文天祥,以诗唱和,成为莫逆之交。后南归,目睹亡国惨状,作品凄恻哀怨,有《水云集》《湖山类稿》《水云词》。

③《钦定四库全书总目》卷一。

仔细辨认、久久摩挲的神态写得形象逼真;然后一个"叹"字又常字见情,领起下文。经过前文的蓄势,文章的主题句如山洪暴发、银河倒灌般而来。古体诗追求白描中的厚重,其主题句往往在不经意的古朴之中有石破天惊之效。作者明明吊祭的是比干墓,却故意否定之,其目的是逼出"我吊比干心"。此处的"心",既实指被剖之七窍玲珑,又虚指比干之忠义精神。最后四句先用对比作衬,无数的风流俊杰,数不清的权奸大恶,都已化成一抔黄土;然后推出比干只不过是一个普普通通的"人"。他当然会成为黄土,但他将存在于人们的心中,时间是"千千万万古"。

　　汪元量的诗感慨深沉,悲壮激越,名句迭出。如"钱唐江上雨初干,风入端门阵阵酸""南人堕泪北人笑,臣甫低头拜杜鹃""愁道浓时酒自斟,挑灯看剑泪痕深"等感动了无数的亡国后裔。特别是他游故都汴梁时,看到了宋朝皇帝曾经费尽民力运来的花石纲,不禁慨叹"若使此山身可隐,上皇不作远行人"(《花石纲》)讽刺之意扑面而来。汪元量友人李珏跋《湖山类稿》,称汪元量"亡国之戚,去国之苦,艰关愁叹之状,备见于诗","亦宋亡之诗史",所论不虚。

元

比干墓①

〔元〕郝经②

斫胫河③南比干墓,崔嵬尚是武王土。一丘直欲压太行,一死能令重千古。国亡突兀见真纯,龙逄④与君冠夏殷。无人语与魏郑公⑤,良臣不幸为忠臣⑥。已醢九侯⑦纣犹怒,箕子佯狂微子去。三仁一仁独杀身,剖心庶使王心悟。王终不悟国遂亡,朝歌无人至今荒。行人只拜比干墓,有殷贤臣独不亡。

【简析】

郝经是元代名臣。他有"以复兴斯文、道济天下为己任"的远大抱负,曾自述其志"不学无用学,不读非圣书,不为忧患秽,不为利益拘,不务边幅事,不作章句儒"。"其生平大节炳耀古今"(《钦定四库全书总目》卷一百六十六),尤以中统元年使宋议和,为贾似道所扣十余年为著。其诗文创作也在此时达到高峰,"其诗亦神思深秀,天骨挺拔,与其师元好问可以雁行,不但以忠义著也"。(《钦定四库全书总目》卷一百六十六)

本诗作于郝经出使南宋之前,气势铺张扬厉,风格雄浑奇崛中蕴含悲凉沉

---

① 选自《钦定四库全书·陵川集》卷十一。按本诗前一首为《朝歌行》结尾处有"我来感叹重延伫,驱车不入朝歌路。阴风莽苍吹短衣,落日投文比干墓"句。下接本诗及《共山行》《太行望》《望京府赏红梅》等,应该是乙卯年(1315)所作。

② 郝经(1223—1275),字伯常,陵川人。家世业儒,深受元好问的影响。先为馆师,后被忽必烈赏识,授翰林侍读学士。中统元年(1260)赴南宋议和,被贾似道扣留十余年,狱中"讲学不辍"。至元十二年(1275),贾似道派段佑礼送郝经北还。第二年病逝,封冀国公,谥文忠。著作颇丰,有《续后汉书》《陵川集》存世。字画高古,俊逸遒劲,似其为人,无倾侧颇媚之态,为当时名笔。

③ 斫胫河:在朝歌境内,又称澳水、泉源河、阳河、勺金河。(《淇县志·河流》)源于古朝歌城西三里之肥泉,东南注入卫水,全长约三十华里。斫胫,斩断胫骨。典出《书·泰誓下》:"斫朝涉之胫,剖贤人之心。"

④ 龙逄(páng):即"龙逢"。详见附录《比干庙古诗中常用典故》注13。

⑤ 魏郑公:即魏徵(580—643),字玄成,唐魏郡内黄人,一说馆陶人。唐代名相,曾任谏议大夫、左光禄大夫,封郑国公,以直谏敢言著称。谥文贞。言论见于《贞观政要》。曾主编《群书治要》,有《类礼》及文集。

⑥ 按,典出《资治通鉴卷第一百九十二·唐纪八》:"徵再拜曰:'臣幸得奉事陛下,愿使臣为良臣,勿为忠臣。'上曰:'忠、良有以异乎?'对曰:'稷、契、皋陶,君臣协心,俱享尊荣,所谓良臣。龙逄、比干,面折廷争,身诛国亡,所谓忠臣。'上悦,赐绢五百匹。"

⑦ 九侯:亦称鬼侯。商代诸侯,与西伯昌、鄂侯为商朝三公。有女姣好,为纣所纳,然其女不好淫,纣怒,杀之,又将九侯醢杀。

挚之情。首联点出比干墓的方位及由来。特意点出其在"斫胫河南",暗含对商纣荒淫暴行的斥责,与下句的"武王土"形成对比,孰尊重贤臣自然明了,暗含主题于其中。第二联笔势雄健,古拙壮美。前句用词夸张,想象神奇,令人震撼,"一丘"与"太行"是无法相比的,它之所以能气压太行,靠的是比干的忠义精神气冲斗牛、扭转乾坤。"国亡"四联叙述比干剖心的史实。其中"无人"两句用魏徵愿为良臣不愿为忠臣之典,魏徵之所以能如此,是因为有明君李世民的存在;但比干却"无人语"(没有明君),最后不幸剖心而成为忠臣。用典贴切自然,含义颇深,蕴含讽刺之意。即便不幸为忠臣,比干犹且希望"使王心悟",忠义精神彪炳日月。后四句写因"王终不悟"导致"国遂亡",使得国都沦为废墟。尾联的"只""独"相呼应,强调比干的肉体虽亡,其忠义精神却万古流芳。

郝经家学渊深,学问文章具有根底,往往"深切著明,洞见阃奥"。本诗不是单纯地铺叙史事,而是有自己深刻的见解。在表达上,充分利用古风跌宕起伏、气势磅礴的特点,追求古朴典雅与通俗简练相结合,颇有元好问浑厚慷慨、壮美雄健之风范。这一点在他别的作品中也有体现,如《朝歌行》"摘星楼头醉未醒,酒池一夜蜚血惊。成汤高宗遂不祀,珠宫瑶台为土平"、《题项王墓》"天下苦秦又一秦,天资好杀不好仁"、《谒金陵》"谁将故国千年恨,都付长江万古流"等。

陪总管陈公肇祀商少师比干庙①

〔元〕王恽②

元化形万汇③,浩浩无时无。云何忠贞气,大畀④先生躯? 念昔有殷季,天

---

① 选自《王恽全集汇校》卷二《五言古诗》,元王恽著,杨亮、钟彦飞点校,中华书局2013年版,第一册,总第35—36页。按,"总管陈公"即陈祐,一名天祐,字庆甫,赵州宁晋人。至元三年,授嘉议大夫、卫辉路总管。申明法令,创立孔子庙,修比干墓。民立碑颂德。

② 王恽(1227—1304),元卫州汲县人,字仲谋。中统元年(1260)左丞姚枢征为详议官。上书论政,擢中书省详定官。累迁为中书省左右司都事。治钱谷,擢才能,议典礼,考制度,为同僚所服。至元五年(1268),拜监察御史。后出为河南、河北、山东、福建等地提刑按察副使。至元二十九年(1292),见世祖于柳林宫,上万言书,极陈时政,授翰林学士。成宗即位,加通议大夫、知制诰,参与修国史,奉旨纂修《世祖实录》。卒赠学士承旨,追封太原郡公,谥文定。有《秋涧先生大全集》一百卷传世。

③ 元化:造化;天地。唐陈子昂《感遇》诗之六:"古之得仙道,信与元化并。"万汇:犹万物,万类。汇,类、族类。唐韩愈《祭董相公文》:"五气叙行,万汇顺成。"

④ 畀(bì):给予。这里可以理解为"聚集、集中"。

步①移独夫。淫酗荡祀典，下民为毒痡②。所崇尽奸回③，启④遁箕子奴。师保⑤乃云尔，余敢编其须⑥？炎炎鹿台⑦火，已兆⑧明珠襦。先生岂不知，蔓草不可图？顾亲叔父尊，以位仍三孤⑨。强谏诚我任，剖心不为瘉⑩。自靖⑪暨杀身，要之宗社扶。所以宣父笔，三仁同一途。繄公存亡间，所系重有殊。堂堂柱天手，能繄火德乌⑫。当时戡黎⑬兵，所侵良及肤；周虽彼苍眷⑭，加翼十乱谟⑮；天⑯其谏少行，终鄙西人⑰居；称师止观政⑱，安取商郊车！一朝叹云亡，宗国随之墟。丹诚皎白日，余烈光八区。准尔来代⑲臣，大节知所趋。呜呼介士叹⑳，万万狂

----

① 天步：天之行步。指时运、国运等。《诗·小雅·白华》：“天步艰难，之子不犹。”《朱熹集传》：“步，行也。天步，犹言时运也。”

② 毒痡(pū)：犹毒害，残害。按，详见附录《比干庙古诗中常用典故》注20。

③ 崇：尊崇，推崇。奸回：指奸恶邪僻的人或事。按，语出《尚书·泰誓下》：“崇信奸回，放黜师保。”孔传：“回，邪也。奸邪之人，反尊信之。”

④ 启：即微子。西周宋国国君。纣同母庶兄。微为畿内母国名，子为封爵，本名启，为纣卿士。纣暴虐失政，数谏不听，遂出走。周武王灭商，面缚衔璧请降。周公旦诛武庚后，封微子于商丘，国号宋。

⑤ 师保：古时任辅弼帝王和教导王室子弟的官，有师有保，统称“师保”。《易·系辞下》：“无有师保，如临父母。”

⑥ 编其须：触犯君王威严。按，“编须”即“编结虎须”，犹“捋虎须”“抨虎须”“撩虎须”“拔虎须”等。

⑦ 鹿台：古台名。详见附录《比干庙古诗中常用典故》注36。

⑧ 兆：即“佛”，烧灼。

⑨ 三孤：指少师、少傅、少保。《书·周官》：“少师、少傅、少保曰三孤。”孔传：“此三官名曰三孤。孤，特也。言卑于公，尊于卿，特置此三者。”

⑩ 瘉：现写为“愈”，意为“贤”，这里应指身后贤名。按，《康熙字典》：“又贤也。《晋语》东方之士孰为愈。《注》愈，贤也。《释文》愈，羊茹反。《前汉·艺文志》不犹愈于野乎。”

⑪ 自靖：各自谋行其志。按，详见附录《比干庙古诗中常用典故》注5。

⑫ 火德乌：指周朝或周王。火德为五德之一，古人以五行附会王朝之历运，认为周朝得火德。乌，古代神话传说太阳中有三足乌，因以为太阳的代称。

⑬ 戡黎：原指周文王战胜黎国。语出《尚书·西伯戡黎》：“西伯既戡黎。祖伊恐，奔告于王。”戡，刺，引申为用武力平定。

⑭ 苍眷：古语有“昊苍眷佑”的说法，即苍天保佑。

⑮ 翼：帮助，辅佐。十乱谟(mó)：指十个辅佐周武王治国平乱的大臣。语出《书·泰誓》：“予(周武王)有乱臣十人，同心同德。”乱，本义是理丝，引申为治理。谟，本义为“计谋，谋略”，这里指谋臣。

⑯ 天：《四库全书·秋涧集》作“令”，从文意推断，应是。

⑰ 西人：春秋时称周都镐京人。语出《诗·小雅·大东》：“西人之子，粲粲衣服。”

⑱ 观政：察知政情。《书·泰誓上》：“肆予小子发，以尔友邦冢君，观政于商。”

⑲ 来代：后代，后世。按，比干庙碑廊有唐代李翰撰写的《商少师碑》，有“咨尔来代，为臣不易”之句。

⑳ 按，语出北魏孝文帝《皇帝吊殷比干文》：“呜呼介士，胡不我臣？”

童且①。今来二千载,殷周两榛芜。巍然一丘土,高与西山俱。清霜九月节,肇
祀陪干旟②。肃拜列阶下,精爽动佩裾。世道有沦丧,一忠千万谀。商歌振林
樾,日下悲风徂。

【简析】

　　王恽是卫辉人,从一个默默无闻的乡野士子一步步登上朝堂,进入了国家
权力中枢,卫地文化积淀中的忠义思想一定是他投身仕途的永不枯竭的精神源
泉。王恽与比干庙渊源颇深,其文集中有多篇文字论及比干庙。这首古风与其
《殷少师比干庙肇祀记》互为表里,相映成趣。

　　开篇四句为第一层。天地生万物,浩荡无止,为什么唯有比干浑身忠贞之
气,屹立在天地之间呢? 起笔不凡,提出问题,笼罩全篇,令人惊警,有当头棒喝
之效。

　　第二层以"念"领起,回忆史事。咏史诗离不开对史事的叙述,它是抒情议
论的基础。首先交代了比干谏君的背景,统治者"淫酗""毒痛","奸回"横行朝
廷,贤人或遁或奴,众臣噤口保身。也就在这种情况下,比干挺身而出,不仅仅
是由于身居高位、名列贵戚,更重要的是"强谏诚我任",救国救民乃自己的职
责。"先生岂不知,蔓草不可图",议论点化,凸显比干寄希望于万一,冀君王或
悔悟的情怀。此等胸怀,此等执着,此等勇气,的确令人钦佩。所以,作者称赞
"堂堂柱天手,能爇火德乌",有如此擎天玉柱、国之长城,颓势并非不可挽回。
况且当时西周的势力并不十分强大,他们的侵略仅仅"及肤",他们的势力范围
也不过拘囿"西鄙",他们的挥师东进也只是在"观政"的层面上,还不足以吞灭
殷商,但"一朝叹云亡,宗国随之墟",原因就在于纣王残杀直臣,失去民心,自作
孽而不可活啊。

　　第三层用华美的语句赞颂比干的忠义精神,重在借古喻今。先用比喻称赞
比干之心皎如日月,再用夸张的手法突出比干"余烈"光照八区。他影响后来臣
子知"大节"之所趋,让后世明君发出"呜呼介士,胡不我臣"的叹息。随着历史

① 狂童且:狂童,轻狂顽劣的少年。且,语助词。语出《诗·郑风·褰裳》:"狂童之狂也且。"诗中
写一女子怨恨情人不至,最后责怪情人之痴呆。
② 干旟(yú):画有或绣上鹰雕之类图形的旗子。这里借指郡守陈祐。语出《诗·墉风·干旄》:
"孑孑干旟,在浚之都。"毛传:"鸟隼曰旟。"按,《干旄》句"孑孑干旟,在浚之都,素丝组之,良马
五之"。《周礼》:"州里建旟,谓州长之属。"所以,汉人以"干旟""五马"为郡守。

风云的变幻,所谓的"殷周"已成榛芜,但作为忠义精神象征的比干孤冢却与太行比高,永存世间。

第四层交代祭祀的本事。其中"一忠千万诔"可谓诗眼,篇末点旨,厚重有力,震人心魄。结尾句写"商歌"清厉,暮色四起,阴风瑟瑟,落叶缤纷,以哀景衬哀情,令人嘘唏。

古风以容量大、情感激越深沉著称。这首诗以"忠"为核心,怀古议事,借古讽今。声韵流畅,汹涌澎湃,令人情感激荡,掩卷深思,是比干庙祭诗中思想性、艺术性俱佳的名作之一。

比干庙①

〔元〕王恽

玉骨琅琅②尽古丘,凛然英气尚横秋③。朱游讪讦④何为者,敢辱先生地下游。

【简析】

王恽是邑人,又曾位居谏垣,深知进谏之不易和责任重大,自然以比干为楷模。前两句描写眼前的比干墓,正面歌颂比干的丰功伟绩和人格精神。首句写比干孤冢虽已历数千年,一抔黄土之下依然玉骨铮铮,象征比干的忠义精神历久不灭,永存天地之间。次句虚写,想象秋风四起,天地之间充溢着比干的凛然正气。后两句侧面描写,那些"朱游"者(自杀者)、"讪讦"者(习惯诋毁攻讦别人者),或者指那些诋毁比干不知进退而无谓丧命的人,他们同样魂游地府,但他们做人的境界与比干相差何啻天地,让他们与比干同游,简直是对比干的侮辱。王恽通过对比手法,从侧面赞美了比干的伟大。

---

① 选自《王恽全集汇校》卷二十四《七言绝句》,元王恽著,杨亮、钟彦飞点校,中华书局 2013 年 11 月版,第三册,总第 1160 页。

② 玉骨:白骨,死者的骸骨。王安石《悼慧休》:"玉骨随薪尽,空留一分香。"琅琅:象声词,形容清朗、响亮的声音,也用来形容人品坚贞,高洁。

③ 横秋:充塞秋天的空中。这里用来形容人的气势之盛。明屠隆《昙花记·严公冤对》:"英雄盖世气横秋,一旦淹淹作楚囚。"

④ 朱游:按,用"朱游和药"之典。《汉书·萧望之传》载:萧望之因其子上书得祸,不忍年迈时入狱。当使者来召时,对门生朱云说:"游,趣和药来,无久留我死!"遂饮鸩酒自杀。(游,朱云的字)后用作自裁的典故。此处指自杀者。讪讦:诋毁攻讦。此处指"讪讦者"。

本诗先叙后议,正面描写与侧面烘托相结合,言简意深,容量颇大。结尾句语气强烈,指斥之意无遮无碍,令人动容。

比干墓①

〔元〕欧阳玄②

独夫③台上醉红裙,七窍丹心岂忍闻。白日已随流水没,青山犹护太师坟。忠肝一片埋秋草,直气千年起暮云。我也停骖荐苹藻④,太行落木正纷纷。

【简析】

元朝名臣欧阳玄乃欧阳修之后,自小聪颖,学识渊博,颇通文章之道。他认为古人之所以擅名当代,是由于作文必求实事而后动笔,所以他不肯涉及虚夸妄诞之言。本诗就是范例。

凡是忠臣庙冢,免不了流传着诸多的风物传说,即使在正史中,有些细节也经不起推敲。首句形象感很强,富有概括性,以细节的描写来取得震撼的效果。仿佛入俗,却不妄言,俗中见真。中间四句充满了诗情画意,就眼前景写心中情,展示了作者在诗歌创作上的才华。白日已没,流水潺潺;青山耸峙,孤冢荒芜;秋草萧瑟,掩埋谏臣遗骨;暮云四起,弥漫忠烈正气。最传神的是两个虚词:"已"既写出自然的变迁无法阻挡,白日已去,暮色渐临,又暗指殷王朝或比干已随着历史的烟云而消失,其中孰非孰是,让人感慨万千。"犹",眼前的青山虽然默默无语,但它读得懂比干,读得懂比干剖心谏君的行为,千百年来无怨无悔,执着地屏护着太师孤墓,使其少受风雨的侵袭。结句以景作结,给读者留下了品味、想象的空间,意象贴切(比干墓在太行东麓)、阔大,内涵深沉,每一片黄叶仿佛都书写着作者的忧愤!

欧阳玄极重为臣尽忠之道,他在《忠史序》中疾呼:"士大夫平居无涵养省察

① 选自《钦定四库全书·圭斋文集》卷二,亦见《乾隆汲县志》卷四《建置下·塚墓·殷比干墓》。
② 欧阳玄(1283—1357),字符功,号圭斋,浏阳人。延祐二年(1315)进士。元统元年(1333)任翰林院直学士,官至翰林学士承旨。封楚国公。人称"一代宗师"。著有《圭斋文集》15卷、《睽东记》传世。其诗题材广泛,文辞典雅,《元诗选》《全金元词》等共录入他的诗词百余首,其中不乏意境深远之作。
③ 独夫:指残暴无道、众叛亲离的统治者。详见附录《比干庙古诗中常用典故》注19。
④ 苹藻:指祭品。详见附录《比干庙古诗中常用典故》注25。

之功,莅事无鞠躬尽瘁之志,立朝无直言敢谏之风,至于临难死节,能保其必然也耶?呜呼,宇宙间此道明,即天地变化草木蕃;不明,即天地闭、贤人隐,甚可畏也!"(苏天爵《元文类》卷三十六《欧阳玄〈忠史序〉》)此种思想也浸润在本诗的字里行间啊!

　　本诗气象雄伟,情景交融,意境深邃。宋濂评价其文"如雷电恍惚,雨雹交下,可怖可愕,及乎云散雨止,长空万里,一碧如洗",这首诗也具此风。

比干墓①

〔元〕周伯琦②

　　杀身非为欲成仁,忍见殷宗入镐豳③。黼冔祼将怜大雅④,墓田华表⑤愧谀谏臣。

【简析】

　　本诗作于至正十年(1350),正是作者圣眷日隆之际。孟春时节代祀北岳,然后到汤阴,访羑里(《羑里》);莅汲县,祭比干墓(《比干墓》);至山阳,拜汉献帝墓(《山阳汉献帝墓》);过怀庆,游济渎寺及孟县;渡黄河,过巩县,游虎牢关、鸿沟;经徐州,二月廿六日到会稽。这是一次长距离的旅行。这首绝句堂堂正正,大义凛然,赞美了比干忠义为君的精神。首句反起,从人们惯言的"杀身成仁"之反面着笔,指出比干剖心死谏的目的不是为了所谓的"成仁",而是为了江

----

① 选自《钦定四库全书·近光集》卷三。

② 周伯琦(1298—1369),字伯温,号玉雪坡真逸,饶州人。历任南海县主簿,翰林修撰,宣文阁授经郎。至正八年(1348),召入为翰林待制,累升直学士。十二年,任兵部侍郎,擢监察御史。十三年,迁崇文太监,兼经筵官。十七年,招谕平江张士诚,留平江者十余年。士诚既灭,乃得归鄱阳,寻卒。博学工文章,而尤以书法擅名当时。著《六书正讹》《说文字原》。

③ 镐(hào):镐京。古都名,西周国都,在今陕西西安西南。豳(bīn):同"邠"。古都邑名,在今陕西郴县。

④ 黼(fǔ):古代礼服上绣的半黑半白的花纹。冔(xǔ):殷代冠名。祼(guàn):古代酌酒灌地的祭礼。《说文》:"祼,灌祭也。"将:行也,这里有帮助的意思。本句典出《诗·大雅·文王》:"侯服于周,天命靡常。殷士肤敏,祼将于京。厥作祼将,常服黼冔。王之荩臣。无念尔祖。"意谓殷商旧臣臣服于周,穿着旧服助周人进行祭祀,有不忘祖先之意。有人认为此乃"伤微子之事周,而痛殷之亡也"。

⑤ 华表:本指用以表示王者纳谏或指示道路的木柱,后来多指设在桥梁、宫殿、城垣或陵墓等前兼作装饰用的巨大柱子。设在陵墓前的又名"墓表"。一般为石造。柱身往往雕有纹饰。

山永固,商祀不灭。所以,次句写到不忍心看到"殷宗"入了周朝的版图。成仁,关乎的只是个人的品德修养;而"忍见",关乎的是祖国的江山社稷。后者的境界更高,所以,孔子称仁、周武王封墓看似褒奖隆重、风光无限,但比干并不热衷。第三句用典,写所谓的"殷士"卑躬屈膝,身着旧装协助周人完成灌礼,毫无气节可言。尾句回到眼前,写比干墓前的"墓田华表"历经千年而歆享香火,忠义精神与日月同辉,一定会使得"谀臣"惭愧不已。

此诗起句突兀,引人思考。结句扣题,运用对比,蕴主题于其中,令人回味。

不过,至正十七年,周伯琦以参知政事的身份赴平江招谕张士诚,却被张士诚强留,拜资政大夫、江浙行省左丞,官平江者十余年。张士诚灭亡后,周伯琦得归鄱阳,寻卒。但《七修类稿》载其于张士诚破后,为朱元璋所诛,此说法人们多疑之。不过,也说明人们对周伯琦的行为还是有不同看法的。但其生逢乱世,勉强自保,倒也不能过于苛求。

比干墓①

〔元〕李齐贤②

墓在卫州北十许里,盖周武王所封,而唐太宗贞观中道过其地,自为文以祭,其石刻剥落,亦可识一二焉。夫二君之眷眷于异代之臣者,岂非哀其忠、悯其死乎? 而武王忽伯夷于胜殷之后,太宗疑魏徵于征辽之日者,何耶? 因作此诗,亦《春秋》责备贤者之意也。

周武封墓礼殷臣,为惜忠言见③杀身。何事华阳归马④后,蒲轮⑤不谢采薇人。
从来忿欲蔽良知,日暮令人有逆施。哿⑥矣亲祠比干墓,胡然却仆魏徵碑?

---

① 选自元李齐贤撰《益斋集》卷一,商务印书馆"丛书集成初编"据粤雅堂丛书本排印,1936年版,第8页。

② 李齐贤(1288—1367),字仲思,号益斋、栎翁,谥文忠公。高丽时期卓越诗人。著有《益斋乱稿》十卷、《栎翁稗说》四卷、《益斋长短句》等。

③ 见:表示被动,相当于"被"。《史记·廉颇蔺相如列传》:"诚恐见欺。"唐柳宗元《柳河东集》:"悲独见病。"

④ 华阳归马,即"放马华阳""放牛归马"等,谓不再用兵。北魏郦道元《水经注·河水四》:"武王伐纣,天下既定,王巡岳渎,放马华阳,散牛桃林,即此处也,其中多野马。"

⑤ 蒲轮:指用蒲草裹轮的车子。转动时震动较小。古时常用于封禅或迎接贤士,以示礼敬。《史记·平津侯主父列传》:"始以蒲轮迎枚生,见主父而叹息。"《汉书·武帝纪》:"遣使者安车蒲轮,束帛加璧,征鲁申公。"颜师古注:"以蒲裹轮取其安也。"

⑥ 哿(gě):副词,表示称许。可。嘉。《说文》:"哿,可也。"《左传·昭公八年》:"哿矣能言。"

【简析】

这两首诗为元代高丽人李齐贤所撰。李齐贤的一生颇为传奇。他出身高丽书香门第,其父李瑱是新进士大夫,母亲出自有着"三韩甲族"盛誉的月城朴氏。李齐贤15岁及第丙科;17岁走上仕途,任录事;22岁任职艺文春秋馆;以后五年,先后历任西海道按廉使、进贤馆提学、知密直司、政堂文学、判三司事等官职。27岁之前他已经声名远播、政绩累累。1313年,高丽第26代国王忠宣王让位于太子忠肃王,忠宣王以太尉身份留居元大都,构置万卷堂,以书史自娱。感到"京师文学之士,皆天下之选,吾府中未有其人是吾羞也",因召李齐贤来中国以为侍从。延祐二年(1315),李齐贤来到中国,1341年回国,在中国生活了27年。在华期间,他遍交名士,与姚燧、阎复、赵孟𫖯、元明善、张养浩等过从甚密,以为知己。同时,曾以成均馆祭酒身份奉使峨嵋山,随忠宣王到江南降香,先后到过甘肃、陕西、山西、河南、河北、湖南、湖北、四川、西藏、江浙等地。根据《益斋集》中作品编排的规律,大致可以判断出这两首诗写于延祐四年(1317)时。当时,李齐贤以成均馆祭酒身份奉使峨嵋山,本诗应写于北归途中。

诗前有序,道出了创作背景和意图。作者抓住周武王封墓、唐太宗"为文以祭"的典型事件,强调君王"眷眷于异代之臣"而表现出的"哀其忠、悯其死"的君王情怀的可贵,为下文的笔锋一转、突发议论做准备。作者没有拘泥于惯有思路,而是敢于撕破"皇帝新衣",揭露出事物的本质,毫不客气地指出周武王、唐太宗行为的自相矛盾,封墓赐姓与"不谢采薇人""为文以祭"与"却仆魏徵碑"形成强烈的反差,使得所谓"哀其忠、悯其死"之君王情怀尽显其虚伪性。

李齐贤虽为高丽人,但在中国生活27年,深受中华文化的熏陶。但这两首诗却展示了他没有被酱缸完全浸染的难得的清醒,这一点至关重要。1341年,54岁的李齐贤回高丽后担任了8岁的忠穆王的老师,编写了忠烈、忠宣、忠肃三朝实录及其他史书。1348年,61岁的李齐贤再次出使元朝;回国后又被恭愍王拜为右政丞。虽说其晚年时提出的许多革新建议屡遭拒绝,致使其心灰意冷,挂冠离职,但他的思想对高丽社会的发展走向产生了较大的影响。

一位高丽学者对封建专制制度的反思令人钦佩。把这两首诗放到元代社会发展、元朝与高丽的文化交流影响的大背景下去思考,会有别样的感受。由此说来,比干文化对朝鲜的历史文化发展是有一定影响的,李齐贤的这两首诗就是明证!

殷大师比干墓下①

〔元〕刘绍②

层城带河流,坑坎延逦迤。城门一凝望,突兀孤坟峙。故老向我言,曾闻比干死。商辛昔昏庡,社稷见倾圮。直谏有斯人,龙逄③事堪拟。想当④批逆鳞,诚恻⑤吐臧否。改过冀君情,捐生⑥非为己。先王我同出,去此吾焉止。颠覆忍见之,含凄向泉里。我来属多难,感激在千禩。靖献人自谋⑦,忠仁孰能企。摩挲仲尼书,朗咏道傍诔。玄阴黯中陵⑧,莽苍寒吹起。他日牧野师,谁怜商鼎徙。

【简析】

刘绍为元代遗老,善诗。年少即以诗表明其远大志向,常与同乡诗友胡布、张达、黄萧等以诗文交往。诗歌题材广泛,风格雄健悲壮,能深刻反映现实,表达自己矢志报国的热烈情怀,影响颇大。他和胡布、张达的诗,由张光启编入三人合集《元音遗响》,收入《四库全书·集部》总集第十卷。

本诗是一首古风。前四句写比干墓的周围环境。"城门一凝望"的形象感很强,表达出期盼、激动之感。"突兀""峙"写出比干墓之高大耸立。"故老"领起下面十四句,叙述比干剖心谏君的史实,分析比干的心理,突出其忠君爱国的精神。"改过冀君情,捐生非为己"可谓一语中的,比干以一死寄希望于君王的"改过"。他牺牲自己的生命不是为了自己的名声地位,而是为了江山社稷。所以,他愿意魂随先王而去,而不忍心亲眼目睹国家的覆亡。"我来"领起后面数

---

① 选自《钦定四库全书·元音遗响》卷十。
② 刘绍:元末明初诗人。字子献,又作子宪,自号伟萧野人,黎川人。12岁即应童子举。曾为国子监助教,汝南王幕府。入明后洪武初于翰林院任职。致仕归里后,以著述终。
③ 龙逄(páng):即"龙逢"。按,详见附录《比干庙古诗中常用典故》注13。
④ 当:担任,充当,承担。
⑤ 恻:悲痛。
⑥ 捐生:舍弃生命。《明史·忠义传序》:"从古忠臣义士,为国捐生,节炳一时,名垂百世。"
⑦ 靖:图谋。《诗·大雅·召旻》:"实靖夷我邦。"按,本句语出自《书·微子》:"自靖。人自献于先王。"详见附录《比干庙古诗中常用典故》注5。
⑧ 玄阴:谓冬季极盛的阴气。按,本诗之后《清化镇》有句"驱马出卫郊,羁离叹流冗。穷冬天雨雪,所历涉深恐"。可知作者是在冬天游的比干墓。中陵:山陵之中。《诗·小雅·菁菁者莪》:"菁菁者莪,在彼中陵。"

句,写作者自己的心理感受。作者身处"多难"之秋,此时在比干墓前感奋激昂,生发出许多感慨来。他愿意天下士子学习"三仁"的"忠仁"精神,抛弃个人得失,为国效力。"忠仁"可谓全诗之睛!"摩挲"可见沉思默想,"朗咏"可见激情四溢。最后四句写眼前的墓地之景和感受。一"黯"一"寒",悲怆之意扑面而来,顿生亡国之感。

"长篇波澜贵层叠,尤贵陡变;贵陡变,尤贵自然。"(《养一斋诗话》卷二)本诗的几个层次脉络分明,"故老""我来"等转折语使得陡转不显突兀,文气自然流畅。语言上追求古朴与雅致的结合,既有口语的或上口或笨拙之美,又有雅语的厚重丰富之感,也注重情景交融。只是在主题的挖掘上不够深刻,缺少掷地有声的名句,结尾处的两句较为直接,内涵不深。

明

吊比干墓祠①

〔明〕李昌祺②

孤坟远在太行阿③,直谏剖心事不磨④。今日我来频太息,当年公死竟如何。荒祠隐隐村翁守,古木萧萧野鸟歌。惟有累朝碑碣在,行人经过几摩挲。

【简析】

李昌祺曾任河南布政使司左布政使。当时,河南连岁旱蝗,民多死徙。皇帝"思得人以抚之",李昌祺至豫后,"宣布德意,疏滞振散,救患弭灾,绳豪黜残。质明视事,日入方息。居数月,政化大行,声绩茂著"。后因母丧而去。但河南又罹饥荒,皇帝命李昌祺夺情赴职,"既至,为治如初,而勤劳倍之"。可见,他是治理一方的能员。

首句不仅点明"孤坟"的位置,而且颇有深意。坟是孤坟,不易存留;又远在太行之阿,偏离王都。但却千年香火不断,令人深思。这就为下文论述比干的忠义精神做出了铺垫,下句"直谏剖心"呼之欲出。"事不磨"应是本诗的中心,下文围绕它来进行。首先是"今日我来"祭祀忠烈,探究当年比干之死的真相;然后写"村翁守荒祠""野鸟歌古木",令人感动;接着,写"累朝碑碣在",统治者重视教化,祭祀比干,骚客行人心念忠臣,摩挲研读。

李昌祺创作小说《剪灯余话》,但为君子所轻,人们对其诗集《运甓漫稿》也褒贬不一。有人以"清新华赡,音节自然"称之;有人称其"本之以理,充之以气,故雅淡清丽,宏伟新奇,无不该备。不必远较於古,就今而论,千百之中不过数辈";有人认为"其一变绮靡纤巧之习,而以流逸出之。故别饶鲜润,迥异庸芜";也有人指出"多酬唱应和之作,颇有台阁气息"。就本诗而言,还是颇见功力的。

---

① 选自明暴孟奇《殷太师忠烈录》卷七《七言律》,明万历刻本。列"庐陵李昌祺,河南布政"撰。无题,现题为编者所加。

② 李昌祺(1376—1452),明代小说家。名祯,号侨庵、运甓居士。庐陵人。永乐二年(1404)进士,选翰林院庶吉士,曾参与修撰《永乐大典》,擢礼部郎中。洪熙元年(1425),以才望卓异,迁广西布政使。宣德年间任河南布政使司左布政使。刚严方直,素抑豪强,以廉洁宽厚著称。著有《运甓漫稿》《容膝轩草》《侨庵诗余》。《剪灯余话》是其小说名著,借以抒写胸臆。

③ 阿(ē):本义指"大的山陵,大的土山",这里指"曲隅,角落"或近旁。

④ 磨:磨灭,消失。

全诗中心突出,结构严谨。颔联是流水对,俗语入诗,俗中见真。颈联对仗工稳,含义深远,尤以"古木森森野鸟歌"化腐朽为神奇,堪称名联。故"清新华赡,音节自然"非虚。结句以平凡镜头蕴藏深意,有喻世劝今之意。

祀比干墓①

〔明〕郭坚②

直言谏讨竟罹灾,千古凄凉閟夜台③。芳藻一尊来奠处,乌啼泉咽不胜哀。

【简析】

首句之"竟"最有力度,讽刺、指斥之意顿生。直言谏君本是比干的职责,也是一般的社会制度、社会道德所认同的,更是朝廷所倡导的正义之举,本应受到褒奖,但"竟罹灾",还是剖心之灾。这就启发人们思考其中的原因。次句通过"千古凄凉"使比干的遭遇让人同情。后两句表达祭奠之意。借"乌啼泉咽"来抒怀,比干之奇冤令天地变色,令万物悲伤。

郭坚是汲县人,自然熟知比干的事迹。这首小诗虽然在主题上的突破不大,但殷殷之情自然流露在字里行间。首句慷慨激昂,次句幽沉压抑,结句借物抒怀,含蓄有韵味。

读比干墓前断碑有感④

〔明〕张趋⑤

忠言当日忤猖狂,剖腹真因社稷亡。白骨有封承圣武,黄泉无愧见成汤⑥。常

---

① 选自明曹安《太师比干录》卷下《吊比干墓国朝诗》,日本内阁文库藏江户写本。原诗无题,今题为编者所加。后缀以"汲郡郭坚陕西布政"。
② 郭坚:汲县人。永乐九年(1411)举人。历监察御史,陕西左布政使。
③ 閟(bì):关闭,深闭。夜台:坟墓,亦借指阴间。详见附录《比干庙古诗中常用典故》注40。
④ 选自明暴孟奇《殷太师忠烈录》卷七《七言律》。列"上海张趋,卫庠教授"撰。无题,现题为编者所加。
⑤ 张趋:上海人。恩贡教授。但《钦定四库全书·江南通志》卷一百二十五《选举志·举人一》,上海人张趋为永乐十二年甲午科举人,不知是否为本诗之作者。
⑥ 成汤:即商汤。子姓,名履。谥号"商太祖"。商朝的创建者,在位30年。今人多称商汤,又称武汤、天乙、成汤、成唐,甲骨文称唐、大乙,又称高祖乙,商族部落首领。

时惨雾迷淇水,薄暮游云结太行。读罢断碑长太息,西风萧飒送斜阳。

【简析】

历史上留下的有关"上海人张趋"的资料很少,《钦定四库全书》记载他曾手录明朝翰林学士、文渊阁大学士、滑县人宋讷的文集,后人据此编为《西隐集十卷》。

我们不清楚这首诗的写作背景及作者的诗歌创作情况,只从本诗来看,作者还是有相当高的创作功力的。本诗采用的是怀古诗的传统结构,前两联叙述、议论史事,后两联结合景色抒情并点明本事及题意。首联先以"忠言"代比干,借"猖狂"指纣王,语意颇重,对比鲜明,一针见血;并以"忠言"置首,加以强调。然后顺理推之,因"忠言"而"剖腹",因"剖腹"而"社稷亡",此联令人深思。颔联前句既可以理解为已成白骨的先圣们也会为比干的遭遇和商朝的前途痛心和担忧,又可以理解为比干白骨有知,依然为君王发愁,为国势担忧;后句侧重强调比干的所作所为无愧于"六七贤君"。颈联借景抒情,拆"愁云惨雾"而分用之,用惨雾弥漫朝歌、暮云郁结太行来描写亡国气氛,寄托沉痛难抑之情,用语巧妙,对仗工稳。尾联点题,面对孤冢荒坟、断碣残碑而深深叹息,似乎有无穷的感受要倾诉,但一句"西风萧飒送斜阳"以景作结,留下无尽的意味让读者想象。

咏史怀古诗最忌缺少灵动而板滞。本诗前四句的咏史见解寻常,新意不多;后四句的抒情能够寓情于景,情景交融,颇见功力。尤以结句之"送"更为感人,"西风萧瑟"、残阳如血,本已难耐;此时却西风无情,吹送斜阳,使暮色笼罩大地、笼罩诗人,让人嘘唏。

祀比干祠①

〔明〕宋琰②

犹将苹藻荐荒祠,想对商辛直谏时。死节只缘亲义重,忠心宁忍国家危。

---

① 选自明暴孟奇《殷太师忠烈录》卷七《七言律》,明万历刻本。原无题,列"四明宋琰,兵部侍郎"撰。现题为编者所加。

② 宋琰:字廷珪,号拙庵,奉化人。永乐乙未(1415)进士,选庶吉士。宣德初,迁吏部主事。正统九年,迁河南布政司右参政。景泰四年(1453)转太仆寺卿,旋任兵部右侍郎。著《拙庵学言稿》15卷。

狐踪兔迹千年冢，螭首①龟趺历代碑。日暮西风送邻笛，据鞍听处益凄其②。

【简析】

宋琰是景泰年间的兵部右侍郎，曾任河南布政司右参议。在河南任职时，"十旬不雨，蝗大出，公即日往按斋严致祷，有鹜数十群，彻空下食蝗。越明日，大雨，官吏士民交相欣抃。"（刘慈孚《四明人鉴·卷二》）抛却其中迷信、神化的成分，一个为民祈福、正直能干的能员形象展现在我们面前。

首联由祭祀荒祠，回想直谏旧事引入，略显平淡。颔联承上议论，剖析比干"死节""忠心"的原因有二：重亲情之义，不忍国家危坠。作者言有所指，颇为含蓄。实际上驳斥了种种对比干行为的不实论说，从正面合情合理地分析肯定了比干的置自身于不顾、以家国利益为重的仁人情怀。后四句回到眼前，由物起兴，借千年古冢，狐踪兔迹，百代残碑，漫漶仆地，暮色苍茫，西风凄紧等诸多意象表达自己郁闷的情怀和苍凉的心境。在断断续续的"残笛"声中，诗人"据鞍伫望"，发思古之幽情。结句以不言代万言，含不尽之意，让人品味无穷。

宋琰的政绩在史书中记载不多，但他勤政爱民、忧心国事的情怀却可以从他的诗篇中显露出来。本诗如此，他的另一首《游雪窦山御书亭》（纪念宋仁宗、宋理宗）更是如此，诗曰："万里侵疆尺未还，报仇雪恨合相关。如何德寿高眠夜，不梦中原梦此山。"

过比干墓有怀③

〔明〕张楷④

自靖⑤无言信有由，杀身无怨亦无尤。仁于尼父书中见，魂逐龙逢地下游。

---

① 螭（chī）首：古代彝器、碑额、庭柱、殿阶及印章等上面的螭龙头像。
② 凄其：悲凉伤感。谢灵运《初发石头城》："钦圣若旦暮，怀贤亦凄其。"李善注："毛苌《诗》传曰：'其，辞也。'"
③ 选自明暴孟奇《殷太师忠烈录》卷七《七言律》。列"四明张楷，金都御史"撰。无题，现题为编者所加。
④ 张楷（1399—1460），字式之，四明人。永乐甲辰（1424 年）进士。任江西道监察御史，陕西按察金事。景泰改元（1450）平贼有功，但受人妒忌，以罪罢归。后复任至南京都察院右金都御史。好奖引士类，尤笃于友道。其学浩瀚，善行草隶篆。著《四经糠秕》《大明律斛律条撮要》等。其墓前有李贤撰写的《南京都察院右金都御史张公楷神道碑》（选自《国朝献征录·卷之六十四》），记述甚详。乾隆三年《慈溪县志》卷七《名臣·张楷》也有详细的记述。
⑤ 自靖：自谋行其志。详见附录《比干庙古诗中常用典故》注5。

草满平岗藏狡兔,藤垂古木荫荒丘。当年生气今犹在,一吊忠魂一泪流。

【简析】

　　张楷身处乱世,国家不靖,盗贼四起。他勤心国事,平贼有功。但"班师至京,有妒其功者劾公初至耽诗完寇,以罪罢归"。此番遭遇对其打击不小。

　　本诗采用怀古诗的传统结构模式,前四句叙述比干的事迹,评述比干的行为;后四句由物起兴,借物抒怀。首联的写法比较特殊,先不直写比干之甘于剖心救国,而从侧面推测:比干即使自寻出路或沉默无言,也是有缘由的,也是说得过去的;然后,再强调比干对于剖心,"无怨益无尤",甘愿如此,甘心承受。欲扬先抑,先蓄势,后喷薄,力度很大。颔联用典,赞美比干的求仁求义、忠心为国的精神。颈联写荒草平岗、兔迹狐踪、枯藤蔓延、旧木纵横的墓地之境,以悲景衬哀情,以我融物,物我交融。尾联先写天佑忠臣,生气犹存,再写祭祀之情景。"一吊忠魂一泪流"描摹逼真,造语新奇,虚词传神,让人感慨不已。

吊比干诗①

〔明〕曹琏②

　　西风匹马过殷墟,为吊忠良到落晖。寝庙有基离黍合,墓丘无主野狐归。李唐嘉谥③名犹在,商纣剜心事已非。读罢断碑回首处,不胜悽怆欲沾衣。

【简析】

　　明暴孟奇列"郴阳曹琏,大理少卿",可见作此诗时曹琏已任大理少卿。曹琏曾"以诗魁省试"(《郴州志》),可见颇具诗名。但他"初典文衡,继参兵务",诗作流传的不多。这首祭奠比干的七律充分展示了他的诗歌创作才华。

---

　　① 选自明暴孟奇《殷太师忠烈录》卷八《别录诗备览·七言律三十六首》。无题,列"郴阳曹琏,大理少卿"撰。现题为编者所加。

　　② 曹琏:字廷器,永兴人。明宣德四年(1429)以诗中乡试第一。初任四川嘉定州学正,荐擢河南提学金事,迁陕西按察副使,寻擢大理少卿,参赞延绥军务。

　　③ 李唐嘉谥:指唐太宗于贞观十九年追赠比干为"太师"。现比干庙碑廊中有李世民撰写的《皇帝祭殷太师比干文》,俗称"贞观碑"。

首联引入，交代行踪和本事。"西风匹马"，形象鲜明，画面感很强。"到落晖"相对于"到目前""到卫地"之类，既交代了本事，又暗含时间、环境，用语巧妙，富有诗味。颔联描写庙墓景色。地基尚存，说明庙已坍塌；黍离四合，说明无人祭祀；墓丘无主，肯定荒颓不堪；野狐作巢，肯定香火不再。如此荒凉，如此冷寂，令人心酸。颈联写帝王封谥的古碑还在，但比干剖心谏君的往事已无人知晓了。比干能明哲保身，反而甘愿罹难，为国捐躯，此等忠义理应光照后世，可是现在呢？锋芒暗指当代统治者。咏史诗离不开因史论今，但要做到不着痕迹、自然流露是有一定难度的。作者没有明言世风低下、统治者不尊先贤，但字里行间蕴含此意，含蓄蕴藉，令人回味。尾联抒发"不胜凄惨"之情。

《郴州志》载"琏生平豁达大度，有识量"。本诗颇有深度，见识深远。借景抒情，含蓄深沉，显示了诗人较高的创作水准。这种风格在他的另一首名诗中也得到了充分的体现，即《过鸿沟次吕文穆韵》："霸王兴亡几劫尘，鸿沟依旧掩寒云。不将帝业追三代，只把山河创半分。故垒已随流水圮，荒城空余夕阳曛。西风立马频回首，那忍昏鸦隔岸闻。"

过比干墓有感①

〔明〕曾翚②

纣德荒淫日罔悛，一时那复信仁贤。剖心自足明衰赤，直谏何从救国颠。牧野阴风含杀气，殷墟草木带寒烟。几回过此悲前事，读罢残碑泪泫然。

【简析】

曾翚是明朝重臣，曾任御史，巡抚多地，深知人民的疾苦和朝政的弊端。他多行善政，禁止侵夺百姓垦荒田，建议平粜，开封积粟，以振济河南饥民，以"廉

---

① 自明暴孟奇《殷太师忠烈录》卷八《别录诗备览·七言律三十六首》。无题，列"曾翚，山东布政"撰。现题为编者所加。

② 曾翚（1410—1491），字时升，号省轩，江西泰和人。宣德八年（1433）进士。历刑部员外郎。正统时，历官广西右参政、河南御史。天顺五年（1461）升任山东右布政使。成化时，任刑部右侍郎。巡视浙江，考察官吏，上奏罢免不称职者，弊政多所治理革除。有节操品行，所至有名声。及病归，贫甚。绝迹公府，乡人称其贤。自号龙坡居士，著《龙坡集》。

洁奉公,勤于政务"著称。从本诗中也可见他的为政心声。

前四句叙事议论。首联写比干所处的时势,商纣荒淫无度,不知悔改。"一时那复信仁贤"揭示出独夫的本质。颔联重在议论,充满了无奈和叹息。作者评价比干的剖心之举也不过是"明忠赤",其实际作用并不大,无法"救国颠"。封建文人拘囿于对封建专制制度的认识,无法对比干的行为做出合理的评析。既然比干的直谏无法"救国颠",那么有没有更好的办法去制约独夫的行为呢?作者提不出来,当时的文人政客也不知道。所以,此类诗歌的主题很难得以深化和突破。

后四句写祭祀之事,抒怀古之情。颈联写眼前景色,意象雄伟,境界阔大,借外在的肃杀冷落、寒意逼人的悲景衬托诗人满腔的忧愤和不平。尾联写实,"悲"乃诗眼,结句朴质无华,催人泪下。

咏比干①

〔明〕林文②

少师殷胄国元臣③,国祚将亡岂顾身。痛切寸心轻一死,名称千古重三仁。逃居石室存遗孕,赐姓长林宠后人④。周武下车封厥墓,大明忠孝为君亲。

【简析】

林文是林氏后人中之佼佼者。曾中探花,任翰林编修。明英宗拜其为学士,官至太常少卿兼翰林侍读学士,人称"醇儒"。本诗是站在林氏后人的角度来写的,多歌谀之词,境界并不高。首联先点名比干的身份:殷之贵胄,国之元臣,然后用"国祚将亡"总括当时的危局,"岂顾身"歌颂比干临危不退、忠义为

---

① 选自明暴孟奇《殷太师忠烈录》卷七《七言律》。无题,列"莆田林文,翰林学士"撰。现题为编者所加。

② 林文:字恒简,莆田人。大器晚成,宣德五年(1430)中探花,先任翰林编修。正统元年(1436)参与修撰《宣宗实录》,转任翰林修撰,升春坊谕德,兼翰林侍讲。四年修成《历代君鉴》。七年修成《天下郡志》。天顺元年(1457),明英宗复辟,拜林文为学士。明宪宗即位,升任太常少卿,兼翰林侍读学士。擅书法。死后赠礼部右侍郎,谥庄靖。

③ 元臣:重臣,老臣。苏轼《上神宗皇帝书》:"晋之王导,可谓元臣。"

④ 按,传比干惨死之后,其正妃陈氏有孕,逃避于长林山长林洞的石室内。生子名坚。周武王灭商后,赐坚姓林,并封爵博陵。由此,林坚便成为林氏始祖。

先、为国献身的精神。颔联一"轻"一"重",对比鲜明。后四句叙述林姓由来及武王封墓之旧事,目的是突出结句"大明忠孝为君亲",此为全诗之主旨句,古为今用,歌颂"忠孝",也有迎合当朝品味之嫌。

拜比干墓①

〔明〕黄平②

纣恶滔天自绝亡,因观七窍剖忠良。一身就死情何切,历代褒封德愈彰。草翳断碑临古砌③,鸟啼枯木带斜阳。宦途过马逢寒食,忍拜孤坟酹一觞。

【简析】

黄平曾名列三甲,由通判升任松江府知府,成为一方大员,深知"宦途"之艰辛。在宦途奔波之际,又值寒食之节,孤寂失落之感渐生。正在郁闷伤感之时,又遥见比干"孤坟",顿生苍凉。

前两联重在议论。首联直述史事,前果后因。"自绝"可谓警语,一语破的,斩钉截铁,商纣之亡乃咎由自取啊!其自毁长城的典型举动就是"观七窍剖忠良"。平凡之典,平凡之语,但情韵激烈,浩叹邃深。颔联"一身"与"历代"相对,赞扬比干以一己之身赢得"历代褒封",使得忠义精神愈来愈光华四射。语势雄奇,含义深远。

后两联重在抒情。颈联运用传统意象,寄寓悲凉之情。"带"写出夕阳摇摇欲坠的动态,衬托出古木的瘦硬奇崛,使得整个画面压抑伤感。尾联点明本事,特定的氛围,特定的时间,特定的地方,作者的"一觞"自然也蕴含着诉说不完的真情。

---

① 选自明暴孟奇《殷太师忠烈录》卷八《别录诗备览·七言律三十六首》。无题,列"富顺黄平,吏部主事"撰。现题为编者所加。
② 黄平:字衡夫,富顺(今四川省自贡市富顺县)人,正统元年(1436)丙辰科进士。正统十二年(1447)由通判升任直隶松江府知府,后任吏部主事。按,查《富顺县志》,没有黄平任礼部主事的记载。
③ 砌(qì):本义为台阶。也可以指门限、门槛。

谒比干庙墓①

〔明〕金湜②

　　箕囚微去足潸然,犹是殷家未尽年。逆耳有言期悟主,剖心无计可回天。汲中古墓千年祀,淇上荒台数仞烟。此日经过想余烈③,不胜情泪激寒泉。

【简析】

　　晚年的金湜,号朽木居士,唯与名士结诗社为乐,绰然有魏晋人风度。但细心研读本诗,却没有世外之气,可见应是其为官时的作品。本诗在构思上依然遵循传统的咏史诗的模式,前四句叙述比干剖心旧事,评价比干的忠义精神;后四句回到祭祀本身,即景抒情,表达祭奠忠烈的情怀。但同中有异,本诗还是有许多亮点的。首联起笔不凡,颇有见识。先肯定"箕囚微去"的事实足以让人潸然泪下,再强调国势并未糟糕到极点,还存在挽回的可能。这就为比干的出场蓄足了气势,让人们对比干谏君充满了期待。颔联急转而下,直接陈述"剖心无计可回天"的事实,让人不胜嘘唏。这两联的组合让诗篇跌宕起伏,无有评述,胜似评述,含蓄深沉。颈联采用对比,一方是"千年祀",一方是"数仞烟",褒贬之意自明。尾联交代行踪,回到祭祀本事上去。结句"不胜情泪激寒泉"形象贴切,泉寒泪冷心尤冷,那么,作者"心冷"什么呢?借古喻今之意图自然显现,有不着一字自得风流之效。

　　为官时的金湜清正廉明,铁骨铮铮。"湜曰贪泉岂能污廉士耶?即日乘传诣部,厘剔宿奸,围人相顾,骇曰此铁汉也。"(《鄞县志》)本事含蓄蕴藉,借古说今,可见作者之胸中抱负和为政见解。

---

① 选自明暴孟奇《殷太师忠烈录》卷七《七言律》,明万历刻本。原无题,列"四明金湜,太仆寺丞"撰。现题为编者所加。

② 金湜:字本清,号朽木居士,又号太瘦生,四明人。正统六年(1441)举人,以善书授中书舍人,升太仆寺丞。宪宗即位,赐一品服,出使朝鲜。后家居30年,唯与名士结诗社为乐。擅书法,五体俱能,有汉晋风度,又善画竹,人称诗、书、画"三绝"。著有《皇华集》《朽木集》等。

③ 余烈:遗留下来的功绩、功业。

拜比干庙①

〔明〕郑喦②

披忠露赤犯颜时，视死如归了③不疑。极言总因宗国计，剖心宁憾主恩亏。荒烟宿草迷孤陇④，落日行人读断碑。一束生刍⑤奠祠下，蟪蛄榆柳⑥不胜悲。

【简析】

郑喦是周府伴读，地位不高。这首诗写得中规中矩，且境界一般，在主题意义上的突破不大。作者遵从咏史诗的固有结构，前四句叙史议论，后四句写祭奠情怀。首联中的"披忠露赤"代剖心，造语新奇；"了不疑"语气坚定，表达了比干抛身为国、视死如归的决心。颔联深层次地剖析原因。比干之所以直面危局、毫不退缩，是因为"总因宗国计"。在国家利益和"主恩"（因为直谏被杀，会使皇帝留下骂名）面前，比干选择了前者，而宁可使得"主恩亏"。在这一点上，作者的认识有超人之处。颈联对仗工稳，留白意象个个充满伤感，用"迷""读"两个动词连缀在一起，把一幅凄迷冷寂、行人泫然的情景描写得形象生动。特别是暮色四合之时，风尘仆仆的行人手抚残碑、泪眼婆娑的样子令人嘘唏，所以"落日行人读断碑"语平意深，堪称名句。尾联抒发岁月如梭，忠臣身影不再、忠义永留人间的悲叹之情。但"悲"字倒也能收束全篇，成一诗之眼。

---

① 选自明暴孟奇《殷太师忠烈录》卷七《七言律》。列"都昌郑喦，伴读"撰。无题，现题为编者所加。

② 郑喦：字鲁望，都昌人。正统六年(1441)举人，河南周府伴读，升四川重庆府同知，未任。

③ 了：副词。完全，全然。常与"无""不"连用，用在动词或形容词前面，表示范围，相当于"完全""完全(不)"。

④ 宿草：隔年的草。语出《礼记·檀弓上》："朋友之墓，有宿草而不哭焉。"孔颖达疏："宿草，陈根也，草经一年则根陈也，朋友相为哭一期，草根陈乃不哭也。"后多用为悼亡之辞。陇：坟墓。

⑤ 生刍：鲜草。因鲜草可养白驹，后人多用作礼贤敬贤之典。语出《诗·小雅·白驹》："生刍一束，其人如玉。"

⑥ 蟪蛄榆柳：借寻常之物写时光之流逝。蟪蛄(huìgū)：蝉的一种。《庄子·逍遥游》："朝菌不知晦朔，蟪蛄不知春秋，此小年也。"据说蟪蛄夏生秋死，所以不知春秋。常用来比喻生命短促或见识短浅。

敬谒比干墓①

〔明〕林垚②

日落西山惨夜台③，太师没后起人哀。但知义重如山岳，不觉身轻似草莱。牧野有碑荒藓合，钜桥无粟野花开。经过此日羞④苹藻，独立苍茫首重回⑤。

【简析】

作为林氏后人，作者拜祭比干墓，其感受自然非常人可比。一句"羞苹藻"可谓挚语！的确，相对于比干的固守忠义、为国剖心，后人的任何奠献都是苍白的。所以，"义重如山岳"自然就是本诗之魂。

开头两句略显平淡，无甚新意。但颔联却异峰突起，主题顿出。表面上写比干不顾惜如草莱般轻飘飘的身躯，只知忠义如山岳之重；其实也有对比干的轻身殉义的怜惜和赞叹。颈联顺意而下，借眼前之景倾吐胸中之块垒。牧野是京畿重地，钜桥乃国库所在，过去都是繁华之所，而现在却残碑仆地，荒藓蔓合，断壁残垣，野花寂开，淘去了虚无的繁华，留下了真淳的大义，这才是历史的真实。尾联依然写作者为"义重如山岳"所震撼、所感动，自己虽然"独立苍茫"，仕途未卜，但胸中感先人之"忠义"，自然执着前行。

怀古诗最忌搬砌材料，它要求有层次、有议论、有寄托。本诗以"义"统帅全篇，层次分明。尾句的"首重回"更如特写镜头一般，把一个频频回首，不忍离去的诗人形象重现了出来，也把对忠义的赞美推向了高潮。

---

① 选自明暴孟奇《殷太师忠烈录》卷七《七言律》，明万历刻本。原无题，列"慈溪林垚，修武教谕"撰。现题为编者所加。
② 林垚：慈溪人，正统六年(1441)举人。曾做修武教谕。
③ 夜台：坟墓，亦借指阴间。按，详见附录《比干庙古诗中常用典故》注40。
④ 羞：进献。《说文》："羞，进献也。从羊，羊所进也。"
⑤ 首重回：即"重回首"，重新陷入回忆、回想之中。

比干墓①

〔明〕徐孚②

　　忆昔商季世,祖烈日汩沉③。夫子实贵戚,位在师保④臣。忠诚⑤乃奋发,苦口批逆鳞。君心日以盅,不复念懿亲。一朝心见剖,周师踰孟津。身存国与存,身亡国沉沦。乃知贤用舍,端是兴亡因。商辛逝已久,至今恶如新。夫子坟数尺,嵩华争嶙峋。呜呼身可杀,芳名恶可湮。景仰千载上,龙逄真比邻。敢告后来者,仁贤国之珍。

【简析】

　　徐孚乃举人出身,曾任衡州知府,在任曾修葺儒学,颇多善政。本诗前半部分论史,后半部分议今。起首两句渲染祖烈汩沉,国势危急,为比干剖心救国做铺垫。"夫子"四句强调比干身兼皇亲国戚、国之重臣于一身,不愿委曲求全,不愿明哲保身,而披肝沥胆,苦口批鳞。但"君心"已昏,冥顽不化,致使谏君失败,捐生剖心。"身存"四句为全诗最强音,推出中心句"乃知贤用舍,端是兴亡因",指出国家兴亡的根本原因在于贤良的取舍,这在封建社会已是了不起的见解了。"商辛"以下回到拜墓祭祀的本事上。作者用纣王"至今恶如新"与比干"芳名恶可湮"做对比,推出尾句"仁贤国之珍",响鼓重敲,篇末点旨,令人肃然。

　　史书上对徐孚政绩的记载很少,但本诗中名句迭出,足见作者对封建社会的本质有着透彻的认知,这是本篇最可宝贵的地方。

---

① 选自明暴孟奇《殷太师忠烈录》卷六《诗·五言古体》,明万历五年刻本;原无题,今题为编者所加。后缀以"天台徐孚"。
② 徐孚:字定之,黄岩(今浙江台州市黄岩区)人。正统六年(1441)举人。成化四年(1468)任衡州知府。
③ 沉:按,明曹安《太师比干录》卷下《吊比干墓国朝诗》作"陈",日本内阁文库藏江户写本。
④ 师保:古时任辅弼帝王和教导王室子弟的官,有师有保,统称"师保"。《易·系辞下》:"无有师保,如临父母。"
⑤ 诚:明曹安《太师比干录》卷下《吊比干墓国朝诗》作"诚",日本内阁文库藏江户写本。

吊比干①

〔明〕吕原②

平生自靖重彝伦③，一谏宁求便杀身。没世不忘存国念，忍闻名誉到④三仁。

【简析】

吕原是明代重臣，出身贫寒，幼时受磨难。任翰林院侍读多年，后又任通政左参议兼侍讲，入内阁，升翰林学士。他与李贤、商辂、彭时同时，使明朝隐有中兴之象。

这首诗重在议论。首句写比干时时追求天地纲常之正义，忠君爱国，救民水火，不知有身。次句写剖心杀身不是比干所追求的，也不是他所能预料到的。第三句的"不忘存国念"是本诗的诗眼，是议论的中心，是比干行为的出发点。所以，名列三仁、誉满天下不是他追求的目标。

本诗通篇议论，以"不忘存国"为论述的核心，借古人抒胸中块垒。吕原"质性浑厚，容貌端伟"，勤于政事，行事持重，内刚外和，清正廉洁，所以，比干的"不忘存国"也是他孜孜从政的精神支柱。

① 选自明暴孟奇《殷太师忠烈录》卷八《别录诗备览·七言绝句》，明万历刻本，原无题，今题为编者所加。前有序："正统甲子(正统九年，1444)及景泰庚午(景泰元年，1450)，予以公务诣川陕，皆取道卫辉。凡两过比干墓。心悲其死于忠谏，欲吊以诗，而未之暇也。兹因府学司训云间曹君安录其事以传，遂赋断章，以追吊云。"后缀以"秀水昌原翰林学士"。
② 吕原：原作"昌原"，应是"吕原"之误，明曹安《太师比干录》即为"吕原"。查万历二十四年《秀水县志》，无有关"昌原"的科第及仕宦记载。吕原(1418—1462)，字逢原，明浙江秀水人。正统七年(1442)进士。授编修。景泰间进左春坊大学士。天顺初，入阁预机务，与李贤、彭时相得甚欢。贤处事果断，原济以持重，庶政称理。进翰林学士，遭母丧，归葬，以哀毁卒。谥文懿。有《介轩集》。
③ 自靖：自己谋行其志。详见附录《比干庙古诗中常用典故》注5。
④ 到：明曹安《太师比干录》卷下《吊比干墓国朝诗》作"列"，日本内阁文库藏江户写本。

拜比干墓诗①

〔明〕沈彬②

太师高冢上，庙貌③肃衣冠。谏苦形容④槁，时颠狂救⑤难。剖心天见赤，瘗骨⑥土生寒。细想当年事，残碑不忍看。

【简析】

沈彬是能员，为官谨严，"练达治体，为部长所推信，疑狱平反，必与裁定"（《武康县志》），为世人称颂。这首祭祀比干的诗歌，中规中矩，不露锋芒。首联平凡引入，波澜不惊。颔联形象感很强，前句描写比干形容枯槁、执着苦谏，写法较为新颖；后句写"时颠"，世道反常，君王癫狂，正义不再，难以挽回。颈联先写"心"之"赤"，皇天可见；后写忠骨怨愤不散，使泥土"生寒"。这四句意象鲜明，描摹逼真，诗味浓郁。尾联"细想当年事"承上启下，下文应集中笔墨抒情议论，诗之主题应在结句喷薄而出。但"残碑不忍看"，含蓄倒是有，力道却无，境界不高。

沈彬不以诗文自鸣，遗稿亦多散佚。从本诗看，他的诗歌创作技巧颇为熟练，但欲言又止，挖掘不深，境界一般。

---

① 选自明暴孟奇《殷太师忠烈录》卷八《别录诗备览·五言律一首》。无题，列"武康沈彬，刑部郎中"撰。现题为编者所加。按，《四库全书存目丛书·集部》第34册（四库全书存目丛书编纂委员会编，齐鲁书社1997年版）收录《沈兰轩集四卷附录一卷》，其五言律诗收在第四卷，但无本诗。

② 沈彬（1411—1469），字原质，号兰轩，武康人。正统七年壬戌（1442）进士。任刑部主事，进员外郎、郎中。后迁云南清吏司郎中，以强干著称。著《兰轩集》四卷。

③ 庙貌：指庙宇及神像。《诗·周颂·清庙序》郑玄笺："庙之言貌也，死者精神不可得而见，但以生时之居，立宫室象貌为之耳。"按，明暴孟奇《殷太师忠烈录》作"庙像"。

④ 形容：指外貌、模样，也可指表情、神态。

⑤ 狂救：疑为"匡救"。匡正补救。明暴孟奇《殷太师忠烈录》作"启悟"。

⑥ 瘗骨：应为"瘗（yì）骨"。瘗，掩埋、埋葬。

凭吊殷太师比干庙墓①

〔明〕黄谏②

少师当日竭精忠,谁料昏庸谏不从。古庙尚由元魏③立,荒丘应是武王封。心剜刃下丹诚露,雨浥林前树色浓。匹马经过重吊古,几多遗恨满心胸。

【简析】

黄谏人誉神童,曾中探花,但仕途坎坷,屡遭打击。但每为官一处,总是尽力为民谋利,颇有政声。

本诗首联用语新奇,"竭"写出比干忠心为国之执着,"谁料"与之呼应,斥责纣王"昏愚"的行为。一褒一贬,波澜跌宕,震撼人心。同时,暗暗地借古写今。纣王"昏愚",出人意料地杀害谏臣,那么,现在呢?含不尽之意于言外。中间四句叙述旧事,"雨浥林前树色浓"颇有诗味。雨过之后,树色浓重,借景抒发压抑沉重的心情。尾联总结上文,点"吊古"之主题,表达"遗恨"之心意。

这首诗首联颇有力度,其余平平。用比干剖心的题材作诗本就不易,要写出点新意来更难,因为容易犯忌。所以,有关比干题材的诗作往往撞车,境界较平。才如黄谏者亦难以突破啊!

---

① 选自明暴孟奇《殷太师忠烈录》卷八《别录诗备览·七言律三十六首》。无题,列"金城黄谏,翰林学士"撰。现题为编者所加。

② 黄谏(1403—1465),字廷臣,号卓庵,又号兰坡,明代庄浪卫人。明英宗正统七年(1442)中探花。赐进士及第,授翰林院编修、侍读学士。明英宗天顺四年(1460)贬为广州府判。后又遭诬陷,押往北京,卒于途中。明代知名学者,才华横溢,诗文并茂。

③ 元魏:即北魏。魏孝文帝迁都洛阳,改本姓拓跋为元,所以历史上也称元魏。史载,北魏南迁时,孝文帝曾两次到比干墓祭奠,并因墓创建比干庙。

祀比干墓有思①

〔明〕姚龙②

大厦颠非一木支,仁名早已重周时。吹嘘③不散精忠气,刳剔④空令历世悲。草树和烟迷古冢,莓苔⑤渗雨上残碑。商家六百年来事,只有封堆属故基。

【简析】

据《桐庐县志》:"公为人刚方严毅,直道而行,不肯枉己徇人迎合权贵,所至承流宣化,兴利除弊,务在便民而已。"方志之载虽不无溢美之词,但姚龙能够一步步走上福建左布政使的高位,靠的还是自己过人的才干。诗为心声,本诗的字里行间可见其为政的心声。

前四句咏叹比干剖心救国之旧事。首句写大厦将倾,孤木难支,这是比干剖心的大背景。次句写比干的"仁"名重当时。"早已"起强调作用,写出了其历史的久远。颔联重在议论,先说比干的"精忠"之气历久不散,这是民族宝贵的文化基因;再说"刳剔"之事毕竟过于凶残,忠臣之冤令历代悲伤。"空"字含义深远,写出了人们的无奈,无法左右历史的命运,也无法左右自己的命运。

后四句抒发祭祀比干的情怀。颈联描写墓地景色。草树萋萋,风烟迷离;苦雨滴滴,苔藓遍地。"迷",这里为使动用法,草树仿佛有情,与风烟"和"在一起遮掩古冢,拥抱忠烈的灵魂;"上"同样如此,苔藓遍地说明久无人光顾,本是悲景,但在作者笔下,"莓苔""渗雨"之后慢慢地爬上残碑,仿佛在品味先烈的精神。此联意象独特,想象丰富,既写出了墓地的清冷寂寞,又有情有意,写出了自己对比干的悼念之情。尾联更妙,含不尽之意于言外。结句"只有封堆属

---

① 选自明暴孟奇《殷太师忠烈录》卷八《别录诗备览·七言律三十六首》。无题,列"桐庐姚龙,福建布政"撰。现题为编者所加。

② 姚龙:字讷言,桐庐人。正统七年(1442)进士,授刑部主事。景泰改元,署员外郎事,迁福建参议,后转河南参政,累官福建左布政使。其兄姚夔曾任吏部尚书。

③ 吹嘘:指风吹。孟郊《哭李观》:"清尘无吹嘘,委地难飞扬。"

④ 刳剔:剖杀,割剥。《书·泰誓上》:"焚炙忠良,刳剔孕妇,皇天震怒。"孔颖达疏:"刳剔,谓割剥也。"《墨子·明鬼下》:"昔者殷王纣……播弃黎老,贼诛孩子,楚毒无罪,刳剔孕妇,庶旧鳏寡,号咷无告也。"

⑤ 莓苔:青苔。明李瀚《光孝寺访唐佛》:"一径莓苔寒瑟瑟,千年灯火坐萧萧。"

故基"说明真正有价值的、能留存在世间的,还是能够合人心之物。

　　这首诗虽然采用的还是咏史诗传统的结构模式,但手法高妙,应属精品。特别是颈联的写景,意象随处可见,但一"迷"一"上",情韵毕显,物我交融。尾联的议论也有"不着一字,尽得风流"之效,表面上强调煌煌六百年的殷商留下的只有这座古冢,实际上告诉人们:只有活在人们心中的东西,才能留存大地之上。姚龙为官时,"北虏寇边,奉命镇抚河间,得便宜行事。公团结民快,申明约束,广储蓄,修城堡,民心始安。"(《桐庐县志》)真正能为人们做事的人,总会活在这大地之上。

咏比干①

〔明〕萧俨②

　　商道衰微切谏频,从容自靖③肯谋身。武王封墓首褒义,尼父论心深许仁。藓湿丰碑淇澳④雨,鸟啼遗庙太行春。岂惟一死关兴废,剩有余风⑤激后人。

【简析】

　　据《内江县志》,萧俨"谳囚南京,多所平反,累升河南参政。时裕州守秦永昌不法,已置重典,有诏逮巡按等官至京,唯俨抗辩不屈,得免。寻升贵州左布政使。奏请颁乐器,增解额,贵人德之"。由此可知,萧俨是能员,也有骨气。

　　前四句叙史并议论。首句一"切"一"频",勾勒出比干忠心为国、不恤自身、直面危局的情态。次句顺流而下,以"从容自靖"写比干之胸怀国家、舍生取义,"肯谋身"可谓全诗的最强音。颔联以叙代议,含蓄深沉,韵味悠长。"武王封墓""尼父论仁"都是常见的典故,但此处用之,起到褒赞比干忠义精神的效

---

①　选自明暴孟奇《殷太师忠烈录》卷八《别录诗备览·七言律三十六首》。无题,列"西蜀萧俨,河南参政"撰。现题为编者所加。

②　萧俨:字畏之,西蜀(今四川内江县)人。正统七年(1442)进士。历刑部郎中。累迁河南右参政,贵州左布政使。有《竹轩稿》三十卷,《明风雅广选》五十卷。

③　自靖:自谋行其志。按,详见附录《比干庙古诗中常用典故》注5。

④　淇澳:也作"淇奥"。一说指淇水弯曲处。《诗·卫风·淇奥》:"瞻彼淇奥,绿竹猗猗。"毛传:"奥,隈也。"一说指二水名。清马瑞辰《毛诗传笺通释·卫风·淇奥》:"《正义》引陆玑疏云:'淇奥,二水名。'《释文》引《草木疏》曰:'奥,亦水名。'刘昭《郡国志》注引《博物志》云:'有奥水流入淇水。'"

⑤　余风:过去传留下来的风教、风习。唐李绅《皋桥》:"犹有余风未磨灭,至今乡里重和鸣。"

果。作者的观点自然蕴含其中。

后四句写祭祀之事并抒情。颈联意象鲜明,先用苔藓遍地、丰碑犹存、烟雨蒙蒙、鸟啼遗庙写比干庙之荒凉冷寂,但"太行春"三字使得格调突然高扬,寓大地生机无限、忠臣精神不灭之意。尾联以议作结,见识颇深,突出主题。作者认为,我们现在的谒庙祭祀,不能仅仅局限在感叹"一死关兴废"的层面上,而应该抓住本质、放眼未来,歌颂比干之"余风"的作用,以之"激后人"。

本诗俗中见奇,含蓄深沉。特别是尾句,他人不常涉及,开拓了比干庙诗歌的新境界,令人钦佩。

咏太师比干①

〔明〕左辅②

当年直谏独何勤,谏烈忠诚任杀身。周鼎象成鸣鸟至③,汤盘铭废牝鸡晨④。父师饮恨甘奴辱,王子吞声效隐沦。去就死生同一致,争如先死更深仁⑤。

【简析】

咏史诗重在议论,表达自己对史事的看法,往往以见解深刻、卓异取胜。在比干庙诗歌所涉及的题材中,"三仁"是否"一体"始终是个争议的话题。孔子提出"三仁"之说,孟子也持此论,一般的儒者多赞附之。但也有人提出不同的看法,本诗即属此类。

首联叙述"当年直谏"之往事。"独"就写出比干舍身谏君的特异性,特立

---

① 选自明暴孟奇《殷太师忠烈录》卷八《别录诗备览·七言律三十六首》。无题,列"安城左辅,监察御史"撰。现题为编者所加。

② 左辅:江西安城(今江西安福县)人。正统七年(1442)壬戌科进士。天顺元年任河南尉氏县令。曾任监察御史,巡历陕西金川中。

③ 按,本句写西周勃勃兴起之状。周鼎:原指周代传国的九鼎。春秋时楚庄王觊觎王位,借伐戎之便而至周境,遂问定王使臣周鼎之大小、轻重。后因以"周鼎"借指国家政权。鸣鸟:传西周兴起,凤鸣岐山,此为祥瑞。后也用"鸣鸟"喻贤者。

④ 按,本句写殷商君王淫乐、妲己干政等有违天道的衰败之象。汤盘铭:《礼记·大学》:"汤之盘铭曰:'苟日新,日日新,又日新。'"孔颖达疏:"汤之盘铭者,汤沐浴之盘而刻铭为戒。必于沐浴之者,戒之甚也。"后以"汤盘"为自警之典。牝鸡晨:即"牝鸡司晨",详见附录《比干庙古诗中常用典故》注35。

⑤ 争如:怎么比得上,不如。深仁:即深厚的仁爱。古语中有"深仁厚泽"(深厚的仁爱和恩惠)。

独行,孤身逆鳞,并且"勤"于此事,根本不顾惜后果,这就为下文评析"三仁"做好了铺垫。次句中的"任"更把比干的因谏而死、虽死犹谏表露出来,那种舍生取义、心中有宗社的辉光令后人仰视。颔联运用对比,一方面西周励精图治、生机勃勃,一方面殷商奢靡淫乱、阴阳颠倒。用典贴切,含义丰富,一"新"一"废"之中褒贬自明。颈联扩展开来,叙述"父师""王子"饮恨吞声、或奴或隐的行为,其中的"甘""效"二字揭示出二人明哲保身的本质,为下文的评述蓄势。尾联可谓全诗的精华,先强调或"去"或"就"的做法在"死生"的层面上"同一致",即本质相同;然后再推出最强音"争如先死更深仁",强调三人的行为还是有高下之分的,比干之"仁"更"深"。

本诗主题突出鲜明,层层铺垫,句句蓄势,抑扬起伏,跌宕多姿,只为结句的爆发。诗中多肆意以言志,无遮无掩,明白晓畅,堪称佳作。

谒比干墓庙①

〔明〕胡珉②

路经高冢问居民,知是殷家骨肉亲。已见忠心多逆耳,其如大义合亡身。
英魂惨惨青山暮,古庙堂堂碧树春。名列三仁垂不朽,至今羞死献谀臣。

【简析】

胡珉曾任卫辉府通判,从政事迹待考。首联以叙事引入,颇有古风之味。路径幽深,高冢巍立,但标识无存,足见荒凉;作者探问之后,得知竟是比干孤冢,惊异之后泛起阵阵凄凉之感。颔联先写比干以赤心表明心迹,死谏胜过"说谏";再写"大义合身",赞美比干的忠义精神。颈联借景抒情,虽然英魂"惨惨",令人痛惜,但青山有情,碧树生春,比干精魄必将受天地荫庇,香火永存。尾联运用对比,进一步强化本诗的主旋律。

作者是个下层官吏,颇知为官之辛酸。这首诗虽然在主题意义上的突破不

---

① 选自明暴孟奇《殷太师忠烈录》卷八《别录诗备览·七言律三十六首》。无题,列"舒城胡珉,户部主事"撰。现题为编者所加。

② 胡珉:舒城人,正统七年(1442)壬戌科进士。曾任户部主事,卫辉(成化年任)、凤翔通判,漳州同知。(选自《续修舒城县志》)按,《卫辉府志》列其为"直隶新城人",误。

大，但结句似有所指，倒也别开生面。其中，首联的以赋笔入诗，颔联的虚词妙用，颈联的即景抒情，俱显示出作者的创作功力。

过比干墓有感①

〔明〕曹祥②

嗟嗟殷少师，志气③何激昂。直言谏人主，遽乃罹刳伤。千年享明祀④，古墓依高冈。寄与⑤容悦臣，能无愧中肠。

【简析】

曹祥是获嘉人，进士出身，曾任御史、福建宪副等，以廉能著闻。本诗前两联咏古，后两联述今。咏古部分不脱旧窠，新意不多。尾联极好，锋芒直刺"容悦"之臣，质问其面对比干精魄，是否能够心地坦然而不"愧中肠"。前皆平淡，篇末昂扬，前为铺衬，后乃爆发，一扫颓势，令正直之士激情飞跃，令容悦奸佞羞惭无语，有篇末点旨之效。

曹祥家族为获嘉名门望族，后迁居卫辉，在西南庄、太公泉一代繁衍，名士辈出，与当地士族之间的交往颇密。这在许多碑刻墓志中记载颇多。西南庄、太公泉与比干墓距离不远，曹祥对比干庙应十分熟悉，比干之忠义自然是其为官为宦的政治标杆。

---

① 选自明暴孟奇《殷太师忠烈录》卷六《诗·五言古体》，明万历五年刻本。原无题，今题为编者所加。后缀以"获嘉曹祥按察副使"。
② 曹祥：获嘉县桃村人。正统六年（1441）举于乡，七年成进士。累官御史，出按广东。寻晋福建宪副。以廉能著闻。子昌。（民国二十四年版《获嘉县志》卷十二《人物上》）
③ 志气：按，明曹安《太师比干录》卷下《吊比干墓国朝诗》作"志节"，日本内阁文库藏江户写本。
④ 明祀：对重大祭祀的美称。《左传·僖公二十一年》："崇明祀，保小寡，周礼也。"杜预注："明祀，大皞有济之祀。"
⑤ 与：按，明曹安《太师比干录》卷下《吊比干墓国朝诗》作"语"，日本内阁文库藏江户写本。

颂比干①

〔明〕史敏②

长夜杯深烙焰红，爱君宁复顾微躬③。一心有窍精成露，再谏无人历数④终。周武封来伸正气，宣尼铭后壮幽宫⑤。至今赫赫声名在，烈日争光万古同。

【简析】

史敏以荐升河南布政司右参政，"陛辞之日，召入文华殿密论，赐酒给钞。既之任，抚流移，锄寇盗。三年奏最，赐诰命进阶朝议大夫。"（《淮安府志·第二十二卷·人物·仕迹》）从这段记载看，史敏颇有才干，深受重用。这首咏史诗也尽露其为政心声。

首联由叙述往事引入，先写殷纣荒淫奢靡、残暴无德、滥施酷刑的现实，为下文赞扬比干的抉择做铺垫。"爱君"是全诗的中心词，即诗眼。在封建社会，"爱君"与爱国、爱民是一体的，作者以此为歌颂的主题合情合理。颔联先写比干剖析之事，切住本事，由形到神，歌颂比干忠义双全、为国殒身的精神；再写比干死后，"再谏无人"，国家灭亡，由此让人们领会比干劝谏对国家存亡的意义和作用，从而更加钦佩比干甘愿赴火之举的伟大。此联一前一后，互为因果，但行文流畅，对仗工稳，显示了作者高超的语言技巧。颈联承上而下，运用旧典，通过比干身后所获得的赫赫声誉来告慰先灵，彰扬正气。尾联通过赞美比干的英灵与"烈日争光"来强化主题，抒发作者的情怀。这个意向人们常用在咏史诗的结尾，比干庙诗歌中更是如此。

作者"生平于书，无所不读。诗人词曲，各臻其妙；篆隶真草，咸有古意"。

---

① 选自明暴孟奇《殷太师忠烈录》卷八《别录诗备览·七言律三十六首》。无题，列"淮阳史敏，河南参议"撰。现题为编者所加。

② 史敏：字德敏，号松泉，淮阳人。正统十年（1445）乙丑科进士，除刑部主事，升员外郎。以荐升河南布政司右参政，因功升参议。平生坦白，好吟咏。著《松泉集》。

③ 微躬：谦词。卑贱的身子。南朝沈约《郊居赋》："绵四代于兹日，盈百祀于微躬。"

④ 历数：指帝王继承的次序。古代迷信说法，认为帝位相承和天象运行次序相应。《论语·尧曰》："尧曰：'咨！尔舜，天之历数在尔躬。'"

⑤ 幽宫：谓坟墓。王维《过秦皇墓》："古墓成苍岭，幽宫象紫台。"

（《淮安府志》）本诗主题突出，主线分明，结构严谨。音节响亮而流转，尤以颔联为佳。

游比干庙诗①

〔明〕李登②

忠臣庙墓对高岗，历岁三千尚有光。只为进言干③纣主，遂令剖腹若龙逢。精神赫赫齐穹壤，烈气飘飘凛雪霜。优典④累颁酬未尽，遍求歌咏激贤良。

【简析】

李登为汲县人，官至陕西布政司左参议。这首诗先从地望写起，庙貌威严，面对高岗；天地有灵，佑护忠良，历时久远，孤墓犹存，还"有光"，说明比干的忠义精神跨越时空，永驻人们心中。颔联写比干的遭遇，"只为"与"遂令"相呼应，突出比干遭遇的残酷"奇冤"。颈联歌颂"精神"和"烈气"，用叠词和夸张进行渲染，对仗工稳，意象阔大，震撼人心。尾联回到祭祀的本事上，强调诗歌的主题即"激贤良"，把情绪推向高峰。

---

① 选自明曹安《太师比干录》卷下《吊比干墓国朝诗》，日本内阁文库藏江户写本。原无题，今题为编者所加。后缀以"汲郡李奎户部郎中"。
② 李奎：字文辉，汲县人。正统十年（1445）进士。曾任主事、郎中、浙江巡盐御史、陕西左参议等。按，成化元年五月二十二日，升户部郎中李奎为陕西布政左参议。
③ 干：冲犯，冒犯。
④ 优典：即"优恤重典"。朝廷对官员表示优厚抚恤的隆重典礼。

寄题比干墓二首①

〔明〕彭时②

自信输忠正幅员③，岂知心剖得名全。鹿台④千尺今何在？不及孤坟万古传。

万古乾坤八尺坟⑤，当年一死冀存殷。空劳异代封褒事，窃恐英魂不愿闻。

【简析】

彭时主要生活在明朝朝政动荡之际，虽仕途不靖，但也屡获重用。成化改元（1465），进兵部尚书。后加太子少保，兼文渊阁大学士。四年改任时为吏部尚书，达到了仕途的高峰。历事三帝，在阁二十年，忠于职守，孜孜为国，每议大事，多能持正，世称贤相，有古大臣风范。他和李贤、吕原、商辂等同心辅政，使得朝政呈兴旺之势。但后来愈来愈得不到皇帝的重用，60岁时抑郁而终。

这两首诗不知作于何时，但的确蕴含着这位饱受仕途炎凉的居高位者的心声。第一首的"自信"意味深长，也就是说，比干在谏君之前知道有危险，也有一定的心理准备，但潜意识里自认为为国"输忠"、使"幅员"（即国家）走上正道，没有料到会遭此奇灾。次句的"岂知"呼应"自信"，把统治者的昏聩残暴表露无遗。"得名全"中的"全"有完美精神境界之意；"名"指的是比干的忠义为国

---

① 选自《彭文宪公集四卷·第二卷》，明朝彭时撰，北京大学图书馆藏清康熙五年彭志桢刻本。收入《四库全书存目丛书·集部·第35册》，齐鲁书社1997年版。第二首又见于《乾隆汲县志》卷十四《艺文下》，字句略有不同，即：万古乾坤八尺坟，当年一死为忠君。谩劳异代加封谥，正恐英魂不忍闻。清顺治版《卫辉府志》卷十八《艺文志·诗类》录第二首，诗末有注"刘端毅公云此诗得比干之心"。"刘端毅公"即刘玉，字咸栗，江西万安人。弘治十年（1497）任辉县知县。公廉仁恕，力拯凋敝。岁歉民饥，亟为赈济。立条教以善民俗，禁丧葬，无作佛事。增新学校，诲诱诸生。历任六年，擢监察御史，升河南提学佥事。历官刑部左侍郎。卒，赠刑部尚书。谥端毅。所著有《执斋文集》二十卷。
② 彭时（1416—1475），字纯道，号可斋。安福人。正统十三年（1448）戊辰科进士第一，授修撰。天顺七年（1464），升吏部右侍郎兼学士，同知经筵。成化改元（1465），进兵部尚书。后加太子少保，兼文渊阁大学士。四年改任时为吏部尚书。有诗文集4卷。
③ 输忠：献纳忠心。唐韦应物《送崔押衙相州》诗："万方如已静，何处欲输忠。"幅员：指疆域。广狭称幅，周围称员。文中的"正幅员"，指使得国家拨乱反正。
④ 鹿台：传纣王兵败之后在鹿台自焚。按，详见附录《比干庙古诗中常用典故》注36。
⑤ 八尺坟：《周礼·冢人疏》："大夫坟高八尺，树以药草。"后世"八尺"也有"大"的意思。

的仁者之风。后两句重在议论,作者没有直言谁是谁非,而是用形象来说话:当年的鹿台高耸千尺,辉煌一时,而今早已烟消云散;一抔黄土掩忠魂,虽然平凡而简陋,但受着大地的呵护,得以"万古传"。在两个意象的对比中,褒贬之意自明。

第二首承前诗诗意而下,先写在"万古"(时间长久)、"乾坤"(空间广阔)的映衬下,"八尺坟"屹立人间的事实,富有暗示性,启发人们思考其中的原因。次句"当年一死冀存殷"点明根源,成为中心句。最后两句的议论颇有见地。历代的统治者的崇祭、封谥,看似浮华张扬、宠耀无比,但其实真正针对的都不是比干本身,而是借古人说今事;同时,"窃恐英魂不愿闻",比干剖心谏君的出发点不是为了流芳百世,而是救国救民。那缭绕的香火、高贵的称号都不是他想要得到的,他要的是国泰民安、宗祀流传。

咏史诗因事兴感,重在寓历史鉴戒之意,自然离不开议论。但最忌僵化生硬。好的议论应该从形象落笔,通过艺术形象本身的魅力暗示、启发读者,让读者参与其中。这两首诗的第二联都做到了这一点,令人钦佩。

游比干祠①

〔明〕史昱②

晨游向城北,感此忠臣祠。直言为邦国,剖死真堪悲。遥山拱高冢,细藓粘残碑。天长与地久,名节安可亏。

【简析】

史昱是举人出身,曾任汲县县学训导。方志中记成化十六年(1480),南安知府张弼迁南安府四圣祠于城南玉地坊,"教授史昱有记"。可见,史昱一生大多任职县学、府学,地位不高。本诗应写于其任职汲县时。

首联引入忠臣祠。"晨游向城北"的方位感很强,点明了比干庙在汲县城北。颔联叙述剖心而亡的史实。颈联写景。比干墓西眺太行,这是其自然风

---

① 选自明暴孟奇《殷太师忠烈录》卷六《诗·五言古体》,明万历五年刻本;原无题,今题为编者所加。后缀以"吴门史昱汲庠训导"

② 史昱:吴县人。景泰元年(1450)举人。曾任汲县训导。

貌;但作者推陈出新,没有写比干墓与太行并峙,互为增辉,而是用"拱"字形象地写出太行拱卫高冢,巍巍太行也被比干精神感动,用强劲筋骨为比干墓遮风挡雨,形象瑰丽,造语奇特,令人耳目一新。下句"细藓"说明人迹罕至,荒凉至极;"粘"字表现力很强,写出细藓之多,风沙之大,又增荒凉。一大一小,一"拱"一"粘",描摹逼真,崇敬、惋惜、悲恸、压抑之情蕴含其中,此联堪称名联。尾联重在议论,强调为臣子者应注重"名节",唯有"名节"(也就是比干杀身成仁的精神)才能天长地久,这是作为底层官吏最为真挚的呼声。

吊比干①

〔明〕余子俊②

死谏都言分所宜,谁人肯向死前为。奈何国步艰难日,便是师臣③受戮时。半夜寒鸦喧古木,千年苍藓蚀残碑。品题④未足为轻重,自有孤忠天地知。

【简析】

余子骏以副都御史巡抚延绥。当时蒙古族强大,常以轻骑入侵骚扰。余子俊出兵追击,往往师劳无功。于是,在成化九年,余子骏将镇治迁到榆林,增兵设防,拓城戍守,从此榆林成为九边重镇之一。成化十年,余子俊征调民众修筑边墙(即明长城),全长350公里。余子俊经营榆林20多年,边务整饬,河套蒙人不敢南下,军民相安,蒙汉人民和睦,贸易往来频繁。由此来看,作者长于戍务,为国之长城。本诗见解卓异,气势宏大,情韵深厚,笔力雄健,颇有勃勃英风。

首联先从人们对比干剖心的评价谈起。一般人囿于封建思想道德的认识,总认为比干的"死谏"乃"分所宜",虽惨无憾。但作者却生发质疑,"谁人肯向死前为"可谓掷地有声。既然"都言",却只有比干"肯向死前为",用一般人的

---

① 选自明暴孟奇《殷太师忠烈录》卷七《七言律》,明万历刻本。原无题,列"眉山余子俊,西安守"撰。现题为编者所加。亦载《乾隆汲县志》卷四《建置下·塚墓·殷比干墓》。
② 余子俊(1429—1489),字士英,眉州青神人。景泰二年(1451)进士,授户部主事,以廉干著称。后擢右副都御使,巡抚延绥,亲自督建边墙城堡。成化十二年改巡陕西,开渠为民,人称"余公渠"。成化二十年以户部尚书兼右副都御史,总督大同、宣府军务。力主行延绥边墙法,但灾害频仍,公私耗敝,为言官劾奏。宪宗末年,官终兵部尚书。赠太保,谥肃敏。
③ 师臣:古时对居师保之位或加有太师官号的执政大臣的尊称。
④ 品题:品评的话题、内容。这里指评论人物,定其高下。

平凡甚至于虚伪来衬托比干的伟大和卓越。颔联的"奈何"更写出作者的无奈、不满,颇有借古讽今的味道。在"国步艰难日",需要的是君臣一体,举国同心,共防外侮,不成想却是"师臣受戮时"。统治者为了满足自己的私欲、维护自己的尊严,大肆屠戮忠臣,自毁长城,这已经成为封建社会的常态。一"奈何"一"便是",在深深的叹息中让人无语。

颈联回到祭祀本身。虽用传统意象,但"半夜"对"千年",一现实一想象,有历史的纵深感;"寒""苍"使得境界凄清苍凉。"喧"乃喧闹、吵闹,本应带来生气,但时间是半夜,声音为悲寒,处所在森森古木之中,此"喧"自然让人惊心;柔弱如苔藓,竟然能把碑石"蚀"残,是历经千年所致,这更说明比干庙长年无人驻足,荒凉颓圮,令人心寒。古人认为"七言诗第五字要响","所谓响者,致力处也"(《苕溪渔隐丛话》),的确如此。尾联又起高潮。比干死后,上至圣人帝王,下至凡夫俗子,"品题"林立,这在一般人看来都是巨大的荣耀,但作者认为无足轻重,因为比干的"孤忠"自有天地共知。

咏史诗最难之处在于见解卓异。比干庙诗歌所用的意向比较固定,对比干之死的评介又较为一致,所以,诗歌的主题要想有所突破是比较难的。本诗作者长年生活在行伍之中,少有儒生之习气,敢言敢书,想人之未想,发人之未发,再加上诗风的苍劲雄迈、顿挫有致,使得本诗颇得老杜之髓,为比干庙诗歌中少有的佳作。

登太师祠有感①

〔明〕姚廷彦②

郿城③西北太师坟,义胆忠肝世共论。高冢有狐眠白昼,古碑无字立黄昏。
孽龙逝后乖风息,直道由来汗简存。此日登祠一瞻拜,寒烟衰草欲销魂。

【简析】

本诗首联中的"义胆忠肝"是诗眼,全诗围绕它而展开。颔联写比干墓荒凉

---

① 明暴孟奇《殷太师忠烈录》卷七《七言律》,明万历刻本。原无题,列"钱唐姚廷彦"撰。现题为编者所加。
② 姚廷彦:钱唐人。无传,待考。
③ 郿:周朝国名,在今河南卫辉市。

之景,暗含寄寓,有讽喻之意。妖狐鬼火,本应夜晚出没,现在却肆无忌惮,白日酣眠;碑古碣老,本应记载忠义,现在却字迹磨销,孤立黄昏。为什么本应得到敬崇、香火的比干祠,现在却如此寂寥呢?借古讽今之意顿生。同时,"古碑无字立黄昏"还可以从另外一个角度来理解,虽然鬼狐出没,碑文磨灭,虽然人迹罕至,香火不再,但那残留的古碑依然屹立在人间,虽无语,但执着。所以,在颈联中作者赞美比干的"直道"长存史册,长留人间。尾联点明祭祀的本意,结句借凄凉之景抒销魂之情。

怀古诗重在有兴寄。起首就强调比干的"义胆忠肝"世所罕见,但当今当世却不为人所重,比干墓残破不堪,荒凉之极,其原因发人深思。作者把矛头直指统治阶层和社会风尚。颈联的"孽龙"一"逝"而"乖风"平息,更是有借古喻今之效。所以,作者的"销魂"不仅仅是为比干而痛,而且为纷乱的朝政而悲。

过比干墓①

〔明〕高信②

当商季世③虐斯民,师保④惭为族属亲。力谏务存宗与社,剖心那顾命和身。穹碑官道垂千载,巨冢荒郊度几春。昭代⑤秖今存节义,岁时致奠表忠臣。

【简析】

正统年间,高信曾任河南布政司左参议。其为政事迹现已难考,但本诗小

---

① 选自明暴孟奇《殷太师忠烈录》卷八《别录诗备览·七言律》,明万历刻本。原无题,今题为编者所加。前有小序:"予每读《论语》,至孔子称'殷有三仁'之说,谓'微子去之,箕子为之奴,比干谏而死',未尝不掩卷而重叹,曰:'仁道至大,忠臣难为,非全体不息者曷克至此!'今殷太师比干之墓在卫郡之北一十五里,历代以来建庙奉祀,适逢我朝益尊古典,岁时致祭,又令有司蠲户役以奉之,其悯念前代忠臣尤为至矣。兹因按部郡邑,过其墓前,有感于怀,遂述近体一律,以纪岁月云。'后缀以"郴阳高信河南参议景泰三年(1452)"。
② 高信:湖广郴州人。永乐十八年(1420)举人,二十二年进士。正统年间任布政司左参议。
③ 季世:末代,衰败时期。《左传·昭公三年》:"叔向曰:'齐其何如?'晏子曰:'此季世也,吾弗知。齐其为陈氏矣!'……叔向曰:'然,虽吾公室,今亦季世也。'"汉桓宽《盐铁论·授时》:"三代之盛无乱萌,教也;夏商之季世无顺民,俗也。"
④ 师保:古时任辅弼帝王和教导王室子弟的官,有师有保,统称"师保"。《易·系辞下》:"无有师保,如临父母。"
⑤ 昭代:政治清明的时代。常用以称颂本朝或当今时代。宋陆游《朝饥示子聿》诗:"生逢昭代虽虚过,死见先亲幸有辞。"

序中记载颇有价值。"适遇我朝益尊古典,岁时致祭,又令有司蠲户役以奉之,其悯念前代忠臣尤为至矣",可见当时祭祀比干是官府行为,有严格的规制,这为比干庙发展的研究提供了重要的史料。

本诗乃作者"因按部郡邑,过其墓前,有感于怀,遂述近体一律"。首联写国势危殆,统治者却不思奋进,反而变本加厉,残虐斯民,而身兼国之重臣和皇族属亲为一体的比干焦心如焚,欲扶摇坠。颔联直言道之,无遮无碍,为存宗社而奋不顾身才是比干劝谏的本质。颈联描写空间的"穹碑""巨冢",时间的"千载""几春",突出比干精神的万古流传。尾联回到现实,歌颂当今盛世的政治清明,暗含"存节义""表忠臣"乃国家兴盛基础之意。

按《殷太师忠烈录》的编录规律,凡列出具体撰写时间的皆有碑存世。但此碑现已难觅。此篇亦见明曹安《太师比干录》卷下《吊比干墓国朝诗》,却无前序,正文亦有较大差异,即"当年商纣虐斯民,师保惭为族属亲。直谏祇知存大义,刳心那暇惜余身。穹碑矗矗垂千载,荒冢戋戋是几春。莫向路傍嗟往事,水声昼夜泣忠臣"。暴孟奇是在曹安所录的基础上进行的抄录,一定知道曹安所录的内容;但暴孟奇缀以"景泰三年",说明暴孟奇见过原碑,应是照原碑抄录。但暴孟奇所抄之作远没有曹安所录顺畅,或误识误抄,或原碑刻写有误,亦或曹安所见的是定稿而碑中所刻为原稿,此待考。

拜比干庙墓①

〔明〕陈旭②

商业日沦丧,微箕甘去辱。公时进直言,期君保宗国。竟剖贤人心,百身胡可赎。庙墓垂千古③,悲风号古木。我来酹清酤④,可为一痛哭。

① 选自明暴孟奇《殷太师忠烈录》卷六《诗·五言古体》,明万历五年刻本;原无题,今题为编者所加。后缀以"吉水陈旭汲庠训导"。
② 陈旭,吉水县人。景泰四年(1453)举人,曾任汲县训导。清道光《吉水县志》卷二十《选举·举人》记载陈旭为景泰四年举人,曾任"叶县训导,迁教谕"。
③ 千古:明曹安《太师比干录》卷下《吊比干墓国朝诗》作"千秋",日本内阁文库藏江户写本。
④ 酤:原文即此。疑应作"酤"。

【简析】

　　陈旭是举人出身,仅任县学训导,可见在官场上属于不甚得意。本诗吟咏古事,怀古抒怀。首联写殷商功业沦丧,摇摇欲坠;大敌当前,人心涣散,微子去,箕子奴。在局势险峻之时,比干挺身而出,直言劝君,其目的当然是"保宗国",可谓大义凛然。独夫不为所动,反而剖贤人之心,因此国家灭亡在所难免。后四句回到现实中。"悲风号古木"借景抒情,大自然古木悲号,祭拜之人为比干命运而悲号。全诗圆熟流畅,不逾传统怀古诗之囿,无甚创新,较为平淡。

过比干庙感怀①

〔明〕杨贡②

　　为臣死节果何如,一片忠诚底事摅。七窍独遭商受视,三仁并见仲尼书。苔封马鬣乾坤老,碑载龙章③岁月余。得得驻骢堂下拜,临风不觉重踟蹰。

【简析】

　　本诗前四句叙史议论,后四句祭祀抒情。首联强调比干忠诚为国、为"节"而死,为下文写比干的遭遇做铺垫。颔联叙述比干剖心、孔子称仁的史实,"独"既写比干之孤身赴难,又写商纣之独夫本色;"并"赞三仁一体,虽行为有异,但都是为了国家。此联所叙之事人们耳熟能详,但作者在对仗上颇下功夫,用语巧妙,十分工稳,而且隐有对比之意。颈联由眼前之所见即物抒情,"苔封马鬣""碑载龙章"本寻常之物,但"乾坤老""岁月余"一下子把比干孤冢置于历史的长河之中,让岁月的风尘来洗礼忠烈的精神。尾联回到祭祀的本事之上,结句运用白描,描写情态细腻生动,"踟蹰"之中蕴含了种种情思,有感伤,有顿悟,有反思,有借古讽今……让人浮想联翩,含蓄深沉。

---

① 选自明暴孟奇《殷太师忠烈录》卷八《别录诗备览·七言律三十六首》。无题,列"乐安杨贡,监察御史"撰。现题为编者所加。
② 杨贡:乐安(今江西省抚州市乐安县)人。明朝监察御史。没有更多的资料可参考,已查阅《乐安县志》,无记载。待考。
③ 龙章:龙纹,龙形。南朝·鲍照《从庾中郎游园山石室》:"怪石似龙章,瑕璧丽锦质。"

吊汲县比干墓①

〔明〕刘弘②

伤哉商道衰,牝鸡忽为孽。铜柱焚炙炎,鹿台陈腐结。德政弃不修,草野从攘窃③。公言药石攻,匪为掉长舌。冥然竟弗省,酷虐生枝节。剖心视七窍,心剖国随灭。故官禾黍秋,骨冷心犹热。借问是何心,忠爱与刚烈。此心天地同,万古难磨折。道旁④兀高坟,清泉抱林樾⑤。穹碑日摩挲,余光益昭晰⑥。尼父评三仁,自靖无遗缺。我谓三仁难,惟公更奇杰。翘首汲山冈,吊罢情犹切。

【简析】

刘弘于景泰五年(1454)任长垣知县,以勤政爱民,废坠修举著称。长垣卫楼村有比干庙,龙相村有双忠祠(祭祀关龙逢、比干),作者对此一定十分熟悉。但从"翘首汲山冈"看,本诗拜祭的是汲县比干墓。前六句殷纣之恶,"德政弃不修"可谓总结句。"公言"两句写比干剖心而亡。"匪为掉长舌"语俗情切,突出比干之正气凛然。"心剖国随灭"很有画面感,语言古朴,字字锥心。"骨冷心犹热"写比干精神之长留人间,比干之心千古犹热。然后用设问,强调比干精神的实质是"忠爱与刚烈",一字一顿,字字珠玑,这在本书中比较少见。不仅如此,"此心天地同,万古难磨折"更是不遮不碍,直言快呼,让人血脉贲张,激情飞跃。"道旁"以下叙述祭拜之事,议论三仁之行,"惟公更奇杰"又为刚直之语。

本诗充分展现古风容量宏大、曲折回转、气势磅礴的特点,用语古朴自然,不加矫饰,多直言见深意,可见作者心性之激烈,刚直不阿,诗文功底之深厚。

---

① 选自明暴孟奇《殷太师忠烈录》卷六《诗·五言古体》,明万历五年刻本;原无题,今题为编者所加。后缀以"无锡刘弘长垣尹"。
② 刘弘:字超远,南直隶无锡人。举人。景泰五年(1454)任长垣知县,勤政爱民,废坠修举。升东平知州。
③ 攘窃:盗窃;抢夺。《书·微子》:"今殷民乃攘窃神祇之牺牷牲,用以容,将食无灾。"
④ 旁:明曹安《太师比干录》卷下《吊比干墓国朝诗》作"傍",日本内阁文库藏江户写本。
⑤ 林樾:林木;林间隙地。唐皮日休《桃花坞》诗:"夤缘度南岭,尽日寄林樾。"清魏源《重游百泉》诗:"遥山白于晓,林樾失翠黛。"
⑥ 昭晰:光亮,光耀。三国魏曹丕《济川赋》:"美玉昭晰以曜晖,明珠灼灼而流光。"

过比干庙①

〔明〕觉澄②

匹马东风古道旁,忠臣此地有祠堂。犯颜竟不③辞君去,剖腹宁堪④为国亡。铜柱⑤沉沙芳草合,钜桥⑥流水野花香。褒封祀典神犹在⑦,细读残碑欲断肠⑧。

【简析】

首联写比干墓的方位,起笔比较平淡。颔联叙述比干犯颜直谏,剖心而亡的史实,"竟不"突出其出人意料,"宁堪"表现其心甘情愿,两者前后呼应,赞美比干忠君为国的忠义精神之高贵。颈联写眼前之景,叹历史兴亡。当年炮烙酷刑的铜柱已被流沙淹没,高大雄伟的钜桥粮仓已化为乌有,过去的繁华已不再,当年的对与错已成为历史,眼前芳草四合,野花飘香,让人不禁对历史的兴亡、朝代的更迭生发感慨。尾联强调比干虽死,但"神犹在",即精神永存,这从"褒封祀典"上就可以看出。结句抒发自己的伤感之情。

全诗写得很规范。中间两联文辞优美,对仗工稳;颔联注重虚词的炼字,颈联的境界高远,都有独到之处。结句的形象感比较强,但语意有竭尽之感,不够空灵含蓄。

---

① 选自《钦定四库全书·古今禅藻集》卷二十四。亦见明暴孟奇《殷太师忠烈录》卷七《七言律》,明万历刻本,无题,列"香严僧觉澄,云中人"撰。

② 觉澄:号古溪,族姓张氏,住南阳香严,终金陵高座寺,著《雨华集》。其活动年代主要在明景泰至天顺年间。

③ 竟不:按,明暴孟奇《殷太师忠烈录》卷七《七言律》作"不忍"。

④ 宁堪:按,明暴孟奇《殷太师忠烈录》卷七《七言律》作"那知"。

⑤ 铜柱:即炮格。按,详见附录《比干庙古诗中常用典故》注22。

⑥ 钜桥:古代粮仓名。故址在古衡漳东岸,因水上有大桥得名。今属河北省曲周县。相传为殷纣聚敛粮食之所,周武王克殷后散其粟赈民。《逸周书·克殷》:"(武王)乃命南宫忽振鹿台之财,钜桥之粟。"按,明暴孟奇《殷太师忠烈录》卷七《七言律》作"土桥"。

⑦ 按,此句明暴孟奇《殷太师忠烈录》卷七《七言律》作"殷勤拜罢伤心曲"。

⑧ 残碑欲断肠:按,此句明暴孟奇《殷太师忠烈录》卷七《七言律》作"碑铭对夕阳"。

咏比干墓①

〔明〕谢昭②

商业寝衰薄,大宝③传昏庸。炮烙④恣残忍,沉湎成盲聋。王纲慢⑤不振,祀典茫弗崇。况彼姬姓臣,日兴西土功。元兄惜颠隮⑥,问策言尽忠;故为存祀计,去国心忡忡。父师⑦出誓语,臣仆宁苟从;狂发心不移,甘在囚困中。擎天岂无力,跬步不可通。回首中外人,草窃⑧如蚁蜂。少师积忧忿,犯谏逆帝⑨聪。轻身眇一粟,沉魄何匆匆。忠魂荡今古,冤血腥奸雄。高坟逼官道,穹碣盘蛟龙。瀍水写哀响,太行凝愁容。于乎! 日月有薄蚀⑩,得辉恒昭融;乾坤有终始,令名垂不穷。寥寥三千载,披简如昨逢。

【简析】

谢昭,天顺年间荐授翰林院侍书。其任职不低,但史书无传。原来,景泰八年(1457)发生夺门之变,又称南宫复辟,谢昭附从拥立朱祁镇复辟的权臣石亨,从而得官。但后来结局不佳,故志书无传。生逢乱世,宫闱纷争,作为臣子,生存不易。我们已无从得知谢昭在南宫复辟中的所作所为,无法做出评判,但从

---

① 选自明暴孟奇《殷太师忠烈录》卷六《诗·五言古体》,明万历五年刻本;原无题,今题为编者所加。后缀作者"黄岩谢昭翰林侍书"。亦见明曹安《太师比干录》卷下《吊比干墓国朝诗》,列"浙东谢昭翰林侍书"撰,日本内阁文库藏江户写本。
② 谢昭:黄岩(今浙江台州市黄岩区)人。曾从国子学录张粹求学。天顺年间荐授翰林院侍书。
③ 大宝:指皇帝之位。
④ 炮烙:相传是殷纣王所用的一种酷刑。按,详见附录《比干庙古诗中常用典故》注22。
⑤ 慢:按,明曹安《太师比干录》卷下《吊比干墓国朝诗》作"漫",日本内阁文库藏江户写本。
⑥ 颠隮:衰败覆灭。《书·微子》:"今尔无指,告予颠隮。"孔传:"汝无指意,告我殷邦,颠陨隮坠,如之何其救之。"
⑦ 父师,即太师,上古三公之一。《书·微子》:"微子若曰:'父师、少师,殷其弗或乱正四方。'"孔传:"父师,太师。"《汉书·五行志上》:"降及于殷,箕子在父师位而典之。"颜师古注:"父师,即太师,殷之三公也。箕子,纣之诸父而为太师,故曰父师。"
⑧ 草窃:掠夺;盗窃。《书·微子》:"殷罔不小大,好草窃奸宄。"孔传:"草野窃盗又为奸宄于内外。"
⑨ 帝:按,明曹安《太师比干录》卷下《吊比干墓国朝诗》作"立",日本内阁文库藏江户写本。
⑩ 薄蚀:即薄食,指日月相掩食。《汉书·天文志》:"彗孛飞流,日月薄食。"颜师古注:"孟康曰:'日月无光曰薄……或曰不交而食曰薄。'韦昭曰:'气往迫之为薄,亏毁曰食也。'"《吕氏春秋·明理》:"其月有薄蚀。"高诱注:"薄,迫也。日月激会相掩,名为薄蚀。"

这首古风看,他对比干精神的推崇应该是发自内心的。

前六句叙述商纣王的荒淫无道,残害生灵,混乱朝纲。"况彼"两句写西周的崛起。面对潜在的危险和江河日下的朝政,三仁焦心如焚,各自做出了自己的人生选择。作者先叙述微子的为"存祀"而"去国",箕子的不苟从而"囚困",以此做铺垫,渲染比干的"轻身""犯谏"。"忠魂"两句可谓诗篇的最强音,响锤重敲,激荡人心,对"忠魂"的崇敬,对"奸雄"的痛斥,尽显其中。"高坟"一下切到祭祀本事,用流水哀响、太行凝愁、日月恒辉、名垂不穷来赞誉比干精神的生生不息,万古流传。

本诗叙述沉稳,抒情激越,寄情于景,情景交融,堪称名作。"日月有薄蚀,得辉恒昭融;乾坤有终始,令名垂不穷"又富有历史纵深感,把比干精神与日月乾坤同论,颇为老道。可惜,无法见到他别的作品,无法对其政绩及人生理念做出进一步的感知。

咏比干①

〔明〕刘诚②

殷衰人厌牝鸡晨③,自靖④无言意已深。一死都缘宗国计,九泉犹抱格君心。堂堂大义光天地,凛凛英风迈古今。想得精灵应未散,愁云长锁太行岑。

【简析】

刘诚,进士出身,授翰林院检讨,改秀王府长史。《畿辅通志》称其"以礼辅导,甚见敬重。尝著《周易衍辞》及《皇极经世》、《洪范补注》等书",可见其长于礼义学问。本诗前两联重在叙事。首句囿于旧说,将殷亡的责任定在所谓的"牝鸡司晨"上,眼界略窄;次句叙"三仁"旧事,用"无言意已深"为下联蓄势。大难来临,国亡之势难以挽回,忠义之士"自靖无言"自然无可厚非。但比干却

---

① 选自明暴孟奇《殷太师忠烈录》卷七《七言律》,明万历刻本。原无题,列"鸡泽刘诚,翰林检讨"撰。现题为编者所加。

② 刘诚(1433—1480),明广平府鸡泽人,字则明。天顺元年进士。擢翰林院检讨,升秀王府长史。常陈忠告于王,曾著《千秋金鉴录》以献。王卒,改宁国府同知,迁湖广布政司参议。卒于官。《畿辅通志》卷七十八有传。

③ 牝鸡晨:即"牝鸡司晨",详见附录《比干庙古诗中常用典故》注35。

④ 自靖:各自谋行其志。按,详见附录《比干庙古诗中常用典故》注5。

为之"一死",其原因是为"宗国"而计。一伏一起,一抑一扬,比干忠义为国的精神自然得以彰扬;但更可贵的是,即使到了九泉,比干依然不放弃劝谏君主、匡正国政之意。文意反陈出新,令人震撼。

后两联重在抒情。颈联在内容上无甚新意,但十分大气,对仗工稳。叠音词的使用使得语意深沉,气势沛然。尾联把太行山上笼罩的秋云想象成比干未散的灵魂,不仅赞美比干的忠义精神永存人间,使主题得以深化,而且以景作结,将眼前景与心中情融为一体,寄情于景,含不尽之意于言外,令人回味。

吊祭比干墓①

〔明〕邢表②

少师白骨葬朝歌,直谏辛商事不磨。蠹蠹穹碑临大道,森森宰木长危柯③。古今祀典褒封重,来往行人拜仰多。更有至公④天上月,清光夜夜照陵河⑤。

【简析】

邢表做获嘉县令时就以"持身廉洁,治政公勤"著称。成化二年任彰德知府时,"有才智,事无乖方"。后来,他受命治理卫辉,更是"明敏廉慎,兴学劝农,谨河防,新传舍,救荒弭盗,百废俱举",政绩突出。

本诗主要表达对比干忠义精神的赞颂之情。首联引入,"事不磨"领起全篇。下文从多个角度赞美比干为国殉命的忠义精神。颔联即景抒情,借大道之旁丰碑蠹立、古冢周围乔木森森写山川有灵,忠烈之气横亘人间。此句语多壮美,气势沛然,与传统的荒祠孤冢无限凄凉的写法迥异。颈联写祭祀比干的情景,前句写祭奠级别之高,后句写参祭人员之多。中间两联一写景一写人物活

---

① 选自明暴孟奇《殷太师忠烈录》卷八《别录诗备览・七言律》,明万历刻本,原无题,今题为编者所加。后缀以"文安邢表进士"。

② 邢表:字居正,别号拙庵。天顺丁丑年(1457)进士,文安(今河北省廊坊市文安县)人。天资聪慧,博学经史。初仕授获嘉县令,成化二年以政绩卓越升彰德知府。因疏论权贵调知卫辉。升山东右参政,继升右布政使,调四川左右政使。晚年晋升都察院任右副都御史,巡抚四川。

③ 宰木:坟墓上的树木。语出《公羊传・僖公三十三年》:"秦伯怒曰:'若尔之年者,宰上之木拱矣。'"何休注:"宰,冢也。"危柯:高枝。宋梅尧臣《凌霄花赋》:"芙蓉出污而自丽,芝菌不根而自长……皆无附著亦名扬,奚必托危柯而后昌。"

④ 至公:最公正,极公正。

⑤ 河:按,明曹安《太师比干录》卷下《吊比干墓国朝诗》作"阿",日本内阁文库藏江户写本。

动,相映成趣。尾联用"更有"过渡,突出最为公平的"天上月"夜夜清光普照比干的陵墓。这种以景作结的写法,含不尽之意于言外,让人回味深长。

谒比干庙墓诗①

[明]刘定之②

赫赫殷王子,由来③直谏臣。独夫观七窍,尼父叹三仁。墓古无藏骨,祠荒有塑神。悠悠百世下,几个逆龙鳞。

【简析】

明朝中叶,刘定之名闻天下,不仅是一代文宗,而且在政坛上颇有作为。成化二年(1466),阁臣李贤死,刘定之入内阁,预机务。翌年八月,升工部右侍郎,仍兼内阁学士。成化四年,进礼部左侍郎,兼任阁臣如故。他由此走上了仕途的顶峰。他为官时,多次上疏言事,为上肯定,为人传诵。

前四句写比干的遭遇。首句强调比干的王子身份,"赫赫"置首,起修饰、渲染的作用,为下文的罹灾做铺垫。次句点出比干"直谏臣"的身份,"由来"写比干的一以贯之、坚定不移。三、四句一方面写比干惨遭横祸,一方面写比干身膺隆誉;同时,纣王与孔子的行为形成对比,褒贬之意自明。

后四句抒发祭祀比干的情怀,格调低沉,充满幽怨。眼前的墓冢已历数千年,朽骨早已无存(说不定根本就无骨);庙宇颓圮不堪,泥塑危倾欲坠。如此残破、荒败的悲景自然触发祭祀者的伤感悲情。但这些思古之幽情毕竟只是个人的一时感怀,真正令人担心的还是"悠悠百世后",谁复"逆龙鳞"。在专制社会里,若没有直言敢谏者规谏于朝堂,统治者就会无所顾忌,国家一定会走向覆灭。尾联突出了写作的本意,把全诗的情感推向高潮;同时,借古讽今,给今人

---

① 选自明暴孟奇《殷太师忠烈录》卷六《五言律》,明万历刻本。列"永新刘定之,翰林学士"撰。无题,现题为编者所加。

② 刘定之(1409—1469),字主静,号呆斋,明代永新人。明朝中叶之一代文宗。宣德乙卯中举,正统丙辰会试第一,廷试赐进士第三,授翰林编修。天顺丁丑(1457),调通政司左参议仍兼侍讲,进翰林学士。天顺八年(1464),进太常少卿,兼侍读学士,值经筵。成化二年丙戌(1466),命为会试主考,入内阁,预机务。翌年八月,升工部右侍郎,仍兼内阁学士。四年,进礼部左侍郎。著《呆斋集》45卷。

③ 由来:自始以来,历来。

敲响了警钟。

刘定之会试第一,廷试赐进士第三,自幼聪颖。为文雄浑瑰丽,变化莫测;其诗含蓄蕴藉,忧国忧民之心常流露于字里行间。其名作《和赵子昂吊岳武穆墓诗》尾联"至今每为纲常恨,岂独荒茔过者悲"与本诗尾联有异曲同工之妙,锋芒直指当朝,忧心国事的情怀表露无遗。

刘定之于天顺元年(1457)二月十五日奉命代祀,三月十二日之淇,因洪水阻舟,陆行至卫辉,当晚渡黄河南行。四月十四日晚返回时至卫辉,登舟北去。本诗是否写于此行,待考。

祭殷太师墓①

〔明〕王佐②

少师忠谏死,千载气如生。贾祸非为佞,称仁岂是名。荒岗疑古色,老树作秋声。使有奸雄过,能无悚愧情。

【简析】

作者王佐是天顺元年(1457)中的进士,直至弘治年间才由观政进士任原武知县,中间已有30余年。《原武县志》对他的记载极为简单,也没有专门的传记。可见,王佐是一位饱受仕途辛酸的下层官吏。他来到比干墓前,面对荒冢,回想古事,怀念先烈,一定会感慨万千。

前四句叙述比干的事迹。首联强调比干为"忠谏"而死,起笔大气,为全诗奠定了抒情议论的基调。"气如生"不仅仅局限于形象如生,更重要的是忠义精神如生,感动着千载的志士仁人。颈联议论,按常理,"为佞"易"贾祸",多行不义必自毙,但比干却不是这样,这就突出了比干为"忠谏"而死的奇冤,非罪而罹难更让人气愤和悲哀。下句强调比干个人的"仁"名而直言犯颜,孔子的称仁对别人来讲可能是天大的荣誉,但比干不在乎这些,突出比干的无私坦荡。

---

① 选自明暴孟奇《殷太师忠烈录》卷六《五言律》,明万历刻本。列"卢龙王佐,进士"撰。无题,现题为编者所加。

② 王佐:卢龙(今河北省秦皇岛市卢龙县)人,明天顺丁丑科进士,由观政进士任原武(今河南省原阳县)知县。以"政务严敏"著称。

后四句回到眼前,抒情议论。颈联写景,山岗荒凉,墓地残破,枯树老枝,秋声哽咽。以悲景衬哀情,让人难以自抑。尾联突发奇想,别具一格,构思比较新颖,有一定的讽刺力度。但作者的想法有些天真,真正的"奸雄"是不会有"愧悚情"的,因为其良心早已泯灭。

吊比干庙①

〔明〕张戟②

力谏君心竟不回,可怜辜负济世才。剖心血染祠前草,封谥碑横阶下苔。万古芳名终不朽,千年白骨已成灰。忠悬日月今犹在,耿耿流光照上台③。

【简析】

张戟曾官行人,生平事迹无考。本诗多用传统意象,情感颇深。首联中的"竟"写出了"力谏"之后结果的出人意料,从而突出独夫的刚愎残暴、毒痡天下。次句充满了深深的叹息,为比干身负"济世才"却无辜被害而怜惜。颔联写眼前之景,想象丰富,细腻生动。祠前荒草萋萋、野花吐芳,俱为比干"剖心血"染就,令人惊心;代表着崇高荣耀的"封谥碑"横倒阶下,苔藓侵布,令人痛心。颈联重在议论,写比干白骨无存,但"万古芳名"永垂不朽。尾联用象征,比干七窍的"耿耿流光"如同日月双悬,照亮历史,照亮大地。

本诗虽然在主题上的突破不大,议论深度一般,但对仗工稳,音节流畅,具有一定的创作水准。中间两联一实一虚,实中含虚,虚中有实,把眼前景、心中情以及比干的忠义精神结合起来,含蓄蕴藉,令人回味无穷。

---

① 选自明曹安《太师比干录》卷下《吊比干墓国朝诗》,日本内阁文库藏江户写本。原诗无题,今题为编者所加。后缀以"南海张戟行人"。
② 张戟:南海籍喜涌(今佛山市顺德区伦教镇)人,天顺元年(1457)进士。官行人司行人。历户部员外郎。
③ 上台:古时可指宫廷、朝廷。《南史·齐鄱阳王锵传》:"锵以上台兵力既悉度东府,且虑难捷,意甚犹豫。"或指星名,在文昌星之南。《隋书·艺术传·庚季才》:"顷上台有变,不利宰辅,公宜归政天子,请老私门。"按,疑为"夜台"(坟墓)之误。

谒比干墓诗①

〔明〕万翼②

古墓崔巍汲郡西,西风下马一攀跻。剖心忠义如山重,垂世声光与日齐。草色逢秋偏惨惨,泉流入夜更凄凄。拜瞻遗像频兴慨,吟得新诗不忍题。

【简析】

本诗首联引入,叙述作者风尘仆仆拜谒比干庙的情景。"古墓崔巍"暗含敬慕之意,"西风下马"又有萧瑟之感。颔联议论,先用比喻,再用想象和比较,高度赞扬比干的忠义精神。意象虽平常,但对仗工稳,堂堂正正,颇有力度。颈联描写墓地之景,秋草枯黄,惨淡冷寂;泉流夜吟,压抑凄迷。这两句把平常之景写得细腻逼真,再加上运用叠音词进行渲染,让人不胜伤感,有融情于景之效。尾联气势稍缓,有语竭气衰之嫌。

本诗的亮点不多,所运用的意向也较普通,主题的突破不大。但手法纯熟,音节流转,是首工整的七律。

祭殷少师③

〔明〕卢信④

天下三分二已周,箕囚微去子何求。生如伊尹⑤扶商日,死似龙逢谏夏秋。孤节独随天地老,三仁并著古今优。道旁高冢麒麟卧,夜夜清光贯斗牛⑥。

---

① 选自明曹安《太师比干录》卷下《吊比干墓国朝诗》,日本内阁文库藏江户写本。原诗无题,今题为编者所加。后缀以"眉山万翼礼部主事"。
② 万翼,眉山人。天顺元年(1457)进士,成化时权臣万安之子。官至南京礼部侍郎。
③ 选自明暴孟奇《殷太师忠烈录》卷八《别录诗备览·七言律三十六首》。无题,列"漳川卢信,进士"撰。现题为编者所加。
④ 卢信(1428—?),字廷瑞,直隶广平府永年县人,天顺元年进士。天顺三年任汲县知县,升南阳府同知,仕至夔州府知府。征苗夷有功。永年县有漳川书院,"漳川"应与漳水有关,故有"漳川卢信"之称。
⑤ 伊尹:伊尹是商初大臣,为成汤重用,任阿衡,委以国政,助汤灭夏。汤孙太甲为帝时,横行无道,被伊尹放之于桐宫,7年后,太甲潜回杀掉篡位的伊尹。(据《竹书纪年》)
⑥ 斗牛:二十八宿中的斗宿和牛宿。陈毅《中秋》:"夜阑倍觉寒光满,欲向天河射斗牛。"

【简析】

　　卢信是进士出身，天顺三年任汲县知县，本诗应写于此时。诗中重在歌颂比干的忠义精神。首联写出比干所面临的客观现实。殷商覆亡已成定局，国势难以挽回，此时此刻如"箕囚微去"般明哲保身也是可以接受的，所以，"子何求"欲扬先抑，为下文蓄势。颔联赞美比干生死如一，心中装着国家，把自己的命运与祖国绑在一起的崇高精神。颈联用"天地老""古今优"赞美比干及三仁的忠义精神与天地同在，流芳千古。尾联以景作结，含蓄蕴藉，"贯斗牛"气势极盛，表达出作者的澎湃激情。

　　另据明黎淳《黎文僖公集》卷九《重修汲县儒学碑记》，有"天顺己卯秋，广平卢侯来为令。始至，释奠先师，顾瞻颓敝，慨然有兴举之意""侯名信，字廷瑞，为吾榜中豪杰。其治县，廉勤公恕，孜孜爱民""于劝农桑、辟田野、均赋役、恤刑狱、节财用、葺置邮、复流亡、化凶暴，具有科条"等记载，可见卢信任职汲县县令时政绩突出。

吊比干赋①

〔明〕王玺②

　　方天下未附于周，而帝命犹监于殷。去武丁之未远，幸汤典之犹存。外四海以为疆，圉率土而作民。当是时也，苟有中智之主，则文、武乃其外翰，而望、旦皆其陪臣，后世将不知有周，而商道抑谁与胥沦！

　　而何商③受终瞳且昏，唯亲④狂智，日肆骄淫；烟⑤琐登跻，疏远圣人⑥；女戎

---

①　选自清李于垣修、杨元锡纂《长垣县志》(清嘉庆十五年刊本)卷十四《艺文录下·赋》，台湾成文出版有限公司"中国方志丛书"·华北地方·第五二四号，第1211—1213页，以"吊比干赋"为题。亦见明暴孟奇《殷太师忠烈录》卷六《赋》，明万历刻本，以"吊赋"为题；明曹安《太师比干录》卷下《吊比干墓国朝诗》，日本内阁文库藏江户写本，以"吊比干赋"为题。

②　王玺：字大用。河南长垣县人。举景泰庚午(1450)乡试，天顺庚辰(1460)进士。授户部主事，寻改吏部，仕至陕西苑马寺卿。著《恒斋稿》三卷。

③　商：明暴孟奇《殷太师忠烈录》、明曹安《太师比干录》皆作"適(适)"。《诗经·大雅·大明》："天位殷适，使不挟四方。"传曰："纣居天位，而殷之正适也。挟，达也。"故"殷适"正确。

④　亲：明暴孟奇《殷太师忠烈录》、明曹安《太师比干录》皆作"恃"。

⑤　烟：明暴孟奇《殷太师忠烈录》、明曹安《太师比干录》皆作"姻"。

⑥　圣人：明暴孟奇《殷太师忠烈录》、明曹安《太师比干录》皆作"至仁"。

煽处，剪伐周亲。微子去之以永祀，箕子佯狂而为奴，唯夫子介乎二者之间，而不知其何所趋。既不狂而不去，将是持而是扶。慨天监①之永遏，吐寿国②之良图。盖中膏肓之药石，而乃毒溪鱼之辣③茶；将谓回天以揭日，而终剖心以剥肤。吁嗟乎，已矣哉！

意彼殷士之丽亿④，而于一夫子之莫赎；岂天命之夺殷，抑殷适之自忽。人心因之而⑤去，天⑥命随之而卒；鼎不知没于谁之手，而乌不知止于谁之屋。兹盖殷适之自坏，而岂夫子⑦不淑！吁嗟乎，已矣哉！

夫子之躯，虽蹈白刃以殒⑧亡；而夫子之名，乃历万世而有光。雨晦濛而不湿，云渺溟其何伤；水泱泱而不涸，山苍苍以无疆。夫子之风如此，盖自有以动乎后之人。或引裾以竟辞，或面折而唏君，或正名分而却嬖幸之坐⑨，或为社稷以叩从危之轮。意者皆慕夫子之风而，然而于一死亦乌足论。

呜呼！夫子虽死，犹不死也。清洌之风，夫子之魂；卫原⑩之上，夫子之坟；前通直道，后抱孤村；林峦在阳，泉源在阴；迷朝歌之宿雾，掩太行之孤云；黍离离以自实，草蒙蒙而自芬；驱⑪牛羊而上下，偕樵牧以登临；文破裂而失画，碑颠敝⑫以蒙尘。知者过⑬其侧，辄歔欷而沾襟⑭。或酹以清酤，或奠⑮以青蘋。将陈辞以踧问，抑不知夫子闻乎不闻？

---

① 慨天监：按，明暴孟奇《殷太师忠烈录》作"惧天鉴"，明曹安《太师比干录》作"惧天监"。
② 寿国：保全国家；使国家久存。《管子·霸言》："夫一言而寿国，不听而国亡；若此者，大圣之言也。"
③ 辣：按，明暴孟奇《殷太师忠烈录》作"辣"。
④ 丽亿：《诗·大雅·文王》："商之孙子，其丽不亿。"朱熹集传："丽，数也。不亿，不止於亿也。"后以"丽亿"指数目极多。《宋史·乐志八》："歆馨锡羡，保民丽亿。"
⑤ 而：按，明暴孟奇《殷太师忠烈录》、明曹安《太师比干录》皆作"以"。
⑥ 天：按，明暴孟奇《殷太师忠烈录》、明曹安《太师比干录》皆作"国"。
⑦ 子：按，此处明暴孟奇《殷太师忠烈录》、明曹安《太师比干录》皆有"之"。
⑧ 殒：按，明暴孟奇《殷太师忠烈录》作"捐"。
⑨ 坐：按，明暴孟奇《殷太师忠烈录》、明曹安《太师比干录》皆作"座"。
⑩ 原：按，明暴孟奇《殷太师忠烈录》、明曹安《太师比干录》皆作"源"。
⑪ 驱：按，明曹安《太师比干录》作"躯"。
⑫ 敝：按，明暴孟奇《殷太师忠烈录》、明曹安《太师比干录》皆作"仆"。
⑬ 过：按，此处明暴孟奇《殷太师忠烈录》、明曹安《太师比干录》皆有"于"。
⑭ 襟：按，明暴孟奇《殷太师忠烈录》、明曹安《太师比干录》皆作"巾"。
⑮ 奠：按，明暴孟奇《殷太师忠烈录》、明曹安《太师比干录》皆作"荐"。

【简析】

　　本文虽见于方志，但"卫原之上，夫子之坟；前通直道，后抱孤村；林峦在阳，泉源在阴；迷朝歌之宿雾，掩太行之孤云"数句还是准确地描写出比干墓的方位、环境。本文的写作对象应该是卫辉比干墓。

　　王玺"性颖敏能文，尤工辞赋"。本文为长篇歌赋，充分展示了作者的才华。作者先从殷纣时的形势谈起，天命犹在，国势强盛；商汤、武丁等贤君打下的基础依然牢固，国土广阔，人民众多。此时此刻，哪怕是个"中智之主"，也不会出现商灭周兴的朝代更替。作者运用了欲抑先扬的衬托手法，先蓄足气势，引发人们的疑问：殷商为什么会灭亡？这样，对商纣王"暗且昏"的揭露与批判就水到渠成，顺理成章。第二段中作者用连续的四字句铺陈纣王的罪恶，语气急促，文气激荡，控诉之情毕现。也就是在这样的环境中，"三仁"登场。作者用微箕来衬托比干，写比干"不狂不去，是持是扶"，甘愿只手扶危局。但最终一心为国的美好愿望没有实现，而自己被"剖心剥肤"，作者用"吁嗟乎，已矣哉"发出强烈的悲叹之声。第三段用"意彼"领起议论，提出是"天命夺殷"，还是"殷适之自忽"的问题；也就是外因（或自然规律）与内因的问题。这是在第二段的基础上的深层次的思考。"人心因之而去，天命随之而卒"句可谓一语中的，尖锐深刻，直指问题的核心。失去了民心，天命自然会随之而消失，可为后世者诫。所以，殷商的灭亡在于"自坏"，而不在于比干"夫子不淑"。段末又用"吁嗟乎，已矣哉"表示强烈的感叹、无奈和悲愤。第四段重在赞美"夫子之名，乃历万世而有光"。先描写雨、云、水、山等雄阔壮美，仿佛为"夫子之风"所感而通灵显圣；然后写"夫子之风"是怎样"动乎后之人"。四个"或"构成排比句，展示了后之谏臣的风采，他们都深受比干忠义精神的影响，但"于一死"却"乌足论"，还赶不上比干的境界。第五段回到现实中来，描写比干墓的方位、环境、自然风貌，写"知者"拜祭的情景。最后两句写与比干心灵交通，想把上述的情感告诉对方，"抑不知夫子闻乎不闻"，充满无限悲怆之意。

　　本文是比干庙诗歌中的力作。铺张扬厉，层层叠叠。又如策论一般，推理严谨，步步为营，抽丝剥茧，最终直刺核心。于陡变中显自在，从突兀里觅流动。轻盈洒脱，绝不板滞。用语华美而古朴，显示了极高的驾驭语言的能力。

过比干墓①

〔明〕金景辉②

四序易代谢,万物有盛衰。惟兹忠义气,千古无穷期。慨彼有殷季,王纲日陵夷③。独夫肆荒淫,百姓困疮痍。微遁箕已囚,臣仆皆诡随④。惟公位少师,宗社系安危。直谏遭剖心,九鼎倏已移。褐来⑤三千年,高名耿不亏。潺潺⑥淇水上,佳城树穹碑。累朝崇祀典,激节励素尸⑦。薄夫⑧过其墟,宁不有所思。

【简析】

河南布政司照磨金景辉在河南任上,艰于治河,颇有心得。天顺七年(1463)考满进京,任都察院都事。他上疏详言明朝鼎定中原之后的治河历史,指出"今急宜疏导以杀其势。若止委之一淮,而以堤防为长策,恐开封终为鱼鳖之区。乞敕部檄所司,先疏金龙口宽阔以接漕河,然后相度旧河或别求泄水之地,挑浚以平水患,为经久计",此非身临其境者能知晓。结果,明英宗"命如其说行之"。可见,金景辉是一位实干者。

本诗前四句堂皇大气,从四时代谢、万物盛衰的角度提出"忠义气"千古无

---

① 选自明暴孟奇《殷太师忠烈录》卷六《诗·五言古体》,明万历五年刻本;原无题,今题为编者所加。后缀以"嘉禾金景辉藩司照磨"。

② 金景辉:嘉禾县人。曾任河南布政司照磨。天顺七年(1463)考满进京,任都察院都事。治河有功。

③ 陵夷:由盛到衰。衰颓,衰落。《汉书·成帝纪》:"帝王之道日以陵夷。"颜师古注:"陵,丘陵也;夷,平也。言其颓替若丘陵之渐平也。"《明史·熹宗纪赞》:"明自世宗而后,纲纪日以陵夷。"

④ 诡随:谓不顾是非而妄随人意。《诗·大雅·民劳》:"无纵诡随,以谨无良。"毛传:"诡随,诡人之善,随人之恶者。"朱熹集传:"诡随,不顾是非而妄随人也。"

⑤ 褐来:助词。唐陈子昂《感遇》诗之三十:"褐来豪游子,势利祸之门。"宋苏轼《次韵周开祖长官见寄》:"褐来震泽都如梦,只有苕溪可倚楼。"

⑥ 潺潺,即潋潋。水流貌。《楚辞·大招》:"东有大海,溺水潋潋只。"王逸注:"潋潋,流貌也。"洪兴祖补注:"潋,音悠。"唐柳宗元《憎王孙文》:"湘水之潋潋兮,其上群山。"

⑦ 励:按,明曹安《太师比干录》卷下《吊比干墓国朝诗》作"厉",日本内阁文库藏江户写本。素尸,即尸位素餐者。谓居位食禄而不做事的人。

⑧ 薄夫:原指刻薄寡义之人。《孟子·尽心下》:"孟子曰:'圣人,百世之师也……闻柳下惠之风者,薄夫敦,鄙夫宽。'"亦指平庸浅薄的人。此处或为自谦之语。

穷期,高屋建瓴,震撼人心。接着叙述殷商旧事,落到"揭来三千年,高名耿不亏"上。"澉澉"数句回到现实中,主要强调比干精神具有激扬正气,劝励素尸之功能。尾联中的"薄夫"应是自指。

本诗虽拘囿史事,难有创新,但首尾呼应,渲染比干精神的作用和魅力,可见作者洞悉世事,是一位有见识的循吏能臣。

拜祭殷少师墓而作①

〔明〕马震②

少师忠誉重如山,墓在朝歌竟界宽。周世盘铭③垂万古,商廷直谏愧千官。剖心不痛宗亡痛,处死非难得死难。芳藻一尊来奠后,东风归路雨声寒。

【简析】

作者是汲郡人,自然深沐比干忠义精神的感化。首联中的"忠"应是一诗之眼,一文之骨;而"墓在朝歌"显然是泛指,古时牧野属京畿要地。颔联用"垂万古"与"愧千官"作比,褒贬自明。颈联堪称名联。咏古诗最忌讳平铺直叙,波澜不惊,往往用"奇语"写常人之未见。比干庙诗歌中咏叹"剖心痛"是传统题材,作者却以"剖心不痛"令人一惊,然后用"宗亡痛"承之,不仅令人恍然大悟,而且提升了比干之死的境界:比干并不在乎自己的生死,他在乎的是国祚的绵延衰亡。下句同样如此,一个人要想死并不难,难的是能否得其所哉!比干虽死,但忠义精神"垂万古",所以死得辉煌,死得有价值。此联造语奇特,含义深远;由个别到一般,写出了人生哲理,发人深思。尾联回到祭奠之事上,用"雨声寒"为全诗刷色,暮春之时,东风归去,落红遍地,雨声清寒,此情此景,令人神伤。

---

① 选自明暴孟奇《殷太师忠烈录》卷八《别录诗备览·七言律三十六首》。无题,列"汲郡马震,乡贡进士"撰。现题为编者所加。
② 马震:汲县人。景泰四年(1453)举人,成化二年(1466)进士。历监察御史,副使,陕西右参政。
③ 周世盘铭:史载武王克商之后,派大臣褒封比干墓,铸铜盘铭。

比干颂①

〔明〕李贤②

　　吾观商贤臣,比干忠最切。痛念社稷倾,辛恶浮夏桀。况为诸父③亲,忍睹宗国灭。苦谏进直言,惓惓冀改辙。有君不有身,无复论明哲。志在回君心,一诚不暂辍。顾惟恻怛情,深忧天命④绝。休戚义所同,捐生未为拙。所贵在成仁,杀身岂愿悦。但求此心安,肯教天理缺。无为⑤亦无私,于焉昭大节。微子去不留,宗祀庶无竭。箕子既为奴,佯狂耻自雪。哀哉少师忠,剖心心尚懅。所行难不同,易地则无别。自靖献先王,曾不见优劣。孔子称三仁,后世复何说。第于死者悲,潸然出泪血。

【简析】

　　李贤为明中期名臣,他与比干庙的渊源颇深。比干庙碑廊尚存其撰写的《重修殷太师比干庙记》,起首所论"盖闻知有其君而不知有其身者,人臣之义也。为人上而不知有此臣,则非义主;为人下而不知有此义,则非忠臣。予读书至商纣比干之事,未尝不废书而叹也。比干当纣之世,与箕微二子俱为贵戚之卿,势当与国同休戚。见纣之恶日甚,而三人者,不忍坐视其亡也,于是或去之,或奴之,或死之,皆出于至诚恻怛之意,不咈乎爱之理以全其心之德。故孔子曰:'殷有三仁焉!'而世之人独痛惜比干之死者,其所处尤难也。"与本诗有异曲同工之妙。

　　本诗下笔直言"比干忠最切",有泰山压顶、当头棒喝之势。接着叙述纣王

---

① 选自明暴孟奇《殷太师忠烈录》卷六《诗·五言古体》,明万历五年刻本;原无题,今题为编者所加。后缀以"南阳李贤礼部尚书兼翰林学士"。

② 李贤(1408—1466),字原德,明河南邓州人。宣德八年(1433)进士。授验封主事。正统时为文选郎中。景泰初拜兵部侍郎,转户部,又转吏部。英宗复位,入直文渊阁,预机务,旋进尚书。宪宗立,进少保、华盖殿大学士。卒谥文达。曾编《大明一统志》,著《古穰集》《天顺日录》。

③ 诸父:古代天子对同姓诸侯、诸侯对同姓大夫,皆尊称为"父",多数就称为"诸父"。《诗·小雅·伐木》:"既有肥羜,以速诸父。"亦指伯父和叔父。《庄子·列御寇》:"如而夫者,一命而吕钜,再命而于车上舞,三命而名诸父,孰协唐许也。"成玄英疏:"诸父,伯叔也。"

④ 按,《尚书·西伯戡黎》:"西伯既戡黎,祖伊恐,奔告于王……王曰:'呜呼! 我生不有命在天?'"

⑤ 无为:儒家主张选能任贤,以德化人,亦称为"无为"。《礼记·中庸》:"如此者,不见而章,不动而变,无为而成。"明李贽《藏书·儒臣传一·德业儒臣后论》:"圣人之学,无为而成者也。"

之恶,剖析比干"尸谏"之本意。作者指出,作为"诸父亲"的比干不忍心目睹"宗国灭""天命绝",其苦谏直言的目的是希冀纣王"改辙""回君心"。在大是大非面前,坚持己见,明昭大节,杀身成仁,这不是笨拙,亦不是邀名,而是秉持"天理",最起码求得心安。然后又分别论述"三仁"之行,不出孔子之说的拘囿,无甚新意。但尾句"第于死者悲,潸然出泪血"颇见真情,令人潸然泪下。

在国破家亡之际,三仁之行各异,后世争论颇多。李贤作为一代名臣,崇尚正统理学思想,秉持孔子旧说,无可非议。但尾联透露出的"泪血"之悲与首联相呼应,说明其最为看重的、最为感动的应该是比干。

重谒比干墓①

〔明〕赵文博②

生丁③商季是王亲,为国诚心不顾身。自得褒封名著史,至今景仰一忠臣。

【简析】

赵文博进士出身,授监察御史,"尝出巡河南南畿,风纪甚扬"。天顺元年劾石亨、曹吉祥诸违法事,被下狱,寻谪淳化知县,"出宰淳化,令行禁止"。天顺八年擢卫辉知府,"及守卫辉,适值恒赐旸,公下车祷雨,雨辄应,阖都欢然。尚书王公过之,为赋诗以美其事。又作新孔子庙,百废俱兴,民不知劳。郡濒河,旧有六舟应监司指使,岁费民钱六万缗,公悉罢之,以苏民困"。更守临洮、巩昌,"治二郡,举废事,恤民隐,如在卫辉"。擢陕西参政。十八年升都察院右副都御史,巡抚河南,"革吏弊,禁奸民,精汰不职,政治一新。岁荐饥,民相食,公发稿劝分,赈济有方……河南、陕西之民得全活者不可胜计"。其事迹详见明杨守址

---

① 选自明曹安《太师比干录》卷下《吊比干墓国朝诗》,日本内阁文库藏江户写本。原诗无题,今题为编者所加。前有小序:"予官御史时,来按河南。过卫辉,而一见殷太师比干墓大字碑,心已有感,但未暇谒墓而吊以诗也。后乃因事调职陕右。阅十载,而复来守此地。时谒其墓,诗容已乎! 遂赋短章,以致其吊云。"后缀以"雁门赵文博卫辉知府"。

② 赵文博(1425—1497),字守约,一字子约,山西代州人。景泰五年(1454)进士。授监察御史,出巡河南。天顺元年(1457)劾石亨、曹吉祥,谪淳化知县。八年擢卫辉知府。更守临洮、巩昌,擢陕西参政。成化十五年(1479)升山东右布政使,十八年升都察院右副都御史,巡抚河南。二十三年休致。弘治十年卒。

③ 丁:当,遭逢。《尔雅》:"丁,当也。"注:"相当值。"汉刘向《九叹·惜贤》:"丁时逢殃。"

撰《明故都察院右副都御史赵文博墓志铭》。

从本诗小序看，赵文博任御史、卫辉知府、河南巡抚时多次到比干墓拜祭，留诗却仅这一首。诗中强调比干既是重臣又是"王亲"，故而"为国诚心"而"不顾身"，说明比干杀身成仁的举动之光明磊落，为国家而不计私名。后两句褒赞比干名垂青史，为千古忠臣。诗篇慷慨有之，但多用成语，缺少开拓，新意不多。

谒比干墓①

〔明〕王云凤②

殷衰周炽，微去箕奴。独夫罔闻，酗淫以娱。天命有赫，西土③之孤。死诤臣职，不避锧铁④。庶几恻我⑤，君王改途。求仁得仁⑥，何怨心刳。宛彼崇丘，暮雨春芜。有客南来，载瞻载趋。摩挲石⑦刻，立马斯须。凄凄野风，鼓树以呼。怅望朝歌，予怀郁纾。

【简析】

本诗作者王云凤是一个饱受争议的历史人物。他出身名门，其祖父、父亲都是朝廷要员，人称"一门三尚书"。他博学力行，人称名臣。但他身处明朝宦官作乱的年代，宦途沉浮，颇为不易。他在弘治时期弹劾太监李广，"直声震天下"。正德初年，刘瑾用事，他却上疏，请以瑾所行新法"刻板颁行，永著为令"；

---

① 选自《博趣斋稿》卷一，上海古籍出版社 2009 年 1 月版"续修四库全书·1331 册·集部·别集类"。诗题后有小字注："在卫辉。"亦见明暴孟奇《殷太师忠烈录》卷六《诗·四言古体》，明万历五年刻本，原无题，缀作者"和顺王云凤，右金都御史"。

② 王云凤(1465—1516)，字应韶，号虎谷，山西和顺县人。成化二十年(1484)进士，授礼部主事，历郎中。劾太监李广，被贬为陕州知州。李广败，王云凤起为陕西提学副使，任山东按察使，升国子祭酒。正德五年(1510)，改南京通政使，进右金都御史，巡抚宣府，再改清理两浙、福建盐法。正德十一年(1516)因病致仕，卒。著《博趣斋稿》。

③ 西土：指周部族所居的故地。《书·泰誓中》："王乃徇师而誓曰：'呜呼！西土有众，咸听朕言。'"

④ 避：按，明暴孟奇《殷太师忠烈录》作"暇"。锧铁：即"锧鈇"。"锧"同"锧"。皆为古代腰斩时所用刑具。鈇，如今铡刀；锧，腰斩时所用铡刀座。

⑤ 庶几：或许可以，表示希望或推测。恻我：为我悲痛。按，作者认为，比干希望通过自己的剖心直谏，激发纣王的恻隐之心，使其"改途"。

⑥ 求仁得仁：典出《论语·述而》。子贡问孔子："伯夷、叔齐何人也？"曰："古之贤人也。"曰："怨乎？"曰："求仁而得仁，又何怨？"

⑦ 石：按，明暴孟奇《殷太师忠烈录》作"古"。

又请"以瑾临太学,如唐鱼朝恩故事"。此事载于《武宗实录》,《万历野获篇》中也有记载和评述。所以,虽然其后王云凤官至国子监祭酒,却因先忠后佞,人多非议,更有人发出"非真铁汉不能持久耳"的感叹。

本诗具体写于何时,作者又具有什么样的心境,已不可考。但就诗论诗,其情其思令人感动,这也为我们多角度认识作者提供了新的思路。本诗为四言古风,拙重深厚,掷地有声。前六句写比干谏诤的背景,国势颓微,贤臣避位,暴君淫侈,极力渲染大局已定,难以挽回的现实,为下文突出比干"不避踬铁",冒死谏君造势。比干之所以如此,是希望"君王改途"啊!"求仁得仁,何怨心刳"是对比干忠义精神的高度赞美,其"何怨"可见比干心怀宗国,坦荡无私!"宛彼崇丘"以下数句回到现实中来,以"暮雨春芜"之景衬悲伤抑郁之情。"瞻""趋""摩挲""立马""怅望"等动词逼真传神,把南来之客的抑郁情怀表露无遗。"凄凄野风,鼓树以呼"用语拙沉张扬,借物抒怀,颇有韵味。

作者集中收多卷古诗,慷慨悲歌,纵横恣肆,古朴激越,多豪迈奔放之语。如"明目张胆人中龙,面折廷诤殿上虎"(《元城县遇刘忠定公故里》)、"岳侯腕上三尺铁,淋漓尽是胡儿血"(《朱先镇叹》)、"英雄有志莫浪消,天下苍生正相待"(《洛阳叹》)等,足见其文学造诣之深,也见其用世之情切。

吊比干[①]

〔明〕胡锭[②]

七窍元来总是丹,一坏[③]黄壤路人看。千年日色空临照,云锁西山卫水寒。

【简析】

胡锭是长垣人,长垣县也有比干庙,还有双忠祠(纪念关龙逢、比干)。但从本诗的结句看,写的是卫辉比干庙。胡锭任兵部郎中时,时任兵部尚书的曹元

---

① 选自《长垣县志》卷之九《文章·诗》,上海古籍书店 1964 年据明嘉靖间刻本影印。
② 胡锭:字希曾,弘治己未进士,长垣县人。授南京刑部主事,升郎中,上调兵部郎中。忤刘瑾逆党,出为湖广黄州知府。擢江西按察副使,山西按察使,后为浙江按察使。迁山西左布政使,旋进右副都御史,提督雁门等关兼巡抚山西。嘉靖二年(1523),改总督漕运兼巡抚凤阳诸郡,迁南京户部右侍郎。致仕归。卒,赐祭葬。
③ 坏:按,康熙三十九年《长垣县志》卷六《旧志艺文下》收此篇,题为"吊比干墓",此处为"抔"。

系刘瑾逆党,胡锭忤之被出官。任黄州知府时,捕获诈称刘瑾使者进香武当山者,杀之。做江西按察副使时,朱宸濠欲反,胡锭奏请革其护卫,被逮半年余。巡抚山西时,罢黜官吏,整顿财政和边务,风气一新,敌不敢犯。由此来看,他宦途沉浮多年,是一位有政声的能员。

本诗首句直言剖心之事,突出比干心之"丹"。"总是"有暗讽纣王之意,纣王以比干为圣人之理由而剖心观窍,看到了什么?作者认为:看到的是丹心照彻天地。这样,就讽刺了纣王的荒淫无道,歌颂了比干的丹衷为朝。次句点出比干墓,"路人"写其身份之不相干,但纷纷"看"比干墓,说明人们对比干的崇敬。后两句写景,透露出无限伤感的情怀。日月悬空,千年依然,可惜忠臣已殁;西山苍苍,浓云愁雾,卫水泱泱,寒波涌起,仿佛山水也在悲泣。"空""锁""寒"有炼字之效,展现了景与情的关系,使得情寓景中,情景交融。结句紧紧抓住墓地的地望特征,以景作结,含蓄深沉。

比干墓①

〔明〕徐问②

卫北山前比干墓,风杉瑟瑟庙门开。臣心裂后山河破,今日殷墟③过者哀。

【简析】

徐问为官清廉,长芦盐运使为肥缺,但不取一文归。贵州巡抚任上,兴建贵阳书院,反对当局无辜杀戮少数民族百姓。治学主张穷理致知,敬义方直。前人评其诗"平正通达而伤于浅易"(《钦定四库全书总目》卷一百七十六),就此诗来说不妥。

首句起笔较平淡。次句"风杉瑟瑟",已起悲凉;庙门大开,可见寂寥。在凄清冷落之中,作者拜祭比干墓。到此,似乎给人平淡无奇之感。但下句的"臣心

---

① 选自《盛明百家诗·徐尚书集》,明徐问撰。《四库全书存目丛书·集部》第305册,齐鲁书社1997年版,也见第54册《山堂萃稿》卷六。按,本诗题后有自注"在卫辉北"。
② 徐问:字用中,号养斋,武进人。弘治十五年(1502)进士,历任直隶广平推官、刑部主事、登州知府、长芦盐运使、广东左布政使。嘉靖十一年(1532)任贵州巡抚,迁兵部右侍郎。二十年任南京礼部侍郎,迁户部尚书。著《读书札记》《小山堂外记》《养斋二集》《徐尚书集》等。
③ 按,原文有自注:"纣亡国处,在淇县北。"

裂后山河破"却顿起跌宕,有金石之声。"臣心裂"切住本事,"山河破"概括力极强,一个"后"字把两个鲜明的形象联系在一起,让人思考个人的遭遇与国家社稷之间的关系,平常之语使人惊心动魄。结句顺前句语意而下,"过者"既指作者自己,也可扩展开来指更多的人。一"哀"字概括全篇。

过殷太师比干墓①

〔明〕张旭②

去国为奴事杳冥,孤坟高倚太行青。非缘身作千年计,总为心存七窍灵。地老天荒人未死,今来古往我初经。怀贤欲把生刍③奠,木落西风不忍听。

【简析】

《梅岩小稿》自序是一篇颇值得玩味的妙文。作者借欧阳修的"世谓诗人多穷,非诗能穷人,殆穷者而后诗也"大发议论,叙述"予自乡荐,后蹭蹬二十年,始承乏孝丰。未几,调高明,复转伊阳,其官益穷矣。又直道不见容于人,其穷益甚矣。意者予之所得,其于诗益工矣……是则予之穷徒穷耳,于诗不工也。不工于诗而徒穷如此,宁不为达者之见笑哉……予别墅在阳堂,岩上有古梅一株,其偃蹇之状与予正相类。每隆冬独能先春天地之生意为无穷矣。予其爱之,因别号梅岩,遂名此集《梅岩小稿》云。"从这篇序文中,我们可见作者的心性追求以及书名的由来。

本诗是作者于弘治十六年(1503),巡抚河南,过河北彰德,到卫辉,祭拜比干墓时所作。前四句写史,后四句抒情。首联写三仁之事,虽然说"三仁一体",但微子的"去国"、箕子的"为奴"已经"事杳冥",慢慢地不为人所知了,唯有比干的孤坟与太行同在。"高"字表现力很强,孤墓再高也高不过数尺,但作者认为它"高依太行",巍峨耸立,傲视人间。这就为下文论述比干的忠义精神蓄足

---

① 选自明张旭撰《梅岩小稿三十卷》卷十二,《四库全书存目丛书·集部》第41册,齐鲁书社1997年版。

② 张旭:字廷曙,休宁人。成化十年(1474)举人,历官孝丰、伊阳、高明三县知县。著《梅岩小稿三十卷》。

③ 生刍:鲜草。《后汉书·徐穉传》:"郭林宗有母忧,穉往吊之,置生刍一束于庐前而去。"后因以称吊祭的礼物。唐杨炯《泸州都督王湛神道碑》:"生刍一束,泣血三年,不蹈圣人之礼,能行大夫之孝。"

了气势。颔联运用"不是因为……而是因为……"的句式,剖析纣王剖比干之心的根源。《史记·殷本纪》:"(比干)乃强谏纣。纣怒曰:'吾闻圣人心有七窍。'剖比干,观其心。"纣王的"七窍"之说是表面、是饰词,其真实原因是厌恶比干的直谏。颈联是过渡,比干虽死但精神永存,所以"地老天荒人未死"。"初经"比干墓的我"怀贤"祭奠,一抒悲伤之情。"怀贤"可谓诗眼,是主题之所在。结句以景作结,极写感伤情怀。

作者是明朝的下层官吏,诗文的影响并不大。但此诗颇见骨力。起句墓、山并力,启人深思。中间两联有流水对之感,顺畅自然,含义深远。结句即景抒情,"木落西风"的概括力很强,化用古语,描写贴切自然;"不忍听"形象生动,含不尽之意于言外,悲伤难抑。

比干墓①

〔明〕孟洋②

王子祠堂大道西,野烟松柏昼蓁迷。经春但见青芜③长,入夏犹闻黄鸟啼。万古赤心悬日月,孤臣同姓薄夷齐。即今瞻谒光辉下,洒泪含情不忍题。

【简析】

首句写比干墓的方位,简洁明了。次句写墓地之景,"野烟松柏"乃寻常意象,但"昼蓁迷"还是突出了环境凄冷的程度。颔联先用"青芜长"写杂草丛生之状,颇有黍离之悲的感觉;再用"黄鸟啼"写悲声,令人嘘唏。"但""犹"属虚词,却突出了野草疯长、黄鸟时有悲啼的景状,一幅寂寥无人、香火不再的苍凉画面出现在读者面前。颈联先用日月双悬的意象赞美比干精神的光辉熠熠,又用同姓的伯夷、叔齐的行为衬托比干的大忠大义。尾联回到祭祀之事上,表达作者的悲痛之情。

① 选自明孟洋撰《孟有涯集》卷九,"丛书集成续编"第141册,台湾新文丰出版公司1988年版。亦见《孟有涯集》卷九,上海古籍出版社1997年7月版《四库全书存目丛书·集部》第58册"。
② 孟洋:字望之,一字有涯,信阳人。弘治十八年(1505)进士。授监察御史,因论张璁、桂萼谪桂林府教授。累迁都察院金都御史,督理粮储。闻母病,未报即归。后官至南京大理寺卿,事无疑滞。工诗,著《孟有涯集》十七卷。
③ 青芜:杂草丛生的草地。唐杜甫《徐步》诗:"整履步青芜,荒庭日欲晡。"

本诗构思中规中矩,写景注重情景交融,颔联用两个虚词增强了诗句的表现力。但全诗所用意象、典故俱平常,主题上也没有多大的突破。孟洋之诗多效何景明,而才不逮,成就不高。

吊比干①

〔明〕崔尚义②

夏台③元气漠然收,抗死忠诚为国谋。也解猖狂能避难,何堪社稷会成丘。千年浩气山河壮,万古英魂草木愁。卫水滔滔流不尽,太师风韵亦悠悠。

【简析】

崔尚义是长垣人,历官十五年,有治才,不畏疆御。多为宦基层,熟知民生疾苦,颇著清节。告归之时,陋室仅蔽风雨。家居时好为古文辞,谈论古今事秩有条理,士林重之。

本诗首句先从"夏台"写起,夏台是夏桀的国家监狱,夏桀囚禁商汤,引发了诸侯的恐惧和反感,动摇了自己的统治基础。由此,我们联想到羑里,它是商纣的国家监狱,因囚禁周文王,故导致诸侯叛逆,国势江河日下。所以,君王的无道会致使国家的"元气""漠然收"。在危急关头,诸如关龙逢、比干这样的忠臣义士"忠诚为国",不惜"抗死"。他们希冀君王能为之一悟,国家能转危为安,但不曾想"社稷会成丘"。"何堪"写出了这些忠臣义士痛苦绝望的心情。后四句写景。颈联用"千年""万古"置于句首,给人以历史的纵深感,气势磅礴。忠臣们为国殒身的"浩气"使得山河壮美,但惨死的灵魂又使得草木带愁。尾联以水写愁,以水流恨,化无形为有形,化情思为形象,赞美"太师风韵"的千古飘香。

从本诗的内容看,似乎主要咏叹关龙逢的事迹。作者是长垣县人,该地有双忠祠。也许方志记载不确,该诗更有可能是咏叹"双忠"的。

---

①　选自《长垣县志》卷之九《文章·诗》。上海古籍书店 1964 年据明嘉靖间刻本影印。
②　崔尚义:长垣县人。正德二年(1507)举人,授江宁知县。升阶州知州,临洮府同知。
③　夏台:夏王朝监狱,又称钧台,今河南禹州。传桀囚汤于夏台,引起诸侯反感,一天之中叛桀投汤的诸侯多达五百,夏朝统治基础陷于分崩离析的境地。

过殷太师比干墓①

〔明〕周廷用②

太师遗墓古城隈,山压黄河天地回。赖有孤忠悬日月,不辞七窍异形骸。
离离禾黍秋风怨,飒飒松杉夜雨哀。遗像俨然霄汉上,令人瞻拜几回来。

【简析】

明朝文学家顾璘曾著《国宝新编》,其中对周廷用评价很高,如"才禀超融,
文锋迅涌,兼能博涉强记,培滋词本,故援笔长赋,烂然成章"。同时,也指出其
"倜傥豪岸,不宜于俗""言事多触时忌""不善迁合""天性剀直,不回固一德"。
可见其为人处世清廉耿介,这首祭祀比干的诗作也能见其心性。

首句点出比干墓的方位,紧接着用西有太行、南有黄河、地处牧野、天地环
绕写其地望,境界雄浑,力道逼人。颔联前因后果,赞美比干的忠义精神。正因
为比干的"孤忠"如高悬的日月光华四射,所以他才能够毫不犹豫地"死谏",不
怕形骸残破,不惧剖心而亡。后四句借眼前之景抒胸中之情。离离禾黍、瑟瑟
秋风、飒飒松杉、凄凄夜雨本是寻常之景,但一"怨"一"哀"使得景中寓情,情景
交融。尾联运用想象,眼前的遗像俨然超越霄汉,祭拜之人必须仰视。构想雄
奇,含义深远。

本诗多超迈之气,豪气干云。周廷用在生活中"赋性谠正,弗屑脂韦,视宵
小辈如臭蛆"(《八厓集》前邹文盛序),在诗歌创作中"挥斥尘浊,吐握仁贤,文
藻性成,早垂巨篇"(《国宝新编》之赞语)。他的《汤阴岳武穆祠下作》也能充分
展示这一点,即:"百战功收大将权,坐令强虏遁穷边。可怜痛苦金牌日,正是潜
移玉鼎年。嵇绍有心空卫主,苌弘无计可支天。秋风罢饮黄龙府,洛水嵩山共
黯然。"

---

① 选自明周廷用撰《八厓集》卷五,《四库全书存目丛书补编》第57册,齐鲁书社2001年版。
② 周廷用(约1522年前后在世),字子贤,华容人。正德六年(1511)进士,授知县,擢御史,出按贵
州。历四川兵备副使,进江西按察使。撰《八厓集》十三卷。

使郢过比干祠①

〔明〕孙承恩②

孤坟郁嵯峨，屹立古道右。危祠亦虚敞，绰楔③出疏柳。使节偶经过，一步一稽首。仰瞻义烈姿，千载尚不朽。忆当商季时，忠佞杂纷揉。君道固非臧④，臣职甘就剖。虽无心七窍，实有血三斗。皇天表忠赤，并示百代后。兹坟不数仞，嵩华等高厚。畜君义何尤⑤，戮谏邦必覆。古训炳日星，芳名垂宇宙。

【简析】

据载，孙承恩"及官宗伯时，斋官设醮，承恩独不肯黄冠，遂乞致仕。较之严嵩诸人青词自媚者，人品卓乎不同！"(《钦定四库全书·文简集·提要》)当时的皇帝贪求长生之术，严嵩诸人以善写青词媚上，权倾一时。而孙承恩"独"不肯戴黄冠，可见其骨气铮铮。

前四句写比干墓的气度、位置以及比干祠的建筑、环境。"使节"四句点明本事，写祭拜之情形。"偶"一经过却"一步一稽首"，可见崇敬忠义情感的由来已久。"忆"领起四句，回忆旧事。"君道"与"臣职"对比，"固"说明纣王之刚愎自用、拒谏饰非，"甘"说明比干之忠心耿耿、一心为君。"虽无"四句可谓高亢响亮、激越悲愤的名句。比干之心未必有七窍，但"虽无心七窍，实有血三斗"，运用口语，形似呼喊，令人震撼，充满了古风特有的纵横恣肆、激扬磅礴之气。邪恶战胜不了正义，"忠赤"之义必将长留世间，比干墓(祠)能够历经千年而存在，这正是忠义精神的魅力所在。最后六句重在议论，深化并升华主题。比干墓高不过数尺，却可与嵩华媲美。比干忠于自己的君王没有罪过，纣王杀戮谏

---

① 选自《钦定四库全书·文简集》卷十四。

② 孙承恩(1458—1565)，字贞父，南直隶华亭人。正德六年(1511)进士。官至礼部尚书，兼翰林学士，掌詹事府。善书画。谥文简。著《灉溪草堂稿》五十八卷，《文简集》五十八卷。

③ 绰楔(xiē)：亦作"绰削""绰屑"。古时树于正门两旁，用以表彰孝义的木柱。明清时也指官署牌坊。

④ 非臧(zāng)：不好，不满意。臧：好的，美好的，善良的。《诗·邶风·雄雉》："不忮不求，何用不臧？"

⑤ 畜君：谓匡正君主之失。《孟子·梁惠王下》："畜君何尤？畜君者，好君也。""畜"通"慉"，喜欢，喜爱。《诗·小雅·蓼莪》："拊我畜我，长我育我。"尤：过失，罪过。

臣必将导致家邦覆亡。两个对比,两个衬托,谈的都是经验和教训。尾联直接赞美"古训"和"芳名",把文意和气韵推向高潮。

本诗基本上以四句为一层次,慷慨悲歌,汹涌澎湃。用语古朴淳厚,兼有口语,更增古雅之风。古人论其文"醇正恬雅",其诗也有此风。

吊比干墓①

〔明〕钱梅窗②

天步③商家事已倾,老臣肝膈最艰辛。佯狂不肯为奴态,抱器那堪去国情。七窍丹衷悬日烈,千秋青史照人新。停车欲把忠魂奠,南涧无因④觅藻苹。

【简析】

本诗见于方志,为湖北咸宁才女钱梅窗所作,故原书作者姓名之下有"邑才媛"三字。据传,钱梅窗不仅聪慧过人,而且反应敏捷、善于料事用计,常能随机应变,出奇制胜,且为人风趣,谈吐诙谐,富有幽默感。善吟诗作对,颇得周围文人雅士推誉。据传,河南光山县举人李宗乾任职湖北时,慕名上门对诗,得钱梅窗青睐,结为夫妻。

此诗前四句写国运衰微之际,"三仁"行虽异而心同苦,箕子"不肯为奴态",微子"那堪去国情",比干剖心而亡;即使心同苦,但依然有微妙的差别,故比干"肝膈最艰辛"。这样就突出了比干之死的惨烈,为下文抒怀做基础。颈联直接赞美比干之"七窍丹衷"与"悬日"同辉共烈,其光照耀"千秋青史"而万古不沦。尾联点出祭祀本事,作者认为比干的忠魂与天地同在,随时随地随物都可以祭祀忠烈,无须专门寻觅"藻苹";同时,"南涧觅藻苹"之典歌颂妇德,暗含

① 选自光绪八年刻本《咸宁县志》卷七《艺文·诗》,"中国方志丛书·华中地方·第三四二号",成文出版社有限公司印行。
② 钱梅窗(1489—1544),湖北咸宁县马桥油榨钱庄人,又称钱六姐。5 岁入族学读书,天资聪明,工于诗词歌赋,常与兄长骑射于二龙山跑马道上。稍长,便喜与人吟诗作赋。《钱氏宗谱》原载其诗作千余首,俨为咸宁才媛,但民国最后一次续谱时,仅剩 5 首。光绪《咸宁县志》仅录 2 首。传其对诗择婿,适河南光山举人李宗乾。晚年生活甚为孤寂。嘉靖二十三年病殁。李宗乾将亡妻在光山写的 6 首诗寄回咸宁钱府。咸宁、光山两地多流传两人故事。
③ 天步:天之行步。指时运、国运等。《诗·小雅·白华》:"天步艰难,之子不犹。"朱熹集传:"步,行也。天步,犹言时运也。"
④ 无因:无须。

作者女诗人的身份。

　　钱梅窗及丈夫李宗乾为湖北咸宁、河南光山名人。李宗乾名李少,幼时家贫,发愤求学,得以中举,曾任职湖北;其品性高洁,替百姓申冤,得罪权贵,遭到革职,与妻子钱六姐返回家乡。他们以"智者"闻名,两地流传着许多关于他们的故事传说,经过人们的发掘整理,诞生了长篇叙事诗《大智者李少》,成为当地的非物质文化遗产。

　　不过,查各种版本的《光山县志》,没有关于李宗乾的记载;若其真的为举人出身,县志上一定会有记载的。又查李梦阳《空同集》卷五十五《送李德安序》:"李子同年进士曰李宗乾者,以户部郎中擢德安知府。"此处的李宗乾为弘治七年(1494)进士,而钱梅窗生于弘治二年(1488),从年龄上判断,与此李宗乾不应为夫妻。但查《德安府志》,明代知府中没有"李宗乾"。故钱梅窗夫妇的人生经历没有准确的史载,令人遗憾。不过,从这首诗看,钱梅窗曾随夫北上,途经卫辉比干墓,怀着崇敬之情而祭祀忠烈,这是确定的事实。

谒比干墓①

〔明〕王韦②

邑号朝歌昔未经,太行山麓秘精灵。贞心七窍惟藏赤,忠血千年已化青③。象箸岂知求夏鉴④,铜盘应恨刻周铭。先生殁后成今古,多少英雄慨独醒。

【简析】

　　正德十六年(1521)前后,王韦任河南提学副使,本诗可能写于此时。王韦诗以"多尚秾丽"为特色,成就不高。本诗首句起笔较平,次句点出比干墓。颔

---

①　选自《盛明百家诗·王太仆集》,明王韦撰。《四库全书存目丛书·集部》第305册,齐鲁书社1997年版。

②　王韦:字钦佩,号南原,上元(今江苏南京)人。弘治乙丑(1505)进士。授南京吏部主事,改兵部主事,出为河南提学副使,进太仆少卿。为诗婉丽多致,与陈沂、顾璘并称"金陵三杰"。著有《王太仆集》《南原集》。

③　按,该句用"苌弘化碧"的典故。苌弘被周人杀死。传说死后三年,其血化为碧玉。《庄子·外物》:"人主莫不欲其臣之忠,而忠未必信,故伍员流于江,苌弘死于蜀,藏其血三年,而化为碧。"

④　象箸:象牙制作的筷子。《韩非子·喻老》:"昔者纣为象箸而箕子怖。"《史记·宋微子世家》:"纣始为象箸,箕子叹曰:彼为象箸,必为玉杯;为杯,则必思远方珍怪之物而御之矣。舆马宫室之渐自此始,不可振也。"夏鉴:指夏桀灭亡之鉴。

联化用成典,写比干"贞心藏赤""忠血化青",讲求对仗,色彩鲜明,分"忠贞"为两句之首,构思巧妙。颈联运用对比,商纣王荒淫无耻,他哪里知道寻求夏桀灭亡的教训呢? 比干为国而亡,坦坦荡荡,他不愿意得到周王朝的褒奖。在对比中寄寓褒贬。尾联写比干忠义精神对后世的影响,使得多少英雄能够认清黑白,不同流俗。

　　本诗的起笔一般,但中间两联构思精巧,颇见功力。尾联直抒胸臆,慷慨激昂。只是在主题上的突破不多。

比干墓①

〔明〕王教②

　　冻云压远障,朔气生平林。剔藓诵残碑,眷怀贤圣心。七窍岂不具,一忠难自沉。所以宁子③愚,耿耿传至今。狥身④计宗社,抗谏摅悃忱⑤。天倾势何支,山仰人自钦。鼓钟荐尝礼⑥,俎豆期致歆。因之忆龙逢,洒泪沾寒襟。

【简析】

　　王教幼颖敏,日诵数千言。博极群书,文词落笔立就。尝过汤阴,作赋吊岳武穆王,书之祠壁,为时人所重,"名由此日起"。与伯兄天叙称"中州二凤"。然而科举不顺,直至年近四十才领乡荐,人们以为大器晚成。嘉靖癸未中会试榜眼,授翰林院编修,"为时辈推重"。后三次出任会试考官,所录皆知名学子,为世人称赞。本诗为五古,不知道创作时间及具体的背景,但对忠臣义士的殷

---

①　选自明王教撰《中川遗稿》卷二十五,上海古籍出版社1997年版《四库全书存目丛书·集部》,第084册。

②　王教(1479—1541),字庸之,号中川,祥符人,徙居仪封。嘉靖二年(1523)榜眼,授翰林编修,迁侍读,充经筵讲官,晋国子监祭酒,官至兵部侍郎。著《中川遗稿》。事见《国朝献征录》卷四十三《少司马中川王公教墓志铭》。

③　宁子:即宁武子。春秋卫大夫宁俞,谥武子。《论语·公冶长》:"子曰:'宁武子,邦有道,则知;邦无道,则愚。'"邢昺疏:"若遇邦国有道,则显其知谋;若遇无道,则韬藏其知而佯愚。"后以宁武子为国家有道则进用其智能、无道则佯愚以全身的政治家的典型。

④　狥身:舍身求名。狥,通"殉"。

⑤　悃忱:诚恳,忠诚。悃,诚恳,诚挚。

⑥　尝礼:指祭祀之礼。尝,蒸尝。本指秋冬二祭,后泛指祭祀。

殷敬佩之情蕴含在字里行间。

前四句引入。先写眼前所见，意象阴郁，用语沉重，景中含情，再写拜祭之事。"剔"可见小心翼翼，"诵"可见虔诚无比。"眷怀"句承上启下，导入下文的抒情议论。中间八句赞美比干以身殉国的仁义之举。"七窍"句紧扣纣王剖心视窍之典，指出比干之心实有七窍，自然为圣人；既然为圣人，自然聪明机智，知道审时度势，明哲保身。但因为"一忠"的存在，他没有选择屈原式的"自沉"而一死了之，也没有选择甯武子的以愚处乱世而自我保全，反而走上了"狥身""抗谏"之路，其目的是为了"宗社"的长存啊！"天倾"句写局势的难以挽回，"山仰"句写后人的仰慕钦佩。最后四句又回到祭祀本身，在丰盛的祭品、庄重的仪式中，表达对比干的崇敬之情。尾联借关龙逢写比干。

王教才华出众，平日不以诗文自命，自称"吾赋性赛拙，词翰诚非所长"，但一生所作诗文较多，成就斐然。本诗结构严谨，情景交融。可惜在主题的挖掘上突破不多。他在别的诗篇中时有名句，为后人赞赏，如"王受岂不圣，飞廉故相违。恨尔一党成，堕此九庙威"（《过牧野》）、"逍遥最是渔翁乐，醉里情怀醒后歌"（《题渔舟钓叟》）、"西山落日云垂地，疑是荆卿却未真"（《易水》）等。

淇县有殷三仁祠，将至卫辉，有殷太师比干墓庙①

〔明〕郑岳②

秋黍何离离③，驱马登殷墟。孟门④与太行，左右相萦纡。狯童不我好⑤，万

---

① 选自选自《钦定四库全书·山斋文集》卷一。亦见于《钦定四库全书·石仓历代诗选》卷四百六十六。

② 郑岳（1468—1539），字汝华，号山斋，莆田人。弘治六年（1493）进士，为户部主事。历迁江西左布政使，抚江西。召为大理卿。迁兵部左侍郎。著《山斋集》二十四卷，《莆阳文献》十三卷，列传七十五卷。

③ 按，该句用"禾黍离离"之典。借指家国破亡，详见附录《比干庙古诗中常用典故》注6。

④ 孟门：古山名。在今河南辉县西。春秋时为晋国要隘。《左传·襄公二十三年》："齐侯遂伐晋，取朝歌，为二队，入孟门，登太行。"《史记·孙子吴起列传》："殷纣之国，左孟门，右太行。"

⑤ 按，该句用典。指纣王。详见附录《比干庙古诗中常用典故》注38。

乘①为独夫。图任惟奸回②,亲贤③反见疏。矢心各自靖④,揆道⑤岂云殊。埋骨邈千年,庙貌犹古初。孔圣赞一词,永与天壤俱。

【简析】

据载,郑岳"素著风节。任江西按察使时,首折宸濠逆谋,反为所诬,构逮问。及官兵部,复以议兴献祔庙忤旨,力请致仕。后议礼诸臣皆蒙追恤赐谥,而独不及岳,盖孤介寡援,其天性然也。"(《钦定四库全书·山斋文集·提要》)本诗写于嘉靖二年或三年的秋天,正值朝中"大议礼"事件愈演愈烈之际,作者可能已经"致仕"回归了。此诗也许是写在回乡途中。

前四句写殷墟的地理方位及景色。首句即景用"黍离"之典,蕴含亡国之悲,也暗暗地讽喻时事。起笔平淡自然,颇有寄寓。"狡童"六句叙说史事,不疾不徐,娓娓道来,很少激烈议论,但淡淡之中有褒贬。结尾四句写比干墓及庙,"埋骨千年"却"庙貌如初",说明忠义自在人心。"犹"字虚词蕴深意,有一种出乎意料却在情理之中的意味。结句的"永与天壤俱"强调比干墓与天地同在,其"永"字也是借物论理,突出主题。

古人评价郑岳的诗文"畅达蕴藉"(柯维骐《续莆阳志》),认为他"深于讽喻之体"(朱彝尊《明诗综》引谢山子之言),确实如此。本诗平实畅达,不加藻饰,寓深意于平淡之中,耐人寻味。但也正如《钦定四库全书·山斋文集·提要》所评,郑岳的诗文大都如此,也容易给人"条畅有余,奇丽不足"的感觉。

---

① 万乘(shèng):万辆兵车。按,周制,天子地方千里,能出兵车万乘,因以"万乘"指天子。
② 图任:犹谋任。《书·盘庚上》:"亦惟图任旧人共政。"奸回:指奸恶邪僻的人或事。《书·泰誓下》:"崇信奸回,放黜师保。"回,形容词,奸邪、邪僻。
③ 亲贤:亲戚与贤臣。《文选·任昉〈齐竟陵文宣王行状〉》:"地尊礼绝,亲贤莫贰。"吕向注:"位居尊重之地,与百官礼仪隔绝,则亲戚贤臣皆无有二心也。"
④ 矢心:发誓;下决心。明何景明《别思赋》:"皎秋日以矢心,指寒岁以为期。"自靖:各自谋行其志。按,详见附录《比干庙古诗中常用典故》注5。
⑤ 揆道:选择道路。揆,揣测、审度。

祭比干①

〔明〕张衍庆②

　　鹢鹕肇殷室③,汤王正域④期。元勋时佐命,一德咸师资⑤。尧舜日都俞⑥,禹益恒孜孜⑦。由来求世德⑧,帝业厚无涯。伤哉运中衰,受辛恶已弥。余非丛众訾,忠言尽自蚩。仁贤空翊亮⑨,宗社已濒危。微箕各有得,公死甘如饴。古今死谁无,公死堪涕洟。剖心岂识圣,殉国心可知。嗟彼狂惑徒,残虐翻滋疑。至哉尼父言,三仁揭民彝⑩。自今阅世代,褒封竟一词。青青江草春,烨烨园葵薤。迟暮委泥沙,良无坚贞姿。用愧奸谀心,大书少师碑。

---

① 选自明暴孟奇《殷太师忠烈录》卷六《诗·五言古体》,明万历五年刻本;原无题,今题为编者所加。后缀以"郡人张衍庆翰林院修撰"。

② 张衍庆:汲县人。张杰孙,张继子。正德六年(1511)进士。选庶吉士,授检讨。嘉靖二年(1523)升修撰。七年升陕西右参政。十年任四川右布政使。十一年由巡抚湖广山西右布政使为南京光禄卿。十二年任南京都察院右副都御史,提督操江,总督南京粮储。十五年升左副都御史。十六年升兵部右侍郎。十八年,嘉靖南巡,行在火落,被逮,下镇抚司,以"不恭王事"而罢黜为民。史载张衍庆"方毅,与人交无媚阿之态"(《卫辉府志》)。著《方山集》。

③ 鹢鹕:鸟名。燕子的别名。《庄子·山木》:"鸟莫知于鹢鹕。"成玄英疏:"鹢鹕,燕也。"按,《诗·商颂·玄鸟》:"天命玄鸟,降而生商。"郑玄笺:"玄鸟,鳦也。"

④ 正域:整治封疆。《诗·商颂·玄鸟》:"古帝命武汤,正域彼四方。"朱熹集传:"正,治也。域,封竟也。"

⑤ 一德:犹一能。《管子·法法》:"舜之有天下也,禹为司空,契为司徒,皋陶为李,后稷为田,此四士者,天下之贤人也,犹尚精一德。"尹知章注:"谓各精一事也。"师资:谓从师;效法。《魏书·乐志》:"且燧人不师资而习火,延寿不束修以变律。"唐张彦远《历代名画记·叙师资传授南北时代》:"若不知师资传授,则未可议乎画。"

⑥ 都俞:即"都俞吁咈"。《书·益稷》:"禹曰:'都!帝,慎乃在位。'帝曰:'俞!'"又《尧典》:"帝曰:'吁,咈哉!'"都、俞、吁、咈均为叹词。以为可,则曰都、俞;以为否,则曰吁、咈。后因用"都俞吁咈"形容君臣论政问答,融洽雍睦。

⑦ 孜孜:勤勉;不懈怠。《书·益稷》:"予何言?予思日孜孜。"孔颖达疏:"孜孜者,勉功不息之意。"

⑧ 世德:祖上及本人均有美德的人。《文选·陆机〈文赋〉》:"咏世德之骏烈,诵先人之清芬。"李善注:"言歌咏世有俊德者之盛业。"

⑨ 翊亮:辅佐。《南史·范云传》:"云以旧恩,超居佐命,尽诚翊亮,知无不为。"《隋书·高祖纪上》:"曰惟先正,翊亮皇朝。种德积善,载诞上相。"

⑩ 民彝:犹人伦。旧指人与人之间相处的伦理道德准则。《书·康诰》:"天惟与我民彝大泯乱。"孔传:"天与我民五常,使父义、母慈、兄友、弟恭、子孝,而废弃不行,是大灭乱天道。"

【简析】

　　汲县黄土岗张氏家族属名门望族，张衍瑞、张衍庆为最著名者。张衍庆进士出身，仕途颇顺，步步高升，直至兵部右侍郎。但盛极则衰，乐极生悲，嘉靖十八年南巡，遭火灾，卫辉和河南地方官吏被治罪，殃及张衍庆。张衍庆被捕，"下镇抚司，鞠送法司，拟赎杖还职"（《明世宗实录》），后得旨"不恭王事，违慢废职，悉黜为民"（《明世宗实录》），从而乡居而终。从"郡人张衍庆，翰林院修撰"看，本诗应写于嘉靖二年至嘉靖七年之间，正处于仕途的上升期。

　　开篇从殷商起源谈起，回顾商汤、尧舜、禹益等上古帝王治理天下首重贤人的事实，得出"由来求世德，帝业厚无涯"，为下文写殷纣之恶做准备。商运中衰的标志就是纣王罢黜贤能，信任奸佞，贪图淫乐，其"恶已弥"。带来的是"宗社已濒危"。在此危难之际，比干挺身而出，舍生取义，甘死如饴。关于比干之死，自古以来亦有杂音，如为邀名而暴露君王之罪，加速国家灭亡的速度等。但作者旗帜鲜明地提出"剖心岂识圣，殉国心可知"，驳斥了"狂惑徒"之陈腐旧论，肯定了孔子"三仁"的评价。"青青"以下数句回到现实，借园葵"委泥沙""无坚贞姿"暗喻奸佞者，与眼前的穹碑高坟、圣人题字作比，使奸谀者感到羞愧，使高尚者光华四射。

　　本诗多用古典，重在辨疑驳斥。用语略显艰涩，颇有拽文之嫌。

比干墓①

〔明〕陈洪谟②

七窍从来理渺茫，独夫何乃事颠狂。可怜祝网③犹家法，忍使忠贞就剑铓。

---

① 选自《高吾静芳亭摘稿》卷八。《四库全书存目丛书补编》第 97 册，齐鲁书社 2001 年版。按，此三首题"比干墓"，前还有一首《谒三仁祠》。
② 陈洪谟（1476—1527），字宗禹，武宁（今湖南省常德市）人。弘治九年（1496）进士，曾任江西巡抚、兵部侍郎等职。任内不畏强权，节财爱民，颇有政声。致仕归隐高吾山下，筑亭名静芳，自号高吾子。有《高吾静芳亭摘稿》《治世余闻》等著述。
③ 祝网：亦"祝禽"，语出《史记·殷本纪》："汤（成汤）出，见野张网四面，（猎人）祝（祝祷，祈祷）曰：'自天下四方，皆入吾网。'汤曰：'嘻，尽之矣！'乃去其三面，祝曰：'欲左，左；欲右，右；不用命，乃入吾网。'诸侯闻之，曰：'汤德至矣，及禽兽。'"后以"祝网"指帝王施行仁德。

谏诤频频为国图，如何冒色①敢行诛？由来妲己基人祸，空把凶残罪独夫。
国势如焚力不支，犯颜死谏理难辞。龙逢地下如相见，莫说荒淫过彼时。

【简析】

陈洪谟在担任都御史的时候，遇到了明代政坛三大案之一——嘉靖初年"大议礼"之争。表面上是在争"考"争"庙礼"，实质上是皇权与阁权之争。当时许多正直的言官站在了首辅杨廷和一方，陈洪谟虽未上疏明言自己的观点，但从他为被嘉靖杖死的张原、毛玉、裴绍等人的妻子请恤来看，可知他的政见与杨廷和相同。他在致仕归里后写了一首《青尉祠》，其中对以死相谏的人大加赞颂，如"当日孤忠陈大义，百年残喘沐深仁。史鳅既死尸犹谏，东野虽穷业不沦"。由此可知，当他途经卫辉，徘徊在比干墓前的时候，胸中该激荡着怎样的情感。

第一首首句中的"从来"强调了在封建社会中，纣王剖谏臣之心的行为无"理"可言，也历来为人们（包括统治者）所不齿。次句用反问探讨纣王行事"颠狂"的原因。后两句顺势而下，回答了第二句的问题。殷朝合乎道义的法律、道德都在，"六七贤圣"明君的所作所为已被载入史册，成为后世君王的行为规范，但最终还是让"忠贞"的比干"就剑铓"，原因只能有一个：当政的纣王是个独夫。

第二首首句写比干之所以"谏诤频频"是因为"为国图"，却遭到了纣王的"行诛"。除纣王是个独夫之外，本诗又揭露了纣王的另一罪行：冒色。作者认为：只谴责纣王"凶残"是不够的，妲己才是殷商"人祸"之基。这样，就补了第一首诗的不足，与其各有所侧重，全面剖析了殷商朝政的弊端。

前两首侧重于剖析比干惨死的原因，第三首从比干的角度再来探讨比干之死的必然性。国势难以挽回是其一，比干特殊的身份及其高度的责任感是其二，所以，比干的"死谏"按理"难辞"。后两句用想象的手法进一步突出商纣的荒淫无耻远远超过夏桀。

这三首诗表面上看全在咏史，但正如沈德潜所说，"理语入诗，而不觉其腐，全在骨高"。作者把批判的目标直指君王的"独"和"色"，还特别强调比干所处

---

①　冒色：贪恋女色。《书·泰誓上》："今商王受，弗敬上天，降灾下民，沉湎冒色，敢行暴虐。"孔颖达疏："冒，训贪也；乱女色，荒也。"

环境的极其恶劣,特别是末句"莫说荒淫过彼时"微露讽世之意,给人以警醒之感。

这组诗写于嘉靖八年(1529)冬,作者此时任兵部侍郎。回京之后,因"大议礼"事件之余波,作者受到攻讦而罢归。作者在比干墓前的隐忧得到了印证。

谒比干祠①

〔明〕杨爵②

人心天意转岐豳③,夫子安能不杀身。一死祗将殷祀绝,空教千古吊三仁。

【简析】

杨爵是明后期名臣。他与海瑞同朝,俱为直言敢谏的诤臣,时有"北杨南海"之称。他曾因直谏而两次入狱,第一次"历五年得释",第二次"三年始还"。他至死还是身负罪名,直到死后二十余年才沉冤得雪。这样的人,一定会对封建社会的特质有深刻的了解,一定会对言官的多舛命运有切身的体会。这首《谒比干墓祠》就写出了他的心声。他认为,比干所处的时代,天怒人怨,国势衰微,历史的发展非人力所能左右,所以,比干的结局是必然的。比干的剖心而死,不仅不能阻止国家的灭亡,反而起到了加速殷祀灭绝的进程,因此,比干之"仁"是要打折扣的。

此番议论实乃老生常谈,并无新意。但结合作者的生平,我们隐隐约约地可以感觉到作者是在借古讽今,每句皆似反语,透露出愤懑和不满,甚至于绝望。同时,这又是严正的警告,告诫统治者不要重蹈覆辙。

《杨忠介集·附录》收录了多首赠诗、赞诗,人们习惯于将杨爵与比干并列,如:

---

① 选自《钦定四库全书·杨忠介集》卷十二。
② 杨爵(1493—1549),字伯修,号斛山,今富平县老庙镇笃祜村人。以学行著名。嘉靖八年(1529)进士,授行人。擢御史,以母老乞归。后又任山东道、河南道监察御史。时年岁频旱,帝日夕建斋醮,经年不朝;爵上疏极谏,立下诏狱,历五年得释。抵家甫十日,又被逮系狱,三年始还。卒,20年后始得以雪冤。有《杨忠介集》十三卷,《周易辨录》四卷,并传于世。
③ 岐豳:借指周王朝。按,豳(bīn),同"邠",在今陕西郴县,从属扶风栒邑,在雍州岐山。岐阳,凤翔府扶风县岐阳镇,乃太王之都,文王治岐之地。

千古孤忠羡责难，先生风采动朝端。玉阶碎首心曾剖，不愧龙逢与比干。（冯守）

金粟山前报国臣，精忠直上比干邻。乾坤知多就寓者，得似从容有几人。（马理）

比干庙①

〔明〕刘天民②

殷墟不忍问，遥见太师坟。心迹三仁并，声光百代闻。生平曾许国，死日尽输君。尤恨掺觚吏③，多垂史上文。

【简析】

刘天民是山东历城人，出身贫寒，"城南二十里有函山"，遂自号函山。书斋号曰"取节轩"，取意有竹之气节。9岁时，随父入国子监读书，"即通经史兼诸子百家言，文笔滚滚。命之题，顷刻成就"。正德九年（1514）进士，父病亡。丁忧三年后，授户部福建司主事，从此走入仕途。曾谏武宗南巡，廷杖，改礼部。嘉靖三年（1524）谏"大复礼"，复被廷杖，迁吏部郎中，出知寿州。旧时凡京官外谪，因"失志惶惭"，故以眼纱遮目。刘天民将眼纱掷地，称"吾无愧于衙门，使诸君得见吾面目耳！"嘉靖九年（1530），任河南按察司副使。期间，为锦衣卫错审的700多名重刑犯平反，自称："吾之遗子孙者，只此足矣。"嘉靖十一年（1532）五月，被御史胡某指摘，"以才力不及"为名，再改四川按察司副使，及去日，"壮民号泣攀留，车不能发"。在蜀期间作《游蜀吟稿》二卷，辑始自当年腊月初九，"遂成巨轶"。本诗即写于赴蜀途中。

首联引入。作者来到殷墟，殷商旧事涌上心头。自己忠心为国却无辜被谪，其遭遇与比干相同，其心迹自然隔世相通。"不忍"已见悲愤难抑之真情，而

---

① 选自《函山先生文集》卷八《游蜀草》，上海古籍出版社1997年版《四库全书存目丛书·集部》，第070册。

② 刘天民（1486—1541），字希尹，号函山，历城人。正德九年（1514）进士。十二年授户部福建司主事，五月调任吏部文选司主事。嘉靖三年（1524）迁吏部郎中，出知寿州。九年任河南按察司副使。十一年改四川按察司副使。十四年辞官家居。

③ 掺（shǎn）觚吏：掌握权柄的奸诈之人。掺，持；握。觚，剑柄。《淮南子·主术》："操其觚，招其末，则庸人能以制胜。"

"遥见"更使人痛彻心怀。颔联正面颂扬。颈联议论,作者陈述比干以身许国、以死献君之事实,以"生平"与"死日"相对照,褒贬之意蕴涵其中,让读者自己去体会。尾联指斥"掺觚吏"多名垂青史,侧面表达了对忠臣义士不为后人所重的痛惜和不满。

诗为心声。作者由河南被改任四川,"不独秦关远,仍忧蜀道危"(《不寐》),而小女仅三岁,此行可谓难矣。在此心境下莅临比干庙,感触自然非常人难有。刘天民之人豪俊俶傥,其诗摇曳婆娑,与济南诗派鼻祖边贡相仿。本诗的首尾两联颇见功力,寄寓深远。

按,嘉靖二年(1523),汲县进士范师曾为其父母合葬,由"赐进士翰林院修撰儒林郎经筵讲官同修国史"汲县人张衍庆撰写墓志铭,由"赐进士出身奉议大夫吏部稽勋清吏司郎中"历城刘天民书丹,笔者存有拓片。

比干台①

〔明〕张冕②

受辛尸位③商祚衰,洸洸西伯已戡黎④。彼昏者雏若罔知,牝晨嘲哳⑤兆祸基。骄淫灭德任恣睢,崇肉为林酒为池⑥。长歌夜饮丧威仪,铍滑⑦祖烈典刑隳。毒痛四海民心离,周武欲卜孟津期。微子行遁奴为箕,比干于时官少师。王室懿亲更有谁,讵忍坐视社稷移。犯颜苦谏逆鳞批,独夫残忍公心劙⑧。公甘

---

① 选自光绪九年《孝义县志·艺文参考志》。
② 张冕:孝义县人,嘉靖壬辰(1532)进士。据光绪九年《孝义县志·人物事迹志》:"嘉靖进士,字服周。时邑久乏科第,冕一举连捷,人骇为骊龙之珠。授户部主事,监收太仓。廉明有威。转员外郎,升河南佥事,分巡大梁。至洧川,因飓风辨野寺之冤,人咸异之。迁霸州兵备副使,平土寇。及归,行李萧然。居家二十年,博极群书。著有《胜溪文集》。从知县刘大观创修县志,数百年制度人物赖以不坠。"
③ 尸位:谓居位而无所作为。语出《书·五子之歌》:"太康尸位以逸豫,灭厥德,黎民咸贰。"
④ 洸洸(guāng):威武貌。《诗·大雅·江汉》:"江汉汤汤,武夫洸洸。"西伯戡黎:西伯侯姬昌于前890年前后发动了讨伐商朝腹心之国黎国的战争,史称西伯戡黎。战争的规模不大,但拉开了灭商的序幕。
⑤ 牝(pìn)晨:即"牝鸡司晨",详见附录《比干庙古诗中常用典故》注35。
⑥ 按,此句用"酒池肉林"之典。《史记·殷本纪》:"大冣乐戏于沙丘,以酒为池,县肉为林,使男女裸相逐其间,为长夜之饮。"后以"酒池肉林"形容极度豪华奢侈。
⑦ 铍滑:纷乱离散。《荀子·成相》:"君教出,行有律,吏谨将之无铍滑。"杨倞注:"铍与披同,滑与汩同,言不使纷披汩乱也。"
⑧ 劙(lí):割,劈。

任劳殆如饴,公心金石无改移。不妨锻炼与磨治,公心日星当并垂,九天光耀降赫曦。大厦知非一木枝,甘心九死振纲维,忠心耿耿诤臣规。何后之人犹诡随,突梯滑稽如脂韦①,喉下取气看君眉。即日宗社累卵危,持禄保位意施施②,奸谀得计讥公痴。世道沦降令人悲。

【简析】

作者张冕进士出身,为当地名士。历经宦海,"益励操守""德行文学,远近推重"(《钦定四库全书·山西通志》卷一百三十七)。这首古风前半叙事,叙述西周灭商、比干剖心之事。用语古朴,气势宏阔,顿挫激昂,但新意不多。后半抒情议论,颇有见地。"公甘"五句想象奇妙,意象飞动,洋溢着浪漫色彩。先用"如饴"比喻比干任劳任怨、甘于剖心,用"金石无改移"比喻比干决心之坚定;再想象"锻炼""磨治"比干之心,使之与日星并垂人间,从九天降下光明。"大厦"三句进一步强调比干虽知国事难为,但还要以死谏君,其目的是"振纲维"。最后七句从反面批判"后之人"的行为,衬托比干"死谏"行为的高尚。这些人圆滑顺从,卑躬屈膝,"喉下取气看君眉"活画出他们仰君王鼻息的丑行;更可恨的是在国家危亡之际,这些人"持禄保位"、得意洋洋,不以为耻,反而讥笑比干痴傻。最后用"世道沦降令人悲"总括全篇,借古喻今,锋芒直指当朝。

咏史诗当有寄寓,但又不能太露。"诗贵意,意贵远不贵近,贵淡不贵浓。"(李东阳《麓堂诗话》)本诗后半部分句句指向现实,但不明言之,只在结句用"世道沦降"总括,用"令人悲"暗示,含蓄有韵味。另外,本诗名为"比干台",但无一涉及"台",完全是借题发挥,指斥现实。

---

① 按,本句语本《卜居》:"将突梯滑稽,如脂如韦,以絜楹乎?"突梯:圆滑的样子;滑稽:圆转随俗。按,钱锺书说:"注家未有能解'突梯'者。'突',破也,'梯',阶也,去级泯等犹'滑稽'之'乱得'除障,均化异为同,所谓'谐合'也。"(《钱锺书论学文选》第2卷第210页)如脂如韦:像油脂一样光滑,像熟牛皮一样柔软。指善于应付环境。
② 施施:喜悦自得的样子。

汲县谒比干墓①

〔明〕唐顺之②

下马登丘垄③，蓁林曲隧④通。碑因元魏⑤树，地是有周封。酒散荒池上⑥，人行秀麦中。故宫无可问，徒此对松风。

【简析】

作者早年深受"前七子"影响，标榜秦汉，赞同"文必秦汉，诗必盛唐"。中年以后，受王慎中影响，察觉到"七子"诗文抄袭、模拟古人，故作诘屈之语的流弊，提出师法唐宋而要"文从字顺"的主张。在他的倡导下，"唐宋八大家"的历史地位逐步确立。

在诗文创作上，作者提出"直抒胸臆，信手写出""卒归于自为其言""如谚语开口见喉咙者"。本诗用语晓畅，明白朴实。颔联化用典故，既写出了比干庙的来历，又暗含褒扬之情。颈联第二句"人行秀麦中"表面写实，暗含亡国之悲。怀古诗免不了用典，但最忌讳用实、用死，本诗娓娓道来，了无痕迹，内蕴丰富。这在他的另一篇名作《岳王坟》中也可见一斑，即："国耻犹未雪，身危亦自甘。九原人不返，万蛰气长寒。岂恨藏弓早，终知借剑难。吾生非壮士，于此发冲冠。"

这首诗应写于嘉靖十九年(1540)左右，此时作者遭免官归里，路过汲县，谒比干墓。也曾游览百泉，作《登孙登啸台》五言排律一首，把孙登的隐居生活写

① 选自《重刊荆川先生文集·诗一·汲县谒比干墓》《钦定四库全书·荆川集》卷二、《四库全书存目丛书·集部第306册·盛明百家诗·唐中丞集》卷上《汲县谒比干墓》;亦见《乾隆汲县志》卷十四《艺文下》，题为"汲县谒比干庙"。

② 唐顺之(1507—1560)，字应德，号荆川，武进人。明代儒学大师，军事家，散文家。嘉靖八年(1529)会试第一，官翰林编修，后调兵部主事。当时倭寇屡犯沿海，唐顺之以兵部郎中督师浙江，曾亲率兵船在崇明破倭寇于海上。升右金都御史，巡抚凤阳，至通州去世。学者称"荆川先生"。

③ 丘垄:坟墓。《礼记·月令》:"(孟冬之月)茔丘垄之大小高卑厚薄之度，贵贱之等级。"孙希旦集解:"墓域曰茔，其封土而高者曰丘垄。"

④ 隧:墓道，古墓中运送棺材到墓室的通道。

⑤ 元魏:即北魏。魏孝文帝迁都洛阳，改本姓拓跋为元，所以历史上也称元魏。

⑥ 按，用"酒池肉林"之典。传说纣王以酒为池，以肉为林，为长夜之饮。语出《史记·殷本纪》:"以酒为池，悬肉为林。"

得淋漓尽致,充满了哀叹之情。

卫源比干祠①

〔明〕张璧②

晚过太师庙,西风吹墓林。高丘正寥寂,夏木尚阴森。忠谏苦流血,凶残翻剖心。乾坤凛正气,万古到如今。

【简析】

张璧是正德年间进士,居于翰苑多年。嘉靖元年,明世宗设经筵讲学,张璧担任主讲官。嘉靖十九年(1540),被任命为南京礼部尚书,"早从翰苑蹑仙踪,复向容台赞秩宗"(《庚子转南秩宗·取便过家并之任金陵途中》)。上任后见水灾频繁,遂修太仓储粮,遇灾年赈济贫民,深受百姓欢迎。嘉靖二十二年(1543),调至北京任礼部尚书。嘉靖二十三年(1544),任礼部尚书兼东阁大学士,入阁参与朝廷军机。时夏言、严嵩相持,张璧入阁不到一年而卒。

本诗写于其奔赴南京上任的途中。首联引入,起笔平淡,但"晚"字与"西风吹"相呼应,为全诗笼上了一层阴郁压抑之气。颔联的"寥寂""阴森"承上,写出残秋之悲,"正""尚"虚词不虚,令人难以自抑。颈联直面比干剖心之事,角度一般,但一"苦"一"翻"写出了忠臣惨淡经营的可敬和暴君人性尽失的可恨。尾联把情绪推向高潮。

《四库全书》凭借张璧"盖无所短长者,今观其诗文殆亦如其为人焉"。张璧性情雅直,不近流俗,爱好文学,但成就一般。本诗堂堂正正,气度恢宏,但意象平凡,韵味不足,境界较为一般。

---

① 选自《阳峰家藏集》卷二十一,上海古籍出版社 1997 年版《四库全书存目丛书·集部》,第 066 册。

② 张璧(1474—1545),字崇象,石首(今湖北荆州石首市南口)人。正德六年(1511)进士,授翰林院编修。官至礼部尚书、东阁大学士。谥文简。撰《阳峰家藏集》三十五卷,《四库总目》行于世。

拜祭比干祠①

〔明〕周镐②

野色涵秋漾碧虚,忠臣祠绕桧松疏。英魂千载今犹在,耿耿丹心贯斗墟。
寒寒宗臣忠虑纡,剖心直谏岂为迂。玉阶③倘有回天力,宝历④重绵愿足愉。
遘祸逆鳞岂昧图,欲将商祚竭忠扶。精诚已化星河烂,夜夜寒光照碧芜。
杳霭荒丘草径斜,寒山犹自带云遮。臣模千载同瞻仰,鹃鸟啼残春昼花。

【简析】

　　周镐乃汲县人,进士出身。曾任池州知府,以"清约有守,宽仁爱人,百姓德之"而擢按察副使。其饬兵辰沅及怀隆等处,采大木,修边隘,咸著劳绩。后调四川,督兵剿匪,地方安堵。归里之后,杜门谢俗,谦抑自持,言动不苟,绰有古君子风。可见其颇具循吏之风。

　　这四首绝句注重描摹景色,景中含情,颇具诗情画意,艺术水平较高。第一首由眼前的秋光秋色,苍郁桧松,想象郡王无意,草木含情,比干英魂借大地山川和草木生气而千载不灭,比干之心与日月群星同耀。第二首重在论史。既然作者愤然曰"岂为迂",可见世上有如此贬议,作者认为比干之举不是沽名钓誉,亦不是迂腐颟顸的表现,在国破家亡之际,但凡有一丝的可能,也要做千万分的努力。若能"回天",即使身死陨灭亦"愿足愉"了。第三首承上启下,诗意不断,"精诚"两句颇有想象力,写比干精诚之心化为灿烂星河,"夜夜寒光"照人间。第四首回到眼前,用荒草斜阳、寒山碧水衬比干荒丘,悲凉之气弥漫其中。但"臣模千载同瞻仰",一介荒丘却得到了千百年来无数臣子的顶礼膜拜,这说明了什么? 难道不是因为比干精神的伟大吗?

---

① 选自明暴孟奇《殷太师忠烈录》卷七《七言绝句》,明万历刻本。原无题,今题为编者所加。后缀以"郡人周镐副使"。
② 周镐:字之京。汲人,周凤孙。嘉靖辛丑(1541)进士,授户部主事。历员外郎中,出补池州知府。(见乾隆乙亥年《汲县志》卷之九《人物志下·宦望》)
③ 玉阶:用玉石砌成或装饰的台阶。借指朝廷。《文选·张衡〈思玄赋〉》:"勔自强而不息兮,蹈玉阶之峣峥。"旧注:"玉阶,天子阶也。言我虽欲去,犹恋玉阶不思去。"
④ 宝历:指国祚;皇位。《乐府诗集·燕射歌辞三·晋朝飨乐章》:"椒觞再献,宝历万年。"

过比干祠次吾山韵二首①

〔明〕陈棐②

皇天已切兴周意,故使殷家积恶深。可叹昏迷③不知悟,剖开方识圣贤心。
杀身谁说为成仁,此语知君亦未深。宗社将亡惟有死,无求方是古人心。

【简析】

陈棐是嘉靖乙未进士,官至甘肃巡抚。常疏言直谏,弹劾权贵,人称"直谏官"。工吟咏,善草书,影响一时。"先生以直谏外迁,而忠赤之肝、秾烨之笔直可以光日月而薄云霞。"(陈登云序)《四库全书》称其"诗文多率笔"。他的"直谏外迁"应在嘉靖二十六年,因直言敢谏而谪长垣县丞。莅政宽平,吏民畏服。仅期年,百废俱举,政事日新。本诗应写于其时。

第一首作者故为奇语,"殷家"之所以恶贯满盈仿佛是"皇天"有意而为之。其实,人作恶,天难活。殷商灭亡的真正罪人还是作恶多端的殷纣王啊。国家已危若累卵,还不知悔悟,剖贤人之心,即使视窍知贤,但长城已毁,国何以堪!字里行间蕴蓄着无奈与激愤。第二首围绕着"杀身成仁"展开论述。作者认为,比干的"杀身"不是为了"成仁",国家将灭,唯有一死以警醒君王,其目的是求得国家宗社的永存,而不是个人的声名得失。

绝句贵在击破一点,波及其余。第一首紧扣纣王剖心视窍的事实展开构思,第二首紧扣人们称赞比干"杀身成仁"展开论述,选点精妙,破除陈见,见解卓异。尾句点明主题,意味深长。题目中的"吾山"不知所指,疑指杨爵(号斛山)。杨爵有《谒比干祠》:"人心天意转岐齿,夫子安能不杀身。一死祇将殷祀绝,空教千古吊三仁。"从诗意体味,陈棐的两首诗仿佛针对杨爵之诗而有感而发。

---

① 选自《陈文冈先生文集》卷九,上海古籍出版社 1997 年版《四库全书存目丛书·集部》,第 103 册。亦见明暴孟奇《殷太师忠烈录》卷八《别录诗备览·七言绝句》。无题,列"鄢陵陈棐,右金都御史"撰。

② 陈棐:字文冈,鄢陵人。生卒年不详,约嘉靖二十九年(1550)前后在世。登嘉靖十四年(1535)进士。任礼科给事中。直谏敢言,不避权贵。因忤上,于嘉靖二十六年谪大名府长垣县丞,升本县知县。曾任刑部郎中、山西道监察御史,官至巡抚甘肃都御史。卒于官。撰《文冈集》二十卷,《四库总目》行于世。

③ 昏迷:昏暗糊涂。

过朝歌城北有感①

〔明〕李贵②

朝歌城北草芊芊③，荒冢岿然不计年。松梓色深含宿雨④，祠堂人静锁寒烟。一身谏死宁珠碎，千古如生愧瓦全。⑤ 极目商郊无限恨，夕阳衰柳噪秋蝉。

【简析】

李贵是明代丰城南湖人，生而颖书，过目成诵，嘉靖壬子举乡试第一。但因守正不阿，为人所忌，故而仕途平淡，无甚作为。在他的一生中，有一件事曾经名闻天下。时海瑞以户部主事言事切直而触帝怒，李贵慨然曰："补过绳愆，非独台省职也。古《起居注》，左右言动皆得匡救，宁簪笔螭头备故事已耶？"即上疏论救。（见乾隆十七年版《丰城县志卷二十·人物》）此举为世所瞩目。

作者乃正直之人，又曾触龙鳞，救忠臣，所以漫步朝歌故地，自然对"一身谏死"的比干情有独钟。首联引入，朝歌本是都城，此刻却青草黍离，荒冢鬼火，不见昔日之繁华，唯有今日之苍凉。这样就为整诗笼罩上悲凉伤感的气氛，同时也激发了人们对历史变迁原因的思考。颔联接着写景，绿树本应生机勃勃，此时却经雨未干，更显沉重阴郁；祠堂本应香火缭绕，人烟如织，此时却寒烟紧锁，冷冷清清。描写细腻，景中含情。颈联转入议论，把成语拆开，用比干的宁死谏君与世人的愧为瓦全形成对比，一褒一贬，主题隐现。尾联回到现实中，抒发自己的无限惆怅。

作者是个才子，十四岁时咏雪，曾有"妆成玉树三更雨，老尽青山一夜风"之句，名噪一时。本诗也有过人之处。全篇开合有致，含蓄蕴藉。擅长写景，细腻

① 选自明暴孟奇《殷太师忠烈录》卷七《七言律》。原无题，列"阜城李贵，藩司经历"撰。现题为编者所加。
② 李贵：明代丰城人，字廷良。嘉靖三十二年(1553)进士，选翰林院庶吉士。居编修馆十九年，以守正不阿为当路所忌，出补四川宪副。不久，疏乞归养，居家著书讲学以终。
③ 芊芊(qiānqiān)：草木茂盛的样子或指草色苍翠、碧绿。
④ 宿雨：夜雨，经夜的雨水。也可指久雨，多日连续下雨。
⑤ 这两句用"宁为玉碎，不为瓦全"的典故。宁做玉器被打碎，不做陶器得保全。比喻宁愿为正义而死，决不苟且偷生。语出《北齐书·元景安传》："大丈夫宁可玉碎，不能瓦全。"

传神。尤其是结句,"夕阳衰草"已令人不堪忍受,再加上残蝉衰嘶,更使人泫然不已。

殷圣忠祠①

〔明〕马文健②

斜阳勒马度平沙,殷圣祠堂听暮鸦。铁石有心甘白刃,冠袍无语对闲花。炉烟飘渺冲霄汉,庙貌辉煌衬晚霞。谁植檐前松柏老,年年挂月透窗纱。

【简析】

巨野县的殷圣比干祠历史悠久,香火很盛。此诗通篇不用典,这在同类诗中比较罕见,也正说明了作者的创作水平之高。首句"斜阳勒马"像剪影一般,画面很美,用语洒脱,我们仿佛能感受到作者的沉思和感伤。次句的"听暮鸦"既强化了时间,又渲染了悲伤的氛围。颔联写得最为精彩。"铁石有心"写比干的信念坚定,铁骨铮铮;此"心"又一语双关,既指精神、毅力,又切入剖心之事。"冠袍无语"写做官为宦之人来到比干墓前之神态,"无语"写尽了各种想法、各种情态,令人回味。"对闲花"借以掩饰自己的内心,多么精妙传神的细节。作者之意未必对这些人大加鞭挞,更多的写出了其内心的无奈和自愧不如。颈联用夸张写飘渺的"炉烟"竟然直冲霄汉,用如熔金般的晚霞衬托比干庙的辉煌,借物抒情,表达对比干的"忠孝节义"精神的赞美。尾联用松柏之老而弥坚象征比干精神的苍劲有力。结句的写景特别富有诗情画意,写出作者长夜深思、激动难眠的情怀。作者特别注重画面的构思,句句景语,句句情语,既给人美的享受,又发人深思,让人体会到许多弦外之音。

---

① 选自道光二十六年《巨野县志》卷之十六《艺文志二·七言律》。
② 马文健:巨野县人。嘉靖三十五年(1556)进士,不妄交游,专心坟典。及登第,擢御史,执法不阿。寻以年例出宪西蜀,屡立战功,威詟蛮洞。后忤中贵,罢,家居三十余年,杜门不与人事,未尝私刺公庭。年八十三卒。

经牧野吊比干墓①

〔明〕郭谏臣②

牧野荒荒落日低,愁云深锁比干祠。宁将血溅商家土,忍见头悬太白旗③。麦秀春郊麋鹿走,花残夜月杜鹃悲。古来忠直多磨灭,千载令人泪满颐。

【简析】

据载,郭谏臣"初为袁州推官时,愤严氏乱政,乃密籍严世蕃奸逆不道事,因御史林润上之,世蕃遂伏法。及转吏部主事,迁员外郎,数上书论列时事,语多切直。又与张居正忤,乃有江西之命。甫三月,即自劾归。其生平抗直,不愧其名与字"(《钦定四库全书总目》卷一百七十二)。作者身历乱世,敢于批鳞直言,不惧权贵,是因为胸中有正气。当他路经牧野时,一定会去拜祭被誉为"谏臣极则"的比干,去感受谏圣魂灵的忠义精神。

本诗首联叙述行程,引出比干祠。旷野荒凉、残阳如血、层云浓重俱怀古诗中常见之物,但"低"既写出了落日西沉之景,又写出了压抑沉重的心境;"愁"修饰"云",使客观事物浸染上作者的满腔愁绪;"锁"既写出乌云浓重的样子,又写出作者心思凝重、悲伤不已的感受。这三个字使得全诗情景交融,物我合一,给全诗蒙上了一层伤感凄迷的情调。颔联论史慷慨激昂,斩钉截铁。比干宁可死在殷商的土地上,也不愿看到纣王头悬太白旗;无论朝政如何动荡,无论纣王如何无道,比干还是希望国家不灭,江山永存;更不用说周朝君王对自己的褒封了,那根本不是比干想得到的。这两句构思新奇,"宁""忍"虚词见义,其中的凛然正气让人肃然起敬。颈联的"麦秀"用禾黍离离之典,再加上"麋鹿走",更渲染出亡国之象。"花残"句用三个常见意象写悲伤之情。尾联的"古来忠直多磨灭"写出了封建社会的普遍规律,升华了诗篇的主题,成为全诗的最

---

① 选自《钦定四库全书·鲲溟诗集》卷三。
② 郭谏臣(1524—1580),字子忠,号方泉,更号鲲溟,南直隶苏州府长洲人。嘉靖四十一年(1562)进士。授袁州推官。历为吏部主事。累官江西布政司参政,罢归。后起郧阳巡抚。著《郭鲲溟集》四卷。
③ 太白旗:即"大白旗"。据《史记·周本纪》:"武王持大白旗以麾诸侯……遂入,至纣死所。武王自射之,三发而下车,以轻剑击之,以黄钺斩纣头,县大白之旗。"

强音。

　　作者之诗以"婉约闲雅,有范成大陆游之遗"著称,本诗颇见其风。但细细品来,本诗中还有豪壮之气,特别是尾联,直言敢论,铿锵有声,不遮不掩,颇有其为政之风。

读欧圭斋《比干墓》诗有感,次韵二首①

〔明〕陈有年②

　　未应朝缙③总钗裙,寥落忠肝几许闻。岂谓乾坤仇七窍,空令今古吊孤坟。晶晶④大义朝悬日,颖颖贞心昼作云。独怪北庭词赋客,停骖苹藻亦纷纷。

　　玄鸟声微亳社⑤荒,一身九鼎⑥决存亡。不难沥窍酬汤胤,翻恨封骸属武王。世远风云犹勃郁,秋深草木自苍茫。经行何限词臣泪,掩卷歌残落日黄。

【简析】

　　明朝大臣陈有年出身名门,其父陈克宅是正德九年进士,曾是嘉靖初年午门哭争"大礼"的参与者,在廷杖下百死余生,后巡抚松藩、贵州,官至都察院右副都御史,有"操行清白,声色名利一无所嗜"(清初万斯同语)的美誉。陈有年才华出众,嘉靖四十一年进士,为官崇尚气节,正直敢言,对于仕途沉浮毫不在意。他直忤张居正,而十年不得起用;大胆举荐海瑞,使得闲居十六年的海瑞东山复起;"违背诏令"救济灾民,而被责令返乡归田;为顾宪成打抱不平,而把刚刚得到的吏部尚书之位辞去……人们称其"俄而掌铨,俄而待

---

①　选自《陈恭介公文集》卷九,上海古籍出版社 2009 年版《续修四库全书·集部》,第 01353 册。
　　按,"欧圭斋",即欧阳玄,其诗见本书前元欧阳玄《比干墓》。次韵,亦称步韵,就是依次用原韵、原字按原次序相和。陈有年之作为两首,故而欧阳玄《比干墓》也应是两首,但《圭斋文集》只录一首。
②　陈有年(1531—1558),字登之,号心毅,浙江余姚人。嘉靖四十一年进士,历官刑部主事、吏部主事、验封郎中。万历二十一年(1593),诏拜吏部尚书。二十六年正月卒,加封太子太保,谥恭介。
③　朝缙:朝廷上的官吏。缙,本义指赤色帛。古语"缙绅"借指官宦的装束,转用为官宦的代称。
④　晶晶:明亮闪光貌。元萨都剌《回风坡吊孔明先生》:"先生虽死遗表在,大义晶晶明日月。"
⑤　玄鸟:燕子。《诗·商颂·玄鸟》:"天命玄鸟,降而生商。"郑玄笺:"玄鸟,鳦也。"亳社:殷社。古代建国必先立社。殷都亳,故称。
⑥　九鼎:相传夏禹铸九鼎以象征九州,夏商周三代奉为象征国家政权的传国之宝。

罪,俄而辞印,俄而解绶"(邹元标序),但无论怎样,其刚直风厉的铮铮傲骨为世人所钦佩。

第一首诗前两联重在虚词传神。"未应"与"总"相呼应,描摹出殷末朝堂之上"钗裙"舞动的怪相,讥讽之中蕴含着无奈和叹息。次句中的"几许"是"多少,若干"之意,同时又有反问的语气在其中。这就为下文赞美比干的忠义精神而蓄势。颔联中的"岂谓"属反问,答案自在其中,不是"乾坤"仇恨比干,而是独夫违背天意而残虐忠良。这样,下句的"空"就格外有力,写出了正人志士的无尽悲伤。第三联在前边铺垫、渲染的基础之上,运用想象,赞美比干的"大义"晶莹明亮,如同白日高悬;咏叹比干的"贞心"坚贞聪慧,如同白云飘浮碧空。结尾句的"北庭词赋客"自然是指欧阳玄,欧阳玄的诗触发了作者的情思和感慨,相同的物境,相同的祭祀,相同的感触,令人不禁嘘唏。此诗仅扣欧阳玄原作,少了些豪放和张扬,多了些深沉的思考和无尽的感伤。

第二首诗首句先写局势之危急。"玄鸟""亳社"借指殷商,一"声微"一"荒芜",生动形象,用典传神。次句的"一身"与"九鼎"对举,突出比干的柱石之用。颔联发前人之未发,一般人都会认为"沥窍"的选择极为艰难,但作者认为:"沥窍"对于比干来说并"不难",因为以死酬答六七贤圣实乃忠臣之本性,乃自然而然之事;而一般人欣羡的君王封墓褒奖,比干却"恨",因为时移世易,新朝君王的封谥恰恰是对自己忠君爱国的悖逆。颔联借物抒怀,一个"犹"写出时代虽然变迁,风云依然护卫忠臣;一个"自"字写出无论天地如何变化,草木无言陪伴谏圣。尾联指出无数人"经行"比干墓,不仅仅是欧阳玄泪洒此处,然后突出自己"掩卷歌残",再伴以"落日黄",以表达沉痛之情。

陈其年为文以"深沉奥郁"著称。这两首诗与欧阳玄原作的风格不一样,往往用虚词和景物来写出细腻的情感变化,格调沉郁,显示了一代名臣在历经宦海浮沉之后对人生的思考。

还要注意的是:陈其年与周思宸是同乡,他们曾出资创建姚江运河大闸,造福乡里,为人称道。而周思宸又官居卫辉知府,在灾荒不断的年月,为卫辉的发展做了许多有益的事情。特别在比干庙的发展中,他做出了极大的贡献。

谒比干墓①

〔明〕陈文烛②

商鼎今何在,周封亦竟沦。九原思叩马③,一死为批鳞④。远树浑如落,寒云莽欲榛。萧萧风雨夜,犹自泣孤臣。

【简析】

万历年间,后七子"有时名,意不可一世。文烛雁行其间,不少让"(《钦定四库全书·湖广通志》卷五十七),《沔阳州志》把他列入"文苑传"。可见当时陈文烛为文赢得一时之名。本诗前四句论史,后四句即景抒情。首联慨叹历史变迁,商朝已经灭亡,周朝的着意封墓带来的荣耀已成过眼烟云。颔联集中笔力,赞美比干的忠义精神。作者剖析:即使到了阴间,比干想的还是为国谏君;比干之死乃无怨无悔,他想用批鳞"一死"劝谏君王,冀君王有万一之悟,此乃"死谏"。这两句对仗工稳,巧用典故,角度较新,有震撼力。后四句描写所见之景,远树浑浑,寒云漠漠,荆榛茫茫,风雨潇潇,令人怆然伤怀。这里的"泣孤臣",不仅作者在悲泣,连天地也为之伤感,借"萧萧风雨"倾吐自己的情怀。

此诗格调深沉,情景交融。第二联论史,泥于旧说,开拓不够;但用语巧妙,颇见骨力。此类的句子在其诗作中常见,如"百泉飞树杪,一夜走江声"(《巴东雨》)、"忠贞贯草木,不减初移时"(《游杜工部草堂》)等,注重炼字炼句,表现力较强。

---

① 选自《国雅》卷十五,顾起纶辑。中国社科院文学研究所藏明万历顾氏奇字斋刻本,收入《四库全书存目丛书补编》第十五册,齐鲁书社2001年版。

② 陈文烛(1525—?),字玉叔,号五岳山人,湖北沔阳人。嘉靖四十四年(1565)进士,授大理寺评事,历官淮安知府。万历年间曾任四川提学副使,山东左参政,四川左参政,福建按察使,至南京大理寺卿。博学工诗,著《二酉园诗集》十二卷,文集十四卷,续集二十三卷。

③ 叩马:勒住马。叩,通"扣"。《史记·伯夷列传》:"伯夷、叔齐叩马而谏曰:'父死不葬,爰及干戈,可谓孝乎?'"后用来表示忠言直谏的举动。《精忠记·叩马》:"书生冒虎威,敢直言叩马。"

④ 批鳞:按,详见附录《比干庙古诗中常用典故》注17。

比干墓感怀①

〔明〕颜鲸②

比干遗墓尚③殷邦，落落丰碑草树荒。苦口非因沽直道，素心惟恐负先王。三仁大烈苍天合，百代精忠白日光。道左衣冠聊肃拜，清风凛冽过高杨。

【简析】

嘉靖四十一年（1562），颜鲸出按河南。劾伊王朱典楧抗旨、矫敕、僭拟、淫虐等十大罪，终使废伊王为庶人，锢之高墙，没其赀，削世封，两河人鼓舞相庆。执治景王爪牙，仆魏国公所竖之碑，黜新郑知县，整顿吏治，使得官场震动，权豪敛手。本诗写于嘉靖四十四年（1565），在出按河南期间。

首联典出比干墓。把比干墓与殷邦对比，把"落落丰碑"与"草树荒"对比，在衬托中凸显比干精神的伟大，万古长青。颔联议论，剖析比干"尸谏"的意图。作者明确指出比干的所作所为不是为了沽名钓誉，而是为了国家民族的生存。颈联推至"三仁"，以"精忠""大烈"称之。从作者的议论看，当时定有非议比干之执意直谏、"三仁"之自靖自献者，作者秉儒家之正道，慷慨陈词，激情飞扬，展示了一代名御史的磊落胸襟。尾联回到祭祀本事。

颜鲸以正直无私，敢逆权贵意旨著称。如此个性，在官场上颇多坎坷也在所难免。隆庆元年任湖广提学副使，却因不按张居正的意图办事而降山东参议，改行太仆少卿。虽得海瑞、邹元标、饶位、顾云程、姜应麟、李弘道等举荐，皆不报，仅以湖广副使致仕，结局不佳。据暴孟奇录诗习惯，凡列出具体创作时间者皆有碑刻留存，但碑廊中无有此碑。若此碑能再现天日，得以欣赏颜鲸书法，体会其内心之激荡，亦是比干庙发展中之盛事一件。

---

① 选自明暴孟奇《殷太师忠烈录》卷七《七言律》，明万历刻本。原无题，今题为编者所加。后缀以"慈溪颜鲸监察御史嘉靖四十四年（1565）"。
② 颜鲸（1514—1591），字应雷，号冲宇，明浙江慈溪人。嘉靖三十五年（1556）进士。授行人，擢御史，论杀奸人马汉，上漕政便宜六事。出按河南，不畏权贵。改督畿辅学政，劾都督朱希孝乱法，坐诋诬勋臣，贬安仁典史。隆庆中历湖广提学副使，降山东参议，改行太仆少卿，忤高拱落职。万历中诸御史屡荐其才，皆不报，后以湖广副使致仕。
③ 尚：超过；高出。张衡《东京赋》："得闻先生之余论，则大庭氏何以尚兹？"

殷太师比干墓①

〔明〕朱孟震②

　　卫辉城北比干墓,屹屹穹碑倚当路。生年不忍宗社墟,一言竟触君王怒。千秋无及黍离忧,洋洋卫水自东流。寒风萧飒白日坠,行人过者为生愁。殷社既已屋,周郊亦荒丘。至今太师名,赫赫万古留。精忠不磨,元气郁勃;磅礴宇宙,充贯日月。英灵不在丘陇间,日与玄化相出没。黄河为肠,太行作骨。七窍之心不可求,化为列星光芒射璇阙③。我闻关龙逢,当年同一死。有墓不及殷王封,亦无片碣纪邑里。昔时埋玉④今安在,川原茫茫那能指。牛羊狐兔谁为驱,樵童牧竖谁为止。玄功冥冥,谁测其理。吁嗟乎,人生遭逢显晦每如此!

【简析】

　　朱孟震为官颇有作为,"出守重庆郯黔中,接济饷千余缗,时称廉介。擢潼关兵备副使,分守冀南,值岁歉,发廪施粥以活流移;及春,民间种谷俱尽,出俸钱市粟给之。迁四川按察使,蜀人岁苦采办,请于台使,奏罢三之一。诏赐金帛,加二品俸"(《钦定西裤全身·江西通志卷七十四·人物志》)。其创作颇多,但成就不高。

　　本诗为古风,古风以起伏跌宕,酣畅淋漓,荡气回肠者为佳。前两句交代比干墓的方位,突出巨碑屹立、建筑辉煌的特征,为后文的议论做准备。"生年"两句交代史事,"不忍宗社墟"写出比干死谏的出发点是为了宗社江山。"千秋"四句是亡国之悲。作者认为黍离之悲乃人世间最大的悲哀,连用洋洋卫水自东流、寒风阴冷萧瑟、白日无光而欲坠等景物衬托悲痛难抑的情怀,意象典型,描

---

① 选自《朱秉器诗集四卷文集四卷·诗集》卷二,中国科学院图书馆藏明万历刻本。收入《四库全书存目丛书补编》第57册,齐鲁书社2001年版。
② 朱孟震:字秉器,新淦人。隆庆二年(1568)进士。官至副都御史,巡抚山西。著《秉器集》八卷。
③ 璇阙:玉饰的宫室。一说能旋转的宫室。相传为夏桀、商纣所建。《晏子春秋·谏下十八》:"及夏之衰也,其王桀背弃德行,为璇室玉门。"《淮南子·本经训》:"晚世之时,帝有桀纣,为琁室、瑶台、象廊、玉床。"高诱注:"琁、瑶,石之似玉,以饰室台也……琁或作旋,瑶或作摇,言室施机关,可转旋也,台可摇动,极土木之巧也。"
④ 埋玉:埋葬有才华的人。语本南朝宋刘义庆《世说新语·伤逝》:"庾文康亡,何扬州临葬云:'埋玉树箸土中,使人情何能已已?'"唐宋之问《祭杜学士审言文》:"名全每困于铄金,身没谁恨其埋玉。"

写生动,情寓其中。"殷社"以后变换句式,用短促简捷的四字句歌颂比干的忠义精神。首先强调随着历史的变迁,殷社、周郊俱已无存,所谓的屈辱,所谓的荣耀,都已经烟消云散,留在天地之间的唯有太师的赫赫盛名——忠义精神。"精忠"不仅不会磨灭,而且"元气郁勃",生生不息。接着,用对偶句"磅礴宇宙,充贯日月"的夸张、想象,把情绪推向高潮。"英灵"至"璇阙"更是运用浪漫的想象,让黄河为肠,让太行作骨,让比干的七窍之心化为群星,让比干的忠义精神照彻天地。这一节是本诗艺术特色最为突出的一节。"我闻"以后,作者运用对比手法,借比干死后得到周武王封墓使得忠义精神得以传扬的事实,来感叹关龙逢死后不得封、苌弘之碧血无存及两人的坟墓为牛羊狐兔、樵童牧竖所污的遭遇,得出"人生遭逢显晦每如此"的结论。

本诗前半部分写得十分灵动,句式的变换、情与景的交融使得文章波澜起伏,一唱三叹。后半部分借比干写关龙逢、苌弘的遭遇,只是感慨人生遭遇显晦的不同,把命运的不同定位于人生的偶然上,没有深层次地探讨悲剧的根源,使得力道顿减,余味不深。正如《四库全书》中对他的诗做出的评价"音节谐唱而意境不深",可谓一语中的。

比干墓①

〔明〕顾圣之②

太师骨未寒,社稷成丘墟。仲尼自东来,荒碑留篆书。剥落两行字③,见者俱踟蹰。

【简析】

顾圣之是万历年间布衣,其事迹多存于同当时名士王世贞、谢榛、钱谷等酬唱诗中。据王世贞《艺苑卮言》:"吴人顾季狂颇豪于诗,不得志吴,出游人间,每

---

① 选自《盛明百家诗·顾山人集》,明朝顾季狂撰。《四库全书存目丛书·集部》第308册,齐鲁书社1997年版。
② 顾圣之:字圣少,一字季狂,吴县人。万历初布衣,以诗名燕赵间,与王世贞、钱谷等都有交游。有《顾圣少诗集》。
③ 按,此碑《水经注》记载为"殷大夫比干之墓"七字,现为"殷比干墓"四字。许多金石学为之争议不断。顾圣之是明代万历年间人,碑廊中存有许多明人对此碑的记载,所以顾圣之看到的应与现在一样。"剥落两行字"应是判断有误。

谓余不满吴子辈,至有笔之书者,间一有之,而未尽然也。"

本诗为三联古诗。首联写个人的遭遇与国家兴亡之间的关系,令人叹息。同时,暗写商纣之残杀忠良实乃自掘坟墓。第二联写孔子拜祭比干墓,题写"殷比干墓"。历经千年风雨,虽"荒"而能存留,本身就是忠义精神永存人间的象征。第三联通过写拜祭者的神态,表达对比干的悼念之情。"踟蹰"写出人们的犹豫、徘徊,实是内心伤感所致。

比干墓①

〔明〕李化龙②

蜚鸿四起鹿台③秋,忍见宗枋④一日休。七窍傥能回圣主,寸心何惜瘗荒丘。嵩行落落孤臣气,淇卫滔滔故国忧。封墓徒劳明后⑤意,顽民⑥原不附西周。

【简析】

李化龙是明万历年间的名臣。他领兵平寇,治理河道,政绩突出。正如《钦定四库全书总目》卷一百七十九中所言:"其平生以经济著。平播、治河诸疏表表当代,原不必以诗见。乃必欲以功业兼文章,其画蛇之足乎?"虽如此,我们学习其诗文,更能认识其为政的理念和宗旨。

本诗首句即景而起,鹿台本是殷纣王贮藏珠玉钱帛的地方,是国家繁华和权柄的象征,可现在呢?秋风瑟瑟,蜚鸿满野,一片凄凉,使人顿生亡国之悲。下句承上,"忍见"为"怎忍心见到"。颔联运用了一个假设句式,如果剖心视窍

---

① 选自《李于田诗集十二卷·中州稿》,明朝李化龙撰。《四库全书存目丛书·集部》,第163册,齐鲁书社1997年版。

② 李化龙(1554—1611),字于田,号霖寰,直隶大名府长垣县人。万历二年(1574)进士。甫二十,任嵩县知县。迁南京工部主事,历右通政使,擢右金都御史。二十二年,巡抚辽东。复总督湖广川桂军务。升兵部尚书,加少保。后为工部右侍郎总理河工。官居一品,加柱国,少傅兼太子太保,因劳成疾,卒于任。谥襄毅。赠少师,旋加赠太师。

③ 蜚鸿:蠛蠓。《史记·周本纪》:"麋鹿在牧,蜚鸿满野。"司马贞索隐:"高诱曰'蜚鸿,蠛蠓也。'言飞虫蔽田满野,故为灾,非是鸿雁也。"古直《哀朝鲜》诗:"川原郁惭色,中野多蜚鸿。"鹿台:古台名。详见附录《比干庙古诗中常用典故》注36。

④ 宗枋:应指宗族或宗族的权力。枋,一说古同"柄",权柄。

⑤ 后:此处指君主、君王。按,古文中"后"与"後"语义不同,原文为"后"。

⑥ 顽民:指殷代遗民中坚决不服从周朝统治的人。按,详见附录《比干庙古诗中常用典故》注37。

能够挽回纣王之心,那么比干绝对是不惜寸心的。通过假设句强调了比干之所作所为俱是为了"圣主",为了国家,赞美了比干忠义精神的高贵。这两句紧紧扣住题目,用典不漏形色,自然天成,其深刻的含义靠读者去悟出。颈联用山水衬"孤臣气""故国忧",取材贴近地望,气势磅礴,境界开阔;同时,孤臣之忠义之气与嵩山、太行之灵气同在,故国之忧思随淇河、卫水滚滚东流,内涵深厚。尾联为议论,升华了诗篇的主题。作者一反前人之见,认为周武王的封墓是有着自己的政治目的的,但他想借此拉拢人心的做法是"徒劳"的,因为殷民宁死不屈。否则,也不会有什么"殷玩迁于洛邑"的事件发生了。

怀古诗重在有自己的见解,但大多数的作者都受前人的拘囿,很难有创建。本诗不是如此,尾联所写的题材很少有人涉及,人们往往借周武王的封墓讥讽纣王的尸骨不存,或讽刺奸佞阿谀者的渺小可恶,而对其动机却很少加以深思。本诗指出殷人反抗之心不亡的事实,与传统的正道观念相背,非有大学识、大气度者不能为也!颈联对仗工稳,文气贯通,用语自然,朗朗上口而启人深思,堪称名联。其实,类似的名句还有很多,如"英魂半作风云气,谏草长随日月新"(《杨公祠》)、"香骨几回泣夜月,玉颜当日笑春风"(《马嵬杨妃墓》)、"正是万方多难日,为公酾酒泪潺潺"(《拜诸葛武侯墓》)等。

比干墓①

〔明〕李言恭②

为吊孤臣一怆魂,空山风雨怨黄昏。当时七窍虽曾剖,千载丹心耿自存。

【简析】

李言恭身为王侯,"自幼好读古书,甫弱冠即为小侯,出入周卫之中,绝无玉帛子女狗马之好。即拥旄握金印,往往折节下韦布之士"。(陈文烛《青莲阁集序》)其雅好文学,多结交文坛名士,自以"青莲居士"为号,人们也以"藻思秀

---

① 选自《青莲阁集》卷五,《四库未收书辑刊》第05辑23册,明万历十八年刻本影印,北京出版社1997年版。

② 李言恭(1541—1599),字惟寅,号青莲居士,南直隶凤阳府盱眙(今属江苏)人。明开国功臣李文忠八世孙,万历三年(1575)袭爵临淮侯,守备南京,累官知太保总督京营戎政,万历二十七年卒。好学能诗,奋迹词坛,有《贝叶斋稿》《青莲阁集》,另有《日本考》。

逸,敲金戛玉"称誉其诗。这首《比干墓》以第二句为最出色。境界扩大,气势沛然,有撼人心魄之效。"怨"为一篇之魂。后两句点出比干剖心的意义及影响,有语尽之嫌。

过殷少师坟①

〔明〕胡汝嘉②

层云凝崇冈,盘回③淇卫道。闻是殷少师,古坟萦烟草。忆昔殷德衰,狡童④恣颠倒。牝辰⑤荡昏风,烂熳⑥不可扫。嗟彼明哲士,所见岂不早。顾此恢恢怀,未忍忘末造⑦。君心万一悟,或可缓天讨⑧。事去身与俱,无愧彼苍昊。不见朝周人,抱器驱繁缟。深衷自有托,谁当分白皂。至哉宣父言,此理宜深考。

【简析】

按,吴国伦有《卫源同胡少参茂中、王金宪予卿登楼(楼在汝王故宅)》诗,胡汝嘉有《吴明卿大参过卫,同王天与金宪燕集于汝府东楼,赠明卿》诗,而比干庙碑廊有吴国伦《谒比干墓》诗写于万历四年,可见万历四年左右吴国伦、胡汝嘉、王天与等交游于卫辉。这首诗也应写于此时。

前四句引出比干墓。首句写崇冈巍峨,高耸云霄,借以衬托比干墓的高大

---

① 选自明暴孟奇《殷太师忠烈录》卷六《诗·五言古体》,明万历五年刻本;原无题,今题为编者所加。后缀以"建业胡汝嘉河南参议前翰林院编修"。

② 胡汝嘉:字懋礼,号秋宇,明南京鹰扬卫人。嘉靖三十二年(1553)进士,选庶吉士,授翰林院编修。隆庆五年(1571),由南京礼部仪制司郎中为广西按察司金事提调学校。六年四月,任浙江金事提调学校。十一月,升四川右参议。万历元年(1573)四月,乞终养,暂还籍。十月,改补河南右参议。四年,升山西副使。六年,在浙江分巡衢道兵备副使任上"照有疾例致仕"。工诗画。有《旧园集》《沁南稿》《红线记》等,尤以传奇小说《韦十一娘传》著称。

③ 盘回:亦作"盘迴"。盘旋围绕。《魏书·侯莫陈悦传》:"数日之中,盘回来往,不知所趣。"唐韩愈《桃源图》诗:"流水盘回山百转,生绡数幅垂中堂。"

④ 狡童:指纣王。详见附录《比干庙古诗中常用典故》注38。

⑤ 牝辰,即"牝鸡司晨",详见附录《比干庙古诗中常用典故》注35。

⑥ 烂熳,即烂漫。杂乱繁多貌。南朝齐谢朓《秋夜讲解》:"琴瑟徒烂熳,娉容空满堂。"

⑦ 末造:犹末世。指朝代末期。《仪礼·士冠礼》:"公侯之有冠礼也,夏之末造也。"

⑧ 天讨:上天的惩治。《书·皋陶谟》:"天讨有罪,五刑五用哉。"后以王师征伐为"天讨",意谓禀承天意而行。

恢弘,暗喻比干精神与太行并峙,与日月争光。"忆昔"四句叙述殷商末年人妖
颠倒的社会现实。"嗟彼"八句写明哲之士忧心国事,欲挽狂澜。比干寄希望于
万一,"君心万一悟,或可缓天讨"两句透露出比干的真实心态,令人可敬可佩。
即使事去身灭,也"无愧彼苍昊"。"不见"六句叙述微子抱祭器归周,努力为微
子辩驳,又落传统儒家"三仁"思想的老套,无甚新意。

　　胡汝嘉历任要职,仕途较为通达,故诗意发明不多,多承旧论。

谒殷太师庙(外一首)①

〔明〕费尚伊②

　　驻马殷墟问典刑③,太师遗墓峙郊坰④。欧刀⑤纵伏心仍赤,竹素⑥难磨汗自
青。禾黍旧荒留感慨,藻芹聊采荐芳馨。刍荛不犯松楸⑦肃,呵护应知有
百灵⑧。

比干墓⑨

　　太师坟墓枕荒丘,千古伤心泪欲流。今日圣朝无阙事⑩,九泉那用与
同游。

【简析】

　　费尚伊是明代沔阳人,科第之路颇顺,与陈玉烛、吴国伦等交游,名气很大。

---

① 选自《市隐园集》卷十。丛书集成续编第147册,台湾新文丰出版公司1988年版。
② 费尚伊:字国聘,号似鹤。沔阳人。万历元年举人,五年进士。选翰林庶吉士,迁兵科给事中,出
　为陕西按察使金事。年甫三十,遽拂衣归。日与故人酣饮唱酬,至老不衰。性孝友,捐田宅与昆
　弟。著有《市隐园集》。(清光绪二十年《沔阳州志·人物志·文苑》)
③ 典刑,即"典型"。典范。
④ 郊坰(jiōng):泛指郊外。坰,都邑的远郊。《说文》:"邑外谓之郊,郊外谓之牧,牧外谓之野,野
　外谓之林,林外谓之坰。象远界也。"
⑤ 欧刀:古欧冶子所作之剑。后泛指刑人之刀或良剑。《后汉书·虞诩传》:"狱吏劝诩自引,诩
　曰:'宁伏欧刀,以示远近。'"
⑥ 竹素:犹竹帛。多指史册、书籍。
⑦ 刍荛(ráo):割草采薪。这里指割草采薪之人。松楸:松树与楸树。墓地多植,因以代称
　坟墓。
⑧ 百灵:各种神灵。班固《东都赋》:"礼神祇,怀百灵。"
⑨ 选自《市隐园集》卷十五。按,该书按体裁分卷,故这两首同题材诗分处两卷。
⑩ 阙事:失事,误事。岑参《寄左省杜拾遗》:"圣朝无阙事,自觉谏书稀。"

"文采风流,光耀梓里",本应"雍容翰苑,周旋庙堂",却在30岁时"避居里门,歌咏自适,归田卅载。豪饮狂吟,放荡湖山,主盟江海,其旷逸泊淡,岂后人所能企及耶?"(见书前卢弼序)我们不知道作者回归田园的原因,但从这两首诗的意境上还看不出放荡江湖的意味,它们应是作者前期的作品。

第一首前四句重在论史,后四句重在抒情。首联引入,交代太师遗墓的所在地。"问典刑"意味颇深,作者不说"问太师"或"问遗墓",而强调"问典刑",意在突出比干受刑法的方式之惨烈。"峙"有耸立的意思。当年,荒野孤冢与繁华都城是没法相提并论的;可现在,这孤冢依然耸立,而都城已成废墟。此中的种种发人深思。颔联应是本诗的精华所在。前句写纵然被剖心,但心仍赤;后句写历史不会被磨灭,青史必将留名。一"纵"一"难",一"仍"一"自",前后呼应,文气跌宕,有斩钉截铁、气贯长虹之感,的确是虚词传神的典范。颈联用"禾黍之悲""藻芹之奠"的旧典,写亡国之悲和悼念之情,无甚新意。尾联写樵夫放牧之人对比干怀有崇敬之情,不会去(也不敢去)扰乱比干墓地的清静;同时,呵护比干精魂的还有天地间的各种神灵。这两句即景抒情,情中寓理,突出神灵的佑护,也就是突出比干忠义精神的伟大。此联的题材及写法在比干庙诗歌中比较少见。

第二首是绝句,起句较平,语意较显。前两句的叙述、抒情是为后两句的议论服务的。结句用反问句式强调不用与比干在阴间同游,其实目的是为了突出前句的"圣朝无阙事"。对这两句的理解,我们当然可以认为是作者的歌诔之词,但细细品味,也未尝不是正话反说,含不满、嘲讽于其中。

费尚伊的诗应分前后两期。宦途奔波之际,其诗多如本文这两首,多有豪气健语。如"堂堂壮气留苍柏,飒飒悲风吼白杨"(《朱仙镇谒岳武穆庙》)、"何事郊原遗庙在,谁将余沥洒荒岑"(《纣王庙》)等。闲居田园之时,其诗自然旷逸泊淡,如"坐客满堂皆侧耳,不知若个是周郎"(《歌美人》)、"赢得白头多乐事,已将门户付诸雏"(《田家乐》)等。

比干墓祭①

〔明〕僧本璟②

直谏元期正主躬,岂知一死版图空。至今墓木含生气,要与孤臣表寸衷。

【简析】

僧本璟为汲县宁境寺僧人。宁境寺创建于后晋开运二年(945),洪武二十二年(1390)改为宁境寺,明清两代在该寺设僧纲司,管理卫辉府佛教事务。现惟余陀罗尼经幢一座,为国家重点文物保护单位。

本诗前两句咏史。比干"直谏"的根本目的是期望"正主躬",挽狂澜于既倒。但不仅自己剖心而亡,而且宗社版图皆成空,令人嘘唏不已。后两句写现实。作者一反传统,不写白杨黄鸟,碧血青芜,而是独具慧眼,抓住"墓木含生气"的特点,把它拟人化,仿佛比干要借"墓木"与后世"孤臣"交流,表达自己的爱国"寸衷"。

全诗英气勃勃,跌宕起伏,化腐朽为神奇,显示了不俗的创作功力。作者乃一介僧人,本应青灯黄卷,不问世事,却不仅对殷商旧事如此熟稔,而且借古讽今,盛赞忠臣之为国剖心,此等胸怀和见识让无数官场人士为之汗颜。

过比干墓③

〔明〕车大任④

世历商周远,山空草木春。心期明七窍,名自并三仁。鸟语催残日,沙痕点细莘。往来冠盖客,吊古益沾巾。

---

① 选自明曹安《太师比干录》卷下《吊比干墓国朝诗》,日本内阁文库藏江户写本。原诗无题,今题为编者所加。后缀以"宁境僧本璟汲县人"。
② 僧本璟:汲县人。汲县宁境寺僧人。生平事迹难考。
③ 选自《湖湘文库·邵阳车氏一家集》,(明)车大任、车以遵、车万育等撰,民国刘达武辑,岳麓书社 2008 年版,第 105 页。本诗选自《邵阳车氏一家集》之明车大任《车参政集》卷七。
④ 车大任:字子仁,一字春涵,湖广邵阳(今属湖南)人,明代官史。万历八年(1580)进士。历南丰知县、遵化县令、南评事礼部郎中,出为福州知府,治行为八闽冠。官至浙江参政,所在有嘉誉。著《萤囊阁正续集》。

【简析】

邵阳车氏一门,文翰颇盛。车大任开风气之先,至民国,以文字成家者三十五人,刘达武辑《邵阳车氏一家集》以存之。其中,车大任以治兵抚民的循良本色著称一时。

本诗写于万历三十年(1602)左右。从本卷《汴城端午抒怀》《五月六日翟家口渡河》《过比干墓》《东平道中》等看,作者有一次中原、山东之行。首联引入。作者驻足卫地,面对寥落太行,青青草木,遥远的商周往事浮现眼前,令人感慨万千。颔联点明本事。比干剖心明志,意在挽狂澜于既倒,杀身成仁,无怨无悔,故而孔子以"仁"称之。颈联写景。黄鸟声残,落日衔山,似乎鸟声越来越悲,催促着天地越来越暗,旅人的心情也就越来越沉重;沙痕点点,细苹飘飘,可见残破和荒凉。傍晚的比干墓就处在如此的氛围中,冷落萧条,香火凋残,令人为之泫然。"细苹"暗点用苹藻祭奠之意。尾联点出祭奠之事。"冠盖客"既指为仕途、为生活奔波的正人志士,又指作者自己,一个"益"字写出对比干精神的崇敬以及对比干遭遇的同情和感慨。

"士之怀才负异,郁结不得伸于时者,往往托于诗歌、文辞以自寄,其意非有冀于人之知,有所徼幸于后世不可知之名。而人之知之也,或异地而相思,或千载而仰慕。彼其气类之感,若有物焉为之相引而相吸。此古今文字之灵,所由相续于不敝,而乾坤正气,所以不毁于狂流奔放之会也。"(《邵阳车氏一家集》颜昌峣序)这段话道出了诗歌创作、鉴赏的一般规律。本诗淳朴纯熟,以景蕴情,含蓄深沉。"催""点"二字的表现力很强,显示了作者功力之深厚。但可惜该诗缺少见解卓异,令人激情回味的点题句,境界一般。

谒比干墓①

〔明〕刘伯燮②

白日黄冈道，青原绿野村。驱车悲往事，下马吊孤魂。国忘汤盘③古，臣谁说命④繁。何其留社稷，弗或守乾坤。王子甘行遁，少师宁苦言。九重回斗柄，七孔照乘轩⑤。慷慨严霜烈，从容大地昏。殿廷流意气，今古见刀痕。想像临危处，哀伤不足论。大忠既已剖，万事任狂奔。诋意心安去，翻为口实存。孟津起龙斗，牧野来虎贲。周封良足戚，孔表庶为尊。石古淋漓墨，铭余摹打⑥喧。须知血食享，犹是殷传飧。

【简析】

刘伯燮为湖北安陆名士，嘉靖乙卯，与其兄刘伯生同举于乡，人以"安陆二鹤"誉之。刘伯燮"穆然渊静，居常寡言笑，而好深沉之思"，"在谏垣，日佩皂囊，所疏多天下大计"，遇事敢言，弹劾不避权要，因"忤贵人"而出为陕右参议，改督学滇南。（见蒋以忠《重刻小鹤刘元甫遗稿序》）万历九年（1581），刘伯燮按河北，本诗大致应写于此时。

本诗此四句为第一层，重在引入。"国忘"四句写比干面临的局势。君王骄愎，不知自警，直臣难得重用，社稷不保，乾坤难留。然后，用"王子"的"行遁"衬比干之苦谏。比干心在社稷，意欲力挽狂澜，其不惧斧钺的行为足矣让"乘轩者"汗颜。"慷慨"四句描写比干剖心的惨烈。"想像"为过渡，转入议论。"大

---

① 选自《鹤鸣集》卷六，"四库未收书辑刊"第05辑，第22册，据明万历十四年郑懋洵刻本影印，北京出版社1997年版。
② 刘伯燮：字元甫，安陆人，隆庆二年（1568）进士。授户部主事，改工科给事中。督学滇南，操执清慎。累官广东按察使。以母老不赴。
③ 汤盘：《礼记·大学》："汤之盘铭曰：'苟日新，日日新，又日新。'"孔颖达疏："汤之盘铭者，汤沐浴之盘而刻铭为戒。必于沐浴之者，戒之甚也。"后以"汤盘"为自警之典。
④ 说命：按，《尚书·周书》有《说命》三篇，叙述了武丁与傅说的故事，再现了一段圣君贤相的佳话，颇具传奇色彩。
⑤ 乘轩：乘坐大夫的车子。《左传·闵公二年》："卫懿公好鹤，鹤有乘轩者。"杜预注："轩，大夫车。"后用以指做官。
⑥ 摹打：谓以纸覆于金石器物的铭刻上，铺毡捶击，然后用绵包醮墨，打印出铭刻的文字或图画。宋桑世昌《兰亭博议·临摹》："淳熙戊申汪季路……出所藏本谓予曰：'本有肥瘦之异，当以孰为胜？'予以所见及所听杨公者告之。季路笑曰：'摹打有不同耳，非有二本也。'"

忠"四句写比干剖心之后,国势日下,比干虽死,其心难安(况且还有人认为比干谏君加速了亡国)。"孟津"以下写比干身后的荣耀。"周封"让人悲戚,"孔表"让人感到尊贵,孔子的题词蕴含着对故国的思念。

王世贞《楚游歌赠顾季狂》中有句"季狂两脚健于鹘,踏遍中原头未雪。归来细君席尚冷,揖予又作青山别",可见顾圣之的性情和做派。本诗不受拘束,比较洒脱,但挖掘不深,显得浅易。

过淇谒殷太师比干庙墓①

〔明〕吴用先②

驻马抠衣③谒太师,精忠耿耿动人思。一腔热血为谁剖,七窍丹心只自知。故国旧墟荒草断④,幽祠孤冢白云低。古今不尽兴亡恨,闲依春风听鸟啼。

【简析】

吴用先为明朝后期官吏,历任显职。为官守正不阿,平恕得人,颇有政绩。任蓟辽总督时,率军修理边防要冲 19 处,墩台堡堞焕然一新。率军民大兴矿冶,将矿物加紧运输到内地,以换取粮饷。因此边疆粮饷充足,各要塞安定无事。在仕途鼎盛之际,时值阉官魏忠贤等诬陷杀害左光斗等人,吴用先愤而辞官回故里。我们不知本诗写作时的具体背景,但诗中蕴含着的爱国情怀与作者的为官之举相吻合,令人钦佩。

首句中的"驻马抠衣"见其形,可见内心的虔诚和投入。颔联的"一腔热血"与"七窍丹心"相对,本属常语常典,无甚新意,但"为谁剖"的发问掷地有声,暗含对比干为君王所弃、为世所遗的遭遇的同情和悲愤;而"只自知"更显出

----

① 选自《龙眠风雅六十四卷》卷九,清潘江辑,"四库禁毁书丛刊·集部·第 098 册",北京出版社 1997 年版。按,河大图书馆藏拓,长 76 厘米,宽 38 厘米,碑末题名"浮度吴用先"。浮度,即浮山,又名浮度山、浮渡山,在安徽省桐城县东九十里,有奇峰七十二,为桐城之胜。

② 吴用先:字体中,一本如本,号余庵,明代安徽桐城人。明万历二十年(1592)进士。授临川知县,除户部主事。后出任浙江按察使,迁布政使,升都御史巡抚四川。不久,因病辞官,家居 8 年,朝廷复召为工部侍郎,改蓟辽总督。值魏忠贤作乱,愤而辞官回故里。著《周易语》《寒玉山房集》。

③ 抠(kōu)衣:提起衣服前襟。古人迎趋时的动作,表示恭敬。

④ 断:残缺,片断。

了比干的孤独与坦荡，不为个人，不求名利，为国捐躯的个中滋味只有自己知晓，也不必让别人知道。此联化陈出新，剖析入微，内涵丰富，堪称名联。颈联即景抒情。断壁残垣，荒草斜阳，幽祠孤冢，白云低回，无不令人伤感。"断"既写荒草的残破不堪，又写作者情感的悲伤欲绝；"低"既写白云的浓重压抑，又写主人公内心的沉重难遣。尾联议论，由点到面，由个别到一般，由比干的遭遇、殷商的败亡感慨千古兴亡事，作者从中得出了许多感悟。那么，这些感悟是什么呢？尾句却突然一转，以景作结，一句"闲依春风听鸟啼"令人产生许多遐思，不言而启人深思，给读者留下了想象的空间。

　　吴用先虽长年为官，但出身桐城，自然深受桐城文化的熏染，其诗颇有水准，于慷慨激昂之中传神灵动、收放自如，本诗即是明证。

宿比干庙①

〔明〕帅机②

　　枉人山③下气沉昏，驻马焚香吊义魂。故国高秋残黍稷④，阴风落日振邱原。灵踪⑤恍惚丹心在，世代参差墟墓存。六百崇基⑥倾一刻，武王封树更烦冤⑦。

【简析】

　　帅机是明代后期著名诗人，临川前四大才子之一。虽久历宦海，但从政非其所长，故屡遭挫折。其主要成就还是在诗文创作上。其聪明好学，早年喜古

---

① 选自《阳秋馆集二十三卷》卷十一，北京出版社 1997 年版"四库禁毁书丛刊·集部 139 册"。
② 帅机(1537—1595)，字惟审，号谦斋，江西临川人。隆庆二年(1568)进士。历官浙江平阳知县、户科给事中、广东参政。任汝宁府学教授时，曾创办大梁书院。迁国子监学正，升工部主事、礼部郎中。升思南知府。从政非其所长，官场屡遭挫折，谪两浙盐运司副，迁南京刑部郎中。逾年乞归，专事著述。著《南北二京赋》、《阳秋馆集》40 卷(现存 23 卷)。
③ 枉人山：按，传纣杀比干于此。详见附录《比干庙古诗中常用典故》注 39。
④ 黍稷：借指家国破亡。按，详见附录《比干庙古诗中常用典故》注 6。
⑤ 灵踪：指神灵。刘师培《文说·宗骚》："荆楚之俗，敬天明鬼，故《神女》作赋，《山鬼》名篇，仰古贤于彭咸，吊灵踪于河伯。"
⑥ 六百崇基：按，殷商王朝历世约六百年，前后相传 17 世 31 王。
⑦ 封树：堆土为坟，植树为饰。古代士以上的葬礼。《礼记·王制》："庶人县封，葬不为雨止，不封不树，丧不贰事。"孔颖达疏："庶人既卑小，不须显异，不积土为封，不标墓以树。"烦冤：烦躁愤懑。《楚辞·九章·思美人》："蹇蹇之烦冤兮，陷滞而不发。"王逸注："忠谋盘纡，气盈胸也。"

文,爱词赋,文学造诣较高。其诗题材多样,意境深远,语句清丽,别有韵致。汤显祖认为帅机的五言古诗"有入化者",屠长卿推帅机为"豫章才人第一",张洪阳认为帅机的作品"冰壶沉瀯,清人心骨",孙月峰更谓之"雄篇抗心师古,可谓阳春寡和"。

本诗写于万历二十年(1592)之秋。作者由北而南,行牧野道中,过延津,至汴梁公署。在途经比干庙时,住宿其中,拜谒忠臣,题诗作文。作者为悲情所困,心情压抑,"悲秋触绪翻悲逝,羁官何如宝贱躯"(《牧野道中感慨兼伤孔怀》)。首联点明祭祀本事。用"气沉昏"奠定抒情气氛,笼罩全篇。"吊义魂"为全文主旨。颔联写墓地周围之景。故国高秋,黍稷残存,阴风落日,邱原漠漠,一派萧条冷落,满是亡国景象。颈联"丹心在"意有所指,比干被剖心致死,自然是心已亡,但作者着意强调"丹心在",寓"物质虽逝,精神永存"之意。而比干墓世世代代累加修葺,正是"丹心在"的具体体现。尾联重在议论。比干剖心而亡的那一刻正是殷商六百年基业轰然倒塌之时,周武王崇封比干之墓对常人而言应是无比的荣耀,但却让比干"更烦冤",因为比干追求的是宗社的延续,而不是个人的身后美名。

帅机才情出众,写诗挥洒自如。本诗起笔悲壮,即景生情,情景交融,尾句深化主题,蕴藉含蓄。与其《比干庙祭文》互为表里,交映生辉,堪称双璧。

谒比干庙①

〔明〕郭淐②

梓里③孤臣意,荒祠落照中。三仁怜独苦,七窍信谁同。禾黍他年恨,河山

---

① 选自明郭淐《苏门山房诗草》上卷,明天启刻本。国家图书馆馆藏。
② 郭淐(1563—1622),字原仲,号苏门,别号苏门山人,新乡县人。万历二十三年(1595)进士。翰林院庶吉士。升国史院编修、起居注、管理六曹章奏。辛丑科会试诗一房同考试官,癸卯科江西正主考。历右春坊、右中允、右谕德、右庶子、兼翰林院侍讲、壬子科北直正主考。归里,家居十载。起南京詹事府少詹事、掌南京翰林院事,升礼部右侍郎兼翰林院侍读学士。享年六十岁,赐祭葬,赠荣禄大夫、礼部尚书。祀乡贤、忠义两祠。著《绿竹园诗文集》四卷、《苏门山房文草》四卷、《苏门山房诗草》二卷、《东事书》一卷、《郭氏家乘》一卷。
③ 梓里:故乡。五代翁承赞《奉使封闽王归京洛》诗:"此去愿言归梓里,预凭魂梦展维桑。"按,《诗·小雅·小弁》:"维桑与梓,必恭敬止。"朱熹集传:"桑、梓二木。古者五亩之宅,树之墙下,以遗子孙给蚕食、具器用者也……桑梓父母所植。"东汉以来一直以"桑梓"借指故乡或乡亲父老。

此日雄。贞心①千古事,高树起悲风。

【简析】

　　郭湉乃新乡郭氏的佼佼者,"弱冠即骎骎慕古,起家进士,由郎署历郡臬,四十开府,勋犹奕奕。且拱手而跻三事,乃独孤立,行一意,不能与时上下,竟拂衣去,而业益尊。笑傲四壁,拥韦编自享,意扬扬得也"(《苏门山房诗草》赵标序),为一代名士。根据《苏门山房诗草》的编排规律,本诗大致写于万历十八年(1590)左右,当时作者"移家苏门,守先人坟墓",平时住在百泉别业,优游山水,修身养性;同时,以辉县为中心,漫游四方,汲取学养,为应举出仕蓄力。

　　比干庙距新乡、辉县不远,故首句有"梓里"之称。面对"梓里孤臣",作者对比干精神的体味肯定会相当独特,因此直言"三仁"之中比干"独苦",其七窍洒血,捐躯报国,自古及今,无人能"同"。比干一死,殷祚顿萎;禾黍离离,令人遗恨千年;时光流逝,功业漂流,唯有河山永恒,雄伟如昔。人们睹今怀古,应该汲取其中的历史教训。尾联又回到品评比干精神的话题上。作者认为,无论任何时代,比干身上所体现出的劲节贞心都是最为宝贵的财富,是社会发展进步所需的正能量。

　　郭湉善诗,虽然不像陈仁锡所评的"上规秦汉,下薄魏晋,而旁出入于香山、眉州之间"(《苏门山房诗草》陈仁锡序)那样神奇和震撼,但善于以景烘情,意境深邃,耐人回味,在本诗中体现得还是比较明显的。

比干庙②

〔明〕陈邦瞻③

　　墓门还下马,怀古思悠哉。白日寒遗庙,丹心照夜台④。树阴栖鸟静,野色逐人来。寂寞空山里,长留过客哀。

---

① 贞心:坚贞不移的心地。《逸周书·谥法》:"贞心大度曰匡。"孔晁注:"心正而明察也。"唐李白《湖边采莲妇》诗:"愿学秋胡妇,贞心比古松。"
② 选自《陈氏荷华山房诗稿》卷四,上海古籍出版社 2009 年版"续修四库全书·集部 01368 册"。
③ 陈邦瞻(1557—1628),字德远,号匡左,江西高安人。万历二十六年(1598)进士。历任南京大理寺评事、兵部右侍郎、总督两广军务兼巡抚广东、兵部左侍郎兼户工两部侍郎等职。天启三年(1628)卒于任上,诏赠兵部尚书。
④ 夜台:坟墓,亦借指阴间。按,详见附录《比干庙古诗中常用典故》注40。

【简析】

陈邦瞻是明朝重臣，无论在地方为官或在朝廷任职，均清正为民，政绩突出。"初授南廷评狱，无冤民寻。"在福建担任按察使任上，处事公正，刚直不阿，"地方以安"，人民拥戴。因而迁右布政使，改补河南，分理彰德诸府。在河南布政使任上，他勤政务实，屡有建树，"开水田千顷，建书院，集诸生讲习，士民祠祀之"。

作者"西归几何时，驱马忽复东"（《赴官河南初发有述二首》），连日行走在漳卫道中，时值亢旱，"万植半摧残"（《感疏》），百姓苦旱望雨，使得作者"疮痍见者悲，况我忝人牧"（《连日行漳卫道中苦旱望雨不至赋此志感》），发出了"天高谁可问，蒿目泪空垂"（《苦旱望雨祷祠未应》）的感慨。也就是在此等情境中，作者走进了比干庙，拜谒比干，抒发悲伤情怀。

首联用赋的写法点明本事，用笔洒脱流畅，浑然天成。颔联借景抒情，一实一虚。"白日"是写实，但"寒"融入了无我，实中有虚；"丹心"是写虚，想象中的皎洁明亮使得阴间不阴，仿佛在眼前闪耀，虚中有实。在虚实的交映中，突出作者目睹"遗庙"苍凉后的伤感，和想象丹心如白日照亮九泉中的崇敬。颈联先写静，树阴暗暗，栖鸟不鸣，静中有动；再写动，野色逐人，带来了暂时的生机，过后更显寂静，动中有静。尾联用"哀"点睛，令人慨叹。

陈邦瞻"平生无他嗜好，而独好书"，"尤精于史学和诗词"。其诗文以"敦厚有气，得唐体文章根本"著称一时。本诗颔联的虚实交映和颈联的动静结合，显示出作者写景抒情的深厚功力。这在他别的作品中多有体现，如"回首朱仙落日黄，空使三军泪如雨"（《朱仙镇谒岳庙》）、"信为臣之不易兮，亘古今而一概"（《西湖吊岳坟赋》）等。只是本诗的尾联有语尽意竭之嫌，稍显遗憾。

过三仁祠①

〔明〕李朴②

三仁遗碑在荒榛，世代虽非名尚存。生死各求争白旦，肝肠不泯向黄昏。太行山月孤坟在，牧野秋风故业沦。日暮泉声咽蔓草，能教壮士不销魂。

【简析】

　　李朴是陕西朝邑人，任户部主事多年。当时，朝多朋党，清流废锢，李朴上疏"请破奸党，录遗贤"，"先斩臣以谢诸奸，然后斩诸奸以谢天下"。其疏震惊朝野，遭朋党忌恨和轮番抨击，谪朴州同知，被定义为"东林党敢死军人"。后虽起复，亦仕途不畅。即使死后所受赠的太仆少卿，也曾被魏忠贤诏夺。

　　本诗从"三仁遗碑"起首，顺势就"三仁"的话题展开论述。怀古诗须有议论，独有的见解是一诗之骨。作者先强调"名尚存"，然后指出：每个人对生死的理解和追求各不相同（"三仁"也不例外），但应以昭逾白日为高格；虽然人生坎坷，身后难料，但应"肝胆不泯"。此联将议论与景色相融，化板滞为灵动，借形象寓寄托；不仅仅论说"三仁"生死追求的意义，而且由个别到一般，说出了人生常理。其中的"明白日"高亢苍凉，"向黄昏"低沉伤怀。既富理趣，又形象生动，对仗工稳，堪称名联。

　　第三联中的"太行""孤坟"当然应指比干墓。"太行""牧野"，可谓大矣；"孤坟"可谓小矣。"故业"曾经辉煌，而今沦没；比干墓虽然孤小，却长存人间。其中的谁是谁非令人深思。尾联回到祭祀的本事上，一"咽"字为全篇增色，借物抒情，物我交融，令人嘘唏！

　　本诗具有较高的艺术水准，做到了情、景、理的浑然一体，不言褒贬而褒贬之意蕴于字里行间，令人回味无穷。只是结句顺势而来，悲则悲矣，却有竭尽之感，韵味略蹩。

---

① 选自清顺治十七年《淇县志》卷九《艺文志下》。
② 李朴：字继白，朝邑人。万历二十九年进士。由彰德推官入为户部主事。多次上疏直言，遭党人嫉恨，谪朴州同知。天启初，起用，历官参议。卒，赠太仆少卿。（据《明史·列传第一百二十四》）。

谒太师墓①

〔明〕区大相②

剖心非所惮，殉志始含凄。墓是周王表，碑犹孔圣题。原田③无牧唱，宰木④有乌啼。白日兼愁暮，高天逐恨低。

殷墟不可问，朝代几消沈。直谏流终古，孤坟表至今。惊风⑤飘落日，右道⑥属前林。试问东周士，何人为剖心？

【简析】

这两首诗作于万历二十九年（1601）。据作者《后使集小叙》："辛丑岁，予再遣得周藩。是时，畿辅大饥，道上所见，林木皮几尽，问之皆饥民所采。于是传舍具餐，予为停筋，不能食。漳水而南，弥伤心目。邶之故都、殷之遗墟与夫羑里之台、铜盘之铭，皆在焉。既而玩淇竹则叹卫武之睿圣，入苏门则思啸徒之遗世也。"由此可见他创作本文时的心境。

第一首诗以议论起笔，直言剖心之事，挖掘比干的心理，一语中的。作者指出，比干并不害怕剖心，他真正感到悲伤的是"殉志"，即拯救国家于危亡之中的愿望无法实现。此联有高屋建瓴，统帅全篇的作用。颔联写眼前的"墓"和"碑"，运用武王封墓、孔圣题碑两个常典渲染比干死后之荣耀，借以赞美比干的忠义精神之千古流芳。后四句即景抒情，眼前的原野，荒草萋萋，牧唱绝无；忠臣的孤冢，枯柏横柯，乌啼喑哑。无论白日还是傍晚，比干墓都笼罩在惨淡愁云之中；连高天也仿佛郁积了太多的愁怨，垂压在大地之上。作者取景自然，描写传神，内涵丰富。"无牧唱"让人联想到牧唱声声时的情景，"有乌啼"让人联想

---

① 选自明区大相撰《区太史诗集》卷十六。丛书集成续编第 170 册，台湾新文丰出版公司 1988 年版。

② 区大相（？—1614），字用孺，号海目，高明县人。万历己丑（1589）进士，选庶吉士，修国史，经筵展书，历赞善中允，掌制诰，居词恒十五年。因弹劾权贵被调太仆寺丞，不久称病归。著《太史诗集》《诗集》《图南集》《濠上集》和《制诰馆课杂文》等。

③ 原田：原野上的田地。《左传·僖公二八年》："原田每每，舍其旧而新是谋。"杜预注："高平曰原，喻晋军美盛若原田之草。"《诗大序》"周南召南谱"汉郑玄注："地形险阻，而原田肥美。"

④ 宰木：坟墓上的树木。语出《公羊传·僖公三十三年》："秦伯怒曰：'若尔之年者，宰上之木拱矣。'"何休注："宰，冢也。"

⑤ 惊风：指猛烈、强劲的风。孟郊《感怀》："秋气悲万物，惊风振长道。"

⑥ 右道：要道。古代崇右，故以右为上，为贵，为高。如"右地"（要地）、"右客"（尊贵的客人）等。

到香火鼎盛时的状况。尤其是尾联的"愁""恨"二字,很自然地使得客观的景物带上了主观的情感。"高天逐恨低"还写出了独特体验:旷野之上,孤冢耸立,远远望去,天冢相接,仿佛高天为比干所感动,因恨而低垂。颇有"野旷天低树,江清月近人"(孟浩然《宿建德江》)、"履迹随恩故,阶苔逐恨新"(何楫《班婕妤》)之妙处。

　　第二首起句"殷墟不可问"语意深沉,令人叹息。为什么"不可问"?因为问之会令人伤心不已。次句承上,写随着历史的沧桑巨变,殷墟就更无处可寻了。本篇的起联依然沉重,依然内涵丰富,但与上篇相比,形象感更强。"不可问"就像一个特写镜头,写出了几多伤感,几多无奈。颔联着重强调"终古""至今",与上联殷墟的了无痕迹形成对比,突出忠义精神的生命力之旺盛。颈联写景,"飘"字写出风之强劲,仿佛落日在劲风之中飘移不定,摇摇欲坠。描写生动传神,目睹落日,本已伤情满怀,现在又看到落日飘荡摇坠,作者之心更加揪紧了。尾联既问"东周士",也问今世今生,借古喻今,含义深远。

　　这两首诗都展示了作者较高的创作水平。首联笔力千钧,尾联韵味深长。咏史用典有侧重点,写景观察细腻,境界高妙。还颇注重炼字,选用的动词的表现力很强。在本书所辑的作品中,这两首诗属上乘之作。人们评价区大相工于诗,诗律板严,喜炼字,为明代岭南诗家之最,本文可为明证。

殷比干墓①

〔明〕吕邦耀②

　　社稷共存亡,忠臣以死谏。贤人既已空,商罪始盈贯③。诸侯八百④来,士卒乃不奋。前徒先倒戈⑤,顷刻移商运。血洒殿庭前,魂绕孟津案⑥。纵有周家

---

①　该碑现存卫辉比干庙大殿内。大碑,高205厘米,宽84厘米,厚18厘米。正书大字,字迹粗深,粗犷有力,正气凛然。四周有纹饰,上有云日缭绕的图案。无碑阴。碑末题名"吕邦耀"。题为"殷比干墓",题后有小字注"孔子亲笔题",可见本诗咏叹的是孔子剑刻碑"殷比干墓"。

②　吕邦耀:字元韬,锦衣卫籍,顺天大兴人。万历二十九年(1601)进士,曾任兵科右给事中,河南督学副使。官至通政司右参议。著《续宋宰辅编年录》26卷,《国语髓析》21卷。

③　盈贯:亦作"贯盈"。以绳穿钱,穿满了一贯。多指罪恶极大。盈,满。《尚书·泰誓上》:"商罪贯盈,天命诛之。"

④　诸侯八百:《史记·殷本纪》:"周武王之东伐,至盟津,诸侯叛殷会周者八百。"

⑤　按,《尚书·武成》:"会于牧野,罔有敌于我师,前徒倒戈,攻于后以北,血流漂杵。"

⑥　孟津:今河南洛阳市孟津县。武王兴兵伐纣,八百诸侯会盟与此。案:同"岸"。

封,英灵恐不顺。伤哉题墓心,犹抱宗臣①恨。

【简析】

　　吕邦燿曾做过河南督学副使。本诗前四句高屋建瓴,论述个人和国家之间是"共存亡"的关系。"贤人既已空,商罪始盈贯"语直而意味深长。中间四句叙写亡国之经过。敌人气势汹汹,而殷商士气低落;"顷刻"照应前面"商罪盈贯",说明殷商的灭亡是在情理之中,势不可当。"血洒"两句写比干惨死而阴魂不散。最后四句议论,在别人看来是无上荣耀的武王封墓,比干的英灵恐怕不愿接受;孔子的心意与比干相通,在他的字里行间,隐隐地能感受到忠臣的亡国之痛。本碑的书写很有特点,端庄浑厚,气势逼人,特别是文中的"贤"用异体字"臤",凸显"臣忠"之主题,震撼人心。

谒太师庙②

〔明〕刘迁③

　　太师称三仁,抑何忠且良。所志在悟君,生死何足伤。白刃斗星寒,血迹凌风霜。苦之不忍言,犹冀君可匡。身死君不悟,感此徒滂湟④。亲臣⑤死社稷,魂魄安且康。烈烈此大节,可以薄⑥秋阳。佳城照坤仪⑦,正气蟠穹苍。一朝风

---

① 宗臣:原指与君主同宗之臣。亦指世所敬仰的名臣。《汉书·萧何曹参传赞》:"淮阴、黥布等已灭,唯何参擅功名,位冠群臣,声施后世,为一代之宗臣,庆流苗裔,盛矣哉!"颜师古注:"言为后世之所尊仰,故曰宗臣也。"《南史·袁昂传》:"昂在朝謇谔,世号宗臣。"
② 该碑现存卫辉比干庙。大碑,高230厘米,宽83厘米,厚23厘米。大字正楷,笔画粗深,字形敦厚庄重。碑末题字"明万历乙巳岁(万历三十三年,1605)冬日,知卫辉府事济南刘迁顿首谨识"。
③ 刘迁:字出谷,历城人。万历十年举人,授商水知县。历刑部四川司主事,擢卫辉知府。
④ 滂湟:同"彷徨"。犹豫不决,没有方向。
⑤ 亲臣:亲信的臣子。《孟子·梁惠王下》:"王无亲臣矣,昔者所进,今日不知其亡也。"明顾起元《客座赘语·公孤》:"南都文臣,未有生而官公孤者,在亲臣中,则有之。"
⑥ 薄:通"迫"。迫近;接近。《楚辞·屈原·涉江》:"腥臊并御,芳不得薄兮。"
⑦ 佳城:喻指墓地。《西京杂记》卷四:"滕公驾至东都门,马鸣局不肯前,以足跑地久之。滕公使士卒掘马所跑地,入三尺所,得石椁。滕公以烛照之,有铭焉……曰:'佳城郁郁,三千年见白日。吁嗟滕公居此室!'滕公曰:'嗟乎天也!吾死其即安此乎?'死遂葬焉。"坤仪:大地。晋刘琨《答卢谌》诗:"乾象栋倾,坤仪舟覆。"《旧唐书·音乐志三》:"大矣坤仪,至哉神县。"

雨鸣,松楸犹似当年疏谏章。云物成黯淡,册史播余芳。宣圣题首丘①,日月灿争光。虽死视如生,千载骨犹香。

【简析】

　　刘迁是万历十年举人,以功擢卫辉知府。关于他在卫辉履职时的情况,《卫辉府志》中没有详细的记载,但《济南府志》中有这样的记载:"谒潞王,王一见器重之,时与尊酒论文。时中官多浸渔民利,民有讼之者,迁置诸理,民戴之如父母,卒后崇祀乡贤。"由此可见,刘迁是个有才气的人,善于同权贵周旋,敢于处置仗势侵民者。这首诗就反映了这位"性刚直"的卫辉知府的从政心声。开头用设问,用质朴之语引出文眼"忠且良"。"所志在悟君"斩钉截铁地指出比干思想行为的根源。正因为如此,他才能够置生死于度外,虽然"苦之"却"不言",寄希望于万一。此等忠心光昭日月。但结局却是"身死君不悟",令人"彷徨"不已。从"烈烈此大节"开始,作者调动一切手段赞美比干的忠烈,有直语,有景物。最后两句写比干虽死犹生,末句用通感,用"骨犹香"写比干精神之代代传扬,表达对比干的无限景仰之情。全诗气韵通畅,用语精炼质朴,语言功底深厚。

　　《济南府志》载其"性刚直,豪于诗"。本诗可谓确证。

拜殷太师比干墓有宣圣题篆②

〔明〕郑鄤③

　　圣人有心窍,皎若日光辉。剖之昭千古,不恨知者希。殷人还题字,周道竟已非。迢遥独荒邱,苍茫灵气归。

---

①　首丘:《礼记·檀弓上》:"古之人有言曰:'狐死正丘首',仁也。"后以"首丘"比喻归葬故乡,也比喻故乡或用以思念故乡。这里指比干墓。

②　选自《峚阳草堂诗集》卷一《谪还道中草》,北京出版社 1997 年版"四库禁毁书丛刊·集部 126 册"。

③　郑鄤(1594—1639),字谦止,号峚阳,常州横林人。天启二年(1622)进士。仕途坎坷,屡遭祸患。崇祯八年(1635)复起用入京,遭内阁首辅温体仁诬陷入狱。崇祯十二年(1639)被凌迟处死。著《峚阳草堂文集》和《峚阳草堂诗集》。

【简析】

郑鄤是明朝后期天启二年进士,因上疏弹劾阉党,被降职外调,回籍候补。天启六年,杨涟、左光斗等六君子遭魏忠贤阉党诬陷入狱,郑作《黄芝歌》寄予同情,乃遭削职为民。为免遭毒手,曾远遁江西、广东一带。崇祯立,始得返里。崇祯八年(1635)复起用,入京后,因批评内阁首辅温体仁,后遭温体仁诬陷,以"杖母不孝"和"奸妹"罪入狱,备受毒刑。崇祯十二年(1639)竟被凌迟处死。其遭遇令人痛心。本诗即写于天启二年(1622)冬"谪归"途中,时29岁。

首句紧扣殷纣剖心视窍之典来写,指明"圣人"果有"心窍",并且还"皎若日光辉"。颔联议论比干剖心的意义。比干赤胆忠诚,光明磊落,他的剖心不为名利、不为自己,而是为了国家宗族,所以"昭千古",并不为"知者希"而感到遗憾。同时,作者也从侧面揭示了一个现实,即后人对比干精神的继承存在"知者希"的现象,令人悲叹不已啊!颈联两句有对比之效。一方面是"殷人"的题字历千古而弥劲,一方面是周人的辉煌已经云散。周代殷而立,曾经辉煌一时,比干墓也曾为其所封,但满眼的浮华不再,留下的依然是精神的力量。作者用"殷人"而不说"宣圣"或"孔子",揭示出孔子以"殷"名比干的微言大义。尾联回到现实中,以景作结,写悲凉之景,写孤独情怀,写英灵的徘徊故土。

郑鄤少有才名,功名显赫。可惜屡忤权贵,仕途不靖,最终竟罹奇祸。诗如其人,作者因上疏弹劾阉党而在刚刚走上仕途之际被贬,抑郁悲壮之情怀跳跃在字里行间。本诗用语古朴,意深情重,感人至深。其临刑前的绝笔诗《梦中作》可以说把这种风格发挥到了极致,即"一声铁笛下云州,吹破江天万古愁。杯酒不空人欲去,青青柳色上楼头"。

按,清程启朱、苏文枢等纂《卫辉府志》卷十八《艺文志下》收录郑鄤《比干庙题》:"圣人有心窍,犹如日光辉。剖之照千古,皎然愿不违。坚贞道未丧,元子器何归。君王岂拒谏,所嗟天道非。"应于本诗有关联。但字句差异较大,不知何故。

比干①

〔明〕孙徵兰②

天为丹心万古开,恐将心迹付尘埃。特教北斗光悬匕,常似当年窍未灰。

【简析】

孙徵兰乃淇县名士,曾任监察御史。善诗文书法,性情高雅,逸兴遄飞,在淇县、卫辉、浚县一带保留墨迹颇多。孙徵兰家乡南阳村紧邻卫辉北境,卫辉天平村太常寺、山岭村天仙庙、霖落山香泉寺等皆存其书丹之碑石。

比干庙正处于孙徵兰入卫辉必经之路的旁边,他应该曾多次游览比干庙,但可惜庙中无其墨迹留存。这首《比干》诗弥足珍贵。起笔不凡,令人眼界大开。比干在人间丹心剖露,惨不忍睹;但苍天为之感动,为之"开",而且是"万古开",体现天眷忠臣,心同日月之意。但时移世易,陵谷变迁,江山有意但时光无情,多少风流终将萎于尘埃,此乃自然之规律。但苍天为了让比干精神永存,特意让北斗七星明灼高悬,形似刀匕,提醒人们比干的七窍丹心没有变成灰烬,不要忘记比干杀身成仁的精神,比干之心将永与日月山河同在。

本诗想象奇特,大开大合,激情飞跃,悲恸难抑,令人泫然。从本诗看,孙徵兰之诗如同其所擅之行草,灵韵十足,跌宕起伏,毫无迟滞之感。不知此诗是否摹刻上石,若有碑石留传,那将给人以更大的震撼。

---

① 选自《香国楼精选梦蘡蓊草》一集《栩栩草》,国家图书馆藏本。
② 孙徵兰(1586—1653),字九畹,号睡仙,淇县南阳村人。明末御史。崇祯初期,转任福建道监察御史。崇祯后期,任四川布政司参政,分守上川南道军。擅长书法,人称"书林之秀"。著《香国楼诗集》。淇人尊为"孙老官"。

殷太师比干墓二首①

〔明〕陶汝鼐②

社稷既危臣应死,宫中鬼哭不曾休。商家六百年来祀③,收拾乾坤得此丘。

银钩铁画古文垂④,千载精英不敢题。杜宇⑤一声春寂寂,尼山⑥六字太师碑。

【简析】

陶汝鼐乃明末长沙才子。年幼奇慧,14 岁入学,先习公安近体诗,23 岁应督学试,文诗铮铮,督学徐亮生惊喜得异才,称他技冠湖南数郡。崇祯二年(1629),陶汝鼐进国子监,这年秋天国学生大考,崇祯帝亲擢陶汝鼐为第一,从此名满天下。本诗即作于崇祯二年北上的途中。此时的陶汝鼐应该是少年得志,激情张扬,处于人生的上升期。他北上京城,欲以一展抱负。当他踏上殷商废墟的时候,不免伤怀古事,感慨今朝。

第一首首联语气沉重。"社稷既危",做臣子的当然"应死",此乃常理。此句扣住比干之死的史实,为下文的议论蓄势。臣子为国一死虽属应当,但可惜的是殷商六百年江山化为灰烬,只留下这巍然一丘。末句暗含武王封墓之典。

第二首围绕比干庙的孔子剑刻碑来写。用"银钩铁画"正面描写比干英气勃郁,微言大义让后人敬畏;次句用"千载精英"不敢续貂侧面描写其一言九鼎,后人罔敢置喙。第三句借景抒情,作者到达比干墓时正值春天,听到杜宇啼鸣,

---

① 选自《荣木堂合集·荣木堂诗集》卷十,"四库禁毁书丛刊·集部·第 085 册",北京出版社 1997 年版。

② 陶汝鼐(1601—1683),字仲调,一字樊友,别号密庵,又号石溪农,湖南宁乡人。少奇慧,工诗文词翰,海内有"楚陶三绝"之誉。文俊逸,有奇气,词赋尤工。擅书法。崇祯十六年(1643)中会试副榜,官广东教谕。明亡削发为僧,号忍头陀。

③ 来祀:来年,后世。《宋书·谢灵运传》:"拨楚旅之休烈,传芳素于来祀。"

④ 银钩铁画:钩,勾勒;画,笔画。形容书法刚键柔美。唐欧阳询《用笔论》:"徘徊俯仰,容与风流,刚则铁画,媚若银钩。"垂:传下去,传留后世。

⑤ 杜宇:即杜鹃鸟。据《成都记》载:杜宇又曰杜主,自天而降,称望帝,好稼穑,治郫城。后望帝死,其魂化为鸟,名曰杜鹃。《红楼梦》第七十回:"一声杜宇春归尽,寂寞帘栊空月痕。"

⑥ 尼山:即"尼丘",山名,在山东曲阜县东南,连泗水、邹县界。相传孔子父叔梁纥、母颜氏祷于此而生孔子。故孔子名丘,字仲尼。

看到寂然之春色,无限伤怀。末句点明本诗的歌咏对象。关于"尼山六字",即
"殷太师比干墓",按"太师"之谥号乃唐太宗时所赠,故孔子不可能题写此六
字。所以还有"尼山四字"之说,即"殷比干墓",此说与现存之碑合。

　　陶汝鼐创作这两首诗时年纪尚轻,人生阅历不多,故气韵虽生动,但内涵不
深。后期的陶汝鼐身处天下多变故之时,他尽心国事,想力挽狂澜,但明王朝江
河日下,最终亡国。陶汝鼐也曾投奔南明政权,但依然难有建树,一度愤而削发
为僧。后来,还因参与抗清起事,被清廷关狱中数年,获释后在家中专注于诗
文,不再过问国事。其后期诗文多感慨兴亡之作,激越凄楚,声情并茂。乾隆四
十三年,在一桩文字狱中,认为陶汝鼐《荣木堂集》有"隐合怨谤"语,将《荣木堂
集》书版销毁,列为禁书。一代才子的遭遇令人慨叹。

比干心①

〔明〕钱肃乐②

　　天地正直气,抟③此忠孝心。精神藏幽室④,挺拔凌群阴⑤。高者出云汉,卑
之随飞沈。刀锯徒肆虐,形象终难寻。

【简析】

　　钱肃乐是明末著名的抗清名士。他一生最辉煌的时刻就是1645年的郡庙
首义。张寿镛所作序言中描述到"当明亡之时,内有阮、马奸邪之附,外无蚍蜉
蚁子之援。胡马渡江,南都旋覆,浙东西忠义之士飙举云兴。公方居忧,在丙舍
咳血,诸弟已为治身后事。鄞之六狂生苍头特起,公扶病往,为之魁,遂以墨缞
誓师……",他与整个家族一起投身到轰轰烈烈的抗清斗争中,演绎了一段辉煌

---

① 选自《钱忠介公遗集》卷五《正气堂集五》,丛书集成续编第149册,台湾新文丰出版公司1988
　年版。按,本诗为组诗《比干心》《王蠋头》《睢阳齿》《霁云指》《子胥眼》《彭泽腰》之第一首。
② 钱肃乐(1606—1648),字希声,一字虞孙,号止亭,浙江鄞县人。崇祯十年(1637)进士,历官太
　仓知州、刑部员外郎,寻以忧归,清兵下杭州,倡议起兵,应者数万人,遣使请鲁王监国,任右金都
　御史、进东阁大学士,卒于舟中。有《正气堂集》。
③ 抟(tuán):把东西捏聚成团。这里是集聚的意思。苏轼《二公再和亦再答之》:"亲友如抟沙,放
　手还复散。"
④ 幽室:幽暗或没有光亮的屋子。这里指墓穴。陶潜《挽歌》:"幽室一已闭,千年不复朝。"
⑤ 群阴:各种阴象。这里可借指众奸小。《宋史·乐志七》:"群阴犹黡,一戎大定。"

而悲壮的历史。由此,我们就可以领会到本诗首联中"忠孝"的含义。

本诗起句高亢昂扬,气势恢宏。直言"天地正直气"让人有精神振奋之感。次句承上,用想象浪漫的手法,写天地正直之气凝聚成了比干的忠孝之心。既揭示了比干之心的实质——忠孝,又指出了其由来——秉天地正直之气。另外,又切合比干剖心而亡的事实,所以,本诗的起联在比干庙咏史诗中很少见,应是名联。颔联想象比干之精神出于幽室,挺拔高空,让幽室明亮,使群阴仰视。颈联写比干之心有时飞出云汉,有时在天地之间飘荡。尾联重在议论,嘲讽纣王的刀锯只是白白地肆虐,它可以杀死比干的形体,使其难寻,但杀不死比干的精神,他的魂灵将遨游于天地之间,与天地之气相融。

本诗的写作角度很独特,以"比干心"为歌咏对象,构思新颖。同时,采用积极浪漫的手法,极力从精神层面赞美比干之心的伟大明亮。想象奇特,语言张扬,颇有古风的特色。首联以"忠孝"为诗眼,结句之"终"又蕴含伤感情怀,充分显示了作者超强的艺术功力。本诗是其组诗中的首篇,即《比干心》《王蠋头》《睢阳齿》《霁云指》《子胥眼》《彭泽腰》,作者抓住这些仁人志士的特点构思成篇,歌颂他们的精神及品行,同时也借以表现自己的追求。在民族危亡之际,人们多用此诗激励民心民气。如民国时的报刊上常刊登此诗,可见一斑。只是多变"抟"为"搏",应为误用。

清

谒殷太师墓二首①

〔清〕孙奇逢②

其一

寂历③空山没骨深,二④千年后一孤吟。乾坤不晦纯忠色,日月双悬七窍心。

其二

漫云八百兴周武,殷有三仁殷未亡。欲读残碑聊解绖,携将山蕨代烝尝⑤。

【简析】

明末天启年间,魏忠贤当政,左光斗、魏大中、周顺昌等以党祸被逮。孙奇逢上书大学士孙承宗,责以大义,请急疏救,不果。孙奇逢广募资金,使光斗等卒赖以归骨,义声名闻遐迩。清初,满清贵族圈地成风,孙奇逢未幸免,只得留下长子立雅守祖宗庐墓,自己渡河而止于苏门百泉。顺治九年,工部郎马光裕奉以夏峰田庐,孙奇峰遂率子弟躬耕讲学,成一时之望。两朝征聘十一次,屡征不起,颇见气节。但却因著《甲申大难录》罹文字狱,被押进京,后为人所救,他慨言:"吾始自分与杨左诸贤同命,及涉离乱,可以犯死者数矣,而终不恙,是以学贵知命而不惑也,以是知其有养,亦知其艰危。"居夏峰二十五年而卒,年九十二,位列三大名儒,成就极高。作为理学大师,他对历史人物的评价自有独到之处。

第一首先叙后议。空山寂寂,万物凋残,比干墓被荒草枯叶所遮掩。开篇写悲景,衬托作者苍凉伤感之情。次句点明本事,写自己长途跋涉,历尽艰难,终于找到了比干墓,发出"孤吟"。"孤"写出与比干的心意相投,二千年前的比干孤独前行,二千年后的作者依然孤标傲世。后两句议论,写朗朗乾坤不隐晦忠臣之色,比干之心皎如日月,光华四射。虽是传统意象,但夸张、浪漫的写法

---

① 选自《乾隆汲县志》卷十四《艺文下》。按,《夏峰先生全集》中不见这两首诗。

② 孙奇逢(1585—1675),字启泰,号钟元。直隶保定府容城县人。明末清初理学大家。迁居河南卫辉府辉县。万历举人,与东林党人来往密切。明亡,清廷屡召不仕,人称孙征君。与李颙、黄宗羲齐名,合称明末清初三大儒。有《读易大旨》五卷、《理学宗传》《圣学录》等著,晚年讲学于辉县夏峰村,世称夏峰先生。所著有《理学宗传》《夏峰先生集》《四书近旨》《道一录》《北学编》等。

③ 寂历:寂静,冷清。有的版本作"寂寂"。

④ 二:有的版本作"三"。

⑤ 烝尝:本指秋冬二祭。后亦泛称祭祀。详见附录《比干庙古诗中常用典故》注26。

也使得诗篇气势非凡。

第二首先议后叙。"漫云"引出"八百兴周武"的旧说,表达了自己的质疑和不屑,语气强烈。次句是诗篇的核心,也是作者的观点所在,语气坚定,不容置疑。这里不单言比干,而曰三仁,说明作者赞同孔子"殷忧三仁"的观点。他在《寄王生洲》中说过,"窃意古来纯忠大义不一途,应死而死、则死有攸当;应遁而遁,则遁有依当——此微、箕、比干所以同归于仁也。"(《夏峰先生集》卷二)后两句写作者虔诚祭祀之意。聊读残碑,驻马叹息;山蕨代祭,重在心诚。淡淡的叙述中蕴藏着深情厚谊。

孙奇逢在《与友人论死》中谈了自己对"死"的看法,"今古讳言死,谁人无死期。舍生取义者,死是快心时。"(《夏峰先生集》卷十四)此种见识具有大儒风范,可做本诗的注解。孙奇逢论文,强调"文辞璀璨总浮尘",本诗洗尽铅华,用传统意象写深刻的认识,让人回味无穷。

拜殷太师比干墓①

〔清〕赵湛②

毕谏一身尽,孤忠万古传。赤心悬烈日,青史照重泉③。芳塚题先圣④,灵宫⑤拜大贤。欲歌麦秀什⑥,企仰倍悽然。

【简析】

赵湛乃明末清初河朔诗派诗人。性格豪放,岸然自命,不治家人生产,日陶

---

① 选自赵湛著《玉晖堂诗集(二)》卷三《五言律》,王云五主编《丛书集成初编》第二千三百五十一卷,商务印书馆民国二十六年版,第44页。

② 赵湛:字秋水,号石鸥,永年县人。明末清初河朔诗派诗人。初攻八股,后游历四方。著《玉晖堂诗集》。

③ 重泉:犹深渊。《淮南子·齐俗训》:"积水重泉,鼋鼍之所便也。"亦犹九泉。旧指死者所归。南朝梁江淹《杂体诗·效潘岳〈悼亡〉》:"美人归重泉,凄怆无终毕。"宋苏轼《祭单君贶文》:"云何不吊,衔痛重泉。"

④ 按,此句有小字注:"墓前有孔子题石。"

⑤ 灵宫:用以供奉神灵的宫阙楼观。此处指寺庙。唐韩愈《谒衡岳庙遂宿岳寺题门楼》诗:"森然魄动下马拜,松柏一径趋灵宫。"孙汝听注:"灵宫,岳庙。"宋朱熹《马上举韩退之话口占》:"此心元自通天地,可笑灵宫枉炷香。"

⑥ 麦秀:借指家国破亡。按,详见附录《比干庙古诗中常用典故》注6。什:此处或通"诗"。

情于诗酒之间,与申涵光、张盖、殷岳、刘逢源、路泽农往来唱酬,同开河朔诗派。初攻八股,但科举不畅,遂绝意仕途。游历四方。晚年留心理学,研究性命道德之旨,笃信朱熹学说。本诗即作于其游历之中。

　　前四句咏史事。首句写比干为国家安危慷慨陈词,但"毕谏"之后立马得到"一身尽"的结局,令人惊愕,令人痛惜;朝政如此昏暗,国家焉能不亡。次联"悬"写出心同日月争光之象,一"赤"一"白",映照明显,令人悚然,令人悲恸;上有烈日,下有重泉,一"悬"一"照",写出了比干精神洞彻天地之感。后四句写祭祀本事。借孔子题墓、箕子黍离之旧典,表达了对比干惨死的痛惜、对"大贤"舍身为国的"企仰"之情。

　　此诗意象鲜明,沉郁昂扬,尽显豪放本色。魏裔介谓其诗"寝食三唐,平旷高远,铲去巉崖蹊径,若不求胜于人者,而萧然冲适,不可攀跻。正如武陵桃源,逶迤而入,而霞红水绿,别开异境,非人间所有也",徐世昌《晚晴簃诗汇》谓其诗"清圆朗润,与(刘逢源)津逮诗相伯仲",邓之诚《清诗纪事初编》称其诗"学少陵,时杂幽燕之气",实乃确论。

殷比干墓①

〔清〕李长科②

　　刳血忠坟出邶鄘③,依稀金版④泣长松。三仁共许纷疑案,四字高题见毫⑤

---

① 选自《清初诗集》卷之八,清蒋鑨、翁介眉辑,清康熙二十年镜阁刻本,诗题后有注"在卫辉府北十里。四字,宜圣手笔"。亦见李长科《媚独斋诗集八卷》之《游子意》,"四库未收书辑刊"第06辑29册,据清初刻本影印,北京出版社1997年版,诗题下有注:"卫辉府北十里有比干墓。墓前石碣题'殷比干墓'四字,乃宣圣手书。祭器归周,洪范陈武,七窍有灵,目不瞑也。尼父题之曰'殷',则不受周封可知矣。粟不食,食其土乎?"形似小序。

② 李长科(1590—1657),字小有,改名盘,号广仁居士。博综古今,务为经济之学,尤精韬略。崇祯十三年(1640)以贤良方正辟授广西怀集令。后以外艰归。晚年侨居丹徒。又为清代医家。

③ 邶(bèi):周代诸侯国名,在今河南省汤阴县东南。鄘(yōng):周朝诸侯国名,在今河南汲县北。按,周武王灭商后,以商旧都封给纣子武庚,并以殷都以东为卫,由武王弟管叔监之;殷都以西为墉,由武王弟蔡叔监之;殷都以北为邶,由武王弟霍叔监之,总称"三监"。

④ 金版:天子祭告上帝镂刻告词的金属版。亦用以铭记大事,使不磨灭。传说夏桀杀关龙逢后地庭中出金版之书。《文选·任昉〈百辟劝进今上笺〉》:"金版出地,告龙逢之怨。"

⑤ 亳:古都邑名。商汤的都城。在今河南商丘县东南,传说汤曾居于此,又名南亳。《史记·殷本纪》:"汤始居亳。"张守节正义引《括地志》云:"宋州谷熟县西南三十五里南亳故城,即南亳,汤都也。"

宗。白马何人追去客①,丹畴无处访遗踪②。独留古碣春秋笔③,扫尽周王七尺封。

【简析】

李长科学问广博,其弟从其受业而中进士,但李长科却"再战再猰,处之泰然,无几微不平之色见于颜面"(陈际泰序)。直至崇祯十三年才以贤良方正官知县,成为清代下层官吏。兴利除害,多善政,考绩报最。但始终未获大用。晚年侨居丹徒,造渡生船,建避风馆于江口,拯活甚众。后为著名医家,著《科广仁品》十八卷传世,成为"不为良相,即为良医"的典型。

作者于崇祯三年(1630)借北上应试,"浪游京国,取道大梁。一路古迹先型种种,应接不暇。乡思方遣,诗思忽来,车中口占,得若干首,聊以写游子之意"(《游子意自序》)。本诗即为其中一篇,借拜祭比干墓论"三仁"之事。首联切题咏比干孤坟,开头以"剖血忠坟"名之,一"忠"字点出了事物特征,立起全诗之骨。次句用金版依稀、长松哭泣来写比干之死之悲之冤。比干墓前有孔子题字"殷比干墓"的古碑,这四字凝聚着圣人对比干谏君的肯定和崇敬。由此,人们很自然地就会联想起孔子对微子、箕子、比干"自靖自献"行为的评价——"殷有三仁"。孔子的"三仁"共许历来为人争议,这里作者借微子、箕子来衬托比干。颈联分述两人的行为,并用"何人去追""无处去访"对微箕商亡后的腾达表示微讥。尾联的"独留"顺上而下,称赞孔子的四字是"春秋之笔",隐含着对比干忠义精神的褒赞。结句想象圣人的巨笔一挥,扫尽了周武王的封土,实际上告诉人们:比干是商之忠臣,为了国家死而无怨。周王的褒封是其不屑于追求的,而孔子的题字才是最好的评价。

咏史诗喜欢反其意而用之。关于"三仁"的争论,关于周武王的封墓,作者都进行了"翻案",提出了自己的观点,这是本诗的价值所在。

---

① 按,此句写微子的事迹。白马:即玉马。喻贤臣。古人常用"玉马骏奔"喻贤臣离去。《文选·任昉〈百辟劝进今上笺〉》:"是以玉马骏奔,表微子之去;金版出地,告龙逄之怨。"
② 按,此句写箕子的事迹。丹畴:即《洪范九畴》。传周武王灭商后,问道于箕子,箕子传之以治国方略,即《洪范九畴》。
③ 春秋笔:相传孔子据史实修《春秋》,"笔则笔,削则削;字寓褒贬,不佞不谀,使乱臣贼子惧"。后遂以"春秋笔"指据事直书的史笔。

比干墓①

〔清〕张缙彦②

痛哭殷天坠,何人拜此丘。松杉前代树,风雨旧时秋。涉水初劓胫③,跃鱼已入舟④。徒怀亳社⑤恨,高鸟日啾啾。

【简析】

张缙彦是新乡县人,进士出身,在明末官至兵部尚书。但在改朝换代之际,先降李自成,后降清军,又南投弘光帝,再降洪承畴。入清后官至工部侍郎,又被清廷籍家,流宁古塔而死。其大起大落,令人瞠目结舌的人生经历使其成为明末清初颇具争议的人物。一方面才华出众,一方面不重节义,不顾时人非议而自称"不死英雄",其究竟经历了怎样的心路历程? 这成为学界议论不休的话题。

本诗倒是堂堂正正,恢弘沉郁,显示了极高的诗文修养和思想见识。首联充满了故国之思。先描写仁人志士在比干墓前为国破家亡"痛哭"的情景,再用反诘手法点出了比干墓在亡国者心目中地位之重。颔联强调眼前的"松杉""风雨"皆是前朝旧物,经历了朝代更迭,成为历史变迁的见证人,有"淮水东边旧时月"之意境。颈联罗列旧典,用虚词"初""已"把两幅画面关联起来,孰因孰果,自然明了,殷商灭亡的根本原因不言自明。尾联明确本诗抒发亡国之恨的主题,以景作结,留不尽之意于言外。

---

① 选自清张缙彦撰《归怀诗集》。《归怀诗集》仅一卷,收入上海古籍出版社 2010 年版"清代诗文集汇编"第 12 册。按,此诗后有评语"杜陵得意句"。
② 张缙彦(1599—1670),字濂源,号坦公,又号外方子,别号大隐,明末清初河南新乡人。明崇祯四年进士,授知县,官至兵部尚书。先迎降李自成,自成败走后降清军,又南投明弘光帝。南京陷落后,再降于洪承畴。在清官至工部侍郎,降授江南徽宁道。顺治十七年,坐编刻《无声戏》,自称"不死英雄",籍其家,流宁古塔而死。
③ 劓胫:按,用"截胫剖心"之典。砍断足胫,剖开心胸。《书·泰誓下》:"(纣)斫朝涉之胫,剖贤人之心。"孔传:"(纣王)冬月见朝涉水者,谓其胫耐寒,斩而视之;比干忠谏,谓其心异于人,剖而观之。酷虐之甚。"后以"截胫剖心"为暴君酷虐残民之典。
④ 按,用"白鱼入舟"之典。《尚书大传》卷三:"八百诸侯俱至孟津,白鱼入舟。"《史记·周本纪》:"武王渡河,中流,白鱼跃入王舟中,武王俯取以祭。"裴骃集解引马融曰:"鱼者,介鳞之物,兵象也。白者,殷家之正色,言殷之兵众与周之象也。"后遂以"白鱼入舟"为殷亡周兴之兆。
⑤ 亳社:殷社。详见附录《比干庙古诗中常用典故》注 16。

这首诗含蓄蕴藉,跌宕起伏,摹景自然,情蕴景中,应为咏史诗之上品。不知此诗作于何时。若为前期之作,那说明年轻的张缙彦胸怀大志,洞悉历史兴亡的内在规律,见识高远;若为后期之作,又可从中感受到苍凉和悲壮,反映了特殊身份背后的特殊心境,颇可玩味。

殷太师墓①

〔清〕张缝彦②

棘榛迷古道,立马见残碑。悼彼一时死,雄于百万师。饥鸱号古木,凉月照空祠。不觉潸然泪,非关往事悲。

【简析】

张缝彦是明末清初河南新乡县小送佛村张氏家族的知名人士。其少负文名,"每试辄冠,性嵚崎,不与俗伍,然制行端谨,饶蕴藉,孝友天生"(刘正宗《张公暨配墓志铭》)。但"五试乡闱,俱不偶,为时论所惜"。身处国步多艰之际,久历战乱,遂无志进取,"卜地茹冈,构啸风亭放情诗酒"。崇祯十二年(1639)冬,"大饥,上发帑金赈济。公代长吏调画有法,煮粥施药,活数万人"。

作者经历了明朝覆亡的悲惨时刻,对国破家亡一定有深刻的体会。首联引入,比较平淡。"迷""残"可见荒凉,为全诗奠定了伤感凄迷的抒情基调。颔联从正面赞美比干的行为。作者在国家灭亡之前,临时被任命为兵部尚书,他一定会为国势衰落、士气全无、缺少像比干这样的忠诚之士而苦恼过。所以,他认为比干的剖心而亡,对于危局来说应该"雄于百万师",有鼓舞斗争、提升士气的作用。可惜,作者有意无意地忽略了事物的另一面:忠直大臣的无辜被戮,反而使得人心更加涣散,国势更加一败涂地。颈联写景,选用的都是常见意象,但"凉""空"等词颇有炼字之效,物我合一,无限凄凉。结句"非关往事悲"令人玩味。作者拜祭比干之后,忍不住潸然泪下,却声明"非关往事悲",那么,作者为

①　选自《新乡县续志》卷四《艺文下·诗选》,民国十二年版。
②　张缝彦(1591—1653),字洙源,号九庄,河南新乡小送佛村人。崇祯甲戌(1634)拔贡,授浙江东阳训导。以子欲含贵,赠内阁中书舍人,祀乡贤。葬在新乡县南五里孟家营。(乾隆十二年《新乡县志》卷三十一《人物下》)

何而悲呢？定是为时势而悲。

张缝彦兄弟四人，其弟张缙彦曾官至崇祯朝兵部尚书。后降清，历任山东右布政使、浙江左布政使。又因文字狱被流放宁古塔。张缙彦诗成就很高，本诗易被误认为其所作。

比干庙①

〔清〕许作梅②

凭吊苏门③麓，孤忠墓草枯。云何七窍血，不献九畴④图。山麓汤孙⑤树，粢盛宋子⑥墟。焉能戊午⑦日，慷慨固殷都。

【简析】

许作梅是新乡县人，才广识厚，正直敢谏，曾一个早朝连奏三本，威震朝纲，故有别名"许三本"。新乡县与卫辉紧邻，他对比干墓的历史应该十分了解。

首句从苏门山引入。苏门山与比干墓相距数十里，这里只是概言之。次句点出比干墓，"枯"可见荒凉。起首平平，无甚新意。颔联语势陡起，用反问句提醒人们：比干死谏殒身，而不是像箕子那样伴狂为奴，明哲保身。颈联用典，意在说明只有在有限的几个地方还存留着殷人的踪迹，而昔日庞大、辉煌的帝国

---

① 选自顺治十七年《重修河南通志》卷三十七《艺文志》，亦见《钦定四库全书·河南通志》卷七十四。同时收入清魏裔介选辑的《溯洄集》卷五，"孤忠"作"孤臣"、"山麓"作"山水"、"宋子墟"作"宋子腰"，题为"比干墓"，后有魏裔介的总评："可作殷三仁论"。

② 许作梅，字景说，号傅岩。明末清初新乡县西元丰人。崇祯十三年（1640）进士，授行人。顺治二年（1645）降清，曾任工科给事中、兵科都给事中、太仆寺少卿等。年五十七卒。有《奏疏诗文集》行世。

③ 苏门：指苏门山。位于河南辉县百泉湖的北侧，属于太行山的支脉，海拔仅 184 米。辉县、卫辉毗邻。

④ 九畴：指传说中天帝赐给禹治理天下的九类大法。《书·洪范》："天乃锡禹洪范九畴。"按，周武王伐纣入殷，命召公释箕子囚，问殷所以亡，箕子不忍言，王乃问以天道。箕子为陈《洪范·九畴》。

⑤ 汤孙：商汤之子孙。《诗·商颂·那》："汤孙奏假，绥我思成。"

⑥ 粢盛（zīchéng）：古代盛在祭器内以供祭祀的谷物。《公羊传·桓公十四年》："御廪者何？粢盛委之所藏也。"何休注："黍稷曰粢，在器曰盛。"宋子：宋乃殷之苗裔。《殷本纪》："舜封契于商，赐姓曰子。"先秦宋国位于现在河南商丘一带，周武王灭商后，将微子启封于宋。

⑦ 戊午：按，《周本纪》："十一年十二月戊午，师毕渡盟津，诸侯咸会。曰：'孳孳无怠！'武王乃作《太誓》。"这一天是周武王正式伐纣之日。

已经消失了。这样,就很自然地推出了主题句:怎样才能在周人起兵之迹,我们慷慨激昂,同仇敌忾,使得朝歌永固,江山永存?

本诗应属古体,尾联为意图所在。作者身历亡国之路,又仕新朝,个中体会一定很深。所以,其诗暗有寄寓,令人深思。

谒比干墓偕许不弃作①

〔清〕李明嶅②

三仁同不朽,一死更如生。地下盘铭出③,祠前麦秀平。春秋仍典祀,卒史④废题名。赖有维藩⑤在,重丹旧日楹⑥。

【简析】

李明嶅是清初下层官吏,仕绩不详。他身处乱世,虽为"魁奇才智文章之士","才倾动名公卿间",但喜欢结交特立独行之讹,"其朝夕游者乃淹蹇龃龉之人,宜其郁郁不得志也"(施闰章《北游草序》)。他喜欢游览,其诗内涵丰富,时人评价较高。首联从"三仁"谈起,关于"三仁"之行,自古议论纷纷。虽然孔子以"仁"概之,但作者认为比干之死较微子、箕子之行为更为突出,诗中用"更如生"盛赞比干的舍生取义。颔联先用铜盘铭重现人间,赞忠臣英灵不灭;再用"麦秀"之典,借景抒亡国之慨叹。颈联用对比,比干的春秋祀典历千年而永存,可"卒史"的题名却已漫漶于草藓积水之中。尾联回到祭祀之本事上来,歌颂时任官员(指李赞元)对比干忠义精神的崇敬。

---

① 选自《乐志堂诗集》卷二,"四库未收书辑刊"据清康熙李宗渭刻本影印,第07辑第28册,北京出版社1997年版。按,许不弃即许遇,清福建晋江人,字不弃,一字真意,号花农,又号巽溪。顺治间贡生。官河南陈留知县,调江苏长洲。从王士禛学诗,长于七绝。亦善画松石梅竹。著《紫滕花庵诗钞》。

② 李明嶅:字山颜,浙江嘉兴人。顺治元年(1644)举人,官福建古田教谕,受知于巡抚佟国鼐,延掌书记,屡有佐于治。后引疾归,著述以终。尝入苏门山与孙奇逢辨析理学宗传,颇为推重。尤工于诗,有《乐志堂诗集》《清史列传》行世。

③ 按,此句后有小字自注:"铜盘铭今存庙中。"

④ 卒史:官名。秦、汉官署中的属吏。

⑤ 维藩:类似于"价藩"。谓大德之人是国家安全的屏藩。《诗·大雅·板》:"价人维藩,大师维垣,大宗维翰。"郑玄笺:"王当用公卿诸侯及宗室之贵者为屏藩垣翰,为辅弼,无疏远之。"

⑥ 按,此句后有小字自注:"庙为家素园分守河北时重修。""家素园"即李赞元(号素园),本书收录李赞元《谒殷太师比干墓限韵》诗四首,可参阅。

拜比干墓①

〔清〕王体健②

　　胜国存遗概③,千秋此一邱。典型④山色在,庙貌古人求。祗益⑤西风急,难听宿雨愁。万形终有尽,心谓至今留。

【简析】

　　王体健出身曲周王氏世家,一门皆显。他是明朝诸生,"伉爽有奇气"。入清之后,他"弃举子业,从夏峰孙徵君讲性命之学",时年63岁。他的这种骨气在本诗中也有所表露。首联引入,用"胜国""千秋"衬"一邱",自然显出"一邱"的伟大。颔联写山色依旧,庙貌荒芜,情调转入低沉。颈联用凄风苦雨渲染比干墓的荒败、苍凉,"急"重在描摹西风的凌厉,"愁"重在刻画诗人内心的苦楚和煎熬。尾联可谓本诗的最强音,充满哲理。"万形终有尽"乃自然规律,无法抗拒,但形灭神存,精神永存人间。此联若用来咏叹一般人,倒也无奇妙可言,可用来歌咏比干,却能起到独特的效果。比干被剖心而死,自然无"心"(物质意义上的心);但"心谓至今留",留存人间的是精神意义上的"心"(为国捐躯的忠义精神)。

　　据载,王体健"初喜为诗,入元白之室",后从师孙奇逢,"刊落浮华,一归理道"。本诗应是此时的作品,其尾联"理道"深邃,用语天然,堪称名句。

---

① 选自《汲县志》卷四《建置下·塚墓·殷比干墓》(乾隆二十年官修本)。原诗无题,今题为编者所加。

② 王体健:字广生,号清有。生员,曲周人。有《读骚斋诗集》。

③ 胜国:被灭亡的国家。按,亡国谓已亡之国,为今国所胜,故称"胜国"。后因以指前朝。遗概:遗风。概,节操、风度。

④ 典型:典范。宋苏舜钦《代人上申公祝寿》诗:"天为移文象,人思奉典型。"

⑤ 祗益:只是渐渐地。按,"祗""祗"难分,应为"祗"。《汲县志》的重刻本就改"祗"为"祗"。

比干墓①

〔清〕卢綋②

自恃师兼叔父亲，翻输七窍圣人身。若非碧血淋丹陛③，黄钺④何名渡孟津。

【简析】

卢綋曾获会试魁元，学问渊博。进入仕途后，勤心政事，最终官至知府。其治新泰期间，尤重教化，凡古迹名胜皆有题咏，为后人所称。本诗写于顺治戊子（1648）季冬，卢綋北上参加会试，途中经过比干庙，作此诗以抒怀。前两句写比干的悲惨遭遇。比干本为纣王之少师兼叔父，属于朝中重臣及贵戚，但残暴的君王哪把这些放在眼里，竟然剖心视窍，惨绝人寰。后两句写比干之死带来的影响和后果。正是因为自损国之长城，周武王才师出有名，得以孟津会师，掀开了牧野之战的大幕。残杀忠臣导致国亡，确实应为后世君王所警醒，所以作者暗含借古讽今之意于其中。

过殷太师比干墓和壁韵⑤

〔清〕张习孔⑥

千年庙貌已空坛，剩此荒丘亦弹丸。毅烈不磨心尚碧，忠魂常驻土成丹。

---

① 选自《四照堂诗集》卷八，"四库未收书辑刊"第07辑第22册，据清康熙汲古阁刻本影印，北京出版社1997年版。

② 卢綋：字元度，号澹岩，湖北蕲州（今黄州市）人。顺治六年（1649）会试魁元。学问渊博，素有文名。七年任新泰县令。重教化，丈土地，更赋役，使人民得以复苏休息。又亲课农桑，保护古迹，编修县志。故政绩卓异，文行吏治为新泰百余年中所首屈者。后升广西桂林府同知、东昌府知府。工诗文，有《四照堂诗集》十卷传世。

③ 丹陛：古时宫殿前的台阶多饰红色，故名"丹陛"。这里借称朝廷。

④ 黄钺：以黄金为饰的斧。古代为帝王所专用，或特赐给专主征伐的重臣。《书·牧誓》："王左杖黄钺，右秉白旄以麾。"

⑤ 选自《诒清堂集》卷十，北京图书馆藏清康熙刻本。《四库全书存目丛书补编》第一册，齐鲁出版社2001年版，第159页。按，比干庙现存古诗没有采用本诗韵脚的，所以文题中的"壁韵"之诗究竟是哪篇，待考。

⑥ 张习孔（1606—？），字念难，安徽歙县人。顺治六年（1649）进士。官至山东提学佥事。工诗词古文，好为杂记。著有《诒清堂集》十三卷、补遗四卷，《云谷卧游》二十卷、续八卷。

丰碑半卧芳徽杳，败草深埋体魄①安。展拜未遑摇手颡，伤怀霜叶一林乾。

【简析】

张习孔出身读书大族，后家道中落，生活艰难。他历经艰辛困苦，年近半百才任官，以清廉著名。晚年侨居扬州，建诒清堂，从事藏书、刻书活动，为饱学名士。这首诗重写景，有一定的功力。

首联以"千年"起笔，写比干墓历史之久，气度非凡。但紧接着"已空坛""剩荒丘""弹丸"之地的描写使得情调转为低沉，千年古墓，本应香火缭绕，摩肩接踵，可现在却是如此荒凉，令人悲叹。这是在为下文的议论蓄势。颔联写比干虽死，但他的忠义精神和坚忍品格并没磨灭；他的心虽剖，但如同苌弘化碧一般，碧血尚存。同时，忠臣之魂驻留此地，把比干墓土染成了红色。这两句用语典雅，想象神奇，一"碧"一"丹"，相映生辉，可谓名句。颈联写墓地之景：丰碑残破，比干的丰功伟绩和名号难寻；荒草幽深，比干的体魄静躺其中。此联虽旨在写苍凉之感，但语意与前多有重复，没有另开新境，有些不妥。尾联借霜叶干枯飘零写伤怀，以景作结，但韵味不深，因诗境未开也。

张习孔的诗文成就不算太高，但他在藏书、刻书上的贡献无人能比。他家风甚严，"书香不可绝，书香一绝，则家声渐趋于卑贱。家声既卑，则出人渐卑陋，人既鄙陋，则上无君子之交，下无治生之智"（《檀几丛书·初集》卷十八《家训》）。其子张潮深受其家风影响，是清代文学家、小说家、刻书家，著《幽梦影》《虞初新志》等皆名闻一时。

殷太师庙书石②

〔清〕胡胤瑞③

少师即无心，亦何逃其缚。所嗟天道非，不独君王虐。人臣出图君，何敢区

---

① 体魄：指尸体。古人认为人死后魂气上升而魄著于体，故称。《礼记·礼运》："及其死也，升屋而号，告曰：'皋某复！'然后饭腥而苴孰，故天望而地藏也。体魄则降，知气在上。"孔颖达疏："天望，谓始死望天而招魂；地藏，谓葬地以藏尸也。'体魄则降，知气在上'者，覆释所以天望地藏之意。"
② 选自清程启朱、苏文枢等纂《卫辉府志》卷十八《艺文志下》，顺治十六年刻本。
③ 胡胤瑞：字兆山，孝感县举人。顺治十二年（1655）任汲县知县。优礼学校，审断公平。十八年，任营山县知县。

忧乐。惟许墨胎①孙,甲子②先辞爵。

【简析】

胡胤瑞,《汲县志》作"胡印瑞",举人出身。顺治十二年(1655)任汲县知县。优礼学校,审断公平。时方有征讨之师,遇盛暑,歇马于此,凡刍粮器具皆预为整备无缺,一切出纳不使高下害民。在任五载,政平讼理。行取赴京,士民怀思。《汲县志》有传,可见其政绩不错,有循吏之风。

这首诗颇有见地。比干有正义之心,敢于剖心直谏,虽死犹荣,赢得千古仁名,这是世人的一般认识。作者认为,比干即使"无心",也难以逃脱束缚,终将遭受身死魂灭的命运。此论发前人之未发,令人耳目一新。颔联顺承而下,探讨缘由,推出高潮。作者提出了"天道非"的概念,认为"君王虐"不是比干惨死的主要原因,"天道非"才是根本所在,才是难逃之"缚"。那么,"天道非"到底是什么? 是否指现代人所说的制度罪恶呢? 即使作者思想中有那么一点点的萌芽,但已经是了不起的进步了。颈联感慨臣子既然出世,目的就是为君图谋,不敢有忧乐之分,忠君报国是封建臣子的最基本理念。但问题是直臣遭戮渐成常态,实在令人心寒。故尾联引用伯夷叔齐辞爵归隐旧典,用"许"表明了自己赞许的态度,表达了心中的无奈,字里行间蕴含着深深的叹息。

胡胤瑞的仕途并不辉煌,但见识非凡。他能在一首小诗中直指封建专制社会的痼疾,敢于质疑、嘲讽"天道非",这是作者思想进步的体现,也是比干庙诗歌中绝对的名作。

题比干墓③

〔清〕赵昕④

悲风随墓起,烟雨老松楸。尼父碑犹在,周王铭尚留。无心别抱器⑤,有志

---

① 墨胎:即墨胎氏。按,古孤竹国(永平府所在地)国君墨胎氏,盖商支庶所封。其子伯夷叔齐让国而逃,谏伐而饿,清风高节著著。
② 甲子:按,牧野大战发生在甲子年(公元前1046年)。
③ 选自《乾隆汲县志》卷四《建置下·冢墓·殷比干墓》。原诗无题,今题为编者所加。
④ 赵昕:顺天遵化人,拔贡。顺治十六年(1659)任卫辉府同知。
⑤ 抱器:用微子"抱器降周"之典。

不陈畴①。独欲存商鼎,孤忠振冕旒②。

【简析】

作者赵昕时任卫辉府同知,属于下层官吏,但颇有见识。本诗首联从眼前之景写起,意象凄惨,使人悲苦。孤冢本已荒芜颓圮,此时又阴风盘旋不散;天地间烟雨凄迷,枯柏苍松不胜风力,斜倚倾侧。"悲"字笼罩全篇,"老"字更添悲情。颔联用平常之典,本无甚新意,但作者能俗中见雅,靠的是虚词传神。一"犹"一"尚",强调了两件古物历千年而不灭的事实,启发人们思考其中的缘由,让人们体会到忠义精神的光照千古。颈联中的"无心""有志"自然指的是比干,"无心",即无私心、无私欲,剩下的只有公平正直,所以不会如微子般抱器归周;"有志"就会站得直、行得正,所以不会如箕子般为新主"陈畴"。一"别"一"不",巧用对比,写出了比干的高尚境界。尾联用"独欲存商鼎"深化主题,用"孤忠振冕旒"突出比干谏君的影响和价值。

本诗在主题上的突破不多,意象也显陈旧。但能化腐朽为神奇,也还是有一定功力的。

卫州怀古③

〔清〕方象璜④

卫水日夜流,行山⑤峙天半。瞻望太师祠,翚飞睹轮奂⑥。森森郁林木,阴

---

① 陈畴:用"箕子为武王陈畴"之典。
② 孤忠:忠贞自持,不求人体察的节操。冕旒:古代大夫以上的礼冠。顶有延,前有旒,故曰"冕旒"。天子之冕十二旒,诸侯九,上大夫七,下大夫五。
③ 选自《诗观三集》卷十一。清朝邓汉仪辑《诗观初集十二卷、二集十四卷、三集十三卷、闺秀别卷一卷》,收入《四库全书存目丛书补编》第39册,齐鲁书社2001年版。按,原题下有"卫游草选十一首"。诗后有小字"余至太师祠,见户牖燦然,历兵火盗贼无有毁坏,乃知忠义在人心也"。此乃第一首。
④ 方象璜:字雪岷,浙江遂安人。顺治十六年(1659)进士,除湖洲府推官,改合肥知县。康熙十八年(1679)举博学鸿儒。
⑤ 行山:太行山的简称。
⑥ 翚(huī)飞:语出《诗·小雅·斯干》:"如翚斯飞。"朱熹集传:"其檐阿华采而轩翔,如翚之飞而矫其翼也。"后因以"翚飞"形容宫室的高峻壮丽。翚,古书上指有五彩羽毛的雉。轮奂:形容屋宇高大众多。

霭亘昏旦。残碑历千龄,古藓露遗翰①。陵谷势可移,日星气常贯。殷墟久蔓草,淇水空波澜。唯有铜盘铭,岿然炳霄汉。

【简析】

方象璜是进士出身,曾任荆州府推官,当时地方有盗,方象璜为十八人辨枉,捕获真盗,使其得释。他任合肥知县时,宿包孝肃祠,矢以诗云:"誓将黾勉,清节是砥。倘不恤民,有如此水。"他除火耗,革积弊,代民偿漕米七百余石。他宦归时,家徒四壁。由此可见,他是清初下层官吏中难得的能员和清官。这样的人来到太师祠,目睹气势恢宏的建筑群,自然会发出"乃知忠义在人心也"的感慨。

首联写周围环境,山水环绕,蕴自然之灵气。"瞻望"六句描写太师祠,重在突出建筑的规模巨大、气势雄伟,同时写出历史的久远和的鼎盛。"陵谷"两句是议论,随着历史的变迁,自然界的山川陵谷会出现沧海桑田的变化,但太师祠永远日星高悬,正气贯通。由自然到人,由物质到精神,作者意在赞美比干的忠义精神光照千古。最后四句用烘托、映衬的手法突出主题。殷墟、淇水,在过去都是繁盛之地,可现在蔓草丛生,波澜不惊,唯有代表着比干忠义精神的铜盘铭依然气冲霄汉,明亮四射。

本诗的主题鲜明集中,情韵充沛。也善于炼字,如"久"写出荒凉,"空"写出寂寞,突出了亡国之悲。

比干墓②

〔清〕傅维榡③

故墟新草遍萋萋,谏死殷仁墓木齐。义在舍生臣敢避,祸垂亡国主犹迷。遗封知是周王复,断碣传为孔子题。不尽徘徊南眺远,卫桥柳色暮阴低。

---

① 遗翰:前人遗留下来的诗文。明姚士粦《见只编》卷上:"以谓翠华不见,赖遗翰之尚存;芳藻言凋,庶先标之可赴耳。"
② 选自《燕川渔唱诗集》卷之一。中国科学院图书馆藏清乾隆刻本。收入《四库全书存目丛书补编》,第78册,齐鲁书社2001年版。
③ 傅维榡:字培公,号霄影,灵寿人。明吏部尚书永淳之子。虽生于贵族而恬退不求仕进。著《燕川渔唱诗》二卷,《植斋文集》二卷。

【简析】

作者虽生于贵族而恬退不求仕进,早岁即弃举子业,以诗文自娱。其诗以冲和澹荡著称。本诗首联写眼前之景而引入,殷墟荒芜,新草萋萋;千年墓冢,松楸茂密。目睹眼前的风烟凄迷,想到以前的故都繁华,令人顿生怀古之感。颔联议论史事。比干胸中有忠义在,岂敢避祸求生;纣王荒淫刚愎,大祸临头依然沉迷。"敢""犹"虚词传神,前呼后应,含无尽的悲叹和无奈于其中,很自然地流露出讽喻之意。颈联借周武王题写铜盘铭、孔子剑刻墓前碑写比干忠义千秋,光照后世。尾联即景抒情,为全诗笼罩一层悲凉气氛。

此诗之后,作者又连写了数首归乡诗。可见尾联的"南眺远"似乎有回故乡之意,诗歌的格调不是太高。颔联运用对比,两个虚词有炼字之效,内涵丰富,读起来如同口语,堪称名联。人们评价他的作品"迹其品度,当属胜流"(《钦定四库全书总目》卷一百八十一),不过,其作大多应酬之类,名篇不多。

殷太师庙纪游①

〔清〕孟瑶②

北眺太行险,西出孤坟峭。断壁碍秋风,寒苔宁晚照。碑残耳目穷,鸟去形影吊。余来思已冥,无所勸悲笑。薄莫去中途,竖牧群相召。告曰子曾知,殷墟存此庙。中为王子干,遭逢纣不肖。一谏不顾身,万死皆逆料。纣恶忽不测,剖心视七窍。

【简析】

清代顺治年间,福清县庠生魏宪(祖父魏文焕)科举乏力,唯喜山水,刻苦问学,肆力于诗,编纂《百名家诗选》,专选自明天启四年至清康熙十一年之间的诗歌。成书之后,轰动一时。卫辉诗人孟瑶即借此蜚声内外。据载,魏宪久闻孟瑶诗名,颇为钦佩。但当他漫游河朔时,孟瑶已亡,其诗未得刊刻。卫辉知府程启朱慨然应允,"即夜檄书,役征其诗,累累数千篇",交给魏宪"论次"。《百名家诗选》选出六十余篇,从中可见孟瑶的学识和诗风。

---

① 选自清程启朱、苏文枢等纂《卫辉府志》卷十八《艺文志下》,顺治十六年刻本。
② 孟瑶:字二青,汲县人。康熙二年(1663)贡生。署开封训导,改授中牟训导。

这首古风记载了作者游览比干庙的经过和感受。前六句写景。秋风萧瑟，断壁残垣，寒苔片片，残阳依依，断碑败碣，孤鸟盘旋，一派孤寂冷落之态。但首联以"孤坟峭"对"太行险"，隐有与山川永恒之意。"余来"两句过渡。下边数句借"竖牧"之口，叙述比干剖心谏纣的事迹。连最底层的人民都熟知比干的故事，尊崇贤人，痛斥暴君，可见比干忠义精神之深入人心。"剖心视七窍"之后戛然而止，没有多余的慨叹和议论，留不尽之意于言外，有绕梁三日之效。

魏宪在序中称孟瑶诗"无俗调，有远思；无靡情，有迈气。如孤云出岫，如皓月翔空；如娈妇夜泣，如老骥从军；如听笳声于荒徼，如聆鹤唳于松林；如入长安酒肆，仗剑杂乌衣红裙间，睥睨恣肆，不少减其英雄之色"，评价不可谓不高。以本诗为例，写景精微传神，叙事简练古朴，当断则断，斩然铿锵，非大才气者不能为！

比干墓①

〔清〕赵士麟②

其一

龙逢异性臣，梅伯③疏逖士。三代重宗亲，杀身自公始。草木有余荣，山川擅厥美。但悲燔台亡④，不惜剖心死。

其二

朝歌寻葬地，凭吊一凄然。赤血留青史，北风荡黯烟。忠匡生⑤不悟，国破

---

① 选自"读书堂彩衣全集·北征诗"丛书集成续编第 154 册，台湾新文丰出版公司 1988 年版。按，第一首选自卷三十，乃康熙三年北上会试时途中所作。属于组诗中的一篇，即《汲冢》《比干墓》《过蓬伯玉墓》《朝歌戏咏》《三仁故里》《斮胫河》。前有小序："卫辉城南有魏襄王墓，晋初有人发冢，得竹简十余万言，世号'汲冢书'。十里，比干墓十里，顿坊店；有蓬伯玉墓三十里，淇县。古沬城又号朝歌城，有殷三仁故里、斮胫河，有摘星楼。"第二首选自卷三十一，乃考中进士后出都回归时所作。另，也见于《读书堂彩衣全集》卷三十、三十一《北征诗》，上海古籍出版社 1997 年版"四库全书存目"丛书·集部 239 册。

② 赵士麟（1629—1699），字麟伯，号玉峰，云南澄江人。康熙三年（1664）进士。任贵州平远县推官，惩暴安良，名声远播。康熙七年（1668），调容城县令。创"正学书院"，注重教化，为政有声。后任都察院左副都御史、浙江巡抚、江苏巡抚、兵部督捕右侍郎、吏部左侍郎等。

③ 梅伯：商代人。纣时诸侯。相传为人正直，数谏纣过。纣怒而菹醢其身。疏逖（tì）：指荒远之地。文中"疏逖士"指疏远之人，与君王没有亲戚关系。

④ 燔台亡：周武王伐纣，纣兵战败，商纣王逃至都城商邑鹿台，"纣走，反入登于鹿台之上，蒙衣其殊玉，自燔于火而死。"（《史记·周本纪》）

⑤ 匡：辅助，帮助。生：这里应指纣王。

碑仍传。精魄依荒冢,鸣鸦日暮旋。

【简析】

　　这两首诗作于康熙三年(1664)作者赴京考试前后。他天资聪明,读书过目不忘,经常手不释卷刻苦攻读,参加河阳县考时名列第一。此次考中进士并被吏部分派到贵州平远县任推官,打下了他一生宦途的基础。

　　第一首写于北上之际。首联用关龙逢、梅伯作陪衬,突出比干出身高贵、与王室同宗的身份,为下联蓄势。颔联先强调"三代重宗亲"进一步蓄势,然后推出"杀身自公始"。比干是纣王的叔父,按常理推断是不应该被杀的。但比干确实被杀,而且是被剖心而亡,这是为什么呢?比干是否感到冤枉和后悔呢?作者引而不发,戛然而止,让人们去思考。颈联转而写景,写比干墓草木茂盛,其景色独占山川之美。作者寄情于景,描写比干墓香火鼎盛,雄伟壮美,暗示比干忠义精神之光照天下。尾联与颔联遥相呼应,回答了人们的疑问。按照一般思维,当比干的魂灵看到纣王焚死,应该欢欣鼓舞,可比干却为之"悲",这正是比干舍身为国、忠义为君的精神的闪光。所以,在国难当头之际,他"不惜剖心死"。

　　第二首的"寻"字说明比干墓的所在一定是荒无人烟、苍凉无比,所以,当作者找到比干墓时,"凄然"之情不禁而生。中间四句分别把论史与眼前之景相结合,更增添悲壮情怀。尾联用乌鸦"日暮旋"的特写镜头收束,含无尽伤感于其中。这首诗的情调与上篇完全不同,按说作者此次考取进士比较顺利,心情上不会有巨大变化,也许此篇写的是淇县比干庙,这从首句的"寻"字上多少可见端倪。

　　从这两首诗的风格上看,似乎纯熟有余,气度一般。在主题的挖掘上循规蹈矩,新意不多。后来,作者在政坛上越走越顺,成为一代名臣。特别是在平定台湾后,他积极提出治理办法,上《台湾善后疏》,台湾建府设官如同内地,皆出自他的建议。其诗歌创作的成就远不如他的政绩。

谒殷太师庙,次程念伊太守韵①

〔清〕魏宪②

芳庙立郊垧③,犹然是殷土。寝门④柏森森,离奇⑤颜色古。堂上觌⑥忠容,肃穆歆列祖。岳岳⑦唐宋碑,鼎鼎⑧东西庑。春秋祀典型,牲帛走风雨。载⑨观三尺莹,千秋震曚瞽。岧然殷人题,大书严渎侮。扪读铜盘铭,褒封周新主。历兹三千年,高风昭圣武。其谁丹臒之,五马⑩簇江浒。卫水日悠悠⑪,歌声出深浦。

【简析】

本诗为和诗,大致应写于康熙三年以后。《枕江堂诗》中还有与程启朱唱和之诗,另外,本卷中还收有长篇古风《登望京楼》,说明康熙三年前后,魏宪曾盘桓卫辉,与太守程启朱交游。他性喜游历山水,"为人豪爽,刻苦问学,肆力于诗"。孔胤樾曾在序言中论及魏宪的诗风,如:"枕江之诗要,亦善用其意而已。不特善用已,意尤能善启读者之意。集中诸体不一,各极其致。有所谓悲愤之

---

① 选自《枕江堂诗》卷二,"四库未收书辑刊"据清康熙十二年有恒书屋刻本影印,第08辑第16册,北京出版社1997年版。又见魏宪辑《百名家诗选》(三十四)卷之八十九《魏惟度》。按,本诗所和之诗为清程启朱《考工殷太师庙有作》,现存卫辉比干庙碑廊之中,请参阅霍德柱《比干庙古碑刻解析》之《祭诗篇》。

② 魏宪:字惟度,福清人。清顺治间诸生,诗人。性喜游名山,爱闽北浦城山水之胜,寓居十年后,又移居建瓯。其后又徙居姑苏、金陵之间,以诗遍交海内名士。其书室名枕江堂,著《拟唐七言近体》《枕江堂诗》《海内百家诗选》等。

③ 郊垧(jiōng):泛指郊外。苏轼《南歌子》:"夜来微雨洗郊垧,正是一年春好,近清明。"

④ 寝门:亦作"寑门"。古礼天子五门,诸侯三门,大夫二门。最内之门曰寝门,即路门。后泛指内室之门。

⑤ 离奇:盘绕屈曲貌。《汉书·邹阳传》:"蟠木根柢,轮囷离奇。"颜师古注引张晏曰:"轮囷离奇,委曲盘戾也。"

⑥ 觌(dí):相见。这里指拜见。

⑦ 岳岳:挺立貌;耸立貌。《楚辞·九思·悯上》:"丛林兮崟崟,株榛兮岳岳。"王逸注:"岳岳,众木植也。"郭沫若《十年建国增徽识》:"巨厦煌煌周八面,丰碑岳岳建中央。"

⑧ 鼎鼎:盛大。唐元稹《高荷》诗:"亭亭自抬举,鼎鼎难藏擪。"清梁章钜《浪迹丛谈·金衙庄》:"相府潭潭兼旷奥,侯门鼎鼎半萧森。"

⑨ 载:祭祀。《穆天子传》:"癸卯,大哭殇祀而载。"

⑩ 五马:汉时太守乘坐的车用五匹马驾辕,因借指太守的车驾。这里指太守。

⑪ 悠悠(yóuyóu):水流貌。悠,古通"滺"。《楚辞·大招》:"东有大海,溺水滺滺只。"王逸注:"滺滺,流貌也。"

作焉,读之者如听易水之歌而投过湘之赋,方寸岳起,急取斗酒浇腹作插剑砍地声。"本诗即属"悲愤之作"也。

前两句引入,点出比干庙之所在,特别强调"是殷土",一者的确位处殷畿,二者含不离故土之意。"寝门"以下四联写庙貌及祭祀的情景。"载观"两句过渡,转入议论。"震曚瞢"提起下文,写剑刻碑,突出其"殷人题"的特点,强调其"严渎侮"的功能;写铜盘铭,彰显其周主褒封的荣耀。最后四句回到现实中,赞美太守程启朱的义举和功劳。

和诗受原韵的限制,诗意往往不甚顺畅。本诗也不例外,铺展有余,震撼人心之句不多。

比干墓①

〔清〕曹溶②

太行南去路,遂道③郁森森。谏血荒沙赤,仁风劲草阴。被封宗国④恨,不死圣人心。珍重宣尼迹,休令野蔓侵。

【简析】

曹溶是崇祯十年进士,曾官居御史。降清后,以干才成为清初名臣。他长于经济,曾疏陈定官制,定屯田、盐法、钱法规制,禁兵丁将马践食田禾,巡缉土贼,平粜以裕仓储,设兵循徼等事,使无劫掠。又就有关科举、荐举隐逸、访旌殉节者等问题向朝廷献策。对清初迅速稳定局势,逐步恢复生产起到一定的作用。但毕竟属前朝旧臣,始终未获大用。康熙三年(1664),裁缺归里。本诗大致应写于康熙五年(1666)冬天,作者自太原还大同,居河北饶阳,然后过安阳,

---

① 选自《静惕堂诗集四十四卷》卷二十一,上海古籍出版社 1997 年版《四库全书存目丛书·集部》,第 198 册。

② 曹溶(1613—1685),字秋岳,号倦圃,秀水(今浙江嘉兴)人。崇祯十年(1637)进士,官御史。清兵入京后仕清,初授原官,起用河南道御史,任顺天学政督学顺天。顺治三年(1646)充会试监考官,迁太仆寺少卿。十一年迁左通政,擢左副都御史、户部右侍郎,左迁广东右布政使。十三年降任山西阳和道。遭丧归里。服除,补山西按察副使,备兵大同。三藩作乱,以边才随征福建。丁忧,不复出。康熙十七年(1678)诏举博学鸿词,未试,以疾辞。二十四年卒。

③ 遂道:道路。遂,道路。《史记·苏秦传》:"禽夫差于干遂。"《索隐》:"遂者,道也。"或通"隧",指墓道。

④ 宗国:同姓诸侯国。因与天子同宗,为其支庶,故称。犹祖国,亦兼称国家、朝廷。

渡淇水,赴大梁。途中游比干墓,做此诗。

　　此时,作者的人生应该处于低谷。清初政坛对前朝旧臣心存警惕,曹溶难获重任,遭裁归里。此番遭遇使得身怀大才、不逢其时的曹溶心情抑郁。首联写比干墓周围的地理形势。北倚太行,南临官路,居于形胜之所。颔联寓情于景,震撼人心。以"谏血""仁心"为描写对象,写忠臣之血使得荒沙变赤,仁人之风使得劲草阴阴。由眼前的草木生发联想,借平凡之景寄托崇敬情怀。颈联进一步剖析比干的内心世界。历代君王的褒封不是比干所求,他为宗国成为废墟而"恨";身死"心"不死,这颗圣人之心依然心向故国,光彩四射。尾联叮嘱世人要珍惜孔子的剑刻碑,千万不要让它被苔藓蔓草所侵袭。言在此而意在彼,含蓄蕴藉,耐人寻味。

　　曹溶长于经济,未竟其用,乃独肆力于文章。家富藏书,工诗、词,其诗源本杜甫苍老之气,一洗妩柔之调,与合肥龚鼎孳齐名,世称"龚曹"。本诗颇有气度,沉郁顿挫,颔联撼人心魄,尾联令人警醒,堪为名篇。

卫辉怀古(八首之二)①

〔清〕颜光猷②

汲水陵园万古悲,丹心七窍总成痴。若无宣圣亲题碣,烟草谁知殷太师。

【简析】

　　颜光猷出身曲阜名门,其祖父颜胤绍曾任明末河间知府,其父颜伯璟为廪生,颜光猷与兄颜光敩、弟颜光敏并有文名,称"曲阜三颜"。善书法,尤工诗,与尚书宋荦、侍郎田雯、国子祭酒曹禾等结成"十子诗社",并被举为诗坛盟主,时

---

①　选自清颜光猷《水明楼诗》卷五,"清代诗文集汇编"第一五一册,上海古籍出版社2011年版,第202页。按,此组诗前有"辛亥年"之作。"辛亥"即康熙十年(1671)。可见,该组诗或写于康熙十年,或在其后。

②　颜光猷(1640—1686),字逊甫,更字修来,别号乐圃,山东曲阜人。康熙六年(1667)进士,授国史院中书舍人。八年升礼部仪制司主事,次年被任命为会试同考官。后被派往龙江(今齐齐哈尔)监理关税。后被授予奉直大夫,调吏部稽勋清吏司主事。十五年丁忧,服阕三年,又养病三年,二十一年回京任吏部验封清吏司主事,后升本司员外郎、郎中。二十三年九月授奉政大夫,次年秋改任吏部考功清吏司郎中。二十五年任《大清一统志》编修官,九月卒于私第,年仅四十七岁。

有"康熙十子"之誉。古体训辞深奥有汉魏遗音,近体清新婉约酷似唐人。

　　组诗《卫辉怀古》分别以卫河、比干庙、齐王建、啸台、竹林七贤、君子村、尚父台、易水等为歌咏对象,剖析史事,论述历史经验和感受。这首七绝重在强调"宣圣亲题碣"的作用。孔子乃殷人之后,拜比干之墓,题"殷比干墓"四字,书"殷"不书"周",故国之思,微言大义,赞美忠义精神的意蕴跳跃在字里行间。

谒殷太师比干墓限韵①

〔清〕李赞元②

其一

　　殷社已成屋③,千年一庙存。猿啼亡国泪,月照剖心痕。狐兔避封垄④,风雷护寝门⑤。漫将凭吊意,洒酒酹忠魂。

其二

　　丹心绕故冢,芳草自萋萋。难补朝歌衮⑥,空伤牧野鼙。血流皆化碧⑦,气吐亦成霓⑧。入庙悲风起,群鸦莫夜啼⑨。

---

① 选自《悔斋诗集一卷》,《四库未收书辑刊》第05辑28册,据清康熙师白堂刻汇印本影印,北京出版社1997年版。另,魏宪辑《百名家诗选》卷之五十八《赵书痴》中收录赵威《壬子秋日谒太师忠烈公殷比干墓奉和大参李素园会兄韵》,诗后《附素园原韵》,其中第一首尾句作"漉酒酹忠魂"。清乾隆乙亥版《汲县志》卷四《建置下·塚墓·殷比干墓》亦载此组诗,无题。按,所谓"限韵",指规定用某一个韵部或某一个韵部中的某几个字作诗,文人雅集作诗常用此法,以显现各人的才力。

② 李赞元(1613—1699),字匡侯,号素园、遁园、悔斋,室名师白堂。世居平和之侯山(今小溪镇西林村)。崇祯八年(1635)进县学,顺治四年(1647)举人。出仕后,累升至河北道参议。有《师白堂稿》《悔斋诗集》等。其墓在烟台市西南发城镇(旧观阳县),故其作多署"观阳李赞元望石甫"。按,邓汉仪康熙年间编《诗观初集》《诗观二集》,收录有李赞元的作品;其《诗观二集·卷之九》收该组诗之第一首。其后有邓汉仪评语"太师墓至今巍焕,健儿不敢戕贼,为人臣胡可不忠"。

③ 按,此句后有注:"苍然。"

④ 封:坟堆,土堆。垄:坟冢。《战国策·齐策》:"生王之头,曾不若死士之垄也。"

⑤ 按,此句后有注:"壮语"。寝门:古礼天子五门,诸侯三门,大夫二门。最内之门曰寝门,即路门。后泛指内室之门。

⑥ 衮:古代天子祭祀时所穿的绣有龙的礼服。按,《汲县志》作"衰",误。

⑦ 按,用"苌弘化碧"之典。

⑧ 按,用"气吐虹霓"的典故。霓,彩虹。吐气能成天上的彩虹,形容气魄很大。《孤本元明杂剧·聚兽牌》:"气吐虹霓兴宇宙,赤心忠孝保江山。"

⑨ 按,此句后有注:"张上若曰:结句尤深。"

其三

一抔骨已朽,千载气犹生。只尽当年事,宁知异代声。衣裳映月冷,松柏带风清。魂魄归何处,依依向旧京①。

其四

何幸列贵戚,逢此独夫骄。致命②酬先祖,无颜对异朝。云来坟际暝,叶落雨中萧。陵谷多迁改③,贞魂总未消④。

【简析】

李赞元曾"观察河北三郡"。当时,河北为九省通衢,号称难治。李赞元裁革陋规,澄清苛扰,深得河北人民的称颂。他洞察时弊,不愿混迹贪官污吏之间,于清康熙十四年(1675)毅然告老归田。时因福建兵乱未宁,他侨寓南京,"筑园清凉山麓,俯仰江山,唯以诗篇自适",直至去世,前后达25年。此诗写于康熙十一年(1672),李赞元同王紫绶、孙望雅一齐拜谒比干庙,限韵作诗,以记盛事。

诗贵情真。真正的好诗是从心田中自然而然地流出来的。比干是"谏臣极则",李赞元深知为谏臣之不易,洞悉比干"剖心谏君"的情怀。他的这四首诗写出了后世忠臣拜谒比干庙墓时的种种复杂情怀。

其一写凭吊祭祀时的感受。首联用殷社荒芜与一庙孤存作对比,突出了历经千年风云洗礼,形单势孤的比干庙墓依然顽强地屹立在大地之上的事实,为下文的抒情议论做准备。颔联意象凄惨,令人嘘唏;同时,"亡国"与"剖心"并举,让人们领悟其中存在的逻辑关系。颈联突出了大自然的灵性,说明比干的忠义精神感天动地。尾联点明作者祭祀、吊古之意。

其二承上抒情。首句的"丹心绕故冢"充满了浪漫的想象,仿佛山云带色,芳草有情。颔联却情调突转,悲叹比干的剖心并不能阻止国家的败亡,一"难"一"空"令人慨叹。颈联用传统意象歌颂英灵的精神永存。

其三用"一抔骨已朽,千载气犹生"过渡,歌颂比干忠义为国的精神永存人

---

① 按,此句后有注:"张上若曰:又深一层。龚文思曰:忠臣心事如见。"
② 致命:犹捐躯。唐·元稹《诲侄等书》:"效职无避祸之心,临事有致命之志。"
③ 按,用"陵谷变迁"的典故。丘陵变山谷,山谷变丘陵。比喻世事巨变。语出《诗经·小雅·十月之交》:"高岸为谷,深谷为陵。"
④ 按,此句后有注:"张上若曰:四首同一吊古恤忠,而首首不同,自有浅深。是题作者虽多,当以此为压卷。龚文思曰:凄楚壮烈之音,读之可为痛苦。"

间。颔联语意颇深,比干的剖心谏君只是为了挽狂澜于既倒,并不是意在流芳千古,突出了比干之无私坦荡。颈联写孤魂清冷,漂泊无疑。尾联顺势推想,虽然比干无辜惨死,其魂魄依然向着故土。

其四前四句感叹比干之生不逢时,无辜被杀。后四句回到眼前,即使风云变幻,陵谷多迁,比干的忠义精神已经融入了民族的血液之中,他的贞魂永远不会消泯。

这四首诗各有侧重,互为关联。多用眼前之景入诗,意象厚重,境界深邃。每首的尾联点明本事,使前三联的抒情议论有迹可稽。只可惜缺少让人震撼的名句,在论述的深度上突破不够。另,从诗的韵脚看,后篇王紫绶《殷太师墓和韵四首》正是为李赞元的这四首诗所和。

另,这组诗有张上若、龚文思评语。张上若,指张潝(1621~1678),字上若,明末清初磁州(今河北省磁县)人,明朝兵部尚书张镜心之子。清顺治六年进士。顺治九年改庶吉士。先是以母病归养,继而连丁内外艰,服阕赴补,又逢词林外转之命,加之淡于仕宦,故虽为官,然居林下为多。年五十八卒于家。著有《澹宁集》《读书堂杜工部诗集注解》等书。龚文思,无传,待考。

殷太师墓和韵四首①

〔清〕王紫绶②

其一

圣代褒忠远,殷墟马鬣存。瓦余苍鼠迹,石老碧苔痕。日月悬碑字,松楸冷庙门。英灵知未散,不必赋招魂。

其二

王孙何处吊,芳草更凄凄。牧野仍刍糗③,盟津④尚鼓鼙。云兴苍白狗⑤,雨幻雌雄霓⑥。无复朝歌旧,春来鹃又啼。

---

① 选自《乾隆汲县志》卷十四《艺文下》。
② 王紫绶:字金章,号蓼航,祥符人。顺治三年(1646)进士,改庶吉士。侨寓苏门山中,从孙奇逢讲学。平三藩叛乱有功。历官江西赣南道副使,浙江督粮道布政司参政。有《如愿堂诗集》。
③ 刍糗(qiǔ),即"糇粮刍茭"。糇粮,军饷;刍茭,马草。
④ 盟津,即孟津。古黄河渡口名,在今河南省孟津县东北、孟县西南。相传周武王伐纣,八百诸侯在此不期而盟会,并由此渡黄河。历代以为会盟兴兵的要地。
⑤ 按,用"白云苍狗"之典。意思是天上的浮云像白衣裳,顷刻间又变得像黑狗。比喻世事变幻无常。
⑥ 雌雄霓:古人认为,雨与日相薄而成光,有雌雄,鲜者为雄虹,暗者为雌霓。

其三

公侯多少墓,凛凛气犹生。草复前朝字,钟传别寺声。何年经海浅,几处记河清①。禾黍②人间换,无须怆旧京。

其四

北风飞猎马,玉勒③为谁骄。七窍三仁定,百灵五夜④朝。晴天云惨惨,长日树萧萧。甲子⑤年来改,商周恨已消。

【简析】

清魏宪以李梦阳、何景明比王紫绶,称王紫绶"伯仲北地而坐进少陵",风格接近于李梦阳、杜甫的沉郁顿挫、苍凉悲壮。作者剖析王紫绶"七言古风,层波百折,起伏顿挫,无迹可寻,而转合矩度,不失毫黍,如龙游空中,首尾摇曳,而鳞甲爪指,挺然森然;五七言近体,浑雄博大,矫健苍老,如过齐鲁之墟,望泰岱佳色,鬱乎苍苍,青蔼未了,真可谓卓然自命者矣",评价甚高。王紫绶亦曾侨寓苏门山中,从孙奇逢讲学,深受孙奇逢理学思想的影响。这四首诗为"和诗",诗韵各异,原诗也应该是四首,即本书所录清李赞元《谒殷太师比干墓限韵》。

其一起句"圣代褒忠远",写圣明之世注重文教,统治者褒奖"忠远"之人。泛泛道来,波澜不惊,似乎有诔世之嫌。中间四句描写比干墓荒颓苍凉的景象。选用的都是常用意象,如残砖破瓦,隐显鼠迹;旧石横卧,苔藓蔓生;古碑断裂,颂词漫漶;松楸风冷,庙门罗雀……悲景悲境,自显悲情。其中的"余""老""冷"等用词精准,不仅形象地描摹出荒庙孤冢的阴冷荒败,而且情韵俱生,写出了作者悲伤压抑的心情。尾联写与"英灵"惺惺相惜,心意相通。与英魂会聚于此,共诉衷曲,用不着繁文缛节,用不着假惺惺地谱写所谓的招魂之曲。

其二借吊祭之事而议世事。颔联的"仍""尚"写出当时如处于战争的气氛中,兵戈未息,暗流丛生。但云雨变换,世事推移,时代在进步,社会在前进,所以"无复朝歌旧"。结句"春来鹃又啼"意象明丽,生机勃勃,写出了国家的希

---

① 按,这两句运用"河清海宴"之典。沧海波平,黄河水清。形容国内安定,天下太平。
② 禾黍:借指家国破亡。按,详见附录《比干庙古诗中常用典故》注6。
③ 玉勒:玉饰的马衔。借指马。
④ 百灵:各种神灵。五夜:即五更(甲夜、乙夜、丙夜、丁夜、戊夜)。也可特指戊夜,即第五更。
⑤ 甲子:按,牧野大战发生在甲子年(公元前1046年)。

望。作者主要生活在康熙前期，朝政不稳，时势未靖，三藩虎视眈眈，战争阴云笼罩，这些都使得作者心情沉重，忧虑重重。

其三承上首诗意而下。前四句依旧写祭祀。颈联中的"海浅""河清"正是作者期盼出现的盛世美景，而"何年""几处"更写出了作者心情的急迫。尾联表达了对未来的信心，人间已换，万象更新，没有必要恸哭旧京、思念往昔。

其四先写"商周之恨"，"晴天云惨惨，长日树萧萧"最为传神，以景衬情，令人伤感。但尾联笔锋一转，用"甲子年来改"承前之诗意，写国家改朝换代，虽困难重重，但前景美好，一定会江山大治，国泰民安。

诗为心声。咏史诗的特点就在于因史而议，借古说今。王紫绶忧虑国事，虽沉重满怀，但不失昂扬之气。后来，他在平叛三藩时，官江西赣南道副使、浙江督粮道布政司参政，有大功，实现了自己的人生抱负，也看到了诗中所憧憬的太平盛世。

殷太师比干墓依韵壬子①

〔清〕孙望雅②

其一

千载纲常事，岿然独力存。九泉骨自馥，一剑血留痕。落日悲荒垒，孤云咽寝门。抠衣③时拜仰，仿佛对芳魂。

其二

魄散亦已久，芳草为谁萋。祇计存宗社，无庸问鼓鼙。台高藏宿雨，冢峙绕长霓。一死臣心遂，任教杜宇啼。

其三

庙社不堪问，复遑计死生。河山留壮气，风雨落悲声。俎豆陈几肃，松楸入夜清。寸心各自靖④，无事怨周京⑤。

---

① 选自《得闲人集二卷》卷下，"四库未收书辑刊"第05辑30册，据清康熙刻本影印，北京出版社1997年版。

② 孙望雅：清代大儒孙奇逢之子。见本书所录清孙望雅《甲辰谒殷太师庙墓有怀》之注。

③ 抠衣：提起衣服前襟。古人迎趋时的动作，表示恭敬。

④ 自靖：各自谋行其志。按，详见附录《比干庙古诗中常用典故》注5。

⑤ 无事：不从事，不做。周京：周之京城。《诗·曹风·下泉》："忾我寤叹，念彼周京。"朱熹集传："周京，天子所居也。"

其四

杀身期一悟,讵敢谓君骄。尽节酬先祖,褒忠任后朝。高天云漠漠,冷露树萧萧。数尺忠臣墓,宁同烟雾消。

【简析】

孙望雅出身名门,其父是明末清初大儒孙奇逢。孙奇逢顺治八年定居河南辉县的夏峰村,盖草屋"兼山堂",开始了大规模讲学与著述活动,当地的学人几乎都出其名下。孙望雅周岁丧母,读书有得。但年三十即弃青衿,以尊闻行知为务。继承家学,喜怒不形,涵养纯密,终身善病而善自保,艾年七十七,须发如漆,无疾而终。他参加了康熙三年河南省大规模重建比干庙的活动,其身份是生员,现卫辉比干庙碑廊东墙还存有其古风《甲辰谒殷太师庙墓有怀》。这首诗写于康熙十一年(1672),依前篇李赞元《谒殷太师比干墓限韵》韵而作。

其一尾联写自己到比干墓前"抠衣"下拜,祭奠忠臣,点出组诗所写之本事。首联写比干之死合乎千古纲常,故比干墓能千百年来岿然独存于人世间。颔联写比干虽心被剖,但朽骨含香。颈联用拟人,落日含悲,孤云呜咽,景已如此,人何以堪!

其二先从环境入手,忠魂已久逝,但墓上的芳草依旧萋萋,因为它们被比干的忠义精神所感动。颔联的"祇计存宗社"是比干的心声,他想让宗社长久,想让国家远离战争的威胁,正因如此,比干不惧斧钺,挺身而出。颈联写景,墓台高高,经受宿雨;孤冢雄峙,彩虹环绕。以壮景衬精神。尾联写比干之坦荡,一死遂心,无怨无悔。

其三首联写悲伤至极。颔联一"壮"一"悲",互为因果,融为一体。颈联写祭祀的情景。尾联写人们沉浸在怀念比干的气氛中。

其四首联剖析比干的心理,颇具封建社会的特色。比干"尽节"的目的是"期一悟""酬先祖",希望纣王能醒悟振作,希望宗社永存,所以后世的"褒忠"看似隆重无比,却不是比干所求。后四句写景,尽显凄凉冷清。

据许启祥《得闲人集序》,"矐仙好吟而病,一病直四五年,病愈而吟之兴不减,殆古人所谓诗癖者欤? 矐仙曰:'余非此不乐也。'"。由此可见,孙望雅耽于吟咏,文质语简,其《得闲人集》中多感慨世事之作,但才气不高。正如邓之诚《清诗纪事初编》所言:"诗不能工,稍伤坦荡。"

和殷太师庙代^①

〔清〕赵宾^②

其一

孤忠天其老，藏骨地犹存。星剑瞻生气^③，朱龛洒血痕。先师传手迹，断碣树祠门。庙祝^④清宫殿，时来夜半魂。

其二

往来尝叹惋，石径草凄凄。百堵惊翚^⑤鸟，四郊静鼓鼙。碧云笼旧瓦，黑雾挂晴霓。山鬼知遥避，黄昏不敢啼。

其三

忠魂堪不朽，每拜恸平生。今古青苍色，山川钟磬声。寒云围树黑，皎月吊风清。一舍^⑥朝歌地，泉淇绕故京。

其四

荒坟谁吊问，过客漫相骄。万古青山宅，中宵白马朝^⑦。垄楸云漠漠，神道莽萧萧。铁案三仁定，胸中垒块消。

【简析】

赵宾是阳武人，进士出身。阳武离卫辉不远，赵宾为知名文士，自然十分熟

---

① 选自《学易庵诗集》卷三，"四库未收书辑刊"第07辑第21册，据清康熙二十四年刘植等刻本影印，北京出版社1997年版。

② 赵宾(1608—1677)，字珠履，别号锦帆，阳武人。顺治丙戌进士。任淳化县令，有善政，因例升刑部主事。有《学易庵诗集》。

③ 星剑：即宝剑。一说指龙泉剑(也称七星剑)，相传春秋战国之时，欧冶子冶剑于龙泉秦溪山下，有古井七口，排列形似北斗星座，故名。按，此句用典，据《晋书·张华传》，晋惠帝时，广武侯张华见斗牛之间有紫气，令雷焕为丰城县令，掘狱屋基得双剑，即龙泉、泰阿。当晚，再观斗牛，紫气俱消。

④ 庙祝：庙宇中管香火的人。

⑤ 百堵：众多的墙。亦指建筑群。《诗·小雅·鸿雁》："之子于垣，百堵皆作。"高亨注："百，言其多。堵，一面墙。"左思《魏都赋》："宣王中兴，而筑室百堵。"翚(huī)：振翅疾飞。《说文》："翚，大飞也。"

⑥ 一舍：古以三十里为一舍。《左传·僖公二十五年》："晋侯围原，命三日之粮。原不降，命去之。退一舍而原降。"

⑦ 中宵：按，与"万古"相对，也应指时间。但若释为"半夜"，与意境不符。白马朝：用微子白马朝周，以继汤祀之典。按，也有可能不用典。

悉比干旧事,拜祭忠臣也是常事。诗题中的"代"即"拟",为拟题之作。可能作者看到了李赞元、王紫绶、孙望雅的唱和之作,为之感动,故拟题而为之。赵宾与王紫绶是文友,从王紫绶处见到三人的作品是可能的。

其一首联以天地对举,赞美比干"孤忠"不会随着时光的流逝而渐渐老去,其藏骨之地历经数千年风雨而犹存人间。颔联一远一近,一大一小。远观比干墓,生气勃勃,如剑气直冲斗牛;近看比干神龛,殷红庄严,犹留七窍精血之痕。颈联写墓前的孔子题墓碑,虽然已成残碑断碣,但先师的赞誉之情依然可鉴。尾联写虽有庙祝打扫祭殿,管理香火,但夜半之时,悲风阵阵,忠魂不散。

其二首联起过渡作用,"凄凄"已奠定全文的抒情基调。下面集中笔力描写比干庙的情状。颔联写建筑群巍峨连绵,作者的到来惊飞了宿鸟(或写房檐高挑,如飞鸟展翅);四周一片寂静,没有了战鼓咚咚。颈联通过色彩对比来写比干庙肃穆凄凉之中的铁骨道劲。尾联颇有新意,一般描写祠庙的诗作,多用"黄昏""荒祠"写凄凉之情,而本诗却写"山鬼"知此处乃比干埋骨之处,不敢悲啼而远远地避开了,可见忠灵的威慑力之强。

其三写祭拜时的感受。首联引入。颔联借景抒情,"今古"写时间,"青苍色"突出比干庙弥久不变的苍劲之力;"山川"写空间,仿佛天地间回荡着颂扬比干的钟磬之声,或天地山川的自然之声与比干庙的钟磬之声融为一体。此联意象鲜明,境界扩大,对仗工稳,堪称名联。颈联写寒云漠漠,云之浓重与树之幽黑相融,令人压抑;"皎月"可见祭拜时间的变化,皎月当空,风清松静,不禁让人发思古之幽情。尾联由比干庙联想到相邻的朝歌,朝歌毕竟是"故京"啊,两个意象放在一起,岂能不生发出兴亡之感!

其四重在议论,抒写祭奠之后的感受。首联慨叹坟墓之"荒",无人吊问,过客有的散漫,不重忠义;有的骄横,妄加评论。这里已经暗引古代对"三仁"的争议。颔联前写比干以青山为宅,甘愿为国献身的气魄;再写微子白马朝周,以继宗社。此联应叙"三仁"的事迹。颈联写庙墓之景。尾联认为有关"三仁"的争论已成铁案,即以"仁"誉之,自然胸中之块垒已消。

这四首诗按祭祀的顺序而写,每篇有所侧重。赵宾为当世名士,诗名很盛。郜焕元《赵锦帆先生集序》以"文尚简练,诗尚雄浑"誉之。

比干庙和匡侯道台韵①

〔清〕贺振能②

其一

太师千载著,庙貌此中存。草木霜前色,山川日暮痕。云迷亳社③路,风急牧宫门。一片殷天月,常留鉴烈魂。④

其二

行迈⑤吊今古,独有草长蓁。牧野看炮烙,孟津听鼓鼙。乾坤空庙貌,风雨尚虹霓。烈士千秋志,荒原一鸟啼。⑥

其三

世变孤坟在,相寻百感生。高原留日色,大野度秋声。马放林光寂,麟眠石貌清。漫嗟殷室燬,何处问周京。⑦

【简析】

贺振能是卫辉府获嘉县人,性聪慧,过目成诵,未冠童试,辄冠军。丙午乡魁。后从孙奇逢游,嗜古敦行,尤长于风雅。从诗题看,本文为李赞元诗之和诗,自然也应为四首,这里缺第四首。

其一首联引入,先歌颂太师的事迹著名千载,然后再点出比干庙的所在。中间两联写景抒情。草木经霜,色彩不变;山川日暮,犹存残痕。可见外物为精魄所感,苍劲坚贞。乌云翻滚,迷失了通往宗庙之路;狂风肆虐,找不到前往商

---

① 选自《窥园稿》"前卷·五言律","四库未收书辑刊"据清康熙间刻本影印,第07辑第28册,北京出版社1997年版。按,题中的"匡侯道台"指李赞元(字匡侯)。该书目录即列"比干庙和匡侯道台韵三首",可见此组诗仅三首。有"高安刘惠、平丘彭昌龄"眉批。

② 贺振能:字蓬仙,获嘉人。康熙五年(1666)举人。性聪慧,过目成诵,未冠童试,辄冠军。后从孙奇逢游,嗜古敦行,尤长于风雅。有《窥园稿》。

③ 亳社:殷社。详见附录《比干庙古诗中常用典故》注16。

④ 按,诗后有评语:"颔颈乃是相生,故不嫌复。写景而情在其中。"

⑤ 行迈:行走不远;远行。《诗经·王风·黍离》:"行迈靡靡,中心摇摇。"

⑥ 按,诗后有评语:"味更精。扯衬闪烁,献吉多有。"献吉,即郭献吉,字右之,获嘉人。聪颖博学,以礼经名家。戊子选拔,初授山西潞安府通判。后又任山东青州府通判,署乐安县事。多善政。著《袖哦斋集》《大隐庵词稿》。

⑦ 按,诗后有评语:"更出局,作远慨。"周京:周之京城。《诗·曹风·下泉》:"忾我寤叹,念彼周京。"朱熹集传:"周京,天子所居也。"

都之门。颔联由景及墓及忠义精神,颈联由景及故国及兴亡之感,故"乃足相生,故不嫌复。写景而情在其中"。尾联充满想象,眼前的比干庙就如同"一片殷天月",几千年来常留人间,使忠义之魂精光闪烁!

其二"味更精"。首联引入。古庙不坍,行迈吊古者络绎不绝;变化的是人和事,不变的是那一簇簇的荒草,历经风云而犹存。颔联既是对比,又为因果。到牧野看到的是炮烙之惨,到孟津听到的是鼓鼙之急,而恰恰因为炮烙之类酷刑的兴起才导致了孟津义军的聚集和进发。无言的谴责自在其中。颈联之"空"含义深远。或指空有庙貌繁盛,但乾坤易主;或指朗朗乾坤之下,庙貌空荡,一派凄凉。"尚"写希望之不灭,忠义之永存,狂风暴雨之后虹霓依然,护卫着忠臣栖骨之地。尾联写比干之志虽光照千秋,但殷商毕竟覆灭,故忠魂难安。结句写景,衬托伤感情怀,既是比干的,也是后世忠臣义士的,当然也有作者的。

其三首联之"相寻"说明孤坟虽存,但湮没于荒草荆棘之中。即便如此,历经世事变迁,孤坟毕竟犹存,可见比干之忠义横亘云天。中间两联写忠臣栖灵之所日色茫茫,秋声凄凄,林光寂寂,白石清清,虽有山川护峙,但十分清冷。尾联"作远慨",人们拜谒比干之后,往往慨叹殷商的灭亡;但作者却提出"何处问周京",辉煌一时的周朝不也烟消云散了吗?也就是说,朝代更替实属表象,若不改革制度、重视民生,最终必将会重蹈覆辙。借古讽今之旨隐现。

壬子秋日谒太师忠烈公殷比干墓,奉和大参李素园会兄韵①

〔清〕赵威②

其一

国运知将去,臣躯敢独存。倘能回主听,端藉此心痕。纣虐犹原嗣③,周恩未洽门④。竭来⑤瞻仰者,今昔共伤魂。

---

① 选自清魏宪辑《百名家诗选》(二十三)卷之五十八《赵书痴》。
② 赵威:字书痴,泾县人。
③ 按,句后有注:"幸公之有后也。"
④ 按,句后有注:"惜其嗣未有封国若微、箕也。"
⑤ 竭来:助词。唐陈子昂《感遇》诗之三十:"竭来豪游子,势利祸之门。"宋苏轼《次韵周开祖长官见寄》:"竭来震泽都如梦,只有苕溪可倚楼。"

其二

镐丰①名仅在，秋草亦萋萋。为散钜桥②粟，因声牧野鼙。孤怀如日月，浩气迈虹霓。秦事公知否？泉台可勿啼。

其三

童年识向往，皓首拜先生。惨矣当时境，嘉哉旷代声。成仁宁但直，殉国岂惟清。臣范垂终古，箕微似莫京③。

其四

埋骨高原日，商辛益肆骄。忠魂侍烈祖④，天意启兴朝⑤。当砌除芝玉，盈庭养艾萧⑥。不胜凭吊泪，滴漉向君消。

【简析】

从诗题看，本组诗写于"壬子秋日"，即康熙十一年（1672）秋。据本书所录清李赞元《谒殷太师比干墓限韵》，可知此次名士唱和声势颇大，人们"限韵"为诗，在诗词唱和中表达对比干忠义精神的崇敬。赵威，字书痴，泾县人，生平事迹不详。从这组诗看，此人颇有见地，非庸碌之辈。

其一强调比干明知国运将去，大势难回，依然做最后的努力，希望能借助自己的赤心"回主听"，这种明知不可为而为之的精神令人叹服。颔联"纣虐"承上，"犹原嗣"突转，指出殷纣虽然残虐，但比干后代犹存，为下句写"周恩"未溥

---

① 镐丰，即"丰镐"或"丰鄗"。周的旧都。文王邑丰，在今陕西西安西南丰水以西。武王迁镐，在丰水以东。其后周公虽营洛邑，丰镐仍为当时政治文化中心。《韩非子·五蠹》："古者，文王处丰镐之间，地方百里，行仁义而怀西戎。"《汉书·郊祀志下》："昔者周文、武郊于丰鄗，成王郊于洛邑。"

② 钜桥：商纣王时之粮仓名。仓址在今河北省曲周县东北。《书·尚武》："散鹿台之财，发钜桥之粟。"孔传："纣所积之府仓，皆散发以赈贫民。"《史记·殷本纪》："帝纣……厚赋税以实鹿台之钱，而盈钜桥之粟。"裴骃集解引服虔曰："巨桥，仓名。许慎曰巨鹿水之大桥也，有漕粟也。"司马贞索隐引邹诞生曰："巨，大；桥，器名也。纣厚赋税，故因器而大其名。"

③ 京：大，盛。《方言一》："京，大也。燕之北鄙，东楚之郊，或谓之京。"《尔雅》："京，大也。"《诗·大雅·文王》："裸将于京。"

④ 烈祖：指建立功业的祖先。古多称开基创业的帝王。《书·伊训》："伊尹乃明言烈祖之成德，以训于王。"孔传："汤，有功烈之祖，故称焉。"《诗·小雅·宾之初筵》："籥舞笙歌，乐既和奏。丞衎烈祖，以洽百礼。"亦用于对远祖的美称。北周庾信《哀江南赋》："余烈祖于西晋，始流播于东川。"

⑤ 兴朝：新兴的朝代。清陈康祺《燕下乡脞录》卷十四："凡兴朝，于胜国诸忠义，多雠视之。"

⑥ 艾萧：即艾蒿。臭草。亦以比喻小人。清孔尚任《桃花扇·入道》："白骨青灰长艾萧，桃花扇底送南朝。"刘师培《文说·宗骚篇》："帝子无闻，怅艾萧之当户；党人不亮，悲椒椴之当帷。"

做准备。作者慨叹比干后代所受"周恩"并不多,隐有借古讽今之意。

其二承前意,突出"镐丰"的荒败。作者讽刺周朝虽然推翻了殷商,但最终又败在了秦国之手,落得个灰飞烟灭的结局。作者以此告慰忠魂,以安比干怨愤之心。

其三充分表达对比干忠义精神的向往和崇敬。作者认为比干的忠义乃为臣之范,应声垂终古,名扬万世;与比干相比,微子、箕子略逊一筹。

其四慨叹君王的忠奸不分,残害忠良。"当砌除芝玉,盈庭养艾萧"借物兴怀,以古喻今,颇显寄寓之效。

这组诗在感慨旧事的同时,亦表达了对"新朝"统治者刻薄寡恩的不满,似有借古讽今,倾吐遗老块垒之意。

谒比干墓次大参李素园韵①

〔清〕孔兴鈝②

其一

何代无兴废,乾坤此庙存。鸳鸯垂瓦影,蝌蚪绣碑痕。肃肃冠裳地,彬彬典礼门。俯躬堂阰③下,仿佛见精魂。

其二

油油禾黍地,碧草更蔓蔓。云影如留佩④,松风尚听軬。正容疑浴月,光气欲侵霓。何必伤心极,频来乌雀啼。

其三

数谏惊天地,千秋重死生。夔龙⑤尊正色,狐兔慑寒声。故土何曾莽,新封益见清。峥嵘尼父笔,一字别周京⑥。

---

① 选自魏宪辑《百名家诗选》(二十一)卷之五十二《孔绍先》。
② 孔兴鈝:字绍先,一字雳庵,山东曲阜人。康熙九年(1670)进士。散馆改御史,官至陕西潼南道。
③ 堂阰:厅堂与台阶。阰,阶旁斜石,指堂前。清钱谦益《马母李太孺人寿序》:"太孺人顾视堂阰之间,与子姓列拜进寿者,皆供奉赤墀下,接武夔龙而簉羽鸂鹭者也。"
④ 留佩:流动的佩带。留,同"流"。《庄子·天地》:"留动而生物。"
⑤ 夔龙:相传舜的二臣名。夔为乐官,龙为谏官。《书·舜典》:"伯拜稽首,让于夔龙。"孔传:"夔龙,二臣名。"后用以喻指辅弼良臣。元耶律楚材《和人韵》之二:"安得夔龙立廊庙,扶持尧舜济斯民。"
⑥ 周京:周之京城。《诗·曹风·下泉》:"忾我寤叹,念彼周京。"朱熹集传:"周京,天子所居也。"

其四

臣罪当诛矣,难言嗣主骄。剖心安一日,旌骨已千朝。护守多松柏,芟除别艾萧。栖迟历下①客,怀古未能消。

【简析】

从诗题看,本组诗亦应写于康熙十一年(1672)秋。与前文所录诸人作品皆为李赞元《谒殷太师比干墓限韵》之和诗。孔兴钎进士出身,为孔子后裔得馆选之始者。比干墓前有孔子题墓碑"殷比干墓",不言"周"而言"殷",隐显孔子的故国之思,后人称赞"尼山四字字飘香"。孔兴钎为孔子之后,故有"峥嵘尼父笔,一字别周京"之叹。文中多即物抒怀,慷慨大气,立意堂堂,表达"怀古"情怀。多用套语,新意不多。

比干墓依韵②

〔清〕孙诠③

其一

平野孤臣卧,巍然老树存。鸳甍④横鼠迹,猊案⑤绣苔痕。僮仆知看碣,衣裳⑥凛入门。樵民三两户,风雨护忠魂。

其二

下拜拂蓁莽,愁看径色萋。殷墟空染血,牧野竟闻鼙。冷殿容山鸟,孤丘射晚霓。捐躯臣子分,何用夜猿啼。

---

① 历下:指历下亭。亭名。一名客亭。在山东省济南市大明湖畔。面山环湖,风景殊胜。约建于北魏年间。唐杜甫《陪李北海宴历下亭》:"海右此亭古,济南名士多。"
② 选自《担峰诗》卷一,"四库未收书辑刊"据清康熙间刻本影印,第08辑第18册,北京出版社1997年版。
③ 孙诠:字静紫,号担峰,辉县人。康熙壬子(1672)举人,康熙壬戌(1682)进士,官内阁中书舍人。居心光明俊伟,行事务持大体,善成就后学。著《四书醒义》,《担峰诗》四卷,游记四卷,文集六卷。
④ 鸳甍(méng):鸳,鸳鸯瓦,古代屋瓦一俯一仰,形同鸳鸯依偎交合,故称。《长恨歌》:"鸳鸯瓦冷霜华重,翡翠衾寒谁与共。"甍,屋脊、屋栋。
⑤ 猊(ní)案:雕成狮形的神案。猊,也称狻猊,即狮子。
⑥ 衣裳:《易·繫辞下》:"黄帝、尧、舜垂衣裳而天下治,盖取诸乾坤。"后因以借指圣贤之君,也代称达官贵人或儒雅之士。《后汉书·崔骃传》:"方斯之际,处士山积,学者川流,衣裳被宇,冠盖云浮。"

其三

墓封隔代事,不必问先生。有骨留陈迹,无心藉远声。松随云叶暗,香烧石烟清。仿佛精英在,临风酹九京①。

其四

自有丹心在,何曾恨主骄。盘欹仍古篆,碑断剩前朝。山虎环忠阙,村童荐野萧。翻怜千载下,感慨未能消。②

【简析】

孙泺为夏峰先生之孙,孙望雅长子。年十一即能弹琴赋诗,但仕途成就一般,后因父逝而绝意仕进。其取祖父遗书,抄录玩索,刊以行世,为后人称道。他的主要成就还是在艺文上,"先生素淹贯六经,博览汉魏,浸淫诸家百子,而尤精于性理,四方学者多宗之","性好游,足迹遍天下……故能即其所得,发为吟咏,不屑屑句雕字绘,而抒写胸臆,笔墨淋漓,飘然有凌云之豪"(魏儒照序)。这四首诗虽也是和诗,但"高音乐节,不愧唐诗"(彭然石序)。

其一为远观,写整体之感。首联引入,以山野之平旷衬孤臣之孤墓,以老树之苍然巍峙寓比干之忠义长存。颔联写比干庙之破败苍凉。颈联用对比,写后人对比干的尊崇。这里既有平民百姓的景仰渴慕,又有帝王将相、达官贵人、风流雅士的敬拜长揖。尾联强调虽然比干墓荒芜颓圮,但天地有灵,自有风雨来护卫忠臣。本诗浑朴天成而巧妙自寓,雕琢精工而如出无心,真的是"黄钟大吕之音必从忠孝气节中来!"(孟陟公序)

其二写拜祭时之感。首联"下拜"引入,"怫"说明此地苍凉孤寂,由"怫"到"愁",情感自然递进。颔联议论,按说此联所写之题材实属平常,但苍劲勃郁之气让人心意难平。其最得益于虚词传神,比干剖心实冀君王为之一悟,挽狂澜于既倒,但结果为"空",这恐怕出乎比干之所料;忠臣罹难,实属自毁长城,周人可毫无顾忌而兴兵,国家"竟"毁于一战,这恐怕是纣王所不曾想到的。一"空"一"竟",深微宛妙,语有化工,此联堪称名联。颈联写景,殿宇阴冷,山鸟栖息,墓丘孤零,暮色渐起,让人伤感不已。尾联情调深沉中有高扬。作者听到了夜

---

① 九京:即九原,春秋时晋大夫的墓地。清胡鸣玉《订讹杂录》卷二:"方氏曰:'九京即九原。指其冢之高曰京,指其地之广曰原。'则九京、九原本通用。"泛指墓地。
② 按,诗后有注:"牧马数百,有虎驱之去。"

猿啼哭的凄清之声,悲伤自是固然,但并没有沉溺其中而不能自拔,反而以"捐躯臣子分"为全诗抹上了一层亮色,凸显了比干"忠"之本色,也有借古喻今之效。

其三继续写祭祀时之感,侧重议论。前四句论述"封墓"之事。周武王为比干封墓,历代帝王褒显不绝,荣耀确实非凡。但作者认为,比干"无心"于此,并不想"远声"流播,他的所作所为皆在存殷商、留亳社。后四句写临风祭酹的情景。颈联的一"暗"一"清",使得色调清冷,心情压抑;尾联的"精英"指比干的精魄。

其四写祭祀后的感受。首联议论,顺着前边的语义而强调比干丹心为主,并没有怨恨之心在。这就扭转了俗人之见。颔联以铜盘铭、孔子剑刻碑为例,强调比干虽遭剖心,但忠诚不变,义盖云天。这样,前四句就浑然一体。颈联写山虎环护忠阙,村童献上祭品(虽然薄劣),忠义精神代代相传。尾联的"翻怜"颇有意味,比干活得精彩,死得坦荡,并无幽怨之气在,反而是后人为之慨叹不已、悲痛难消。

正如古人所言:"担峰诗沉挚清越,如霜菊谷兰;静穆嵌崎,如苍松古柏。诗才诗胆,天地动色。"(孟陟公序)这四首诗立论高远,见识卓异,用语纯熟,气韵流畅,属和诗中的翘楚之作。

比干墓①

〔清〕孙浧②

挽车下平冈,四顾诸天暮。斜阳摇丹甍③,悲风响枯树。行行④云幕开,背出太师墓。低案坐瓦垆,短墙跳毚兔⑤。入门肃衣裳,凛凛生深惧。下拜拂荆榛,宛与忠魂遇。往迹问山樵,长叹为予诉。剖心恨独夫,造语故谬误。言罢荷薪归,东向含余怒。

---

① 选自《担峰诗》卷一,"四库未收书辑刊"据清康熙间刻本影印,第08辑第18册,北京出版社1997年版。
② 孙浧:字静紫,号担峰,辉县人。详见前文所录孙浧《比干墓依韵》之注。
③ 丹甍(méng):朱红的屋脊。谢灵运《过瞿溪山僧》:"结架非丹甍,籍田资宿莽。"
④ 行行:渐渐。陶潜《饮酒》:"行行向不惑,淹留遂无成。"
⑤ 毚(chán)兔:狡兔,大兔。《诗·小雅·巧言》:"跃跃毚兔。"

【简析】

　　《担峰诗》卷一录本诗和前文《比干墓依韵》(四首),应该皆为孙淓后期之作。孙淓之诗颇有功力,尤以游览怀古之作为最突出。本诗与《比干墓依韵》互为表里,叙述了拜祭比干墓的经过。叙事线索十分清晰,即"挽车下平冈"—"入门"—"下拜",—"问"—"诉",—"言罢"—"怒"。在这个过程中,多以景色烘托情感。后四句写樵夫之"诉"颇为传神。只因恨独夫剖忠臣之心,故语多激愤和夸张;即使"言罢"欲归,还余怒未消,诅咒之声不绝于耳。作者不直接作出褒贬,通过描写、叙事进行烘托和暗示,含蓄深沉,古韵悠然。

　　此时的孙淓境遇并不好,"早被妻孥累,携家事远游。谋生凭笔砚,作客仗朋俦。"(《途中偶成》)但生活的困窘没有泯灭作者对忠义大道的追求,本诗就是明证。

谒比干庙①

〔清〕赵宾②

其一

　　万古伤心事,至今不忍闻。血藏何地碧,气结满山云。白马③来阴雨,玄猿哭夕曛。近村诸父老,伏腊④拜孤坟。

其二

　　遗庙高原上,凄凉社鼓停。烟云缠赑屃,风雨落丹青⑤。故国山河壮,荒祠草木灵。先师题片石,蝌蚪晚冥冥。

【简析】

　　其一主要写祭祀的情景和感受。首联运用直语,沉重悲壮。颔联先用"苌弘化碧"之典,后用云由气结的想象,写比干庙墓的雄峙巍峨。颈联用四个意象,着力渲染祭祀时的悲伤之状。尾联点明本事。

---

① 选自《学易庵诗集》卷三,"四库未收书辑刊"第07辑第21册,据清康熙二十四年刘植等刻本影印,北京出版社1997年版。按,诗题后有小字注:"冢在庙后。"
② 赵宾:按,见本书前文所录《和殷太师庙代》之注。
③ 白马:古代用白马为盟誓或祭祀的牺牲。《吴越春秋·越王无余外传》:"禹乃东巡,登衡岳,血白马以祭。"故凶、丧之事用白车白马,也说"素车白马"。
④ 伏腊:古代两种祭祀的名称。"伏"在夏季伏日,"腊"在农历十二月。
⑤ 丹青:丹砂和青䏖,可作颜料。这里借指建筑物。

其二主要写祭祀后的感受。首联先点出庙之位置，然后指出"社鼓停"。"凄凉"奠定全文的抒情基调。颔联描写碑石的高耸入云和建筑物的风雨侵袭。颈联用"故国山河"与"荒祠草木"对举，颇有意味。"壮"令人生发物是人非之感，"灵"精魂不散，英灵永存。尾联歌咏孔子的剑刻碑，远古的蝌蚪文在暮色之中熠熠闪光。

赵宾是明末清初河南文坛继李梦阳、何景明、王铎、彭而述之后的名士，"隐然为中原后劲"（郐焕元《赵锦帆先生集序》）。这两首诗起笔厚重高远，中间两联注重意象的选择，意境深厚悲壮，但尾联力道不够，蕴藉有限。

比干墓①

〔清〕郭棻②

读史伤殷事，狡童③杀谏臣。一朝捐④七窍，千古足三仁。墓草赢羭⑤啮，夕阳老树皴。宁王封有意，幸不用其身。

【简析】

郭棻既是清朝官吏，又是著名学者。他曾修《畿辅通志》，又兼《大清一统志》纂修官。"其文颇为华赡"（《四库全书》评语），但久居官场，应酬之作居多，价值不高。康熙十一年（1672）闰七月，以翰林院编修任河南乡试正考官，也就是在此行中作此诗。首联引入，较为平淡。颔联"一朝"与"千古"相对，"七窍"与"三仁"并列，揭示出比干剖心谏君与"仁"之间的关系，正气凛然，气势磅礴，令人慨然长叹。颈联即景抒情，荒草斜阳，赢羊老树，无限肃杀，写出了无尽的压抑和伤感。尾联议论，历代帝王的封墓祭祀，不是着眼于比干的身体，而是更看重比干忠孝节义的精神。篇末点旨，启人深思。

郭棻作诗不少，有《学源堂诗集》十卷传世。于成龙认为其歌诗"既不同于

---

① 选自《学源堂诗集》卷五，上海古籍出版社 1997 年版"四库全书存目丛书·集部 221 册"。
② 郭棻（1622—1690），字芝仙，号快庵，又号快圃，直隶清苑人。顺治九年（1652）成进士，选庶吉士，历任内翰林国史院检讨、右春坊右赞善兼内秘书院检讨，曾出参山西臬幕，又入为大理寺寺正，翰林院侍读，寻掌詹事府事，晋内阁学士兼礼部侍郎。康熙二十六年（1687），被纠劾去职。
③ 狡童：指纣王。按：详见附录《比干庙古诗中常用典故》注38。
④ 捐：舍弃，抛弃。
⑤ 赢：瘦弱，衰弱。羭：指羖羊。古书上说的一种大角羊，亦称"北山羊"。

骚人墨客一写起离愁穷困之状,又不同于贤人君子不得志于时而为秉耒执耜之词也"(于成龙之序),但为官所累,思想内涵不深。

比干①

〔清〕高遹昌②

宗臣热血不辞倾,七窍淋漓天地惊。国破称仁魂欲哭,家亡封墓气难平。荒丘万古寒云锁,深殿千秋夜月明。蔓草青青埋断碣,我来瞻拜俨如生。

【简析】

作者高遹昌是淇县名士,曾为户部郎中,为政清简,颇有令名。晚年受满人托合齐诬陷而入狱,初拟处绞,后经人营救,获释出狱。据载,"上命释遹昌,都人争赴狱异之出,拥赴阙谢。及出都,送者填溢"。

本诗采用咏史诗的传统结构模式,前四句叙述、议论史事,后四句即景抒情。首联赞美比干身为"宗臣",满腔热血,为了国家的前途勇于赴险而"不辞",令人敬仰;只是死的形式太过悲壮、惨烈,使得天地也为之震惊。未直语褒贬,而褒贬之意自明。颔联角度新颖,开前人未开之境界。传统的比干庙(墓)诗文多侧重渲染"称仁""封墓"的隆重和荣光,称誉洋溢,喜不自禁;而本诗指出:在国破家亡的事实面前,"称仁""封墓"在比干看来反而有蒙羞之感。因为他之所以甘愿剖心殒命,其目的就是为了使得江山永固,人民安康,而现在"大家"没有了,"小我"的荣耀又算得了什么呢? 所以,比干"魂欲哭""气难平",虽死难得心安。后四句用"荒丘寒云""深殿夜月""青青蔓草""断碣残碑"等传统意象描写出凄凉冷落、悲伤枯寂的墓地之境,表现出作者的悼念之情。不过,虽然比干墓荒凉不堪,香火寥落,但毕竟历"万古""千秋",靠的就是忠义精神的生命力之强劲。所以,当作者瞻拜祭祀时,看到的是俨然如生的比干神像,寓写

---

① 选自《吊殷太师比干诗选》,列入政协卫辉市委员会学习文史委员会编《卫辉文史资料专辑》,题为"比干"。其原始出处不明。

② 高遹昌(1651—1716),字振声,号菉园居士,淇县北阳村人。康熙十五年(1676)进士。曾任湖广常德府龙阳县知县、广东东莞县知县。"缉监源,政清简,减赋税,惩刁风。"继升高州知府、北平刑部主事、户部郎中、户部给事中。扶危济贫,深受敬仰。(《清史稿》卷二百八十二《列传六十九》有传)

比干永远活在这片故土上,永远活在人民的心中。

围绕比干的历史资料有限,写作题材受局限。这就要求人们在写寄寓情怀时能另辟蹊径,别开生面,毕竟"诗贵不经人道语"(李东阳《麓堂诗话》)。本诗的颔联做到了这一点,再加上巧妙的拆词,对仗工稳,所以堪称名联。另外,咏史诗也很讲究炼字,诗中的"惊""锁""深""明"等词都具有很强的表现力,让人揣摩、玩味。

淇县摘星台公园碑廊藏有高遐昌神道碑,碑阳竖书阴刻"赐进士第掌灯闻内府兵科掌印都给事中兼理京畿街道事崇祀名宦乡贤菉园高公神道",碑阴镌刻其生平,其子高鉴徵于康熙六十一年立石。其同年翰林院侍讲彭定求有《过淇县怀同年高振声给事》:"杏林追数旧游人,屹立朝阳一直臣。苦节偏能撄虎穴,孤忠肯惮拂龙鳞。藁街授首天刑速,郦坞燃脐国典神。今日淇西容隐遁,停云冉冉感参辰。"

殷比干墓①

〔清〕杜漺②

少师一死古今稀,只手回天愿总违。殉国宁辞肩苦节③,全身谁宥踏危机。碑留宣圣忠如昨,碣勒文皇④义已非。志士仁人挥泪罢,悲风飒飒动灵旗。

【简析】

明清之际,滨州有两大名人:李攀龙、杜漺,皆以政绩突出、文采盖世著称一时。杜漺为滨州入清后第一位进士,为宦多年,善政颇多。尤以康熙十七年(1678)补河南布政使司参政,为宦途之顶点。其实,在任礼科给事中时,他就为

---

① 选自《湄湖吟》卷九《梁园草》,"四库未收书辑刊"集部第07辑第22册,据清康熙刻道光九年杜塇增刻本影印,北京出版社1997年版。按,诗前有序或评语:"贞观碑有'三谏不入,奉身而退,圣人之道也,何必碑七尺之躯,深独夫之罪'云云。"诗后有评:"毛际可云:一结令全首俱动。"

② 杜漺(1622—1685),字子濂,别字湄村,济南滨州人。顺治四年(1647)进士,授真定府推官,屡决大狱。以治行高等荐入为礼科给事中。出分守温处道参议,迁副使。备兵通蓟,以事去官。后十余年,复起为开归道参政,兼理驿传盐法,颇多善政。风流儒雅,为诗有奇气,又工书。著《湄湖吟》《湄村全集》,《清史列传》传于世。

③ 苦节:《易·节》:"节,亨。苦节,不可贞。"孔颖达疏:"节须得中。为节过苦,伤于刻薄。物所不堪,不可复正。故曰'苦节,不可贞'也。"意谓俭约过甚。后以坚守节操,矢志不渝为"苦节"。《汉书·苏武传》:"以武苦节老臣,令朝朔望,号称祭酒,甚优宠之。"

④ 文皇:指唐太宗李世民。因太宗谥文武大圣大皇帝,故称。唐罗隐《闻大驾巡幸》:"静思贵族谋身易,危觉文皇创业难。"

河南做了一件大好事。当时黄河在封丘荆隆口决口，已泛滥六年，没有治理，沿黄两岸包括滨州一带深受其害。杜漺上书，弹劾原管理河道大臣，请求派专职大臣巡河。他的建议被采纳，朝廷派工部尚书刘昌、工科都给事中许作梅前往监视，久决的黄河很快被堵复，百姓建牌坊纪念，并将这段河堤命名为"杜公堤"。本诗写于康熙十七年(1678)，作者"观察中州"时曾游览比干庙，有感于贞观碑中之数语，作本诗以抒怀。

　　贞观碑有"三谏不入，奉身而退，圣人之道也，何必碎七尺之躯，深独夫之罪"，最为后人争议不休。李世民是从皇帝的角度认为比干谏君的方式不甚妥当，本诗首联即直面之，认为比干被剖心实在是"古今稀"，慨叹比干欲只手回天但"愿总违"，似乎作者认同了李世民的观点。但颔联却反其意。作者认为，"殉国"为高尚之举，仁人志士哪能推辞，只能肩担正义，坚守苦节；而"全身"乃猥琐之举，正人君子难以宽宥，所以只能踏着危机而前行。因此，作者赞同比干的行为。此联立论鲜明，含义深远，对仗工稳，堪称名句。颈联以"忠如昨"赞叹宣圣之碑，以"义已非"评价唐太宗之碑，在对比之中，肯定比干的忠义精神。尾联回到祭祀的本事上去，其中的"挥泪罢"形象感很强，尾句以景烘托氛围，让人感叹不已。

　　本诗选自《梁园草》。《梁园草》乃杜漺任河南参政时所作，属于其后期作品，多登临之作，慷慨悲歌，寄寓深远，时人评价很高。邸焕元在序言中指出："今子濂以性情为风雅，其正格也严，其取材也博，浩浩落落，不屑以模拟雕琢为工，而意象兴趣动与古会。"毛际可更是认为《梁园草》乃《湄湖吟》之精华，提出"于麟(李攀龙)工于模拟而先生出于自然"。由此可见，杜漺之诗逐渐摆脱了明后期模拟古人之风，注重性情自然，引开一代风气。

比干墓①

〔清〕江闿②

直谏还谁得见容，剖心惨复过龙逢。须知牧野陈师日，墓草愀然不愿封。

---

①　选自《江辰六文集》卷十三，"四库禁毁书丛刊·集部·第130册"，北京出版社1997年版。

②　江闿：字辰六，别号样牁生，新贵县(今贵州贵阳)人。康熙二年(1663)举人。十八年(1679)召试博学鸿词，因"飞鸟污卷"报罢，选授益阳知县。后擢均州知州，署郧阳知府，调解州知州，署平阳知府。升员外郎，未到任即死。文章有《政在堂集》、诗有《湖外》《汉沔》，词有《春芜集》。

【简析】

江闿是清初官吏。做益阳知县时,重学利民,颇有政声。时值吴三桂作乱,清大军经长沙调度,益阳供应无误,清廷用"卓异"表扬他,赐袍服,擢均州知州。在解州知州任上,体谅黎民疾苦,为政平恕。在署平阳知府时,吏部考察为优等,升员外郎。本诗应写于康熙十七年(1678)秋,选自组诗《征鞍览古》。此组诗多咏叹河南境内的古迹。作者于康熙十八年召试博学鸿词,所以该组诗应是北上途中路过河南时有感而作。

怀古绝句贵在见解卓异,蕴藉含蓄。首句紧扣"直谏",这是比干事迹的核心。但作者没有蹈袭前人旧路,不直接歌咏比干为国献身的精神,而是由个别到一般,一句反问道出了专制社会的痼疾,即凡直臣难有善终。此句立意高远,语简意深。次句承上而下,在比较中突出剖心之"惨"。后两句剖析比干的内心情怀。武王封墓是后人赞誉的仁君之举,人们认为比干应欣然受之,但比干之灵目睹大军压境,国家覆亡,比干愀然伤怀,不愿受周人所封。由此可知,比干并不关注个人的名利得失,他的剖心谏君不是率意为之,也不是沽名钓誉,他是用"血谏"感悟君王,冀君王以一悟,愿宗社得延存啊!结句借物寄情,富有诗意。

《征鞍览古》这组诗创作于未踏入仕途之时,年轻人情怀激越,吞吐古今,少了圆熟与遮掩,多了锐利和思考。本诗应是名作,正如作者岳父吴绮在序言中对江闿文风的概括"顿挫淋漓,芊缠婉丽"。本诗后一首《朝歌》也有此风,即"朝歌城北乱啼乌,闻说当年亦帝都。立马徘徊三太息,可怜禾黍尽荒芜"。

拜殷太师墓①

〔清〕王嗣槐②

十里空山墓,秋风冷白杨。忠魂终不没,淇水日汤汤。

---

① 选自《桂山堂文选》卷之十二《桂山堂诗选·五绝》,"四库未收书辑刊"柒辑·贰拾柒册,按"青筠阁藏版"影印,北京出版社1997年版。
② 王嗣槐:字仲昭,号桂山,浙江仁和人。诸生。康熙十八年(1679)举博学鸿儒,以老不与试,授内阁中书。少工骈体,尤善作赋。著有《桂山堂偶存》《啸石斋词》,及《太极图说论》十四卷。

【简析】

王嗣槐乃钱塘名士,性慷慨简脱,善谈论,与俗忤。书无不窥,日偕友人散发袒裸,嬉笑怒骂,不复知人间事。清朝初立,为笼络天下名士,特开制科博学鸿儒以取士。有清一代,唯在康熙十八年(1679)、乾隆元年(1736)举行,王嗣槐参加的是康熙十八年的这一次。据大学士冯溥记载:"(王嗣槐)戊戌己亥间游京师,日与士大夫赋饮高会。有举酒属为文者,辄援笔立就。都下以'子安'呼之。"(《桂山堂文选》序)此科,康熙"临轩亲试",冯溥奉命入阁阅卷,王嗣槐因"诗韵误改一字"而"落卷",止授中书舍人而罢归。最后"归卧西湖十年",以著述为业。

王嗣槐上京及返乡时路经卫地,足迹遍及新乡、辉县、卫辉、淇县等地,写了大量的诗作。或歌咏山川,或与名士唱和,或反映民生疾苦,或赞叹忠义之士,诸体皆备,汪洋奔放,为后人留下了宝贵的文化遗产。本诗即写于此时。首句把比干墓置于十里郊外、空山脚下的环境中,以突出其突兀冷清。次句写秋风凛冽、枯杨残败之景,"冷"与"空"相呼应,不仅言简义丰,而且情景交融,物我合一。"忠魂"句议论,既是赞美,又是期盼,有借古喻今之效。尾句以景作结,借水流不尽写慨叹时光流逝、事情变迁,以衬忠义精神之永存。

王嗣槐虽然仕途穷窘,但与冯溥的结识使其文学创作另辟蹊径,又开一番天地。在冯溥的影响与鼓励下,王嗣槐开始大力提倡唐诗,反对时下盛行的宋诗风气;他的诗歌创作、诗学批评都围绕着这一主题展开。经过多年努力,其在诗坛的地位日益显要,直至影响到诗坛领军人物王士禛、王又旦等的创作。己巳春,康熙驾巡浙江,闻王嗣槐隐于灵隐山,亲临慰问,欲招致之,但王嗣槐"以衰老力陈不堪用"。康熙返回时又一次召见王嗣槐,"慰谕之",备极殊荣。王嗣槐少工骈体,尤善作赋,《新乡县志》载王嗣槐《七述赋》,可参阅。

殷太师比干墓①

〔清〕吕履恒②

其一

殷墟麦秀雀争飞，王子坟前泪湿衣。死谏尚思存耿亳③，生全不忍后箕微。黄河北渡封犹在，白马西宾④事已非。惟有商奄⑤诸父老，岁将苹藻记松围。

其二

碎首璇宫⑥死即休，林泉谁为卜荒邱。遗封忍颂周王德，还是商家土一抔。

【简析】

吕履恒是河南新安人，其诗集中多漫游中州胜迹之作。"先生每遇圣贤节烈等题，必写得光明俊伟，慷慨激昂，使读者形神具竦，真足廉顽立懦。"（沈用济序）本诗即如此。

《梦月岩诗集》按体裁分卷，不易窥知每首诗的写作背景。按第十四卷诗的编排判断，康熙十一年（1672），22岁的吕履恒之汉中。康熙十三年（1674）奉母自汉中抵盘豆，母疾作，后殁于三月二日。然后经灵宝、宜阳、朱仙镇、真定、卫辉，行至沁水而抵家。也许在此次途中拜祭比干墓，作本诗。但诗歌的排列较为凌乱，也可能不为一时之作。其第一卷有诗《登真定大悲阁》，紧接《夏月叹》

---

① 选自《梦月岩诗集》卷十四、卷二十，《四库全书存目丛书·集部》第261册，齐鲁书社1997年版。
② 吕履恒（1650—1719），字元素，号坦庵，一号青要山樵。新安县人。康熙三十三年（1694）中进士。三十八年任山西宁乡县知县。历任广西道监察御史、奉天府府丞、通政司右通政、都察院左金都御史。五十二年赐中宪大夫，后升宗人府府丞、都察院左副都御史、总督仓场户部侍郎转户部右侍郎。五十七年春，辞官归里。翌年去世，终年七十岁。著《梦月岩诗集》二十卷，《冶古堂文集》，主修《宁乡县县志》《四库总目》传于世。
③ 耿亳：指殷商时的耿邑和亳邑。成汤迁都至亳邑，祖乙又迁都到耿邑，后盘庚再迁回亳邑。
④ 白马，即玉马。喻贤臣。古人常用"玉马骏奔"喻贤臣离去。《文选·任昉〈百辟劝进今上笺〉》："是以玉马骏奔，表微子之去；金版出地，告龙逢之怨。"西宾：旧时宾位在西，常用为对家塾教师或幕友的敬称。这里用周武王灭商后向箕子咨询治国大道，箕子以洪范九畴传授之之典。
⑤ 商奄：商纣之子武庚在周武王死后，联合奄、徐、薄姑等东方诸部落举行的大规模武装叛乱。史称"商奄"之变。章炳麟《秦政记》："武王既殁，成王幼弱，犹有商奄之变。"
⑥ 璇宫，即"璇室"。玉饰的宫室。一说能旋转的宫室。相传为夏桀、商纣所建。《晏子春秋·谏下十八》："及夏之衰也，其王桀背弃德行，为璇室玉门。"《淮南子·本经训》："晚世之时，帝有桀纣，为璇室、瑶台、象廊、玉床。"高诱注："璇、瑶，石之似玉，以饰室台也……璇或作旋，瑶或作摇，言室施机关，可转旋也，台可摇动，极土木之巧也。"

有句"己未之六月,三旬不成雨",写康熙十八年(1679)作者北上赶考途中之事,所以,本诗也有可能是北上会试途中所作。

第一首首联由眼前之景引入。殷墟故地,麦秀青青,没有了故都的繁华,只剩下野雀争飞。一个"争"字写出了野雀之多,突出了周围的荒芜,暗含兴亡之感。颔联咏比干为国死谏、不忍生全之事。比干敢于死谏,但死谏不是目的,其目的是"存耿亳"。正是心存宗社,故不忍随微子、箕子"生全"。颈联运用对比,一方面是忠臣孤冢历千百年风雨而"犹在",一方面是微子白马朝周、箕子传授洪范,备极荣宠却"事已非",在"三仁"的对比中,孰优孰劣自然分明。尾联富含深意。比干虽死,其义永存,"商奄诸父老"指的是商遗民中的不忘宗社者,他们每年都会祭祀比干,也只有他们记得比干墓地的松楸的尺围。"惟有"有寄寓,暗讽了大多数忘记国仇家恨的浑浑噩噩者。

第二首大致应与第一首写于同时。前两句中的"谁为"承前诗尾联之意,慨叹英灵的孤独。后两句议论。比干墓乃周武王所封,在后人看来,这是荣耀无比的事情,但作者认为:比干墓虽然是周王所封,但繁华散尽,其实每一抔土还是"商家土"啊!也就是说,比干为国尽忠的精神永存!

这两首诗应是作者年轻时的作品,气格高浑,慷慨悲歌,"有光明正大之气"(沈德潜序)。吕履恒之诗以"气象浑涵,词华典赡,质而愈古,丽而弥新"(王梦翼序)著称,本诗的结句富有勃郁之气,令人慨叹不已。

天门谣·汲县道中作①

〔清〕陈维崧②

已过秋千节③,看汲冢④,苔钱⑤铺撷。淇流⑥咽,说古今兴灭。比干庙,年年

① 选自《四部丛刊初编·集部·陈迦陵文集卷九·迦陵词全集》卷二,上海涵芬楼景印患立堂刊本,民国十一年版。天门谣:词牌名。又名朝天子。双调,45字。
② 陈维崧(1625—1682),清代词人、骈文作家。字其年,号迦陵。宜兴人。清初诸生,康熙十八年(1679)举博学鸿词,授翰林院检讨,54岁时参与修纂《明史》。少年时作文敏捷,词采瑰玮,吴伟业曾誉之为"江左凤凰"。其词风格豪迈奔放。著有《湖海楼诗文全集》54卷,其中词占30卷。
③ 秋千节:清明节的别称。明刘若愚《酌中志·饮食好尚纪略》:"三月初四日,宫眷内臣换穿罗衣。清明则秋千节也。带杨枝于鬓,坤宁宫后,及各宫皆安秋千一架。"
④ 汲冢:指晋朝不准所盗发之古冢。墓在汲郡(今河南卫辉市)。亦借指汲冢书,即《竹书纪年》。
⑤ 苔钱:苔点形圆如钱,故曰"苔钱"。南朝梁刘孝威《怨诗》:"丹庭斜草径,素壁点苔钱。"
⑥ 淇流:指淇水。与流经汲郡的卫水相汇,流至天津入海。

啼百舌①,月与铜盘都缺。愁恨织,花落处,棠梨成血。

【简析】

陈维崧出生于讲究气节的文学世家,祖父陈于廷是明末东林党的中坚人物,父亲陈贞慧是当时著名的"四公子"之一,反对"阉党",曾受迫害。陈维崧少时作文敏捷,词采瑰玮,吴伟业曾誉之为"江左凤凰"。明亡时,陈维崧才二十岁。入清后,身世飘零,游食四方,文风为之一变。正如《钦定四库全书·湛园集·陈其年湖海楼诗序》所说,"其年生长江南无事之日,方其少时,家势鼎盛,鲜裘怒马,出与五陵豪贵相驰逐,狂呼将军之筵上,醉卧燕姬之酒肆,其意气之盛,可谓无前。故其诗亦雄丽宕逸,可喜称其神明。及后遇四方多故,夹江南北残烽败羽,惊心动魄之变日接于耳目。回视向时笙歌促席之地,或不免践为荆棘,以接冷风,故其诗亦一变而激昂歔欷,有所怆然以思,愀然以悲,时入于少陵沉郁之调而不自知,亦其遭时之变使然也"。

这首词"怆然以思,愀然以悲",骨力遒劲,慷慨悲壮。满词俱悲伤之物,时间为清明节,看到的事物:曾经出土大量竹简的汲冢一片荒凉,苔藓遍地,荆棘丛生,以前的文化圣地如今人迹寥寥;古老的淇河失去了往日的生机,流水呜咽,似乎诉说着历史的兴亡变迁;忠臣孤冢比干庙,一年到头啼叫着百舌之声,孤寂的鸟声更衬托出庙宇寂寞苍冷;残月如钩,铜盘铭也成了残碣。此时此刻,此情此景,不仅令人悲不自抑,而且顿生兴亡之感。最后三句借景抒情,棠梨之花本为白色,但此刻因为"愁恨"交织,涕泗交流,染得花叶成血。先说愁恨交织,再说花之飘落,然后再突出白花成血,令人心惊!

陈维崧的词以风格豪迈奔放著称,就本文而言,结尾三句颇具骨力。"愁恨"为一文之眼,融"愁恨"和落花为一体,借花之色写泪之色寓情之深,写法并不是独创,但气韵生动,格调悲壮,使前边所写之物都充满了苍凉忧郁的色彩,堪称名句。

---

① 百舌:鸟名。善鸣,其声多变化。陈维崧《桃源忆故人·重游惠山寄畅园怀秦对岩检讨》:"莫听楚天百舌,千里同明月。"

比干墓①

〔清〕施闰章②

积藓残碑峙庙门,何人扪读为声吞。宗臣不死终遗憾,荒墓虽封转断魂。六百祀亡偏俎豆③,千秋血谏总④儿孙。可怜劫火难销尽,尼父留题字尚存。

【简析】

施闰章是清前期名臣,为政有声。做山东提学佥事时,曾录蒲松龄为童子试第一,《聊斋志异》中多有颂赞之词;调任江西布政司参议后,访问民间疾苦,注重民风教化,施行了一系列的惠政,百姓尊称其"施佛子"。康熙六年(1667)被罢官,直至康熙十八年(1679)应博学鸿儒,名列二等第四名,授翰林院侍讲,纂修《明史》。康熙二十年(1681),任河南乡试正考官,本诗就写在此时。

首句的形象感很强,极写荒凉凄寂之景。"积藓"遍地,可见早已无人涉足;"残碑"犹存,肯定是风雨剥蚀,绿藓遍身。谏圣之庙关乎忠义传播,关乎百姓教化,本应香火鼎盛,可现在如此清冷枯寂,说明世道不靖,正义受损。特别是"残碑"还耸峙在庙门,更衬托出庙宇的衰败凄凉。作者莅临此地,感慨已经很少有人披开荒草,剥离苔藓,去诵读碑上的文字,乃至于为之哽咽失声。首联描写生动,注重情景交融,在不经意间有讽喻之感,为下文的议论做准备。颔联强调比干即使不死也会留下遗憾(或写微箕虽保全生命,但也会遗憾终生),现在虽然得到了周朝的封墓,但毕竟国家灭亡,这个褒封的荣誉只会让比干"断魂"。颈联承上点明商朝六百年江山覆亡的事实,也指出比干的"血谏"所蕴含的忠义精神流传千秋,使得商祀不断,儿孙绵延。尾联正面歌颂比干的忠义精神不会被

---

① 选自《钦定四库全书·学余堂诗集》卷四十一。

② 施闰章(1618—1683),字尚白,号愚山,江南宣城人。顺治六年(1649)进士,授刑部主事,奉使桂林,历员外郎。十三年,参加高等御试,名列第一,擢山东提学佥事。十八年调任江西布政司参议。康熙十八年(1679)举博学鸿儒,授侍讲,预修《明史》,进侍读。文章醇雅,尤工于诗,与宋琬有"南施北宋"之名。著《学余堂文集》《试院冰渊》等。

③ 六百祀:按,商朝有六百年的兴亡史。《新唐书》卷四十四:"且夏有天下四百载,禹之道丧而商始兴;商有天下六百祀,汤之法弃而周始兴;周有天下八百年,文、武之政废而秦始并焉"。祀,中国商代对年的一种称呼。《书·洪范》:"惟十有三祀。"偏俎豆:使得俎豆倾斜不正。俎豆,祭祀、宴客用的器具。

④ 总:聚合,汇集。引申为统领、统管。

"劫火"销尽,孔子的题碑历经千年而"尚存"。

作者出身名门,以诗名噪清初,创"宣城体",以"醇厚"为则,追求"清深"诗境和"朴秀"风貌。语言简净,句调整严,清真雅正。本诗在主题上的突破不大,但语言厚重有力,无陈腐之气,颇重寄寓又不漏痕迹,功底很深。张裕钊在《国朝三家诗钞》中,将其与郑珍、姚鼐并列为清代三代诗人,不为虚妄。

谒比干墓①

〔清〕尤珍②

旷野风高云影浮,少师墓畔郁松楸。千秋绿字③铭丰碣,一片苍苔覆古丘。憔悴三仁同报国,峥嵘二老漫归周。兴亡转盼④皆陈迹,惟见斜阳淇水流。

【简析】

尤珍出身名门,濡染庭训,深于诗学,与沈德潜交最善。但为人性格平和服善,每作一诗,字字求安,有讥弹之者,应时改定。本诗写于康熙二十四年(1685),作者自京归家,途中路过比干墓,写了这首音节流畅,恢弘大气的七律。首联引入,以景烘托。颔联写景,"千秋"写历史之久远,"一片"写古冢之荒凉。颈联议论。前有"三仁",用"憔悴"修饰,突出其为国尽心尽力;后存"二老",却用"峥嵘"修饰,突出其卓越不凡,见识高远。虽说尤珍写诗小心谨慎,力避讥弹,但此联在平和背后隐隐有讥讽之意。一"同"一"漫",岂不写尽不守坚贞而变节之态!尾联以江河之永久衬托兴亡之转瞬,乃怀古作品常有之慨叹,如其《邺都怀古》的尾联"惟有漳河东逝水,年年春涨浴飞凫",也属此类。

尤珍乃尤侗之子,"有悔庵鹰扬于前,复有谨庸鹊起于后"(徐乾学序),父子俱以诗文名。尤珍之诗"神完而节壮,调逸而气清,高不失之亢激,卑不流于

---

① 选自《沧湄诗钞》卷三,"四库未收书辑刊"据清康熙间刻本影印,第08辑第23册,北京出版社1997年版。

② 尤珍(1647—1721),字谨庸,一字慧珠,号沧湄,江南长洲县(今属苏州市)人,尤侗之子。康熙二十年(1681)进士,改翰林院庶吉士。散馆,授编修。历充大清会典、明史、三朝国史纂修官,日讲起居注官。迁赞善,养亲乞归。著《沧湄剳记》《沧湄类稿》《啐示录》等。

③ 绿字:古代石碑上刻的文字,填以色漆,故称绿字。唐张说《奉和圣制途经华岳》:"旧庙青林古,新碑绿字生。"

④ 转盼:犹转眼。喻时间短促。苏轼《徐大正闲轩》:"君如汗血驹,转盼略燕楚。"

婵缓"(周金然序),本诗即具其风。

谒殷太师祠①

〔清〕吴振周②

豀路③临官道,荒冈枕伏鳌④。铜盘铭自古,斧鬣簀⑤犹高。时已非中古,祠乃馈二牢⑥。师臣⑦遭独惨,童狡诲徒老⑧。遂致西山饿⑨,终坚北海操⑩。废兴俱有尽,宗国义何逃。汲冢存疑史,殷墟剩野蒿。风榛起萧瑟,沉陆感神皋⑪。

【简析】

据载,吴振周"少补诸生,好读书,富文词,尤励行检。中益贫落,鬻文自活,一时显者雅重。但其虽饘粥不继,无所干。有友人宦归,道邺下,寓赀振周家,后友人死,人无所知者,振周为书召其子以寓赀归之,封识如初。晚岁好谓清课,老屋数椽,焚香扫地,歌吟间作,声出金石。以明经终"(清嘉庆二十四年《安阳县志卷二十·人物志》)。

前四句写比干墓的方位及形状。官道伏鳌,可见形胜;豀路荒冈,可见苍凉。铜盘铭自古流传,至今犹然;斧鬣坟历经数千年风雨,犹高耸人间。"自古"

① 选自清吴振周撰《岳起斋诗存》上卷,丛书集成续编第173册,台湾新文丰出版公司1988年版。
② 吴振周(1606—1687),字起玉,安阳人。贡生,做过训导。家贫志坚,好学,以诗文称。邑人王槐一刊《邺下四子诗》,列其为第一。
③ 豀路:山间小路。唐崔曙《山下晚晴》:"寥寥远天静,豀路何空濛。"
④ 伏鳌:如巨鳌之形的小山。
⑤ 斧鬣,即"马鬣封"。坟墓封土的一种形状。亦指坟墓。《礼记·檀弓上》:"昔者夫子言之曰:'吾见封之若堂者矣,见若坊者矣,见若覆夏屋者矣,见若斧者矣。'从若斧者焉,马鬣封之谓也。"郑玄注:"俗间名。"孔颖达疏:"马鬣之上,其肉薄,封形似之。"簀:古代盛土的筐子。这里用作动词,用筐盛土堆积。
⑥ 二牢:旧时祭礼的牺牲,牛、羊、豕俱用叫太牢,只用羊、豕二牲叫少牢。这里指少牢。
⑦ 师臣:对居师保之位或加有太师官号的执政大臣的尊称。
⑧ 童狡,即"狡童"。指纣王。按,详见附录《比干庙古诗中常用典故》注38。诲:明示,诱使。老:死。
⑨ 西山饿:相传伯夷、叔齐隐居首阳山采薇而食。《史记·伯夷列传》:"武王已平殷乱,天下宗周,而伯夷、叔齐耻之,义不食周粟,隐于首阳山,采薇而食之。"
⑩ 北海操:用典。不易确定所指。疑指苏武。唐代诗人汪遵《咏北海》:"汉臣曾此作缧囚,茹血衣毛十九秋。鹤发半垂龙节在,不闻青史说封侯。"通过"苏武牧羊"的典故,赞颂了苏武的民族气节。
⑪ 沉陆:亦作"陆沉"。比喻国土沦陷于敌手。神皋:神明所聚之地。

"犹高"写出了忠义精神的生生不息。"时已"两句承接"犹高"之意,指出现今虽非唐太宗之时,但在祭祀比干之时依然规格隆重,进一步强调比干忠义思想对后世的影响。"师臣"四句,先写暴君的行为和忠臣的遭遇,然后写其影响。"废兴"两句议论,国家的或兴或废总有穷尽的时候,但忠义使比干无可逃脱。最后四句就眼前景而做结。汲冢、殷墟俱在比干墓周围,现在野蒿遍地,荆榛萧瑟,国家败亡,一片凄寂,唯有比干墓还是神灵聚集之处,忠义之魂还存在于此,天地之间还有希望。

　　本诗用语艰涩,语气凝滞,层次感不是太强,也许作者有意用枯寂清冷的意境表达寂寞伤感的情怀。诗中多用典,略显板滞冗弱,新意不多。细品其集中之诗,题材较为单一,境界不高。

殷太师墓①

〔清〕王晋徵②

　　路出卫辉道,孤冢殷太师。古碑苍藓蚀,翠柏蚪龙③姿。心犹照兹日,名自表当时。三仁圣所许,白马亦奚④疑。

【简析】

　　王晋徵是康熙十八年(1679)进士,官至户部侍郎。对其为政经历,历史记载并不多。清人劳之辨为《双溪草堂诗集》作序,有"佐大司徒以掌邦教,遭逢遇合之盛与不得志于时者相去奚止寻丈?"语,可见其仕途颇为顺利。王晋徵"温柔敦厚,深于诗者也"(王顼龄序),其诗"矫俗下空疏纤巧之习,上溯风骚,折衷三唐两宋,撷其精华,去其糟粕,昌明典重,务以适用为贵,而非徒规规焉求工于声律间"(王顼龄序)。由此看来,他的诗歌以学识广深、适用淳厚为特点。

　　本诗写于康熙二十六年(1687),时作者"奉命校士三楚",于丁卯"初秋朔

---

① 选自《双溪草堂诗集》卷四,上海古籍出版社1997年版《四库全书存目丛书·集部》第252册。
② 王晋徵:字涵斋,安徽休宁人。康熙十八年(1679)进士。官至户部侍郎。工诗,著《双溪草堂诗集》十卷,附《游西山诗》一卷,《四库总目》传于世。
③ 蚪龙:"蚪"同"虬"。古代传说中的有角的小龙。屈原《天问》:"虬龙负熊。"
④ 白马,即玉马。喻贤臣。古人常用"玉马骏奔"喻贤臣离去。《文选·任昉〈百辟劝进今上笺〉》:"是以玉马骏奔,表微子之去;金版出地,告龙逢之怨。"奚:哪里,什么,为什么。

出郭"，过河北，七月十五日来到"大河之北称名藩"(《七月十五日次卫辉》)的卫辉，拜谒比干庙，作此诗。首联交代行程，起笔平平。颔联写眼前之景，寓苍凉伤感、抑郁不平之情。颈联先写"心"，再写"名"。每一位游比干庙的骚客贤士，面对忠臣孤冢，其抒写情怀的首选意象就是"心"和"名"。比干之心已剖，虽无而实存，一个"犹"字道出物质已无而精神永存的意蕴。所以，其"心"不仅犹存，而且"照兹日"，与光华四射的太阳同辉！比干之"名"从周武王封墓开始，千百年来依然隆隆震耳。尾联论"三仁"之事。作者认为"三仁"之称乃孔子所提出的，孔子以"仁"来称许三人的行为，所以，俗人对微子的非议自然可以消除矣。

本诗中间两联颇见功力。颔联借物抒怀，颈联议论深湛。尾联虽然有宕开一笔、扶疏摇曳之效，但总觉游离题旨，以致文气不聚，力度不够。其《七月十五日次卫辉》的结尾"何不庇彼诸寒士，飘风零雨荒阶除"倒有一种心怀苍生之感。

无题①

〔清〕阎兴邦②

批鳞沥血救斯民，为国何曾知有身。今古祇伤忠谏士，不知一剑已全仁。

【简析】

康熙二十九年(1690)，阎兴邦任河南巡抚。督豫四年，注重教化。康熙三十年下令河南各县修志，也就在这一年，他巡视卫河，道由牧野，入庙致敬，看到比干庙堂庑以及垣墙需要修补，就"捐俸"命令当地官员修葺，并亲撰碑文《重修殷比干墓墙垣记》以记其事。本诗作于治豫之前。

首句堂堂正正，直接点出比干之所以批鳞沥血、犯颜直谏，其目的是"救斯民"，这就使得下一句的论述顺理成章。比干的所作所为不是为了博得虚名，完全是为国为民。在国家利益面前，他不知"有身"。其实，在封建社会专制统治

---

① 选自《乾隆汲县志》卷四《建置下·塚墓·殷比干墓》。原诗无题。
② 阎兴邦(1635—1698)，直隶宣化人，字涛仲，号梅公。康熙二年(1663)中举。九年，补授直隶新城知县，擢通州知州，颇有政声。十五年任工部员外郎、监察御史、鸿胪寺卿、光禄卿。二十七年任顺天府尹。后任河南巡抚、贵州巡抚，授光禄大夫。其诗文端雅有体，有《冰玉堂集》存世。

的大框架下,有的谏臣固执一端,有时拘泥于虚名而不知变通,反而适得其反,使得大局受损。有人也以此非议比干,所以,作者的议论是有针对性的。第三句指出"忠谏士"的必然命运——"必伤",这是专制社会的特征。但是,这些忠谏之士的形体虽惨遭杀戮,可忠义精神永存世间,他们获得了社会和历史的最高评价——仁。

阎兴邦好为诗,所为古文词皆端雅有体。"咏史诗不著议论,有似弹词;太著议论,又如史断。"(清·舒位《瓶水斋诗话》)本诗的议论针对性强,前两句赞扬比干,后两句微讽统治者,出手大气,但不锋芒毕露,含蓄得体。

无题①

〔清〕吴干将②

阴风夜入白杨树,飒沓③英灵此中聚。千年社屋④吊者稀,肃谒争过太师墓。我观尚书微子篇,微箕商略⑤御悲酸。太师胡为⑥默无语,毋乃自分余生捐⑦。人言杀身竟⑧何益,臣心虽剖臣不惜。君心如日照独迟,剖心或者终鉴之。君不鉴兮臣志苦,仰视皇天色惨沮。扪心可告先哲王,流血犹沾有商土。

【简析】

吴干将是潮阳文人吴仕训之从孙,曾担任过汲县令。关于他为政的情况,《汲县志》语焉不详,《潮阳县志》《兰阳县志》没有记载。

这篇古风由两部分组成:前八句叙事,后八句抒情议论。文章开篇用四句引入,暮色阴冷,凄风苦雨,白杨飒飒,如泣如诉。作者由眼前的墓地环境写起,景象悲惨,令人嘘唏。又想象在如此的环境中,无数英灵聚集于此,那飒飒的白

---

① 选自《乾隆汲县志》卷四《建置下·塚墓·殷比干墓》。原诗无题。
② 吴干将:字又生,潮阳人。康熙二年癸卯亚魁。康熙三十四年(1696)任汲县县令。按,《潮阳县志》:"吴干将,县廓人。仕训从孙。官兰阳知县。"
③ 飒沓:纷繁、众多貌。刘孝标《广绝交论》:"鱼贯凫跃,飒沓鳞萃。"李周翰注:"飒沓鳞萃,言多也。"
④ 社屋:犹社庙。清钱谦益《跋王原吉〈梧溪集〉》:"君臣之义,虽国亡,社屋犹不忍废。"
⑤ 商略:商讨。《金史·荆王守纯传》:"今诸相皆老臣,每事与之商略,使毋贻物议足矣。"
⑥ 胡为:何为,为什么。《汉书·黥布传》:"胡为废上计而出下计?"颜师古注:"胡,何也。"
⑦ 毋乃:即"毋乃"。莫非,岂非。自分:自料,自以为。捐:舍弃。
⑧ 竟:终于,到底,终究。

杨树声就好像他们在倾诉自己的衷曲。次联用对比,千年社屋,豪华无比,却吊者稀少;太师孤冢,形单影只,却谒者如云。一个"争"字写出人心之所向。第二个四句用"我观尚书微子篇"过渡,回顾三仁在商亡前夕共商大计时的情景。微、箕"悲酸"难抑,比干却"默无语",作者揣测:此时的比干已经下定了为国捐躯的决心。神态之异显出了为臣子的境界之异。

　　后八句的议论由"人言杀身竟何益"而起。比干之所作所为,赞成者自然很多,但非议者也不少。作者用"臣心虽剖臣不惜"告诉世人:比干坦荡无私,并不爱惜自己的生命和名利。那么,比干"惜"什么呢?"剖心或者终鉴之",希望以心为鉴,让君王明白其过失,挽狂澜于既倒。最后四句写以死谏君的结果——君不鉴。统治者残暴霸道,一意孤行,使得天地变色,江山易主,正直的臣子悲苦难抑,冤死的英灵只能魂告先王。但即便如此,"流血犹沾有商土",爱国、爱人民之心永远不变!结句奏响了全诗的最强音,令人心血澎湃!

　　作为封建社会的低级官吏,作者在驳斥非议者的同时,既赞美了比干的忠心为国,还隐隐地表达了对统治者昏聩残暴,刻薄寡恩的不满,"君心如日照独迟"在无可奈何之中微露讥讽之意。高唱易震,微悟难参,只有慢慢品味,才能领悟到作者胸中的块垒啊!

比干墓①

〔清〕潘耒②

　　不能行遁与幽囚,臣节惟将碧血留。谏到剖心甘殉国,死凭封墓不臣周。遗民定洒坟前泪,烈士思从地下游③。万古少师祠庙在,殷墟亳社黍油油④。

---

① 选自《遂初堂诗集》卷十四"豫游草",上海古籍出版社2009年版《续修四库全书·集部》01417册。
② 潘耒(1646—1708),清初学者。字次耕,一字稼堂、南村,晚号止止居士,藏书室名遂初堂、大雅堂,吴江(今属苏州)人。师事徐枋、顾炎武,博通经史、历算、音学。康熙十八年(1679)举博学鸿词,授翰林院检讨,参与纂修《明史》,主纂《食货志》,终以浮躁降职。其文颇多论学之作,也能诗。所著有《类音》《遂初堂诗集》《文集》《别集》等。
③ 地下游:按,用"朱云攀槛"之典,详见附录《比干庙古诗中常用典故》注18。
④ 亳社:殷社。详见附录《比干庙古诗中常用典故》注16。黍油油:借指家国破亡。按,详见附录《比干庙古诗中常用典故》注6。

【简析】

潘耒为吴郡名贤,出身书香门第。其兄潘柽章罹庄廷鑨明史案被凌迟,其嫂沈氏在被流放中途流产自杀。当时潘耒十七岁,徒步送之,惨景刻骨铭心。受业于顾炎武等名师,学养深厚。进入仕途后,曾被康熙拔为日讲起居注官,出任会试考官,分校礼闱。他于时政多有建白,但终因精敏敢言,无稍逊避,为忌者所中,以浮躁降职,后因母忧归,遂不复出。康熙四十二年(1703)春,康熙南巡,复耒原官。越三年,皇帝又南巡,大学士陈廷敬欲荐起耒,耒曰:"止止止,吾初志也,吾分也。"并附一首《老马行》以谢,竟不复出。晚年崇信佛学,好山水,遍游名山,多有名篇。

本诗写于康熙四十年(1701),时潘耒闲居在家,先是在南方游历,"罗浮衡桂恣登攀,看尽南条万历山",于辛巳春,"兴来一艇江淮去,身健孤筇陕洛还"(《渡江》),开始了豫省之游。本诗首联即用议论破空而出,用微子的"行遁"和箕子的"幽囚"作对比,突出比干忠义精神的高贵。"不能"置首,可见比干在去与留的问题上也是经过了激烈的心理斗争,但"臣节"使之殉国忘身。"惟将"无奈之中见真情,决断之中见沉痛。颔联前句承上,"谏到剖心"写出劝谏时间之长,用心之良苦;但谏君无果,只有"甘剖心"。"甘"属于无怨无悔,可见比干生死为国的境界之高。后句点出任凭周朝封墓褒奖,可心在故国,永不臣周。颈联写比干忠义精神对"遗民""烈士"的影响。尾联有对比意味,一方面比干祠庙巍然屹立,一方面故国成墟、亳社荒芜,令人慨叹。

潘耒擅诗,"诗笔直达所见,浩然空行,韵语可作古文读,而登览怀古诸作,尤为光焰腾上,一时名流几罕于俪者。"(沈德潜《清诗别裁》)由于其经历特殊,洞悉世事,所以在怀古之作中寄寓颇深。如"君看卧犊挥锄地,尽是当年将相家"(《邶镇》)、"荒冢累累斧锸侵,当年松柏想成阴。西陵信美何须此,异代还防有摸金"(《疑冢》)、"阮生一掬西风泪,不为前朝楚汉流"(《广武》)等,寥寥数语,点透人间万象。可惜本诗虽语壮意沉,但堂皇有余,蕴藉不足。

比干墓①

〔清〕张汉②

牧野陈师殄鳦祥③，三仁评定庸④无商。书名有待春秋笔，誓死争凌日月光。殷土一抔王气壮，尼山四字墨痕香。铜盘古篆封元渥⑤，不解孤臣恨国亡。

【简析】

康熙四十七年（1708），张汉中举。然后北上参加会试。康熙四十八年元日，到达卫辉，游蘧伯玉墓，有"纵横骑拥探花客，下上光澄积雪天"（《己丑元日》）句，足见春风得意之态。然后，莅孔子击磬处，祭比干墓，写下了本诗。此时的作者还没有走入仕途，心思敏捷，敢说敢议，不囿旧说，颇有见解。

本诗的写作重点放在对周武王题铭、孔子题碑的议论上。首句先写殷商灭亡，周朝建立，为下面的议论做准备。次句写孔子评定"三仁"，孔子是周朝臣子，却直言"殷有三仁"，作者认为：一"殷"字足见孔子的故国之思，一"仁"字足见对三人行为的肯定，这属于春秋笔法。颔联承上意而来，"书名"指传达名声、功绩、思想，比干事迹和精神之所以能名扬天下，墓前的剑刻古碑起到了春秋笔法与微言大义的作用。孔子的"殷比干墓"四字把比干"誓死谏君"、义凌日月的精神表达了出来。颈联写比干墓王气强盛，暗含天地眷顾比干之意；又写孔子之碑墨痕飘香，借以赞美比干忠义精神的价值之高，影响之深远。此联单独看，对仗工稳，用语新奇，含义深远，堪称名联，但语意上与上联有重复，殊为不

---

① 选自《留砚堂诗选》卷一，丛书集成续编第175册，台湾新文丰出版公司1988年版。（选自"卷一"，从康熙丙子至癸巳）按，诗题下有小字"卫辉城北'殷比干墓'，孔子亲笔。又有我王封铜盘铭碑"。

② 张汉（1680—1759），字月槎，号蒹思，晚号蛰存，云南石屏人。康熙五十二年（1713）恩科进士，授翰林院庶吉士，升检讨，出任河南府知府。居官清廉平恕，敢于直书直谏。因顶撞当道，被解职归里。乾隆元年（1736），应博学鸿词，又入翰林院，复授检讨，迁山东道御使。有直声。以疾辞。

③ 鳦（yǐ）祥：借指殷商。鳦，燕子。传说简狄在野外洗澡时无意食玄鸟（鳦）蛋感受身孕生殷契，契因协助大禹治水有功，后成为商的祖先，故"天命玄鸟，降而生商"。

④ 庸：岂。按，此字不清，也可能为"痛"。

⑤ 元渥：赞美之词，有品德第一之意。渥，深重、浓厚。贾谊《上疏陈政事》："高皇帝以明圣威武即天子位，割膏腴之地以王诸公，多者百余城，少者乃三四十县，德至渥也。"

当。尾联强调周武王、孔子并不真正了解比干的内心,那些所谓的褒封在比干看来都不算什么,他真正关心的是国家的存亡,感到遗憾的是国家的灭亡。作者用"翻案式"的笔法结尾,把赞美之意再推进一层,深化了文章主题。

张汉为官以清廉平恕,直书直谏著称。仕途多舛,但才华横溢,曾两入翰林院。他善书,曾自题"留砚堂"匾,意取衣冠尽典,惟留砚传家。他辞官归家后,家徒四壁,"益嗜古不倦学,士大夫藉典型焉。"(《石屏州志》)

汲县谒殷太师墓庙①

〔清〕蒋锡震②

抗疏③期销牧野师,空令溅血满阶墀④。回天无力臣当罪,故国余哀⑤今已而。抔土仅存应鬼泣,孤忠自与愧人知。龙逢千古称仝⑥调,地下相从话所思。

【简析】

蒋锡震是江苏宜兴人,"制举业非所好也",康熙四十八年(1709)进士,时已48岁。直至康熙五十七年(1718)才做直隶庆云知县,多有善政,为官三年,苦不得提升,赋诗告归。可见仕途并不顺利,好诗词古文,为文多奇气。本诗写于康熙辛卯年(康熙五十年,即1711年)二月,作者由汴奔洛,途径汲县,拜谒比干庙,作诗以抒怀。

首联叙比干剖心谏君之事。先写比干"抗疏"的目的是"销牧野师",为国家解除危难。次句用"空"一转,写出比干无辜被戮,溅血丹墀,让人悲愤难抑。颔联的"回天无力臣当罪"剖析比干的内心世界:虽然无辜被杀,但并不怨气冲天,反而痛心于无力回天、宗社不存,深以为有罪于社稷。这是多么无私高贵的情怀啊!颈联的"孤忠自与愧人知"也有此意。这两句开前人未有之境界,死并不是目的,名声非我所取;国家安宁,宗族绵延才是目的。但自己的死谏并没有

---

① 选自《青溪诗偶存》卷七《洛游草》,四库全书存目丛书集部第264册,齐鲁书社1997年7月版。
② 蒋锡震(1662—1739),字契潜,号平川渔者,江苏宜兴人,康熙己丑(1709)进士。五十七年官直隶庆云知县。有《青溪诗偶存》十卷。
③ 抗疏:谓向皇帝上书直言。清李渔《玉搔头·极谏》:"严亲忧国太焦劳,抗疏甘将斧钺膏。"
④ 阶墀(chí):台阶,亦指阶面。墀,台阶上的空地,亦指台阶。
⑤ 余哀:不尽的悲哀。《古诗十九首·西北有高楼》:"一弹再三叹,慷慨有余哀。"
⑥ 仝:"同"的古字。

阻止国破家亡,比干因此感到有"罪"有"愧"。尾联承前意,想象地下相逢关龙逢,两个有着共同理想和追求,遭遇相似的忠臣"话所思"。此联也有托古喻今之效。

　　写此诗时作者已 50 岁,仕途不畅,长期落寞,"性慷爽,落酣饮",为诗为文自然多奇气、有见识。本诗剖析入微,见解卓异,境界高远,乃比干庙怀古诗中的佳作。

比干庙墓①

〔清〕李治民②

　　吁嗟商季乾坤裂,天维欲倾地轴③折。首阳山④中义士魂,独夫刀上圣人血。义士何矫矫⑤,圣人尤赫赫。七窍开时天哭惊,血光飞作长虹精。光照盟津八百国,倒戈愧入朝歌城。周封不到坟头土,王子忍为西伯虏。知心旷世惟宣尼,特书殷字昭今古。今古往来拜庙庭,几人心见圣人心。不是当年肯刳视,千秋岂复有君臣。墓草年年青,墓烟日日横。秣马金阙⑥不可听,亳社⑦虽屋有余荣。吁嗟乎,亳社虽屋有余荣,泰山之死死如生。

【简析】

　　李治民是举人出身,雍正六年任博罗知县。多善政。性淳笃,少警敏,嗜学工书,行草最妙。晚年为文多逸气。观其诗集,古风居多,豪气跌宕,气韵奔放。本诗即其名作之一。

————————

① 选自《李氏诗存十四卷·稜翁诗钞二卷(清李治民)》卷一,清朝李浩辑。"丛书集成续编"第117 册,台湾新文丰出版公司 1988 年版。
② 李治民,字立人,号稜翁,世居晋宁锦川里。康熙癸巳(1713)举人,历博罗、清远知县。
③ 天维:天之根基。维,本指系物的大绳,引申指维纲(纲纪;法度)。李白《雪谗诗赠友人》:"妲己灭纣,褒女感周。天维荡覆,职此之由。"地轴:古代传说中大地的轴。晋·张华《博物志》:"地有三千六百轴,犬牙相举。"
④ 首阳山:相传为伯夷、叔齐采薇隐居处。《史记·伯夷列传》:"武王已平殷乱,天下宗周,而伯夷、叔齐耻之,义不食周粟,隐于首阳山,采薇而食之。"
⑤ 矫矫:勇武刚强的样子。《诗·鲁颂·泮水》:"矫矫虎臣,在泮献馘。"
⑥ 秣马:饲马。秣,牲口的饲料。金阙:指天子所居的宫阙。按,王应麟《困学纪闻》卷十一《考史》:"韦昭《洞历记》:纣无道,比干知极谏必死,作《秣马金阙歌》。古歌尚质,必无'秣马金阙'之语,盖依托也。"
⑦ 亳社:殷社。详见附录《比干庙古诗中常用典故》注 16。

首句以"吁嗟"开头,激情难抑,慷慨悲歌。领起下面十句,写比干剖心而商亡的历史。首联"乾坤裂""天维倾""地轴折"意象飞扬,运用夸张极写情势之危急。"首阳"四句写"义士""圣人"的遭遇。"七窍"四句运用神奇的想象,写比干死时苍天惊哭、血化虹霓、光照大地的情景,颇有古风铺陈扬厉、超迈激越、不拘一格、挥洒自如的特色,令人为之心痛。尤其是写八百诸侯目睹比干之血雄布长空,天地为之感动时,他们"愧入朝歌城",可见比干忠义精神的感召力量之强。"周封"以下四联写比干死后得到的荣耀。武王封墓历来为人们所赞颂,但作者看来"不到坟头土",也就是说武王的意图并不在比干身上,而是徒有其表、另有所图——笼络殷商遗民。同时,王子比干是不忍也不愿"为西伯虏"的,因为他心在故国。在否定武王封墓的基础上,作者认为最知比干之心的是圣人孔子,因为他为比干书写了墓碑"殷比干墓"。孔子是周朝臣子,他书写墓碑时以"殷"冠首,可见他对比干忠义精神的认同以及他的故国之思。作者甚至认为,古往今来拜祭比干的人没有几个能洞悉圣人之意图。"千秋岂复有君臣"称赞比干的剖心死谏为后世留下了真正的"君臣大义",使历代的封建统治都受益。"墓草"两句即景抒情,看到眼前的景象,生发出不愿听到敌人的战马在故都嘶叫的声音的情感。作者认为,比干虽然未能力挽狂澜,致使"亳社"飐颓,即便如此,比干死有余荣。尾联又用"吁嗟"起句,把情感推向高潮,使得主题句轰隆而出:泰山之死死如生。

在比干庙祭祀诗文中,本诗应是力作。作者熟练地使用古风体抒发澎湃磅礴之情,运用积极浪漫的写法把想象与现实联系起来,恣肆奔放,无拘无束。句式多变,结尾处运用重复,首尾用"吁嗟"呼应,使得跌宕起伏的效果表现得淋漓尽致。更难能可贵的是,作者有自己的创建,他对武王封墓、孔子题碑的剖析入木三分,发前人之未发,有力地突出了主题意义。从本诗看,作者的确擅古体,名句迭出,如"犹惜冢中骨,欲逃泉下蚁。不见牧羊人,驱羊入穴里"(《魏武疑冢》)、"汉家土地千百国,惟有留侯荒烟半亩传芬芳"(《谒留侯祠》)等,古韵盎然。

殷少师墓谒宣尼碑①

〔清〕朱樟②

其一

古碣犹存朴直词，铜盘漫漶已多时。如何我亦勾吴③客，不得高吟十字碑④。

其二

脯贤余痛尚辛酸⑤，古法长留篆刻间。一闭墓门封树⑥尽，疾风梳草枉人山⑦。

【简析】

朱樟于康熙四十五年（1706）"捧檄入蜀"，任江油知县，《白舫集》作于此时。朱樟有才华，作诗颇多。友人把他入蜀比作"少陵、退之志遇"，周京在《白舫集》的序言中指出"（朱樟）负干济之胸，乘蹇患之境，抱穷老之独洁，郁缠绵之奇襟，放而成诗"。朱樟于康熙五十五年（1716）"摄篆新都"，然后离蜀入楚，赴豫北上。本诗即写于途中。

这两首诗是借咏孔子剑刻碑来赞美比干的忠孝节义精神。第一首的前两联先写"铜盘漫漶""古碣犹存"，作者以"质朴"评价剑刻碑的内容，以"犹存"明写孔子真迹历经风雨而不磨灭，暗写比干的为国尽忠精神万古不息。后两句用衬托，作者乃吴地之人，本应高歌十字碑，但在比干墓的孔子剑刻碑面前，自己为孔子的"朴直"之语所震撼，不敢高声放肆。其根本原因还在于季子的贤能远远比不上比干的为国死谏啊！第二首前两句依然扣住剑刻碑来写，强调在字里

---

① 选自《观树堂诗集·白舫集》卷下，《四库全书存目丛书·集部》第258册，齐鲁书社1997年版。

② 朱樟（约1711年前后在世）：字鹿田，一字亦纯，号慕巢，浙江钱塘人。康熙三十八年（1699）举人。四十五年任江油知县，官至泽州府知府。工诗，有《观树堂诗集》十四卷。

③ 勾吴：即句吴。指吴国。明杨慎《升庵经说》："越曰於越，吴曰勾吴，邾曰邾娄，本一字而为二字，古声双叠也。"

④ 按，句后有自注："吴季子墓碑，亦宣圣手迹。"十字碑，即延陵季子碑，位于丹阳市行宫镇九里村。延陵季子即吴王寿梦第四子季札，封于延陵。孔子题其墓曰："呜乎有吴君子。"后唐殷仲容妄加"延陵"之墓，碑文形成"呜乎有吴延陵君子之墓"10个字，故又名"十字碑"。

⑤ 脯（fǔ）：制干肉。《抱朴子》："辜谏者，脯诸侯，俎方伯，剖人心，破人胫。"辛酸：比喻痛苦悲伤。《红楼梦》第一回："满纸荒唐言，一把辛酸泪。"

⑥ 封树：堆土植树以固疆界。这里指堆土为坟，植树为饰。《礼记·王制》："庶人县封，葬不为雨止，不封不树，丧不贰事。"孔颖达疏："庶人既卑小，不须显异，不积土为封，不标墓以树。"

⑦ 枉人山：按，传纣杀比干于此。详见附录《比干庙古诗中常用典故》注39。

行间长留"古法"。"古法"的内涵很丰富,可能指书法技巧,可能指孔子的微言大义。后两句借景抒怀。墓门紧闭,松楸已无,一片荒凉,而比干的被戮之地却依然绿草如碧,狂风不息。尾句以景作结,"疾风梳草"的形象性很强,可以让人联想到天地间弥漫着抑郁不平之气。仁人志士为之而慷慨悲歌。

朱樟是康熙三十八年(1699)举人,直至康熙四十五年才任江油知县,而作此诗又在十年之后。朱樟长期为基层官吏,仕途并不显达。官蜀时,他游历杜工部旧迹,感受诗圣情怀,其诗自然受其影响。如本诗之前为《薙草谣》,有句"近年困征徭,地力耗田租。满车输诸官,后至且逢怒。鞭笞戏用之,辞拙莫敢吐",颇有少陵沉郁顿挫的写实之风。

比干墓①

〔清〕梁文濂②

比干剖心死,后此无嗣音③。臣心不可剖,多是不臣④心。

【简析】

梁文濂是清代雍乾年间浙江钱塘梁氏家族的名人,以读书乐道著称。其弟梁文泓以兄为师,终身执弟子之礼;其子梁诗正乃雍正八年探花,乾隆时历官户、兵、吏、工部尚书,东阁大学士掌翰林院学士,常随高宗出巡,重要文稿多出其手;其孙梁山舟进士出身,淡泊名利,以书法名天下。梁文濂的仕途并不顺利,仅仅为贡生出身,曾官诸暨训导。壮年时,颇喜游历,"南浮衡湘,北抵碣石,践历嵩华,回旋宋卫之郊。舟车刺促,崎岖登顿,壹以诗为职业,以抒写其牢愁抑塞之况,故道力愈充,性识日广,而不自知其运之厄也。"(杭世骏序)本诗写于康熙五十六年(1717),由鄂至豫而北上。途经卫辉时,已届盛夏,目睹"旷野云开忽见山,山高不放白云还"(《卫辉道中》),莅比干墓以拜谒忠臣之灵。

---

① 选自《桐乳斋诗集》卷五,《四库全书存目丛书·集部》第273册,齐鲁书社1997年7月版。

② 梁文濂(1672—1758),字次舟,号溪父,浙江钱塘人。雍正贡生,诸暨训导。有《桐乳斋诗集》十二卷,《四库总目》传于世。

③ 嗣音:谓继承前人的事业,如响应声。严复《〈古今文钞〉序》:"三十年以往,吾国之古文辞,殆无嗣音者矣。"

④ 不臣:不守臣节,不合臣道。

首句平淡引入，语直而朴，不加雕饰，为后文蓄势。次句"后此无嗣音"就有惊心动魄之效，直刺症结。比干为后人留下了宝贵的精神财富，可是"无嗣音"啊！颇有寄寓，借古讽今。后两句议论。古时谏君而死者可谓多矣，比干的特异之处在于"剖心"，所以歌咏比干的诗歌一般都会围绕着"剖心"做文章，这两句亦然。作者以"臣心"与"不臣心"对比，首先告诫统治者"臣心不可剖"，仿佛是老生常谈，无甚新意，但结句"多是不臣心"令人惊悚！既是对上句原因的剖析，又是直面现实，从反面印证了比干忠君为国精神的可贵。

绝句贵在言简而意深，在不经意之间波澜跌宕。本诗犹然，不用典故，质朴似口语，淡淡道出却震撼人心。正如杭世骏在序言中所言之"其率臆而言，称心而出，宁质毋侈，宁朴率而毋华巧"，可谓中的之语。

殷太师比干墓①

〔清〕顾嗣立②

商受当年事可咍③，剖心观窍亦奇哉。独夫授首成灰烬④，九庙亡魂落草莱⑤。封墓铜盘新主赐，题碑铁笔圣人来。孤忠碧血薶⑥松柏，吊古难禁异代哀。

【简析】

顾嗣立少年失学，二十岁始学诗，好宾客，成立"酒人社"，嗜酒豪饮。嗜书耽吟，轻财好施，有"酒帝"之称。他在《四十生日自述诗》中写道："爱客常储千日酒，读书曾破万黄金。"其于康熙二十七年（1688）春修筑秀野草堂，"良辰美

---

① 选自《味蔗诗集》卷一《嵩岱集》卷中，《四库全书存目丛书·集部》第266册，齐鲁书社1997年版。按，原题下有小字释文："在汲县北十五里。开元中土人掘地得铜盘铭，因以立之。其铭篆文，云：'左林右泉，后冈前道，万世之藏，兹焉是宝'。疑是周武王封墓时物。又，墓前有石，方广二尺许，篆刻'殷比干墓'四字，字迹奇古，相传为孔子书。"
② 顾嗣立（1669—1722），字侠君，又字闾丘，江苏长洲县（今属苏州市）人。清朝诗人。康熙五十一年（1712）进士，选庶吉士，散馆改补知县，因病告归。辑《元诗选》，编纂《御选宋金元明四朝诗》，著《秀野集》《闾丘集》。
③ 咍（hāi）：古同"咳"，叹词。
④ 按，牧野之战失败后，帝辛登上鹿台，"蒙衣其珠玉，自焚于火而死"。商亡。
⑤ 九庙：指帝王的宗庙。古时帝王立庙祭祀祖先，有太祖庙及三昭庙、三穆庙，共七庙。王莽增为祖庙五、亲庙四，共九庙。后历朝皆沿此制。《汉书·王莽传下》："取其材瓦，以起九庙。"草莱：犹草莽。杂生的草，也指荒芜之地。
⑥ 薶："埋"之古字。

景，名人胜流登斯堂者觞咏留恋，岁无虚日"（《嵩岱集》自序）。本诗写于康熙五十八年（1719），当时作者"自吴门即路，渡河而北，不远数千里以达于嵩岱之下。自春徂秋，为时不惜数月之久，以从事乎登临之间，既专以久"（王苹序）。其于年初出游，直至秋末才完成了这次游历，精心构撰一组"其声大而远，其体闳以肆，盖有名山大川英灵之气"（王苹序）之诗。八月中旬，作者到达卫辉，晚宿卫辉府，看到"路人尽拜忠臣墓"，兴发"商周遗事与谁论"（《晚宿卫辉府》）之感，挥笔写下了这首《殷太师比干墓》。

首联由史事引入，本甚平常，但一"咍"一"哉"，用虚词相对并收束诗句，给人嬉笑怒骂、挥洒不羁之感。颔联写亡国之悲。颈联叙比干庙史实，用"新主赐""圣人来"赞誉比干为国殒身的精神。尾联"碧血菴松柏"化用苌弘化碧之典，写比干之血被埋于松柏之下而化成碧玉。用典自然，形象感很强。但惜尾句平平，拘泥于祭祀本事，没有进一步深化和挖掘。

咏古之诗，贵在境界深远。本诗多叙史事，多用成典，稍欠雕琢，开拓不够。但仍展示了作者"博学有才名"的一面，也属比干庙诗词中的珍贵之作。

观比干庙铜盘铭①

〔清〕胡浚②

抔土高碣青，大篆自孔氏③。铜盘周所封，奇崛体更异④。瘦鼍竖牙骞⑤，锈

---

① 选自《绿萝山房诗集》卷十九，《四库全书存目丛书·集部》第 268 册，齐鲁书社 1997 年版。按，题下有作者自注："《舆地记》：比干墓在汲县北一十里北固社，即武王所封者。前有庙。比干，纣诸父。庙北魏所建，今重修。"

② 胡浚（约 1735 年前后在世）：字希张，号竹岩，浙江会稽人。康熙五十九年（1720）举人。乾隆时，举博学鸿词。知涌川县，以事落职。浚精诗古文，尤工骈体。著有《绿笋山房文集》二十四卷，诗集三十三卷，《四库总目》传于世。

③ 按，句末有自注："《汉·张释之传》：假使有人盗长陵一抔土。《广舆记》：比干墓上有石碣，题曰殷太师比干墓，宜圣手书。《史记》：周宣王时史籀变蝌蚪文为大篆。《论语》：自孔氏。"

④ 按，句末有自注："《古逸》：铜盘铭，周武王封比干墓所作也。《河南通志》：宋时修比干墓，得铜盘，有铭一十六字，是武王封墓所制者。"

⑤ 按，句末有自注："《韩石鼓歌》：快剑斫断生蛟鼍。"骞（shùn）：原字不清，类"鬈"。鬈，自落之发。泛指头发。

铁折锻砺[①]。扪摩殳画漫[②],欲读凭译字[③]。左右叙林泉,灵保祈万世[④]。词简略剖屠,忠厚有余致[⑤]。维昔大定年[⑥],明堂集筐币[⑦]。微箕业褒仁[⑧],焦陈亦修废[⑨]。日月更遐光,碧血锡幽锲[⑩]。当时不入雅,或由篇未备[⑪]。晔争龚彝光[⑫],穆与汤盘继[⑬]。河深乔岳雄,千古辉正气[⑭]。

【简析】

胡浚为乾隆年间下层官吏,但学博才雄,久以诗古文名天下。"先生所著,原原本本,殚尽洽闻。取精多而用物宏,功力深而牧名远。文于五色,其为天孙之云锦;诗于八音,其为神女之琅璈乎!"(齐召南序)其诗集模仿谢灵运《山居赋》体例,文句下有自注,显示了作者的才华和严谨之风。

本诗见诗集第十九卷,该卷记作者出都南行的经历,没有具体时间的记载,令人遗憾。本诗即写于途中拜祭比干庙之后,主要围绕铜盘铭抒情达意。前四

---

① 按,该句末有作者自注:"《诗·公刘》:涉渭为乱,取砺取锻。"锻砺:锤炼磨砺。《书·费誓》:"锻乃戈矛,砺乃锋刃。"

② 扪摩:抚摩,摩挲。殳(shū):秦书八体之一。如:殳书(古代刻于兵器或觚形物体上的文字)。

③ 按,两句末有作者自注:"《东里集》:石鼓文,元国子司业潘迪训释。"

④ 按,两句末有作者自注:"《铜盘铭》:左林右泉,前冈后道,万世之灵,于焉是保。"

⑤ 按,两句末有作者自注:"《史·殷本纪》:纣愈淫乱不止。比干曰:'为人臣者,不得不以死争。'谏纣。纣怒曰:'比干自以为圣人,吾闻圣人心有七窍。'剖比干以观其心。《苏石鼓诗》:文武未远犹忠厚。"余致:额外收获。

⑥ 按,该句末有作者自注:"《书·武成》:一戎衣,天下大定。"一戎衣:谓一穿上戎装。或云,"衣"当作"殷",谓一用兵而胜殷。一,亦作"壹"。

⑦ 按,该句末有作者自注:"《汲冢周书》:明堂之位,天子负斧扆南面而立。"筐币:古人通常用以相互赠送的玉帛之类的礼物。

⑧ 按,该句末有作者自注:"《史·周本纪》:武王封微子开代殷后于宋,释箕子之囚。《一统志》:孔子称殷有三仁,微子、箕子、比干也。"业:副词,已经。

⑨ 按,该句末有作者自注:"《史·周本纪》:武王封神农之后于焦,黄帝之后于祝,帝尧之后于蓟,帝舜之后于陈。《通鉴前编周纪》:举逸修废。"修废:兴复废业。

⑩ 按,两句末有作者自注:"《书·泰誓》:惟我文考,若日月之照临,光于四方,显于西土。《通鉴前纪》:武王命闳夭封比干之墓。《宝椟志》:周人杀苌弘,埋其血,三年化为碧。"幽锲:犹"幽契"。隐微的心情或契机。

⑪ 按,两句末有作者自注:"《诗集传》:雅,正也。小雅,燕飨之乐也。大雅,朝会之乐也。多周公制作时所定也。"

⑫ 按,该句末有作者自注:"薛尚功《锺鼎款识》:周龚伯彝铭曰'□皇祖,盖文公武伯皇考,龚伯尊彝'。"

⑬ 按,该句末有作者自注:"《□录》:古之刻金者,汤盘伯鼎其最著矣。"汤盘:《礼记·大学》:"汤之盘铭曰:'苟日新,日日新,又日新。'"

⑭ 按,两句末有作者自注:"《诗·时迈》:怀柔百神,及河乔岳。汉翼奉疏:豫州前乡嵩高,后介大河。文山《正气歌》:天地有正气,杂然赋流形。下则为河岳,上则为日星。"

句写铜盘铭的来历,引出歌咏对象。其实,铜盘铭和孔子剑刻碑是两物,作者混为一体。"奇崛体更异"起承上启下的作用,领起下文。"瘦鼍"四句正面描写铜盘铭的"奇崛"难释。"左右"四句解释铜盘铭的内容和意义,点出其词简意深的特点。作者注意到了铜盘铭中没有"剖心"的记载,他以"忠厚"释之。其实,这恰恰是铜盘铭的内伤。既然是比干墓中之物,就应该记载比干为国殒身的事实,但铭文中却没有这些内容,这不能不让后人对史书记载的真实性或者铜盘铭的真实性产生怀疑。"维昔"四句写周武王褒扬三皇五帝之后及忠臣义士的情况,也是介绍铜盘铭诞生的时代背景。"日月"四句赞美铭文的内涵,赞美了比干精神与日月同辉,仿佛由忠臣碧血凝就。铭文读起来有些佶屈聱口,作者认为是"篇末备"所致。最后四句在前文层层蓄势的基础上集中挖掘铜盘铭的内涵,深化主题。先用"晔""穆"二字概括其特征,再用"龚彝""汤盘"作比。"河深乔岳雄"既写比干墓的方位,又写铜盘铭得天地山川之灵气。"千古辉正气"是点题句,也是诗眼所在。

　　古风重在跌宕起伏,深意送出。本诗富于才学,但深度略缺。尾联为诗篇增添了一些亮色。

殷太师墓①

〔清〕梁机②

　　高冢倚斜阳,平田秀麦黄。山河足涕泪,乔木③各风霜。叔父尊何有,君王乐自荒。朝歌城外水,终古去微茫。

【简析】

　　梁机于康熙三十七年(1698)自京师游洛川,作诗一百六十余首,为《入洛志

---

①　选自《三华集·入洛志胜》,江西图书馆藏清刻本。收入《四库全书存目丛书补编》第7册,齐鲁书社2001年版。按,诗前有序:"未至墓十里有水曰缩水,为纣斮朝涉处,又名斮胫河。南流东曲,径朝歌城,墓北里许复有庙,墙宇版峻,丛木苍森,颇为壮观。"叙述淇县比干庙的情况。天下比干庙有多处,淇县也有,亦废。
②　梁机:字仙来,泰和人。康熙辛丑(1721)进士,由庶吉士改知县,又改教授。有《北游草》《三华集》。
③　乔木:高大的树木。《诗·周南·汉广》:"南有乔木,不可休思。"《孟子·梁惠王下》:"所谓故国者,非谓有乔木之谓也,有世臣之谓也。"后因以"乔木"为形容故国或故里的典实。

胜》,诗前有序,记形胜,考遗迹。本诗前一首为《过朝歌城涉淇水望淇园》。正如书前徐秉义序中所说,"泰和梁仙来年少力强,博学矫志……登丛台,过邺都,渡河涉洛,吊古于渑池、伊阙之间,其游溢壮,诗益多……其诗才力横骛,托兴遐渺,云霞之鲜新,风雨之翕习,交会于腕下"。首联以"高冢"引出比干墓,"倚"有拟人之效,比干墓斜倚夕阳,给人以苍凉中有温馨之感。次句中的"秀麦"暗用箕子作《麦秀之诗》之典,明写眼前之景,暗写亡国之象。颔联承上联之意,山河依旧,人事全非,让人唏嘘;故国的乔木历经风霜依然茁壮,但江山改色,贤人凋零。颈联探讨国破家亡的原因,锋芒直指最高统治者:君王荒淫享乐,不顾比干的叔父之尊、忠臣之贤,竟然丧心病狂,将其剖心观窍。尾联以景作结,淇水无言,潺湲汤汤,目睹了千百年来殷商故都的历史变迁,其中的教训得失有谁关注呢?颇有刘禹锡《石头城》"淮水东边旧时月,夜深还过女墙来"的味道。

对梁机的咏史诗,前人评价很高,有人更以"超逸雄阔,深微秀艳,各臻其妙,卓然自成"(书前王源序)誉之。不过,从本诗看,多用传统意象,气度虽胜,但见解一般,难跻上流。

比干墓①

〔清〕杨懿②

千载殷墟抔土存,有无遗恨总难论。杨花③日暮飞霜影,草色春晴带血痕。大白④不堪陈牧野,铜盘岂足慰忠魂!自从尼圣题碑后,淇水阴云护墓门。

【简析】

杨懿是雍正元年陕西蒲城举人,曾任浙江鄞县知县,以勤政恤民著称。雍正五年,鄞县水灾,农田淹没,他亲勘灾情,减租发赈,并兴工治理大嵩河,建横山、大礁、小礁、南球琳、北球琳、舵撞等六闸。又筑嵩港滚水坝,以堵海潮。筑

---

① 选自《杨懿朱国选合集》之杨懿《静庵诗略》一卷,杨懿、朱国选原著,宁波大学俞信芳先生点注,鄞州区政协办史委编,鄞州地方文献丛书,宁波出版社2014年版,第102—103页。

② 杨懿:字元徽,号静庵。陕西蒲城人。雍正元年(1723)举人,曾任浙江鄞县知县。

③ 杨花:指柳絮。北周庾信《春赋》:"新年鸟声千种啭,二月杨花满路飞。"唐李白《闻王昌龄左迁龙标遥有此寄》诗:"杨花落尽子规啼,闻道龙标过五溪。"

④ 大白:谓白色旗。《周礼·春官·巾车》:"建大白,以即戎,以封四卫。"郑玄注:"大白,殷之旗。"《礼记·明堂位》:"殷之大白,周之大赤。"孔颖达疏:"殷之大白,谓白色旗。"

塘坝,以辅坝闸,使鄞县两万余亩荒地尽为沃壤。雍正七年,长春塘毁坏,他星夜督筑,不幸失足溺水,口不能言,仍手书"城工、河工未毕为憾"。可见,他是一位循吏型的基层官吏。

　　这首诗不知作于何时。首联把比干墓的一抔黄土放在"千载殷墟"的大背景下,突出比干精神之永垂千古。颔联写景。暮色渐起,柳絮飘霜,春草萋萋,血痕点点,有眼前的飞霜血痕联想到比干的血洒丹墀,苍凉悲壮之感油然而生。颈联一写牧野之战,一写武王封墓,虽说比干殒身旧朝,但在新朝得到了崇祀,也算是一种抚慰吧。尾联强调圣人有意,题墓颂仁;山水有情,护墓长存。

　　本诗注重情景交融,尤以颔联描摹自然,景中含情。但全诗缺少精炼深刻的主题句,略显平淡。

比干墓①

〔清〕夏敬渠②

　　社稷危如卵,宗亲忍遁藏。剖开心贯日③,流出血含香。圣笔④乾坤在,仁风海岳长。当年封此墓,台德⑤自惭惶。

【简析】

　　夏敬渠自负才学,颇擅诗道,在诗歌鉴赏、创作上有自己的心得。本诗构思不出传统怀古诗藩篱,无甚突出之处。首联引入,一写国势危如累卵,摇摇欲

---

① 选自《浣玉轩集》卷四,光绪庚寅中秋校刊。
② 夏敬渠(1705—1787),清代小说家。字懋修,号二铭,江苏江阴人。诸生。性好游历,足迹遍及四方。崇信程朱理学,涉猎经史百家,以道学家观点作小说《野叟曝言》。另著有《纲目举正》《浣玉轩诗文集》《唐诗臆解》《医学发蒙》等。
③ 贯日:遮蔽太阳;干犯太阳。古人常以之为君王蒙难或精诚感天的天象。《史记·鲁仲连邹阳列传》:"昔者荆轲慕燕丹之义,白虹贯日,太子畏之。"裴骃集解:"应劭曰:精诚感天,白虹为之贯日也。如淳曰:白虹,兵象。日为君。"
④ 圣笔:指比干墓前孔子剑刻碑。
⑤ 台德:借指帝王。语出《书·说命上》:"爰立作相,王置诸其左右。命之曰:'朝夕纳诲,以辅台德。若金,用汝作砺;若济巨川,用汝作舟楫。'"后多以"辅台德""济川"比喻辅佐帝王。按,"台"在古代也可表示"我"的谦称。《史记·殷本纪》:"匪台,小子敢行举乱。""朝夕纳诲,以辅台德"即每天接受您的教诲,从而增加我的德行。

坠;一写宗亲或遁或藏,人心涣散。开局平凡,却也为下文蓄势。颔联运用传统意象,赞美比干之七窍灵光四射,贯穿白日;那殷红的鲜血散发出芳香,让人迷醉,让人回味深长。颈联回到眼前,一实一虚,实写墓前的孔子题墓碑虽历经千年岁月风霜,但依旧长存人间;虚写比干之"仁风"如海岳般天长地久。尾联语意有竭尽之虞,气势不足,深度也不够。

夏敬渠论诗谥"静",他说:"盖诗之浮者其思浅,诗之躁者其情佻,诗之恃气者其致突而易竭,诗之一见而可喜者,再四过之即无味,则不静之故也,皆不足以为予嗜也。"(《浣玉轩集·卷二·浣香诗序》)本诗"流出血含香"应属名句。前句写剖心,此句自然要写流血,仿佛随口而吟,却韵味深长。血之"含香",意象优美,蕴含了对比干为国捐躯的精神的赞美。朴素中见真情,静谧中响风雷。好的诗句往往得之于不经意间,这种"静"功得之不易,应该是长久积累和锤炼的结果。正如作者所言,"厌听宗分律与禅,工夫到时自超然,指从百炼刚中绕,珠向千年蚌里圆"(《浣玉轩集·卷四·论诗绝句》)。

比干铜盘铭歌①

〔清〕胡天游②

后冈石林③识文古,枒角刳鳞蛰龙④怒。尚余碧血⑤涩蟠虬,传自殷仁旧封墓。延陵重惜⑥孔画余,此铭不得夷齐书。奇模异制出谁手,生世⑦盖晚徒悲吁。

---

① 选自《石笥山房诗集·补遗上》,上海古籍出版社 2009 年版"续修四库全书·集部 01425 册"。
② 胡天游(1696—1758),清代骈文家、诗人。初姓方,后改姓胡。字云持,又字稚威。山阴(今浙江绍兴市)人。雍正己酉(1729)副贡,乾隆丙辰(1736)举博学鸿词,补试因病作罢;己巳(1749)举经学,又因病再罢。后客死山西。
③ 后冈石林:这里指铜盘铭的释文。按,铜盘铭的释文有多种,大同小异。如"左林右泉,后冈前道。万世之藏,兹焉是宝"等。
④ 枒(chǒu):古代刑具,手铐之类。这里用作动词。刳(kū):剖,剖开。蛰(zhé)龙:蛰伏的龙。比喻隐匿的志士。
⑤ 碧血:《庄子·外物》:"苌弘死于蜀,藏其血,三年而化为碧。"后因以"碧血"称忠臣烈士所流之血。
⑥ 延陵:现江苏省常州市南淹城。按,春秋时吴王寿梦第四子公子札,为避王位"弃其室而耕"于常州武进焦溪的舜过山下,人称"延陵季子"。死后葬于申港西南,后人在墓旁建季子祠,墓前立碑,传说碑铭"呜呼有吴延陵君子之墓"10 个古篆是孔子所书。重惜:十分珍惜。
⑦ 生世:活在世上。

【简析】

胡天游其貌不扬，但却是绝代才士。袁枚《随园诗话》说他是"旷代奇才"；杭世骏《词科掌录》称他"藻耀高翔，才名为词科中第一；所作文种庙铭等，皆天下奇作"；朱仕琇《方天游传》更借御史万年茂的话，目之为"浙江一人"。据袁枚《胡稚威哀辞》载，胡天游屡试不第，落魄京城，但闻名卓著，不少公卿大人想罗其于门下，胡天游均傲而不理。其"耿直孤傲，不求人知"可见一斑。

胡天游善作骈体文，齐召南《石笥山房集序》称赞其文："磊落擅奇气，下笔惊人，矫挺纵横，不屑屑蹈常袭故，雄声瑰伟，足与古作者角力。"袁枚《随园诗话》卷七也称其骈文"直掩徐、庾"。在诗歌创作上，胡天游"又移文法以入诗歌"（杨以增《石笥山房集序》），其诗学韩愈、孟郊，"奇情逸藻，才与学相济而成"（徐世昌《晚晴簃诗汇》）。本诗为七言古风，用语古奥，粗犷淋漓，雄奇跌宕，尽显其诗风。首句紧扣铜盘铭之"古"而来，语淡意深，"古"让作者陷入情思，为后文蓄势。次句奇峰陡起，"枊角刳鳞"写君王昏聩暴虐、贤臣忠贞罹难的现实。文中"蛰龙"一般比喻隐匿的志士，但"蛰"字不清晰，笔者怀疑另有其字，"□龙"可能意同"孽龙"之类，这样全句的文意更加通畅。第二联先强调铜盘铭是由蟠虬之碧血化就，再引用孔子称仁、周武封墓之传说旧事叙说其来历。暗合首句之"古"字，使得文意缜密。第三联借延陵之孔子十字古篆考释铜盘铭的书者（给人感觉作者似乎把孔子剑刻碑与铜盘铭混为一体了），斩钉截铁地指出此铭不可能是夷齐所书，此论断已超出了对金石文字考释的范畴，无意中肯定了铜盘铭的正气凛然、古奥高贵。尾联顺着文意而下，面对"出谁手"的疑惑，让人"徒悲吁"。

本诗古气纾徐，语意激昂。但似乎把表达的重点放在了对铜盘铭的考释上，后半部有语竭之嫌。胡天游曾说"古今人皆死，惟能文章者不死"，其文自然留存千古，但落拓终身，令人感叹。郑板桥是其知己，曾感慨："人生不幸，读书万卷而不得志，抱负利器而不得售，半世牢落，路鬼揶揄，此殆天命也夫！稚威旷代奇才，世不恒有，而乃郁郁不自得，人多以狂目之，嗟夫！此稚威之所以不遇也。虽然，以子之才，不遇何伤，子所为诗文，早已竞传于众口，名公巨宦，大人先生，诗坛文场之中，莫不知有山阴胡天游者。子即不遇，而子之才不因不遇而泊没也，子何郁郁为？"（《潍县署中寄胡天游》）

殷太师墓①

〔清〕汤斯祚②

牧野何洋洋③，下马苍山阜。恻恻殷太师，封存马鬣厚。大书特书垂，古碣宣尼手。彼殷则已墟，此骨不速朽。伊昔发出狂④，蹇躬丁咈耉⑤。七尺本匪故⑥，径寸抑何有。生不邀⑦君明，死宁靳⑧君剖。可惜六百祀⑨，贤圣一⑩不守。呜咽卫河水，流恨商王受。

【简析】

汤斯祚家道中落，幼年失学。但刻苦肯学，曾"十赴棘闱"，"卒不省录于主司"。后发奋苦读，"于秦汉魏晋至宋元明诸书、诸名家、诸古诗文，反复选择不下十番沉玩，而于唐李、杜、韩三家尤笃。久之，始迥然若窥见古作者立言之意思。"后来，被人举荐参加博学鸿词，不赴。乾隆五年（1740），"就岁荐，年已垂暮，二三宦游友人渐凋落，无可依，始游京师，入太学。"直至乾隆十年（1745），才授予新昌训导（以上见书前自序）。由此可见，作者是一位历经人生磨难的下层小官吏。本诗就作于其北赴太学的途中。"壮抱经世志，乡贡十就选。不入有

---

① 选自《亦庐诗集》卷十《北征草》，清朝汤斯祚撰。《四库全书存目丛书·集部》第 277 册，齐鲁书社 1997 年版。
② 汤斯祚（约 1729 年前后在世），字衍之，号亦庐，南丰人。乾隆时，以岁贡生官江西新昌县训导。有《亦庐诗集》二十八卷。
③ 洋洋：广远无涯的样子。《诗·大雅·大明》："牧野洋洋。"
④ 伊昔：从前。发出狂：发，行。狂，往。语出《尚书·微子第十七》："我其发出狂？吾家耄逊于荒？"这是微子请求父师、少师指点迷津之语，即：我将被废弃而出亡在外呢？还是住在家中安然避居荒野呢？
⑤ 蹇（jiǎn）：钝，困苦，不顺利。躬：自身，亲自。丁：遇到。咈耉（gǒu）：语出《尚书·微子第十七》："咈其耉长旧有位人。"即：（当时的殷商局势混乱，道德沦丧，）违背年高德劭的旧时大臣。咈，同"拂"，违背，违逆。耉，本指老人面部的寿斑，借指高寿。
⑥ 七尺：指身躯。人身长约当古尺七尺，故称。《齐太尉王俭碑铭》："倾方寸以奉国，忘七尺以事君。"故：意外。
⑦ 邀：请求；谋求。
⑧ 靳：吝惜。《后汉书·崔石传》："悔不小靳，可至千万。"
⑨ 六百祀：按，商朝有六百年的兴亡史。祀，中国商代对年的一种称呼。《书·洪范》："惟十有三祀。"
⑩ 一：乃，竟。

司程,遂发浮还愿。"(《发章江感怀》)正因为如此,他对人生的体会才与众不同。

前六句交代比干墓的方位及所见。"牧野洋洋"为《诗经》原句,作者用"何"加以强调,写出了牧野大地广阔无涯的特点。此处原为京畿,但此刻一片荒凉,自然引发人们的故国之思、亡国之悲。"下马"句写出比干墓位于太行山脚下的特点。"恻恻"已见作者的凄恻难忍的情怀。"大书"两句写比干墓前孔子的剑刻古碑,用"大书特书""宣尼手"加以突出渲染,意在为后文的议论造势。"彼殷"两句运用对比,曾经辉煌一时的殷商已成废墟,但比干墓依然傲立人间。同时,这两句还起到过渡的作用,引出人们对"此骨不速朽"原因的探讨。"伊昔"六句写作者对比干剖心的评析和感慨。国难当头,有人"发出狂"而逃走(微子),有人遭遇违背年高德劭的旧臣的局面而佯狂为奴(箕子),而比干呢?他是有七尺之躯,但并没有七窍之心,可他犯颜死谏,被纣王剖心视窍。"生不"两句写比干的内心想法:活着不能谋求君王圣明,那又怎吝惜一死悟君呢?最后四句集中探讨亡国之因。殷商六百年的基业,贤圣们竟然难以守住,其原因何在?本来我们以为作者要写出斩钉截铁的惊世之语,但他却把目光放在那呜咽东流的卫河水上,千百年来流淌的都是对纣王的愤恨啊!

汤斯祚认为自己"蹉跌良时,自少壮而老,远之不能为国边陲肖效命力,内之不得备拾遗补阙待圣明于朝,次之又不能得一州一邑分民社责于古循良",郁闷无奈,故"日事惟吟咏"。他工于诗,笔力爽健,只是功候未深。本诗多用典,典雅淳厚;又间直语,古朴雄健。尾联以水写恨,化虚为实,融情感于形象,生动传神,含蓄蕴藉,令人玩味不已。

拜比干墓①

〔清〕刘玠②

武成封墓几何③年,再拜今朝思渺然。履尾④孤行空爱国,批鳞一死罢朝天。千秋义士谁相及,万古忠臣孰敢先。怅望高坟怀往事,焄蒿⑤如见赤心悬。

【简析】

刘玠乃选贡出身,屡试不第,归隐林泉,以钓鱼自乐。作为封建社会"屡困文场,青云未遂"的郁郁不得志的士子,对忠心为国却报国无门的体会一定很深。作者漫游卫地,祭拜比干墓,痛惜古人的杀身成仁,联想自己的仕途无望、一事无成,心中的郁闷可想而知。颔联写比干身处险境,"履尾孤行",为了国家,不惜"批鳞一死"。虽然得到的结果是自己"空爱国",朝廷"罢朝天",充满了痛苦和无奈,但身死魂灭,精神永存,鼓舞着无数后来人为国献身。颈联用反诘慷慨陈词,直抒胸臆,堪称名联。尾联回到焚香祭拜的本事上。袅袅青烟中"如见赤心悬",颇有画面感,令人敬畏,使人灵魂得到洗礼。

刘玠六世孙刘天心抄刘玠诗稿序云:"诗赋擅其长,故随事拈毫,即景题诗,悉皆寓意。"从本诗看,颇有孤愤之气,堪称佳作。

---

① 选自《仁怀历代诗钞·清代卷·刘玠一百三十九首》,仁怀政协学习文卫委编,中国文史出版2008年版,第28页。
② 刘玠:生卒年不详,字天锡,别号乐渔翁,仁怀龙井乡人,乾隆七年(1742)选贡,后屡试不第,归隐林泉,以钓鱼自乐,长于诗赋。
③ 武成:指周武王。或指"武成王",周代太公望的封号。唐开元十九年于西京及各州设太公庙,至上元元年又追封太公望为武成王,太公庙改武成王庙。几何:犹若干,多少。《诗·小雅·巧言》:"为犹将多,尔居徒几何?"马瑞辰通释:"尔居徒几何,即言尔徒几何也。"
④ 履尾:踩踏虎尾。喻身蹈危境。语出《诗·小雅·小旻》:"如临深渊,如履薄冰。"又《易·履》:"履虎尾,咥人,凶。"唐元稹《授杨元卿泾原节度使制》:"是以陷犳狼之穴,履尾甚危;蓄鹰鹘之心,卑飞待击。"
⑤ 焄蒿:祭祀时祭品所发出的气味。后亦用指祭祀。《礼记·祭义》:"其气发扬于上,为昭明,焄蒿,凄怆,此百物之精也,神之著也。"郑玄注:"焄谓香臭也,蒿谓气蒸出貌也。"孔颖达疏:"焄谓香臭也,言百物之气,或香或臭;蒿谓烝出貌;蒿谓烝出貌。言此香臭烝而上出,其气蒿然也。"清顾炎武《龙门》诗:"入庙焄蒿接,临流想象存。"

比干墓①

〔清〕王文清②

肯输胜国③有龙逢，心窍偏多合剖胸。名字独题先圣笔，墓门忍受下车封。
空怜祭器归何处，剩得狂奴卒不容。彼黍离离周亦尔，此郊千古属殷宗。

【简析】

王文清乃清朝著名经学家、文学家、教育家，一代宗师。曾于乾隆十一年、乾隆二十九年两次出任岳麓书院山长，"独治朴学，淹贯群籍，卓然一代鸿儒"，与王夫之、王运、王先谦等合称"湖南四王"。本诗选自《锄经余草》卷九，按该卷列乾隆二年至乾隆五年的诗作，多写宫廷为官应酬的内容，这首《比干墓》现于其中显得突兀，应是门人编纂时误审所致。细检《锄经余草》之内容，该诗应写于乾隆九年，作者亟请归养不准，而请假省亲。途经淇县，作《淇邑道中》，也许在此时游比干墓，作了这首诗。

首联赞美比干为国剖心的献身精神。仿佛比干不愿输给前朝的关龙逢，自己既然心有多窍，就应该剖心为国。用关龙逢作衬托，写出比干的勃勃英气和坚忍执着。"合"乃应当之意，突出比干的无怨无悔。颔联写孔子题碑、武王封墓的史事。"独"指出孔子所题富有深意；"忍"（岂忍）承上句之意，写比干愿意接受孔子的题字，而难以忍受武王的褒封。颈联写微、箕之事。微子抱祭器归周，本想存宗祀，而现在荡然无存，让人可怜；箕子不为纣王所容，只得伴狂为囚，最终还是远离故土，栖身异乡。尾联的"周亦尔"奇峰突起，"彼黍离离"本写商亡旧事，但这样的故事依然在轮回，周朝亦走上了这条老路。但不变的是：每当人们来到比干墓时，油然感受到脚下的大地依然是殷郊故土，此乃忠臣英灵千古永存的必然结果！

王文清作诗颇多，现存2600余首。他主张"诗贵有气骨"，刚介磊落，不随

---

① 选自《锄经余草》卷九，《四库全书存目丛书·集部》第274册，齐鲁书社1997年版。
② 王文清（1688—1779），字廷鉴，号九溪，清代宁乡人。雍正二年（1724）进士，历任九溪卫学正、中书舍人、宗人府主事等职，官至岳州府教授。以丁忧归。
③ 肯：岂肯。胜国：被灭亡的国家。按，亡国谓已亡之国，为今国所胜，故称"胜国"。后因以指前朝。

波媚俗。在形式技巧方面,他认为作律诗当然要按照固定的格式,但作古诗就可以自由放纵,不必太受束缚。而诗的结尾处须特别着力,"不可苟且了局"。他讲究诗的社会效果,"立言必关世教",要求立意忠厚,用词严肃。这些都在这首诗中得到了体现,尤其是结尾处的再翻一层,借古讽今,用意深远。与本诗写于同时的《中州即事》也同样为人称道,即:"冷眼中州地,停鞭一怆神。墓田耕白骨,鬼火照青燐。碑仆官才去,楼存主又新。大河流万古,偏不洗风尘。"

殷少师比干墓①

〔清〕沈德潜②

少师遗墓气森沈③,屹立丰碑藓不侵。日月朗悬尼父笔④,儿童争⑤识圣人心。死同孤竹⑥分先后,谏并龙逢照古今。明水⑦欲陈无可荐,聊抒忱恫⑧托微吟。

【简析】

沈德潜是清代著名文士。他才华出众,热衷功名,却直至康熙三十三年(1694)才被录为长洲县庠生,但此后40年间屡试落第。雍正十二年(1734)应博学鸿词科又被朝廷斥贬。总共参加科举考试十七次,最终在乾隆四年(1739)中进士,时年六十七岁。跻身官宦,仕途通达,备享荣宠,乾隆称之为江南老名士,并为《归愚诗文钞》写序,赐"御制诗",以李(白)、杜(甫)、高(启)、王(士祯)比之。去世后,被追封为太子太师,赐谥文悫,入贤良祠,乾

---

① 选自《归愚诗钞》卷十七,上海古籍出版社2009年版"续修四库全书·集部01424册"。
② 沈德潜(1673—1769),字确士,号归愚,长洲(今苏州)人,清代诗人。乾隆元年(1736)荐举博学鸿词科,乾隆四年(1739)成进士,曾任内阁学士兼礼部侍郎。所著有《沈归愚诗文全集》。
③ 森沈:亦作"森沉"。本指林木繁茂幽深。这里有幽暗阴沉之意。
④ 按,句后有自注:"墓碑六字,相传孔子书。"
⑤ 争:怎么,如何(多见于诗、词、曲)。
⑥ 孤竹:《庄子·让王》:"昔周之兴,有士二人,处于孤竹,曰伯夷、叔齐。"后遂用"孤竹"借指伯夷、叔齐。
⑦ 明水:古代祭祀所用的净水。《周礼·秋官·司烜氏》:"以鉴取明水于月。"孙诒让正义:"窃意取明水,止是用鉴承露。"《逸周书·克殷》:"毛叔郑奉明水。"朱右曾校释:"明水,元酒,取阴阳之洁气也。"
⑧ 忱恫(kǔn):真诚。

隆亲写挽诗。

　　沈德潜论诗主格调,提倡温柔敦厚之诗教。其诗多歌功颂德之作,少数篇章对民间疾苦有所反映。本诗应作于乾隆九年(1744)前后,时作者"乞假还葬",乾隆命其"不必开缺"。入辞时,沈德潜乞封父母为诰命,乾隆命予以三代封典,赋诗饯之。所以,此时作者志得意满,备受圣恩。正因如此,本诗敦厚有余,激烈不足。首联写实,突出比干墓之庄严肃穆、正气凛然。其中的"藓不侵"一反常语,寓赞美之情。颔联紧扣诗题,以实化虚,用日月高悬、明光闪耀称美孔子之书。作者在诗中有小字作注,指明"墓碑六字,相传孔子书",而清朝时孔子的剑刻碑就只有"殷比干墓"四字,可知作者不一定亲临比干墓。颈联用典,以夷齐、龙逢正面烘托,渲染比干忠义精神之永传千古。尾联回到祭祀的本事。

　　这首诗多从正面赞美比干,用语华美,少震撼人心之句,这与作者圣眷优渥、仕途通坦的心境有关。比如尾句语竭意直,寄寓不多,缺少"此日庭前双古柏,风来犹作战场声"(沈德潜《谒汤阴岳侯祠》)的韵味。但实际上乾隆视之如花瓶,其编《国朝诗别裁》,竟将钱谦益列为集中之首,使得乾隆大为光火;其为举人徐述夔的《一柱楼诗集》作序,但因集中有"反句"而被人告发,乾隆骂沈德潜"昧良负恩""卑污无耻",撤销了所有荣誉,铲平坟墓。生前身后的遭遇差别之大,让人嘘唏。

谒比干墓①

〔清〕蔡新②

　　冷落殷墟外,苍茫带夕曛。久钦先圣迹,来拜太师坟。石碣新题咏③,铜盘古篆文。一心悬日月,千载有明君。

---

①　选自《缉斋诗稿》卷三,"四库未收书辑刊"据清乾隆间刻本影印,第9辑第29册,北京出版社1997年版。

②　蔡新(1707—1799),清朝大臣。字次明,号葛山,福建漳浦人。乾隆元年(1736)进士,选庶吉士,授编修,累迁刑、工部侍郎。三十二年(1767),擢工部尚书,移礼部。四十五年,以吏部尚书协办大学士。四十八年,拜文华殿大学士,兼吏部尚书。卒谥文端,著有《缉斋诗文集》。

③　按,此句后有自注:"宣圣手书'殷比干墓'四字。"

【简析】

蔡新为清初重臣,处事谨严,言行必忠于礼法,又善属古文,故深得乾隆信任。乾隆十年(1745),蔡新奉命入直上书房,侍诸皇子讲读,并授翰林院侍讲,从此成为乾隆身边的红人。乾隆二十二年(1757),更是被任命为内廷总师傅。以后圣眷日隆,仕途畅达。乾隆四十六年(1776),充《四库全书》馆正总裁之一。乾隆四十八年(1783)七月,授文华殿大学士,兼吏部尚书。乾隆五十年(1785)正月,已78岁的蔡新出席千叟宴,后以原官致仕,加授太子太师。嘉庆元年(1796),嘉庆帝御赐匾额。嘉庆四年(1799),卒于家。从上述经历来看,蔡新适逢康乾盛世深受重用,故能春风得意,尽展雄才。那么,当他拜祭比干时,其想法定会与仕途失意者迥异。

乾隆十年(1745),刚刚奉命入直上书房,并授翰林院侍讲的蔡新奉命督学河南,途中至比干庙拜祭比干,本诗就写于此时。首联通过写景引入,景色阴冷苍凉,与普通拜祭之作雷同。颔联点明原因,个中意味颇令人回味。一般地,仕途失意者往往抱着怨恨来到比干庙,借祭祀忠烈抒胸中块垒;而作者却因"久钦"孔子真迹,才来拜比干之墓。这个想法符合作者的生活状态和心境。不过,也有可能是有意而为之,目的是为了避嫌,怕惹上政治麻烦也未可知。颈联重在强调"新",突出题咏之多之新,以歌颂太平盛世。尾联先是称赞比干之心如日月高悬,按常理,下句该斥责昏君之暴虐,但作者巧妙地以"千载有明君"收束,歌颂当今帝王。

蔡新一生在皇帝身边做官达四十多年,"晋秩宫师,赐诗宠行,为天下读书士所歆慕而咏叹之"(乾隆第十一子永瑆所作之序)。其诗文颇多,永瑆以雕漆喻之,强调其质厚的特征。这种风格的形成自然与作者所处地位、为官经历、个人心态有关。

比干墓①

〔清〕李因培②

异代龙逢称道合，当时梅伯③附英风。圣人血是贞臣蒂，洒作千秋激烈忠。

【简析】

李因培博学多才，尤精文史，为官清廉，颇得民心，民间留有"才高八斗李因培，字压两江马汝为"的说法。他才高受宠，加之性刚气盛，为朝中奸佞之徒所恨，竟被诬陷，以"属员亏空不实"之罪，降为四川按察使，后改赐死，死时年仅51岁。据《鹤峰诗钞》序言，"历官数十年，矢志清白，绝请托。所至振拔单寒，伸理冤抑，风节凛凛，一时士大夫多惮之。每公事业集，悉心裁决，夜分不倦，日以为常。"此序为其孙所撰，不无溢美之词，却也符合实情。在《鹤峰诗钞》中，该诗列于《登第后赋怀四首》之前，应是登第前所作。

该诗前两句叙述史实，为后两句的议论做准备。"道合"富有深意。其"道"即忠义思想，此乃古代社会君臣之间之正道，即"天地之经，君臣之义"。正因为此道之留传，夏朝的关龙逢影响了比干，比干剖心死谏；比干感染了梅伯，梅伯"附英风"被醢。后两句议论。咏史绝句重在角度新颖，独抒己见；并且多用含蓄之语，宜清劲淡远，有余音不绝之概，否则便会流于轻滑无味。本诗采用比喻，把比干之血比作植物之蒂，有蒂才能繁叶迎风、鲜花媚人；有蒂才能果熟蒂落、果实飘香；有比干之血做蒂才能为千秋之忠臣提供源源不断的精神动力，使得慷慨激昂之忠臣不绝于世。

本诗没有平板地歌颂比干的忠义精神，而是看中其为后世忠臣的动力之

① 选自《李氏诗存十四卷·鹤峰诗钞二卷（清·李因培）》，清朝李浩辑。"丛书集成续编"第117册，台湾新文丰出版公司1988年版。

② 李因培(1717—1767)，字其材，号鹤峰，晋宁锦川里人。其父李治民（即上首诗《比干庙墓》的作者）。乾隆三年(1738)中举，因家贫，七年后才入京考中进士，授翰林学士。后任侍讲学士、山东学政。乾隆十八年(1753)任刑部侍郎，兼顺天府尹。乾隆二十一年(1756)调江苏学政，与袁枚唱和，后得乾隆赐诗称赞。后调浙江学政、礼部侍郎。乾隆三十一年(1766)任湖北巡抚，后又先后任湖南巡抚和福建巡抚。

③ 梅伯：人名。传说为商纣臣，因多次劝谏，被纣王杀害。《韩非子·难言》："故文王说纣而纣囚之，翼侯炙，鬼侯腊，比干剖心，梅伯醢。"

源。绝句之结尤难,作者比喻形象传神,韵味深沉,使得全篇浑然一体,新颖的主题耐人寻味。"人无高尚品格,何足称道? 诗句亦然。诗之名贵者,必品高格雅。"(《偷闲庐诗话》)作者是当时名臣,其诗自然多应酬之作。但也不乏如本篇"品高格雅"的佳作,如"殷民何迁,城圮为渊。鱼游于市,鼋卧于巅。我民虽有罪,不敢怨于天"(《殷墟歌》)、"少师间墓原相近,千载故臣蹈旧踪"(《过汤阴拜岳武穆祠》)、"小邑贫家乡,天道如欲戕。东堡尤垫隘,鱼鳖触垣墙。倾圮完栋无,乘舟渡潦潢"(《新乡纪事》)、"莫怨丹青与命争,后人浪说误倾城。六宫粉黛三千女,谁得君王见貌惊"(《昭君》)等。

比干墓追和胡庭兰先贤韵①

〔清〕黎瘦林②

殷受③奢淫过,曾无念所亲。剖心明七窍,亡命④入三仁。古碣苔全蚀,荒原草尚春。一坯遗故土,亳社⑤劫犹新。

【简析】

黎瘦林乃乾隆年间国子生,屡试场屋而不售,遂淡泊名利,痴迷于诗。从诗题看,作者游历卫地,目睹前朝乡贤胡庭兰之佳作,有感而发,创作此篇。前四句叙述史事。纣王奢侈淫靡,尽情享受,不顾苍生,不顾亲情;比干执着进谏,剖心明志,名列"三仁"。后四句即景抒情。殷商故地,高坟巍然,苔藓遍地,古碣

---

① 选自清黎瘦林著《黎瘦林诗集》,香权根点校,《东莞古籍丛书》编委会编印,东莞中堂镇槎滘管理区赞助出版,1992 年版,第 35 页。

② 黎瘦林(1735—1812),字镐川,一字缟川,号西甸。东莞人。清乾隆年间国子生。生性淡泊,不问生产,屡试场屋不售,遂癖于诗。著有《谋野堂》《墨寿堂》《草伍》《铇繁》《墨战》等集,后人选编为《瘦林诗钞》。事见清道光二十七年研洲堂刻本《瘦林诗钞·小传》。按,胡庭兰,增城市胡屋(今属广东)人。明代学者。嘉靖二十二年(1543)乡试第一,但因策论中有讥讽执政者之语,被御史罢去。二十八年解元,次年进士。三十五年夏出任提督福建学政。时倭寇扰福建,庭兰受命抗倭立下大功。庭兰晚年在凤台书院主持讲学,融合王守仁、湛若水学说,著有《诗意讲意》《桐江子集》。治学严谨,学识渊博,操守高洁。卒年 75 岁。从诗题看,胡庭兰撰有以"比干墓"为题的五言律诗,待查。

③ 殷受,即纣王。殷帝辛受,"天下谓之纣",人称殷纣王。

④ 亡命:指铤而走险不顾性命的人。汉荀悦《汉纪·景帝纪》:"吴之所诱者,无赖子弟、亡命、铸钱奸人,故相诱以反。"《新唐书·王及善传》:"俊臣凶狡不道,引亡命,污戮善良,天下疾之。"

⑤ 亳社:殷社。详见附录《比干庙古诗中常用典故》注16。

残破,青草萋萋,风冷荒原,一片萧条冷落之象。置身于墓前,三千年前的血流漂杵,国破家亡的场景仿佛再现,令人慨然长叹。残杀圣贤导致家国沦丧,此教训不可谓不深刻啊!

胡庭兰进士出身,曾任福建学政。他的以"比干墓"为题的五言律诗现已难寻,但既然是唱和之作,两诗之间一定有所关联。

比干墓①

〔清〕梦麟②

马鬣松楸合,连山走大荒。沙尘存气骨,天地久低昂③。落日寒朱户,灵风④冷桂浆。不须伤彼黍,心可见成汤。

【简析】

本诗作者梦麟是蒙古人,清朝著名诗人。其诗多行役凭吊之作,慷慨激昂,回转跌宕,颇有古乐府之风。沈德潜为《大谷三堂集》作序,"先生之诗,岂得以氿泉邃涧目之乎哉?诗凡若干卷,皆奉使于役,经中州、江左,成于登临校士余者。凭吊古迹,悲悯哀鸿,勖励德造,惓惓三致意焉。准之六义,比兴居多,盖得乎风人之旨矣。"本诗即属于"凭吊古迹,悲悯哀鸿"之作。乾隆十五年(1750),作者提督河南学政,于卫州校试毕抵达辉县百泉的途中游比干墓,作此诗。

首联写比干墓的形势。松楸四合,郁郁苍苍,西连太行,东接平畴。写出了比干墓得山川之灵,蕴天地之精的雄伟气势。一"合"一"走",化静为动。颔联寄情于景,沙尘阵阵,掩埋忠臣铁骨;天地惊心,为谏臣而久久低昂。据传,比干死后,天地震惊,飞沙四起,遮掩比干骨骸。此处,作者也可能化用此典。颈联

---

① 选自《大谷三堂集》卷三,上海古籍出版社 2009 年版"续修四库全书·集部 01438 册"。
② 梦麟(1728—1758),字文子,号午塘,蒙古正白旗人。乾隆十年(1745)进士,改庶吉士,授检讨。十五年,迁侍讲学士,再迁祭酒,提督河南学政。十六年,授内阁学士。十八年,署户部侍郎,充江南乡试考官,即命提督江苏学政。二十年,授工部侍郎,调署兵部兼镶白旗蒙古副都统。二十三年,署翰林院掌院学士。卒,赐祭葬。
③ 低昂:起伏;时高时低。杜甫《观公孙大娘弟子舞剑器行》:"观者如山色沮丧,天地为之久低昂。"
④ 灵风:阴惨的风。《花月痕》第四三回:"满屋中忽觉灵风习习,窗外一阵阵细雨。"

的情绪转入低沉,夕阳衔山,荒残如血,映照在庙宇的朱门之上,仿佛带来了阵阵的寒意。祭祀之时,灵风瑟瑟,使得清酒佳肴也变得冷若冰霜。"寒""冷"以景触情,情景交融,外物之寒冷与内心之冰凉融为一体,可谓写景名句。尾联既是自慰,也是宽人。比干之忠诚自有天地作证,后世的正人义士不用过于伤怀;即使比干自己也没有必要过于感伤故国的沦丧,因为剖心直谏的行为足以对得起宗族,足以面对先人而"见成汤"。末句巧妙言及"心",紧扣比干剖心的史实,构思巧妙。

梦麟之诗"比兴居多",含蓄蕴藉,气韵沉雄,多有壮语。如"千古英雄同一哭,我来惟有泪沾巾"(《汤阴岳忠武祠》)、"伤哉时不利,涕下野花秋"(《项王祠下》)等。

卫辉殷太师比干墓①

[清]周长发②

墓碑高百尺,松柏气萧森。此地空埋骨,当年竟剖心。白云围古隧③,黄叶下寒岑。耿耿忠魂在,馨香直到今。

【简析】

周长发年轻时致力于诗文,为绍兴"西园吟社"成员。才华敏捷,"与先生游者莫不骇其神速"(齐召南序)。治广昌时,未期年邑有颂声,但上官恶读书人,故左迁司教乐清。后举博学宏词,才为乾隆赏识而显达一时。乾隆十五年秋,乾隆"巡省中州,祀中岳"。途中经过卫辉,经比干庙祭祀,题写《过殷太师墓有作》。该碑现存于比干庙。本诗也写于此时。此诗之前有多首恭和御制诗的诗作,但本诗不是和诗,可能因为作者打前站而没有与乾隆一道奔赴比干庙,也可能因为乾隆之作过于庄重,臣下不能贸然和之。

---

① 选自《赐书堂诗钞》卷六,《四库全书存目丛书·集部》第274册,齐鲁书社1997年版。
② 周长发(1696—1777),字兰坡,号石帆,山阴人。雍正二年(1724)进士,改翰林院庶吉士。任广昌知县,又任乐清教谕。修《浙江通志》,乾隆元年(1736)召试博学鸿词科,授编修。官至侍讲学士,入直上书房。十二年转侍读学士为江南副考官,两度担任顺天府考官。两次奉使祭告嵩华、吴山、江淮等地,著《赐书堂集》《石帆山人年谱》。
③ 隧:本义为墓道。借指坟墓。

首联写墓地之景。"高百尺"显精神之伟大，"气萧森"隐祭者之伤情。颔联"空""竟"都带有浓郁的主观情感。颈联描写古墓巍峻，白云四围，寒山郁郁，黄叶飘飞之景色，既写出了时令特征，又寄托了作者思念忠魂之情。尾联侧重写比干的英灵歆享千年香火而"直到今"，突出比干忠孝节义精神之永存。

周长发仕途较为通达，其诗虽不少，但题材单一，风格淳厚，缺少锋芒。本诗注重艺术性，用笔圆熟，但缺少警句，这与作者所处的地位有一定关系。

比干墓①

〔清〕桑调元②

圣人埋血处，抔土灿光仪③。斮胫诚为惨，刳心更益悲。殷忧④缘叔父，直谏过微箕。七窍生宁异，三仁死独奇。鹿台增暴敛，象箸长骄痴⑤。甲乱家惟索⑥，寅恭⑦俗弗遗。毒痛胡可忍，吊伐岂容迟。戈向前途倒，旄从牧野麾。一戎⑧底定日，四海永清时。封墓哀何极，悬旗⑨悔莫追。携将宣圣笔，题取太师

---

① 选自《弢甫五岳集·恒山集》卷二，《四库全书存目丛书·集部》第276册，齐鲁书社1997年版。

② 桑调元（1695—1771），字伊佐，一字弢甫，自号独往生、五岳诗人。钱塘人。雍正十一年（1733）召试，钦赐进士，授工部屯田司主事。后引疾归田，历主九江濂溪、嘉兴鸳湖、滦源书院讲席。精于史学与性理之学，在教学方面卓有成就。著《五岳诗集》二十卷、《文集》三十卷、《桑弢甫诗集》十四卷、续集二十卷等。

③ 光仪：光彩的仪容。称人容貌的敬词，犹言尊颜。汉祢衡《鹦鹉赋》："背蛮夷之下国，侍君子之光仪。"

④ 殷忧：深深的忧心、忧虑。

⑤ 象箸：亦作"象櫡""象筯"。象牙制作的筷子。《韩非子·喻老》："昔者纣为象箸而箕子怖。"《史记·龟策列传》："犀玉之器，象箸而羹。"骄痴：骄慢和愚笨。

⑥ 甲乱：即甲子之乱，指牧野之战。《尚书·牧誓》："时甲子昧爽，王朝至于商郊牧野，乃誓。"家惟索：语出《尚书·牧誓》："牝鸡之晨，惟家之索。"意谓母鸡在清晨打鸣，这个家庭就要破败。比喻女性掌权，颠倒阴阳，会导致家破国亡。索，尽、空。《左传·襄公八年》："悉索敝赋，以讨于蔡。"

⑦ 寅恭：恭敬。按，"寅"的本义就是恭敬，《说文》："寅，居敬也。"古语有"寅恭谐协"（恭谨协和）。

⑧ 一戎：即一戎衣。谓一穿上戎装。或云，"衣"当作"殷"，谓一用兵而胜殷。一，亦作"壹"。语出《书·武成》："一戎衣，天下大定。"

⑨ 悬旗：按，《史记·周本纪》："武王伐纣，纣登鹿台之上，自燔于火而死。武王以黄钺斩纣头，县以太白之旗。"

碑。地下龙逢友,郊前虎士驰。白鱼①新纪史,元鸟②旧征诗。纵使周弓鬯③,遄教商鼎移。行人齐仰止,系马重凄其④。祠屋灵风满,千秋洒涕洟⑤。

【简析】

桑调元是清代官员、学者,少有异才,下笔千言。尊崇程朱理学,长年主持书院之教学,为人清鲠绝俗,足迹遍五岳,"惟有癖性耽吟以自适"(自序)。这两首诗均选自《弢甫五岳集·恒山集》,乾隆丙子(1756)秋,已届暮年的作者自濂溪往恒山,"真成游五岳,不羡作三公"(《恒游口号》)。行至延津时,车马陷入深沟,虽狼狈不堪,但"此戏虽酷犹非殃"(《行至延津,车马入深沟作》),他认为"死生修短有定分,顺命底用生较量",然后在"纵酒高歌恣豪横"中抵达卫辉,作长诗《比干墓》以寄怀。

前四句引入。首句"圣人埋血处"扣题,用语大气,沉重如山。"斩脰"衬托"刳心",突出"更益悲",为全诗奠定抒情基调。"殷忧"四句以"三仁"作比,突出比干之死的"独奇"。"鹿台"四句叙述纣王残暴贪婪、淫奢无度、阴阳颠倒的事实。"毒痛"四句写武王伐纣,殷商士兵前徒倒戈,国家灭亡。"一戎"四句写周朝建立后,武王封比干之墓。武王封墓,极尽哀悯,天下人闻之亦哀;而纣王鹿台自焚,头悬白旗之时,一定会追悔莫及。"携将"四句写后人对比干的祭拜。"白鱼"四句是对历史的反思。玄鸟生商,绵延六百余年,何其辉煌,但在纣王的"纵使"之下,"遄教商鼎移",其教训可谓深矣。作者在此处虽没有直接剖析原因,但含而不露、引而不发,让人思考,启人感悟!最后四句回到祭祀的本事上来,表达"凄其"悲啼之情。

---

① 白鱼:按,《史记·周本纪》:"武王渡河,中流,白鱼跃入王舟中,武王俯取以祭……诸侯皆曰:'纣可伐矣。'"白者商家正色,舟者国家,古人视白鱼入于王舟为天命归周之兆。

② 元鸟:即玄鸟。选自《毛诗正义》卷二十之三《商颂·玄鸟》:"天命玄鸟,降而生商,宅殷土芒芒。"

③ 弓鬯(chàng):弓衣。鬯,弓袋。

④ 凄其:悲凉伤感。陶潜《自祭文》:"故人凄其相悲,同祖行于今夕。"

⑤ 涕洟(tì):眼泪和鼻涕。《礼记·檀弓上》:"将军文子之丧,既除丧,而后越人来吊。主人深衣练冠,待于庙,垂涕洟。"陆德明释文:"自目曰涕,自鼻曰洟。"

重谒比干墓①

〔清〕桑调元

昔游入函谷，墓谒关龙逢②。柴车此往复，公心剖赤忠。伊古两直谏，中土辉西东。不恨谏而死，但很谏罔功。终焉大社屋，莫破商辛聋。一过黯白日，再过生悲风。谁从游地下，奇节与之同。

【简析】

本诗与上篇有关，写于归途之中。前八句以关龙逢引出比干，两人之墓西东雄峙而辉映中土。"不恨谏而死，但很谏罔功"语质而意沉，剖析了两位直谏之臣的内心世界。他们对"谏而死"无所畏惧，无所遗憾；他们追求的是江山永固，社屋永存。但结果是"谏罔功"，令人遗憾。后四句中的"一过""再过"指作者两次拜祭比干墓，"黯白日""生悲风"寄情于景，景中含情。尾联"谁从游地下，奇节与之同"直面现实，借古讽今，可谓这两首诗的最强音！

桑调元浸淫性理之学，对君臣之道认识颇深。经历了人生的大风大浪，明晓了世道的是是非非，作者在数月之间两次莅临比干墓，可见虔诚，可见钦佩。"谁从游地下，奇节与之同"是作者对后人的期望，是作者希望国家长治久安心情的流露，也是其培育后来人心态的反映。

---

① 选自《弢甫五岳集·恒山集》卷七，《四库全书存目丛书·集部》第276册，齐鲁书社1997年版。
② 按，关龙逢墓在灵宝县附近。《光绪灵宝县志》卷三《龙逢墓》："龙逢赴火而死。归骸本郡，葬于县南五里孟村之西原。冢大数亩，唐为立碑，大书'夏直臣关公之墓'。有祠在东关，春秋祭祀。"清末民初，墓前还有陵庙。现仅存一座一丈多高的土冢。

闻比干墓傍有庙,花木颇盛,道人工琴棋,亦不俗。思一展谒,兼寓目焉。问人不详,匆匆间已过矣。怅然有失,赋八韵纪之①

〔清〕纪迈宜②

忠谏太师墓,鸿文宣圣题。风雷长拱护,天地共端倪③。庙祀境非远,幽寻兴却迷。花藏断崖树,草暗涧流溪。指引人频误,徘徊日已西。肃瞻难遂愿,凭吊为含悽。君德稍能悛,臣心端可刲④。所悲殷社烬,长此对遗黎⑤。

【简析】

纪迈宜为文安著名文士,是乾隆年间重臣纪昀的伯父,曾任泰安知州。致仕后有五年时间随着其七儿纪黄中赴任各地,乾隆甲戌至阳武县,后至叶县,乾隆丙子(1756)仲春返乡。途中游历比干墓,作诗以记之。

诗题详叙了作诗之缘由。前四句描写比干墓,首联强调孔子题写墓碑,次联拟人、夸张,突出其为风雷天地所佑护的荣耀。"庙祀"以下六句扣题,写寻找比干庙花木的经过。"肃瞻"两句写祭祀的情景。最后四句议论。比干不怕剖心,甘愿剖心,其目的在于希望"君德"能稍稍悔改;但事与愿违,君王无改,宗社不保。比干不悲自己,悲的是"殷社"成为灰烬,亡国之民凄苦不堪。由此可见比干的高风亮节。

纪昀曾介绍纪迈宜的一生,"少时读书有大志,功名气节皆不欲居古人下,而遭逢坎壈……抑郁忧愁无所发泄,一写于诗",指出纪迈宜的后期作品(如《古博浪集》《昆阳集》等)"老境恬愉,颓然开放,无复人间烟火语。然轩昂磊落之气,尚时时来也。大抵平生性情笃至,寄托遥深,缠绵悱恻,不自解其何故,人亦莫窥所以然"(纪昀序)。本诗即如此。

---

① 选自《俭重堂诗》卷十一《昆阳集》,"四库未收书辑刊"据清乾隆间刻本影印,第08辑第26册,北京出版社1997年版。
② 纪迈宜:字偲亭,文安人。康熙甲午举人,官泰安知州。有《俭重堂集》。
③ 端倪:边际。王安石《和农具诗·牧笛》:"绿草无端倪,牛羊在平地。"
④ 端:副词,确实,果真。刲(kuī):宰杀,刺。
⑤ 遗黎:亡国之民。清方文《宋遗民咏·吴子昭雯》:"是时草莽间,尚有遗黎在。"

比干墓①

〔清〕方观承②

千载幕犹祀,三仁履亦齐。丹心臣励节③,白石圣留题。土剩殷墟旧,祠完卫水西。拜瞻松柏路,未惜远衢④泥。

【简析】

方观承是安徽桐城方氏家族的佼佼者,清乾隆时的重臣。方观承是方式济的次子,其高祖、曾祖、祖父、父亲四代均遭发配穷边。方观承幼年时寄身南京清凉山寺,靠僧人接济为生。后因思念父祖,徒步万里,往来黑龙江与南京之间。在十几年间,居然南北往返七趟,阅尽人间风土,历经沧桑世故。后来,贫困之极的方观承流落京城,靠为人测字为生。得王爷福彭的赏识,为其幕僚,随福彭出征准噶尔。雍正召其问对,赐中书衔。于是,方观承平步青云成了朝廷大臣,官至直隶总督。不由科举,不由军功,由一介平民成为独掌一方军政大权的封疆大吏,实属罕见。《四库全书》称其"由监生荐授中书舍人,遭遇圣朝,备蒙恩眷,封疆宣力,积有勤劳,而性嗜诗篇,政务之余不废吟咏"。姚鼐为其诗集作序,称其"超轶闳肆,自进于古,盖以名臣而兼诗人之盛者也","北穷徼塞,南涉江湖,其词多沉郁慷慨,固古人所云诗以穷而工者"。

本诗作于乾隆二十二年(1757)仲夏,作者奉使商丘,途中经过比干墓,"拜瞻松柏路"祭祀忠臣。首联引入,"千载"显历史之悠久,香火之鼎盛。颔联乃肺腑之言。作者乃朝廷重臣,仕途通达,手握重权,来到忠臣墓前,感受到"丹心"之精神的存在,以前贤之节自勉。颈联写眼前所见,用"殷墟"之旧衬托比干祠的完整巍然,个中寓意耐人寻味。尾联中的"未惜"见心志虔诚。

方观承身份特殊,其诗雍容堂正,大气浑厚,但欠缺锋芒。姚鼐论其"然诗

---

① 选自《述书堂诗歌集·燕香集下》,《四库全书存目丛书·集部》第276册,齐鲁书社1997年版。

② 方观承(1696—1768),字宜田,号向亭,安徽桐城人。早年屡试不第,五十岁仍以私塾为业。雍正时为平郡王记室,乾隆七年(1742)授直隶清河道,官至直隶总督、太子太保,"督直隶二十年,治绩彰显",多次主持治水。著《述本堂诗》《宜田汇稿》《问亭集》等书。

③ 励节:砥砺节操。励,通"砺"。晋袁宏《后汉纪·顺帝纪》:"王公束修励节,而受谗佞之患。"

④ 衢:交通要道。

人之情词因时而变易,朝野穷达各有所宜,岂必尽出于穷愁而后工哉?",实委婉地指出其这一特点,本诗亦然。

比干墓①

〔清〕钱维乔②

死谏非奇节,宗臣③义特彰。坟犹依列圣④,封岂藉兴王⑤。一代心从剖,三仁社不亡。穹碑终古在,何必表⑥衰杨。

【简析】

钱维乔学贯古今,诗文博瞻。工书善画,精于音律。晚通禅理。其诗"出于李杜,参之以东坡"(赵怀玉序),著名诗人袁枚更是认为:"竹初音情顿挫,使我诵之而憬然不忍与志离。"(袁枚序)此诗应写于作者中举前一年(即辛巳年,乾隆二十六年)前后,此时作者"频来射策滞皇州,去日依然季字裘"(《出都赴陕西作》),离开京城,远赴陕西,渡漳河,莅铜雀台,谒岳飞庙,过淇水,游比干墓,作诗以抒怀。

首联扣住"死谏"来写。作者认为,自古以来,以死谏君者尤多,比干之死谏并非"奇节",这样语出惊人,发前人之未发。其目的是逼出下一句,强调比干之死的"义"之"特彰"。颔联回到现实中,先写比干墓依连着"殷六七贤君故都"碑,这不仅是勾勒其地理方位,而且重在说明比干为国尽忠,足可告慰先王;再用"岂"表明比干的封土高墓不是凭借着周武王的恩赐而致,而是其"义"感天动地,蕴自然之精华而成。颈联以"一代"与"一人"作比,以"三仁"与"宗社"并称,一人之心被剖,一个王朝终结;三仁屹立朝堂,宗社香火鼎盛。由此,赞美比

---

① 选自《竹初诗钞》卷九,上海古籍出版社2009年版"续修四库全书·集部01460册"。
② 钱维乔(1739—1806),清文学家、戏曲家。字树参、季木,小字阿逾,号曙川,又号竹初、半园、半竺道人、半园逸叟、林栖居士等。江苏武进人。乾隆二十七年(1762)举人。乾隆五十七年(1792),先后任浙江遂昌、鄞县知县。著有《钱竹初山水精品》《竹初文钞》《竹初诗钞》《竹初未定稿》等,并曾与钱大昕一起合修《鄞县志》。
③ 宗臣:与君主同宗之臣。后也指世所敬仰的名臣。
④ 按,该句后有小字:"越数里,有'殷六七贤君故都'碣"。该碑原在朝歌城南关帝庙前,明代监察御史孙徵兰书丹。现移至淇县摘心台公园。
⑤ 兴王:指开创基业的君主。这里指周武王。
⑥ 表:表帜,标志。

干之"义"的高贵与伟大,它关乎着国家的兴亡。尾联语调高扬,一破传统怀古诗的感伤,而用"穿碑终古在"的意象赞美比干之"义"的千古流芳。

本诗以"义"为诗眼,多发壮语和议论,昂扬激烈,令人振奋。作者善画,以用笔疏老苍浑著称。反映在诗歌创作上,思深学博,议论精湛,音情顿挫,也成为其特征。如"山河未雪长城啼,旌沛空埋诏狱秋"(《汤阴谒岳忠武庙》)、"碧血悲前代,荒碑见此时"(《嵇忠穆祠》)、"咸阳三月劫火吹,一朝金凫飞作灰"(《秦始皇冢》)等。

殷比干墓①

〔清〕朱休度②

武王封,孔子志③;志曰殷,春秋义④。宣圣之迹宣和题⑤,古石一方立天地。彼小儒者,较求点画,实以钟繇⑥、梁鹄⑦何多事!呜呼,比干谏而死,死不称忠、称勇、称义,称以仁而止。呜呼,可以知仁矣。⑧

【简析】

朱休度是朱彝尊四世侄孙,博闻通识,于书无所不窥。仕途不昌,多为县级小吏。以知县入《清史稿·列传》,靠的是"夙擅理学,服官后政兼教养,行著廉明。广邑赋税未均,因清查田亩,使粮无虚悬,地无荒废。又以水利未修,邑多旱患,遂相度泉源,疏筑渠堰,为利甚溥。时有虎害,差捕之而除。善风鉴,于邑之水神堂、千福山诸庙宇,多所布置修理,有俾于地方。后以惠泽于民,祀名宦

---

① 选自《小木子诗三刻·梓庐旧稿》,上海古籍出版社 2009 年版"续修四库全书·集部01452册"。
② 朱休度(1732—1812),字介裘,号梓庐,浙江秀水人。乾隆十八年(1753)举人,官嵊县训导。历迁山西广灵县知县,多善政。归家后,主讲剡川书院,著有《小木子诗》三刻。
③ 志,即"誌",记。按,此处的"孔子志"指墓前古碑"殷比干莫",相传孔子剑刻而成。
④ 春秋义:指如《春秋》笔法般的微言大义。按,孔子为殷人之后,虽身处周朝,为比干书写墓碑时却直言"殷",含有对比干忠义精神的肯定和赞美。
⑤ 宣和题:按,可能有人认为古碑"殷比干莫"为宋宣和时期的好事者伪托之物。
⑥ 钟繇(151—230),字元常,颍川人。三国时期曹魏著名书法家、政治家。官至太傅。
⑦ 梁鹄:字孟皇,安定乌氏(今甘肃平凉)人。自幼喜好书法,设法搜求大师墨迹,勤学苦练,终成著名书法家。
⑧ 按,句末有注:"育泉兄云:古质似昌黎琴操。"

祠"(清光绪本《广灵县补志》)的政声。其诗深于南宋,排比声律最精。钱大昕评其诗"大雅宏达""研精声律""穷极幽渺"。

本诗是其力作。诗前有序:"(壬午,乾隆二十七年,1762)是春,豫省各属有灾。后筑修城工凡十余处,奏委张观察莅其役,阅实其工程,节次以闻。又时方发京兵西征,豫自安阳入境,西出潼关……是以往来提调间得借驻宿,馀间偕观察访古登临。乘兴为诗……"《殷比干墓》就是在这种情景中诞生的。诗后有小字:"育泉兄云:古质似昌黎琴操。"的确,这诗以"古质"为最大特色。全文围绕"仁"字来写,指出孔子"曰殷""称仁"的深刻含义。批评小儒们的"较求点画"式的死板考证。最后以"称忠""称勇""称义"正衬"称仁",突出"仁"之重要和高贵。

全诗采用古风写法,句式随感情的发展而变化。两个"呜呼"使得感情达到顶峰。语言古拙质朴,激越奔放,纵横恣肆,跌宕多姿,有酒酣之余慷慨悲歌之效。

比干墓①

〔清〕吴省钦②

孤卿遗蜕③郁嶙峋,地下龙逢一笑亲。报主有天纾七窍,杀身特地殿④三仁。铜盘铭蚀封题古,金阙歌传⑤涕泪新。留得累朝褒墓语,鹿台何处认遗尘。

---

① 选自《白华前稿》卷三十九,上海古籍出版社 2009 年版"续修四库全书·集部01447 册"。
② 吴省钦(1729—1803),字冲之,号白华,江苏南汇人。乾隆二十八年(1763)进士,由编修累迁左都御史。有《白华初稿》。
③ 孤卿:指比干。按,《书·微子篇》:"父师、少师,殷其弗或乱正四方。"孔安国注:"父师、太师、三公,箕子也。少师、孤卿,比干也。"吴省钦《均州移建殷王子比干庙碑记》:"今孔传以太师三公为箕子、少师孤卿为比干。夫司马迁受书于孔氏,凡《殷州本纪》《宋世家》之文不应与孔传不合,故比干于纣非少师、非诸父,箕子亦非太师,微子为箕子之兄子。殷人尚质,不应以'父师'呼其官、'父师'应之。亦不应称微子为'王子',以'王子'为疵之词可也。以比干为'孤卿少师',未有据也。"遗蜕:僧、道认为死是遗其形骸而化去,故称尸体为"遗蜕"。也用来指遗迹、遗留物。此处指比干墓。
④ 特地:亦作"特底"。特别,格外。殿:定,评定。白居易《江州司马厅记》:"莅之者进不能课其能,退不能殿其不能,才不才一也。"
⑤ 金阙:指天子所居的宫阙。按,王应麟《困学纪闻》卷十一《考史》:"韦昭《洞历记》:纣无道,比干知极谏必死,作《秣马金阙歌》。古歌尚质,必无'秣马金阙'之语,盖依托也。"

【简析】

吴省钦是乾隆朝进士,居显位。但在和珅秉政时,吴省钦同弟弟吴省兰攀附和珅,人以贪官目之,其品德不足称。其与纪昀为同僚,工诗文。本诗颇见功力。首联即景生情,气势沉雄,富于想象,挥洒自如。作者把眼前的比干墓放入山川交会的大背景中,写出郁郁苍苍、嶙峋屹立的傲骨。而次句的"一笑"写出了忠臣阴间相逢时的相知坦然,令人感慨万千。颔联重在写比干剖心的史实。作者想象比干的"报主"之心由苍天作衬,尽舒七窍,沐浴日月光辉,蕴蓄自然精华。自古忠臣无数,但比干之"杀身"最为酷烈,所以,孔子把其列入"三仁"之中。颈联用典。一"蚀"一"古",一"传"一"新",在对比中突出物质消失、精神永存的主题。尾联顺之而下,依旧用对比,表达了孤冢屹立于大地、鹿台消失于尘埃之意,褒贬自明。

本诗作于乾隆三十五年(1770)春冬之交作者南行(充广西主考官)之时,以"地下龙逢一笑亲"最为传神,尾联的借古讽今意味比较浓郁。但历史往往富有戏剧性,文品与人品未必一定同一。传吴省钦曾去江西主持考试,握权受贿,贪赃枉法,以"财"录人。有士子在贡院大门上贴出一副联语,以泄心中愤慨。联云:"少目焉能识文字,欠金安可望功名。"横额:"口大吞天。"采用拆字法讽刺,极其辛辣,将贪官吴省钦揭露得体无完肤,使之声名狼藉。

比干墓①

〔清〕朱黼②

汲冢失古书,殷郊有荒野。巍然表穹碑,万古剖心者。

【简析】

乾隆三十年(1765),朱黼献赋及画,蒙恩奖赐。是年拔贡,官沭阳教谕。本诗应写于此年季冬,赴任途中经过卫辉比干庙,有感而发。首联一"失"一"有"相映成趣,构语精巧,点出了卫辉(汲县)的特征。该县西南,旧有汲冢,出《竹书

---

① 选自《画亭诗草》卷九《崧云集》,《四库未收书辑刊》据清乾隆四十三年太岳山房刻本影印,第10辑第27册,北京出版社1997年版。按,诗题下有注:"在汲县北。"
② 朱黼:字与村,号画亭,江苏江阴人。画山水苍润朗秀,得王翚风致。工诗,著《画亭诗钞》。

纪年》,轰动天下;同时,该县处牧野旧战场,为殷都近畿。后两句先描写高大巍然之碑,形象感很强,给人以悬念;再用"万古剖心者"喷薄而出。前三句皆为蓄势,第四句直语道出,力有千钧之势,深得绝句灵动变化之妙。

比干墓①

〔清〕李鼎元②

三代臣工墓早荒,颇愁皇览③半荒唐。想因孔子题难灭,自是周王泽更长。烈士狗名④原不幸,宗亲为国肯佯狂。最怜桀殿龙逢苦,好事无人为表扬。

【简析】

李鼎元乃西蜀才子,诗坛一宗。一生为人正直,久居冷宫,襟怀洒落,崇尚风节。其诗文"才笔谨严,风骨高峻"(孙桐生《国朝全蜀诗钞》)。金石学家王昶为《师竹斋集》作序,认为李鼎元之诗"得之少陵者最多","其意激昂而慷慨,其格突兀而清苍,其辞轩豁而呈露,雕镂刻琢,不伤于巧"。这首《比干墓》得少陵之诗骨,发"人所欲言而未能言者",写出了自己的独有体会。

本诗写于乾隆三十六年(1771),应是李鼎元北上参加会试时,途径卫辉比干墓而作。首联扣"墓"而作,认为夏商周时的大臣墓葬早已荒颓,史书的记载又语焉不详或荒唐不堪,但眼前的比干墓却为何能绵延千载,历风雨而弥新?这就为下文的议论提出了问题,设置了悬念。颔联"想因""自是"承上而来,点出比干墓得孔子之题、周王之泽。颈联进一步深层次地探讨比干墓之所以屹立不湮的原因,比干之剖心不为名留后世,不肯佯狂偷生,即不顾惜自己的现世和身后,只关注国家的兴亡。尾联表面上借关龙逢的湮没无闻衬比干的为后世褒

---

① 选自《师竹斋集》卷二,上海古籍出版社 2009 年版"续修四库全书·集部 01475 册"。
② 李鼎元(1749—1812),字和叔,号墨庄。四川绵州人。乾隆三十五年(1770)举于乡,四十三(1778)年成进士,改翰林院庶吉士,散馆,授检讨,改授内阁中书,升宗人府主事。嘉庆四年(1799)册封琉球副史,钦赐正一品麟蟒服,出使琉球。回国后升兵部主事。嘉庆十七年病卒。与其弟骥元、从兄调元先后在翰林,皆负文望。著《师竹斋集》十四卷,《使琉球记》六卷。
③ 皇览:三国魏文帝时,刘劭、王象、桓范、韦诞、缪袭等奉敕所撰,撰集经传,分门别类,共四十余部,约八百余万字。供皇帝阅读,故称为"皇览"。原书已失。清人孙冯翼辑出佚文一卷,仅存冢墓记等八十余条,不及四千字,收入《问经堂丛书》。此书是中国类书之祖,体例对后世《四部要略》《艺文类聚》《永乐大典》等类书的形成和发展影响很大。
④ 狗名:舍身求名。狗,通"殉"。《鹖冠子·世兵》:"列士狗名,贪夫狗财。"

扬,其实借史喻今,指出现今的褒崇多为政治需要,还没有做到真正的尊崇忠臣。

比干墓①

〔清〕李鼎元

殷有三仁人,千秋作臣轨。去之与为奴,大义不如死。忆当独夫时,内乱一妲己。崇侯暨廉来②,狼狈相表里。君子敌小人,自古无胜理。谊既为懿亲,誓与国终始。吾闻有夏哀,祸水由妹喜③。亦闻有周乱,厉阶首褒姒④。牝鸡一以晨⑤,群犬附之起。时岂无死臣,史笔惜未纪。覆车不知戒,今古长若此。岂惟比干墓,鄂王祠⑥尺咫。

【简析】

本诗与上篇有关联。写于乾隆六十年(1795),作者"将游嵩高","醉人春色惟三月,一路看山到豫州"(《磁州道中得州字二首》),路经比干墓,作古风以抒情。前四句为第一层,从"三仁一体"的话题谈起,指出从"大义"上讲,比干之为国而死更胜一筹。然后用"忆"字领起下文八句,得出小人、妇人乱国的结论,感慨"君子敌小人,自古无胜理"。"吾闻"四句扩展开来,指出夏、周也为"红颜"所祸。"牝鸡"四句属总结,牝鸡内乱,群犬相附,导致国家败亡。其实,这些都是亡国的表面原因,君王与制度才是根本原因所在。作者并非不明白这个道理,只是不敢直言罢了。所以,最后四句采用史笔借古讽今,一句"今古长若此"令人慨叹。尤其是尾联中的"鄂王祠尺咫"可谓石破天惊之语,言简而意绝,含不尽讽刺、劝诫之意与其中。本诗的后一首即《汤阴谒岳鄂王祠像》,有名

---

① 选自《师竹斋集》卷九,上海古籍出版社 2009 年版"续修四库全书·集部 01475 册"。
② 崇侯:即崇侯虎。据《史记·周本纪》:"崇侯虎谮西伯于殷纣曰:'西伯积善累德,诸侯皆向之,将不利于帝。'帝纣乃囚西伯於羑里。"廉来:蜚廉和恶来。据《史记·秦本纪》:"蜚廉生恶来,恶来有力,蜚廉善走,父子俱以材力事殷纣。"
③ 妹(mò)喜:夏代最后一个国王夏桀的宠妃。晋皇甫谧《帝王世纪》:"日夜与妹喜及宫女饮酒,常置妹喜于膝上。妹喜好闻裂缯之声而笑,桀为发缯裂之,以顺适其意。"
④ 褒姒:周幽王之宠妃。《史记·周本纪》记载,周幽王为博褒姒一笑而烽火戏诸侯。
⑤ 牝鸡一以晨:即"牝鸡司晨",详见附录《比干庙古诗中常用典故》注35。
⑥ 鄂王祠:即汤阴岳飞庙。鄂王,岳飞死后,孝宗为其平反,嘉定四年(1211),追封岳飞为鄂王。

句"空闻父老中原哭,忍见江淮割地盟"传世。

这两首诗的最妙之处在结尾。第一首的"好事无人为表扬"似口语,暗含嘲讽、训诫之意。第二首的"鄂王祠尺咫"犹奇峰突起,令人震骇。正如清人法式善序中所言,"故其诗直抒胸臆,豪肆横出,举人所不能达者悉有以达之"。但英才多磨难,李鼎元晚年客死扬州时,家人无资扶柩回乡,吴蒿撰挽联以记其实,即"百金囊尽扬州死,万里魂归蜀道难",写尽了李鼎元的清贫与身后的凄凉。

比干墓①

〔清〕张埙②

异代褒忠礼数殊,伏门惨死古时无。直因血脉同先祖,真以心肝奉独夫。殷水到头天欲竭,沙丘③行乐岁将徂。三仁难易凭人作④,宋与朝鲜有一隅。⑤

【简析】

本诗作于乾隆壬辰年(1772),当时作者从河北出发,一路南来。到了汤阴后,游历周文王羑里、岳鄂王庙;然后到了卫辉,祭拜比干墓,作此诗。

首句紧扣题目,强调比干墓的特异之处——异代褒忠,礼数特殊,并在诗歌结尾处用小字对"异代褒忠"加以解释,可见作者十分看重这一点。次句叙述比

---

① 选自《竹叶庵文集》卷三,《续修四库全书》第 1449 册,上海古籍出版社 2002 年版。《随园诗话·卷十六》:"吴门张瘦铜中翰,少与蒋心余齐名。蒋以排再胜,张以清峭胜;家数绝不相同,而二人相得。心余赠云:'道人有邻道不孤,友君无异黄友苏。'其心折可想。《过比干墓》云:'只因血脉同先祖,真以心肝奉独夫。'《新丰》云:'运至能为天下养,时衰拼作一杯羹。'读之令人解颐。瘦铜自言,吟时刻苦,为钟、谭家数所累。又工于词,故诗境琐碎,不入大家。然其新颖处,不可磨灭。咏《风筝美人》云:'只想为云应怕雨,不教到地便升天。'《借书》云:'事无可奈仍归赵,人恐相沿又发棠。'真巧绝也。至于'酒瓶在手六国印,花露上身一品衣',则失之雕刻,无游行自在之意。"
② 张埙(1731—1789),吴县人。字商言、商贤,号瘦铜、吟乡,别称锦屏山人。室名竹叶庵。十岁余即能填词。乾隆十年(1745),十五岁即助《七十二峰足征集》校字。三十年成举人,官内阁中书、景山学宫教习。四十岁后,三年历游粤、赣、陕。三十八年入四库馆任编校。诗才横厉,与蒋士铨齐名。在京与翁方纲、赵翼等友善,曾结都门诗社。精鉴赏,考证金石书画题跋俱详。有《竹叶庵文集》三十三卷,《瘦铜诗觉》二十四卷,词九卷。
③ 沙丘:古地名。在今河北省广宗县西北大平台。相传殷纣在此广筑苑台,作酒池肉林,淫乐通宵;战国赵武灵王被围,饿死于沙丘宫;秦始皇巡视途中病逝于沙丘平台。
④ 按,句末有自注:"去声。"
⑤ 按,诗末有自注:"唐太宗封比干为太师,谥忠烈,故曰'异代褒忠'也。"

干之死的惨烈。颔联是名联,是作者"刻苦"构思之语。前因后果,暗寓无奈之叹息。比干出身王室,明知君王为独夫,还要真心扶持,直至奉以心肝。这种明知不可为而为之的精神,有人赞美,也有人为之遗憾。颈联写因为君王的淫乐无度,国势衰败,难以挽回。尾联探讨"三仁"行为的难易,这个命题众说纷纭,但结句"宋与朝鲜有一隅"告诉人们:微箕两人保存了殷商之血脉,使之绵祀不绝。

怀古诗贵在有见解,本诗的结句点到为止,引而不发,其实已经颠覆了常论:比干之死惨烈非常,比干的忠义精神应该得到异代褒封,但他所维护的政权毕竟化为灰烬;微箕委曲偷生,却保存了王朝的血脉。相对来说,后者虽不轰轰烈烈却更有价值。据载,张瘦铜作诗极为刻苦,"或数十日不为诗,或十数日为一卷,其沈雄汗漫之什海内诗家足与埒者多不过三五人"(王友亮为《竹叶庵文集·南征集》所作之序)。他的诗多有"沈雄"蕴藉的名句,如"公视死生如脱屣,天地无情长已矣"(《宋文丞相墓》)、"父老争传三字酷,君王不喜两宫回"(《岳鄂王墓二首》)、"三代变来为郡县,六经烧尽出英雄"(《秦始皇墓》)等,但名篇不多。

殷太师墓①

〔清〕吴寿昌②

策马殷郊过,歔欷古墓傍。三仁共休戚③,一死独兴亡。刀锯丹心在,松楸碧血藏。更摩题碣字,圣迹并垂光。

【简析】

吴寿昌是清乾隆年间山阴县进士,仕途通畅,官至翰林院侍讲,入直尚书房。多次受命分校乡、会试闱,乾隆四十八年(1783),典试广西。此行撰诗颇

---

① 选自《虚白斋存藳》卷六《驿程杂咏》,"四库未收书辑刊"第10辑第25册,据清乾隆五十五年刻本影印,北京出版社1997年版。按,诗题后有小字注:"据《书》,'太师'当作'少师'。"
② 吴寿昌:字泰交,号蓉塘,山阴县人。幼承业学。乾隆二十四年(1759)中举。三十年,乾隆南巡,以举人应例召试,取为第二,授内阁中书。三十四年,中进士,选庶常,授编修。旋升翰林院侍讲,入直尚书房,预修《玉牒方略》。四十八年,典试广西。五十一年,为贵州提学。任满辞官还乡,徜徉于稽山镜水之间,吟咏性情,以娱晚年。有《虚白斋稿》存世。
③ 休戚:欢乐和忧愁,幸福与祸患。

多,总为《驿程杂咏》。本诗即写于此时。

首联引入,"献敔"写出临墓祭祀之情。中间两联抒情议论。颔联用"殷有三仁"之典,虽然孔子称微子、箕子、比干为"三仁"已成定论,但作者一句"一死独兴亡"却指出比干之死更关乎江山社稷的兴亡,这样就自然显示出比干剖心劝谏的意义所在。颈联用"丹心""碧血"等常用意象表达忠魂不死之情。尾联用孔子剑客碑之典,"摩"写崇敬中的体味,"垂光"赞尼山四字意义之深远。

作者仕途顺利,圣眷日隆,故怀古之作多用常典,难见锋芒。所以,本诗音节、用意较为平稳,属中规中矩之作。

比干墓①

〔清〕毕沅②

眼见朝歌灭,羞为白马③宾。铜盘碧血冷,石阙漆书④泯。刀锯尊前辈,心肝奉一人。至今黄土岭,夜雨有飞燐。

【简析】

毕沅幼年丧父,母教甚严,曾受教于沈德潜,学问精深。其中状元之前已为军机章京,入值军机处。后来虽说屡有沉浮,但也始终为地方大员。乾隆五十年,调河南巡抚,"痛惩积弊,尽革旧章,慎重公帑,力除民累,乡城远迩晏然"(《塞黄河决口诗六章》)。他曾上奏"河北诸府患旱,各属仓储,蠲缓赈恤,所存

---

① 选自《灵岩山人诗集》卷三十六,上海古籍出版社 2009 年版"续修四库全书·集部 01450 册"。按,本诗末原有"近有人得墓中铜盘铭,辞甚古。石阙相传孔子书"之语。毕沅曾为河南巡抚,又是金石学家,曾赴汲郡,于古迹多有游历。现卫辉市太公泉乡太公墓前还立有毕沅所书之碑。其《中州金石记》对比干庙(墓)多有论述:他认为"比干墓在县西北一十五里,疑已讹传,风翔之墓尤谬",又考释铜盘铭"其文颇似李斯传国玺,绵密茂美,当是秦汉人所为,亦必非商物也",还确定孔子剑刻碑"其字当有旧刻,魏人复书之",此外对贞观碑、商少师碑皆有论述。
② 毕沅(1730—1797),字纕蘅,号秋帆,自号灵岩山人。镇洋(今江苏太仓)人。乾隆二十五年(1760)进士,廷试第一,状元及第,授翰林院编修。乾隆五十年(1785)累官至河南巡抚,第二年擢湖广总督。嘉庆元年(1796)赏轻车都尉世袭。病逝后,赠太子太保,赐祭葬。死后二年,因案牵连,被抄家,革世职。于经史、小学、金石、地理,无所不通,著《续资治通鉴》,有《灵岩山人诗文集》等传世。
③ 白马:即玉马。喻贤臣。古人常用"玉马骏奔"喻贤臣离去。《文选·任昉〈百辟劝进今上笺〉》:"是以玉马骏奔,表微子之去;金版出地,告龙逢之怨。"
④ 漆书:以漆书写的文字。相传在孔子住宅的壁中发现的古文经书,以漆为之,故名。

无多,请留漕粮二十万备赈",又请缓徵民欠钱粮,并展赈,"上温谕嘉之"。本诗出自其集中的《嵩阳吟馆集》,遍览之,多有"治河""祷雨""捕蝗"等作,可见其治民之勤。

　　首联叙中有议。"眼见朝歌灭"似口语直接道来,却有泰山压顶、惊心动魄之效。语质意沉,为全诗奠定了论述的基础。在国破家亡之际,最能考验人的品行。比干"羞为白马宾",宁愿以死报国,也不愿苟活媚新。颔联扣住"铜盘""石阙"即景抒情,以毕沅之博学,定知古物的由来。他没有沉溺在争辩、考释之中,而是由"铜盘"之冷联想到"碧血"的冰冷,仿佛那古铜盘就是由比干之血凝就。"石阙"虽残破,但上面的宣圣真迹还依稀可见。同时,"冷""泯"还增添了沉重压抑之感。颈联运用对比,纣王"尊前辈"用的是刀锯,比干"奉一人"用的是心肝,语言质朴而内蕴激愤,如火山欲喷发。尾联回到现实中,比干墓后有太行巍峨,前有土岗绵延,作者用"夜雨飞燐"写凄凉之象,以景作结,使得无限悲凉之余音袅袅。

　　毕沅之诗以"意气激昂,情文恻恻""调高响逸,神味不穷"(张凤孙之序语)著称,这得之于"盖本之性情者至厚,根之经史者至深,助之以风云岳渎之奇,澹之以喜怒哀乐之变,然后伐毛洗髓,锻炼而成诗"(王文治之序语)。本诗起笔质朴中见气势,至颈联而成激语,令人震撼和嘘唏。只是尾联稍显味淡。其集中多有"沟浍皆盈流活活,衣租无缺乐融融"(《孟县行馆喜雨》)、"半年不雨雨三日,世间快事无过此"(《祷雨纪事》)、"山僧不省焚修事,但向溪头垦墓田"(《潞王墓》)等语拙情深的名句。

殷比干墓[①]

〔清〕苏于洛[②]

　　一抔封土[③]历商周,山色泉声万古愁。谁见丹心开七窍,空埋碧血照千秋。古文辩释铜盘异,圣迹传疑石碣留。海外孤臣歌哭后,西风禾黍尚油油。

---

①　选自《卫辉府志》卷四十一《艺文志·诗》,毕沅、刘钟之、德昌纂修,乾隆五十三年(1788)版。

②　苏于洛:清汤阴人。乾隆三十五年(1770)举人,四十五年(1780)进士。曾授经绿筠书院。五十六年任宣恩(今湖北省宣恩县)知县,剿匪有功,晋升同知,随营办理粮台。后以病卒于恩施之丫木峪。著有《淇邑殷三仁柯辩》《姜太公庙墓考》等。

③　封土:封闭坟墓,堆土成包。借指坟墓。

【简析】

苏于洛是汤阴进士,曾任宣威知县。据《宣威县志卷之十六·官师志》:"嘉庆六年,教匪扰来凤,土匪起为声援。公诱擒其魁,余党悉就抚。以功晋同知,随营办理粮台。以病卒于恩施之丫木峪。"作为封建社会的下层官吏,他是如何看待比干的忠义精神的呢?

首句以"一抔封土"引入,强调其孤小简易却能够"历商周"而不消,启人深思。律诗讲究起笔突兀,本诗属明起,开门见山,恢宏雄壮。下句使"山色泉声"拟人化,千百年来,也只有它们陪伴着寂寞的英魂绵延至今。"万古愁"涵括了时空,丰富了"愁"的内涵。颔联写比干剖心而死,义传千秋。按说此题材最为普通,难出新意。但作者用"谁见"突出比干之死的惨烈,此乃世间仅有;用"空埋"蕴含深深的愧惜、叹息之情。写诗有实字易,用虚字难,若能虚词传神,则"开合呼唤,悠扬委曲,皆在于此"(李东阳《麓堂诗话》)。颈联用典较实,新意不多。作者指出了人们辩释铜盘铭、孔子剑刻碑的说法多异,但这些古物之所以长留于比干墓前,一定有其独特的文化意蕴,但作者浅尝辄止,没有进一步挖掘,语意较为凝滞。尾联继续用典,"海外孤臣"应指箕子,"歌哭"指箕子目睹禾黍离离而悲歌,世传《箕子操》。下句的"尚"字十分传神,立刻给人借古讽今之感,使得整首诗灵动起来。

苏于洛的作品传世不多,只在方志中存留数篇,已能见其功力之深厚。如本诗的结句,一字传神,寄寓顿生。再如他的《高罗访太白宅》:"夜郎传遗宅,青山何处寻。空留一片月,长照万古心。仙才继骚雅,憔悴泽畔吟。投老声名累,旷世遥沾襟。"写得古朴苍凉。

比干墓①

〔清〕刘嗣绾②

麦秀殷墟在,苔文汲冢穿。剖心何岁月,埋骨此山川。金阙寒云废,铜盘古月圆。棠梨花上血,辛苦是啼鹃。

---

① 选自《尚絅堂诗集》卷十六《燕囊集》,上海古籍出版社 2009 年版《续修四库全书·集部》01485 册。

② 刘嗣绾(1762—1820),字醇甫,又字简之,号芙初,江苏阳湖人。嘉庆十三年(1808)会试第一。廷试改翰林院庶吉士,散馆,授编修。和平安雅,见义无不为。年五十九,丁母忧,以毁卒。著《尚絅堂诗集》。

【简析】

刘嗣绾少颖异，识量过人。早游京师，知名于时。嘉庆十三年（1808）会试第一，廷试诗"会疾，书字不能工，未与鼎甲"，改翰林院庶吉士。工于诗，擅长骈体文。"少作明艳之篇居多。肄业太学以后，则沈博矣。放浪江湖以后，则排奡矣。兹则清道骏迈，以快厉之笔达幽隐之思，如水银泻地，天马行空矣。"（法式善序）本诗作于乾隆五十七年（1792），作者"触暑北行，襆被千里，东华尘土得毋西山笑人"（自序），在北行途中游比干墓，为孤冢的荒凉而悲叹。首联引入，用"麦秀殷墟"旧典蕴亡国之悲，一个"在"字写出长叹感伤之形象，为全诗奠定抒情基调。下句的"汲冢"富有地域特色，既点出比干墓的所在地，又通过苔藓覆蔽，荒无人烟的景象增添悲伤之情。颔联写比干的孤冢历经千年风霜而依然屹立。颈联中的一"寒"一"古"极力渲染繁华已失，道义永存的亡国之悲。过去辉煌的"金阙"已经废弃，而代表着比干精神的铜盘却如古月般明圆。尾联用色彩对比构造意境，棠梨花雪白无瑕，而杜鹃血艳丽逼人，两相衬托，令人心惊。那么，杜鹃为何如此啼血呢？自然是为忠臣之惨死及死后的清冷而悲。这样，就表达了自己的"幽隐之思"，有讽喻之效。本诗在主题表达上突破不大，但摹景抒情穷尽其妙，艺术水准很高。

谒比干墓[①]

〔清〕赵希璜[②]

元老不图存，王纲已先坠。谏死一字仁，墓封千古文。夷齐扣马[③]言，微箕

---

① 选自《四百三十二峰草堂诗钞》卷十二，上海古籍出版社 2009 年版"续修四库全书·集部 01471册"。

② 赵希璜：字子璞，一字渭川，长宁（今广东新丰）人。少年时读书罗浮山，以学识与诗艺闻名岭南。以才俊著称被贡入国子监为诸生。但应举落第，归乡苦读。数年后北上游学京华，与誉为岭南四大才子之一。乾隆四十四年（1779）举人，先任延川知县，后量移到河南济源，再任安阳知县。嘉庆十一年（1806）病逝，葬于安阳县以西二十里的土旺村。在安阳县任上颇多善政，尝刻黄仲则集，著《安阳县志》。有《四百三十二峰草堂诗钞》传世。

③ 夷齐扣马：按，《史记·伯夷列传》："伯夷、叔齐，孤竹君之二子也。……于是伯夷、叔齐闻西伯昌善养老，盍往归焉。及至，西伯卒，武王载木主，号为文王，东伐纣。伯夷、叔齐叩马而谏曰：'父死不葬，爰及干戈，可谓孝乎？以臣弑君，可谓仁乎？'左右欲兵之。太公曰：'此义人也。'扶而去之。武王已平殷乱，天下宗周，而伯夷、叔齐耻之，义不食周粟，隐于首阳山，采薇而食之。……遂饿死于首阳山。"

存祀意。独正松柏同,赋诗板荡①异。黄泉血化碧,白旄麾作誓②。代③暴仁义师,得人商周际。惟此志难夺,本自④忠无二。剖既肆荼毒,心终怀说议。亦如羑里⑤囚,明圣非柔媚。后世仰至德,三分甘服事⑥。我生命在天⑦,肝脑悲涂地。王心不肯悟,臣心死犹愧。与国共休戚,食禄焉趋避。油油对禾黍,多少殷墟泪。

【简析】

赵希璜为"岭南才子",但也曾困窘科举。入仕后,十九年乐于七品,耗尽青春盛年。在安阳县令任上以清正廉洁、政绩突出而闻名,治政劝农,救灾办学。每次下乡巡视,单骑独往,从不扰民,人誉"仙吏"。本诗作于乾隆五十九年(1794)初夏,此时卫辉遭受水涝,"今春赤地已千里,夏涝荒郊浃旬雨。卫辉城外黔庶悲,人家屋上冯夷舞。我住三日比干庙,目击苍茫心愧沮。盈盈咫尺不得前,杳杳情怀无可语。侧闻深夜鬼啼饥,跃入平林鱼化虎。扬鬐无厌巨舟吞,贪饕那计群生苦。自愧微材鲜技能,欲效老渔施网罟。填平沧海变桑田,手捉蟂蚴献神禹。"(《卫河水涨,淹浸田庐,城不没者三版矣。怆然有赋》)该诗置于《谒比干墓》之后,悲怆难抑,殷殷之情见于字里行间,从中我们可以探知作者创作《谒比干墓》时的心境。

本诗为古风。前四句为第一层,首句既可以指比干作为"元老",在国破家亡之际不图谋个人的生存;又可以理解为朝中元老纷纷倒戈,不图谋宗社的生

---

① 板荡:按,《诗经·大雅》中有《板》《荡》两篇,写当时政治黑暗,人民生活贫苦,后来"板荡"便被用来形容天下大乱,局势动荡不安。唐太宗有名句:"疾风知劲草,板荡识诚臣。"

② 白旄:古代的一种军旗。竿头以牦牛尾为饰,用以指挥全军。按,该句典出《书·牧誓》:"王左杖黄钺,右秉白旄以麾。"这里也用来指出师征伐。

③ 代:按,原文即此,疑应为"伐"。

④ 本自:本来就,一向是。

⑤ 羑(yǒu)里:古地名,一作牖里,在今河南省安阳市汤阴县北,是我国遗存下来的历史最悠久的国家监狱遗址,曾"西伯(即文王)拘羑里而演周易"。周文王名姬昌被纣囚于羑里七年,将伏羲八卦推演为六十四卦,著《周易》。

⑥ 按,这两句承上赞美文王之德。语出《论语·泰伯》第二十章:"舜有臣五人而天下治。武王曰:'予有乱臣十人。'孔子曰:'才难,不其然乎?唐虞之际,于斯为盛。有妇人焉,九人而已。三分天下有其二,以服事殷。周之德,其可谓至德也已矣。'"孔子认为,周文王虽然三分天下有其二,却仍以臣子的身份事服殷王朝,此乃"至德"。

⑦ 按,该句语出《尚书》。周文王战胜黎国之后,祖伊非常恐慌,以危情告纣王。但纣王曰:"呜呼!我生不有命在天?"祖伊责之,并指出"殷之即丧"。

存，与"王纲先坠"形成呼应，此乃比干剖心的大背景。第二联扣住比干"谏死""墓封"之史事，拆嵌"仁义"于句中，以"一字"与"千古"对举，突出比干的忠孝节义精神。"夷齐"四句为第二层。夷齐扣马而劝，微箕或遁或囚，意在存殷，这些都是仁义之举。但都没有比干的剖心光照日月，岁寒方知松柏之强劲，板荡才觉忠臣之坚贞。"黄泉"四句为第三层。比干魂化碧血，周武王挥师伐殷，两者之间有着内在的联系。"惟此"四句为第四层，赞美比干之志"难夺"，比干之忠"无二"，虽死而精神永存。"亦如"四句为第五层，以周文王的"至德"衬托比干。"我生"四句为第六层，痛斥纣王的刚愎暴虐，慨叹忠臣的惨死可怜。但比干虽被剖心，却不以己为重，反而"犹愧"未能使君王醒悟而致宗社无存，此义此情令人嘘唏。最后四句先承上歌颂比干与国休戚与共，国难当头不"趋避"的爱国情怀，然后用"禾黍"之典收束，写亡国之悲。

　　赵希璜早年之诗，"嘘吸云烟，变换肌骨，故诗绝无尘土气"。经历了人生波折后，其诗注重现实，内容丰富。风格上追求"性灵"，"诗以道性情，无真性情者其诗必不工"。吴蔚先为之作序，曰："其诗古今体无不备，古体尤俊逸，峭拔可喜，而皆有真性情含蓄于中而发越于外。"本诗就属于其古风力作，古朴苍凉，纵横恣肆，不拘文法，情韵至深。

比干墓①

〔清〕赵良澍②

　　三仁同一道，尤觉剖心难。四字题尼父，孤忠识比干。旧邦经几徙，抔土至今完。亦有批鳞者，龙逢骨犹寒。

【简析】

　　赵良澍的诗集中多有以"北游"为题之作，说明其多次参加科举考试，经历了诸多的心理折磨。他曾感慨："我初赴公车，汝方在襁褓。蹉跎廿五年，汝壮

---

①　选自《肖岩诗钞》卷七，上海古籍出版社 2009 年版"续修四库全书·集部 01464 册"。
②　赵良澍：字肃微，号肖岩，安徽泾县人。乾隆三十六年（1771）举人，六十年（1795）获会试第三名，廷试授中书。嘉庆三年（1798）任广东主考官，擢能举贤，多得名士，被重用。以老引疾乞归后，留意经传百家，勤于考据，掌教书院，从学者甚众，著有《肖岩文钞》《肖岩诗钞》等书。曾任《旌德县志》总修。

我垂老。"(《北游示儿子如圭》)在学诗与科举的冲突中,他也经历了一番痛苦的抉择,"当是时,少年意气锐甚,谓天下事可唾手成,俟博取科第后,置八股于不用并加吟咏,何患不工。转瞬三十余年,而身世多故,哀乐萦心,迫人于无可解脱……敝衣蹇卫,仆仆道途,偕计吏上春官者九乃一得焉,而齿危发秃,余勇已不可贾矣。"(自序)本诗就写于一次北游不中之后,"时赴归德郡守彭山泉西席之约"(《出都》),途径卫辉,拜谒比干墓,游览击磬亭,行延津道中,渡河至汴梁南下。

本诗以议论起笔。"三仁"一体,乃固有之论,但一"尤"突出了剖心之难。颔联紧扣比干墓之孔子题碑来写,孔子生于周而以"殷"题墓,暗含故国情思,属微言大义。之所以如此,是因为孔子心识比干,认为比干为"孤忠"。颈联以"旧邦"与"抔土"对举,以时代兴废、世事变迁为大背景衬托比干墓这一抔黄土之至今完好,由此突出比干的忠义精神之感动天地!尾联用别的"批鳞者"之遭遇不好衬托比干为人民所拥戴。

赵良澍孜孜向学,倾心科举。其诗重"材",学究味浓,淳厚雍容。如"十年应唾燕云手,三字徒甘君相心"(《过汤阴吊岳忠武次壁间韵》)、"千古空亭在,声流直至今"(《击磬亭》)、"恋他书味同鸡肋,笑我名场逐鼠肝"(《北游》)等。但拘泥于此,才情不够。如本诗的尾联给人语尽意竭之感。

比干墓①

〔清〕赵文楷②

汲县城边吊比干,行人立马一盘桓。千年血化春芜碧,七窍心如晓日丹。亡国有征缘象箸③,荒坟何地觅铜盘。可怜一片殷墟石④,忍使忠魂夜夜看。

---

① 选自《石柏山房诗存》卷七《木天近录》,上海古籍出版社 2009 年版"续修四库全书·集部 01485 册"。
② 赵文楷:安徽太湖人,字介山,号逸书。少年家贫,天资敏慧,诗文超群。嘉庆元年(1796)状元。四年充任朝廷正使,偕同李鼎元出使琉球,时 33 岁。九年出任山西雁平道。十三年因病卒于任,官至陕西按察使。当代佛学大师赵朴初为其后人。
③ 象箸:象牙制作的筷子。《韩非子·喻老》:"昔者纣为象箸而箕子怖。"《史记·宋微子世家》:"纣始为象箸,箕子叹曰:彼为象箸,必为玉杯;为杯,则必思远方珍怪之物而御之矣。舆马宫室之渐自此始,不可振也。"
④ 按,古诗中常有"可怜一片韩山石"之句。北魏高欢于韩陵山击败敌人,建定国寺旌功,命温子昇作《韩陵山寺碑》以记其事。后遂以"韩山石"借指碑石。本诗套用之。

【简析】

赵文楷有神童之誉,善诗词。他自己曾说:"余年十龄能执笔为诗,后以蚤失所怙,几至废学。然吟咏一道,性好之,不能辍也。家贫甚而好游,故其为诗非悲愤之言即流连之什。"(《砾存集》自序)其一生最为后人称道的是嘉庆四年奉命出使琉球,尽展大国气象。本诗不知其具体的创作背景,但依然保持了"关河羁旅,不无危苦之词;风月登临,大有悲凉之作"(帅承瀛序)的一贯风格。首联起笔较为平淡。颔联用常典,把典故与眼前之景相融合,比干之血千年化碧,如浓绿的春草孕育勃勃生机;七窍之心赤色淋漓,如彤红的晓日燃烧天宇。把平凡的典故、平凡的景色写得磅礴而神奇,加之对仗工稳,朗朗上口,堪称名句。颈联先探讨亡国之原因,再感叹孤冢之荒凉。尾联颇有力度。"殷墟石"的内涵极为丰富,牵惹忠臣义士的亡国之思。"忍使"即怎忍使,比干"夜夜"目睹故国之物而悲痛难抑;作者想到忠臣为国剖心,竟然忠魂难安,也不禁嘘唏!

比干墓①

〔清〕钱楷②

晨出朝歌城,纤道四三里。庙颜殷少师,墓在庙后峙。拜瞻要读铜盘铭,啸堂录③中字差似。墓门四篆先圣书,今犹高揭④堂壁里。较郎仁宝⑤所录文,末字多蚀右蠆尾⑥。庭中穹立元魏文,岁御阉茂月星纪⑦。大书皇帝吊比干,文

---

① 选自《绿天书舍存草》卷六,上海古籍出版社 2009 年版"续修四库全书·集部 01483 册"。
② 钱楷(1760—1812),字宗范,又字裴山,浙江嘉兴人。乾隆五十四年进士,选翰林院庶吉士,散馆改户部主事,充军机章京。历官广西、湖北、安徽巡抚。善书,工篆隶。擅山水。著有《绿天书舍存稿》。
③ 啸堂录:即《啸堂集古录》。宋代金石学著作。王俅(字子弁)撰。两卷。著录商、周、秦、汉以来的青铜器及印、镜铭文 345 器。上为铭文摹本,下附释文。
④ 揭:显示,显露。
⑤ 郎仁宝:即郎瑛(1487—1566),明藏书家,字仁宝。仁和(今杭州)人。身患疾病,淡于功名。博览艺文,探讨经史。著《书史衮钺》《萃忠录》《七修类稿》。按,《七修类稿》卷二十三《辩证类·比干墓字》有详细考证,并录有铜盘铭铭文及释文。
⑥ 蠆(chài)尾:即"虿尾"。比喻书法上的"趯"笔。书法上常用"虿尾银钩"比喻书法遒劲。
⑦ 按,北魏孝文帝《吊比干墓文》有"岁御次乎阉茂,望舒会于星纪,十有四日,日惟甲申"。指太和十八年十一月十四日。

似齐梁书隶体。太和之碑仅见此,元祐判官复修起。右碑贞观十二年,二月
己亥敕与诔。车驾亲征乐浪①还,展墓②殷墟秩加礼。赠以太师谥忠烈,三品
持节致祭祀。司封③崇葬修其祠,给复五户冢守视。门下④奉行咸署名,无忌
第一遂良止。此碑得非褚手书,惜哉点画太肥侈。集古有愿空抱残,得游又
促华原使。荒苔旧冢皆摩挲,三代遗文眼中始。赏心如获汲冢书,裁诗⑤已过
三仁里⑥。

【简析】

钱楷乾隆朝进士,入翰林,直军机。后来逐渐得到重用,却遽然以病卒。
其诗影响不大,死后由阮元编订成册,阮元在序中赞"其诗风格清超,性情
缜密粹然,想见其为人"。本诗应作于嘉庆七年(1802),时作者由礼部祠祭
司郎中兼广西学政,调刑部安徽司郎中,截取京察当外用,予升衔留任。在
返京途中,路过比干墓,作本诗以抒情。这首诗重在描述、考释比干庙中的
古碑,保留了第一手资料,但从表情达意的角度来说,主题意义不大,缺少
寄托和蕴藉。

---

① 乐浪,即乐浪郡。汉武帝于前108年设置的朝鲜四郡之一,治所在朝鲜县(今平壤大同江南
　岸),管辖朝鲜半岛西北部。这里借指朝鲜。
② 展墓:省视坟墓。《礼记·檀弓下》:"吾闻之也,去国则哭于墓而后行,反其国不哭,展墓而
　入。"
③ 司封:官名。唐高宗龙朔二年(662),改主爵为司封,郎中为大夫。
④ 门下:按,汉代诏书首称诏告对象的官衔,南北朝诏书出现了首称"门下"的体式。"门下"属
　政府机关中的审议机构,有权反驳中书省所拟之诏。这种体式,一直沿袭到唐宋以后。宋张
　淏《云谷杂记·门下》:"门下省掌管诏令,今诏制之首,必冠以门下二字,此制盖自唐已然。"
　至于"奉天承运皇帝诏曰"之类的起首语是明清诏书才有的。
⑤ 裁诗:作诗。杜甫《江亭》:"故林归未得,排闷强裁诗。"
⑥ 按,句末有自注:"里在淇县。"

比干墓①

〔清〕王苏②

　　枉人山③前冤雪飞,斳脛河④畔愁云围。少师心是太古月,不与商家共存殁。独夫久已亡心肝,砺剑剖心七窍看。臣心一窍血一缕,中有汤孙七庙⑤主。纣臣亿万心若林,咄哉有胸无一心。无头亦佳奈何许,拔心不死徒虚语。未知当日埋骨时,抛掷公心置何所。愿公此心化百千,不埋黄土升青天。飞堕千秋将相腹,人人披沥君王前。公心万古终无恙,裼裘⑥人拜增悽怆。莫道褒忠祇博名,孱孙即遇安金藏⑦。

【简析】

　　王苏乃进士出身,于嘉庆八年(1803)十月出守卫辉,后来又任河道之职,任职卫辉达五六年之久,他的诗集中写卫辉的诗太多了,比干墓、汲冢、峍嵝碑、君

---

① 选自清王苏《试啘堂诗集》卷五《古今体诗一百五十八首·卫州怀古十首》,道光壬午重刊本。"清代诗文集汇编"编纂委员会编,"清代诗文集汇编"第四七一册,上海古籍出版社2012年版,第315页。

② 王苏:字伄峤,江阴人。乾隆五十五年(1790)进士。改庶吉士,授编修,嘉庆八年(1803)任卫辉知府。有《试啘堂诗集》。

③ 枉人山:按,传纣杀比干于此。详见附录《比干庙古诗中常用典故》注39。

④ 斳脛河:斳,古同"斫"。该河又称阳河,即今河南淇县南斫脛河。源出今河南淇县西北二里太和泉,东南流入淇水。《尚书·泰誓下》:商王受(纣)"斫朝涉之脛"。《传》:"冬月见朝涉水者,谓其脛耐寒,斩而视之。"《水经·淇水注》:"淇水又东,右合泉源水。水有二源,一水出朝歌城西北,东南流。老人晨将渡水,而沈吟难济,纣问其故。左右曰:老者髓不实,故畏寒也。纣乃于此斫脛而视髓也。"《寰宇记》卷五十六《卫州卫县》:"阳河水在县西北平地,即纣斫朝涉之脛处也。"

⑤ 汤孙:商汤之子孙。《诗·商颂·那》:"汤孙奏假,绥我思成。"马瑞辰通释:"汤孙奏假,谓汤之子孙进假其祖。"七庙:《礼记·王制》:"天子七庙,三昭三穆,与太祖之庙而七。"此指四亲庙(父、祖、曾祖、高祖)、二祧(远祖)和始祖庙。后以"七庙"泛指帝王供奉祖先的宗庙。

⑥ 裼裘:古行礼时,袒外衣而露裼衣,且不尽覆其裘,谓之裼裘。非盛礼时,以此为敬。《礼记·檀弓上》:"曾子袭裘而弔,子游裼裘而弔。曾子指子游而示人曰:'大夫也,为习于礼者,如之何其裼裘而弔也?'"孔颖达疏:"祖去上服以露裼衣,则此裼裘而弔是也。"泛指袒露里衣。形容不拘礼仪。前蜀杜光庭《虬髯客传》:"使回而至,不衫不履,裼裘而来,神气扬扬,貌与常异。"

⑦ 孱孙:即"荒子孱孙"。不成材的子孙;放荡无行的后嗣。宋欧阳修《本论》:"其政易行,其民易使,风俗淳厚而王道成矣。虽有荒子孱孙,犹七八百岁而后已。"安金藏:唐京兆长安人。初为太常乐工。时睿宗为皇嗣,或诬皇嗣反,武后命来俊臣鞫状,词连皇嗣左右,皆畏惨楚,欲引服,独金藏大呼:"请剖心以明皇嗣不反。"遂引刀剖胸,肠出而仆。武后惊叹,令医之,诏停狱,睿宗由是免难。睿宗景云中,累迁右武卫中郎将。玄宗立,擢右骁卫将军,爵代国公。卒谥忠。

子村、望京楼、香泉寺、卫河边的小旅馆、贡院街的试院等皆入诗境。本诗乃其《卫州怀古》组诗中一篇。

前六句写比干剖心的背景和经过。"臣心一窍"两句把比干七窍玲珑心与"六七贤圣"对应,指出比干之生死有关殷祚之能否承继。此种写法构思巧妙,想象奇特,含义深远,在比干庙诗歌中可称特异!紧接着,"纣臣"两句先强调纣王拥有臣子"亿万""心若林",但"有胸无一心",没有如比干之心者,突出比干作为臣子的独特之处。两相对比,互为衬托,做人境界高下立判。本诗最为精彩之处在于想象。作者希望比干之心飞上青天,坠落人间将相之腹,让历代将相都能在君王前披肝沥胆,犯颜直谏,从而出现更多安金藏式的后来者,如此才能政治进步,国泰民安。

王苏出身名门,"为人刚中有守,介特无所倚,不随形势为燥湿,居恒混混,处侪俗不见厓岸,遇所不可,虽百贲育不能回其意"(王芑孙序)。任卫辉太守期间,"君独时时奋髯抵,凡无巨细,一首操之,大要归于忠厚而实事求是,不苟依违,以是动辄多忤见,谓难近"(王芑孙序),可见王苏是一位有个性、正直无私的官员。其诗"感物造端,情辞婉约,吐纳风流"(王芑孙序),颇负盛名。本诗构语惊险,想象奇特,把陈典旧事写得跌宕起伏,激情飞扬,实属难得!结尾句更是点出"襃忠"的目的不是"博名",而是激励更多"比干"出现,使得国家长治久安,有篇末点旨之效。

比干庙祠①

〔清〕薛鸿渐②

禾黍离离庙两楹,殷仁千载尚神明。可怜满地无心草,碧色都疑血染成。

【简析】

巨野县乃春秋"西狩获麟"之地。传比干被纣王剖心后,葬于巨野城西南二

十里田桥镇比干庙家乡。当地百姓自动捐资建起殷圣比干祠。

本诗用"禾黍离离"用典,写商之旧地,蕴亡国之情。用空旷无边的殷墟衬托仅仅"两楹"的比干庙,虽然渺小孤寂,却"千载"屹立。褒贬之意自明,也为下文蓄势。"无心草"为比干庙所特有,寓自然万物为比干剖心死谏的忠义精神而感动之意。草本绿色,血本红色,无有联系,但作者巧用"疑"把二者连在一起,暗用"苌弘化碧"的典故,构思精巧,独出机杼。

咏史①

〔清〕吴裕垂②

心藏神,混沌居中运五行,耳目口鼻皆通明。阳窍七,庸夫被茅塞,声色臭味尽蔽惑。均是人,均是活血作精魂。只有圣人心窍无偏照,一窍避③万窍,岂竟凿然④具七窍。试剖比干心,窍窍通神妙,窍血真堪沥宗庙。

嗟元子兮去不留,悲少师兮死不休。将杀身成仁兮,徒彰吾君尤⑤。将肥遁⑥荒野兮,谁为我启告嘉猷。宏我烈祖兮,志未酬,挽回无长策兮,臣兮死于囚。囚不得死兮,勒我陈畴⑦。学有传人兮,非我朋俦。姑忍耻辱兮,谢彼咨诹。有腼⑧面目兮,何忍宾周。亡国之人不足惜兮,毋贻我先王羞。天厌商兮,曷勿自谋。适故墟兮,堂陛成邱。邱中麦兮,乃亦有秋。愁大有兮,谁为我收。朝鲜一遁兮,海上乎遨游。

【简析】

吴裕垂是泾县人,其生平事迹不详。唯知以《史案》传世。书前有洪亮吉序,言初见吴裕垂时,觉得吴是一个小心谨慎的青年学子,等到与之论古

---

① 选自《史案》卷十九《咏史·商》。"四库未收书辑刊"第4辑20册,据清道光六年大成堂刻本影印,北京出版社1997年版。
② 吴裕垂:字以燕,泾县人。
③ 避:隐藏。《广州军务记》:"潜避两炮台中。"古语有"避迹"(隐匿)、"避风头"等。
④ 凿然:确凿,确实。
⑤ 尤:过失,罪过。《诗·小雅·四月》:"废为残贼,莫知其尤。"
⑥ 肥遁:即肥遯。《易·遯》:"上九,肥遯,无不利。"孔颖达疏:"子夏传曰:'肥,饶裕也。'……上九最在外极,无应于内,心无疑顾,是遯之最优,故曰肥遯。"后因称退隐为"肥遯"。
⑦ 陈畴:陈述"九畴"。指箕子为周武王陈述《洪范·九畴》。
⑧ 腼,即"靦"。羞愧的样子。

人及睹其著作,方叹其"浑身都是胆也。胆生于识,识生于读书",赞其有卓识。

本文选自《史案》所附之咏商史诗。上段重在咏叹比干剖心。作者抓住"心"来写,先强调圣人之心的神妙:包藏天地,使人明理避恶;活血为魂,使得心如烛照,光亮宇宙。然后,又指出比干之心岂止"七窍",因为"一窍避万窍",而每一窍皆"神妙"。末句把剖心与宗庙危亡联系起来,揭示比干之死的意义,乃点旨之中心句。

下段慨叹"三仁"之行。先写微子之"不留"、比干之"死不休",赞美比干的杀身成仁,感叹其结果却为"徒彰君尤"。然后,重点论述了箕子忍耻为囚、宾周陈畴、黍离之悲、远遁朝鲜等事迹。

《史案》是历史著作,后边的咏史诗是点缀之作,但却具有鲜明的文学色彩。作者论比干剖心,没有泛泛而论,而且紧扣"七窍之心"来想象,歌颂其作用,颇为浪漫和神奇。

比干墓①

〔清〕朱方增②

松柏何郁郁,中有王子坟。伤哉剖心事,涕泗不忍闻。或云是才子,或称为贤人。论定经至圣③,卓然称其仁。乍谒三仁祠,黯澹愁风云。下马此凭吊,草木惨不春。古今茹深痛,岂徒魏孝文。

【简析】

朱方增是嘉庆时的进士,颇有才华,科举之路顺畅,授文职。作诗并不是其特长,但多次"奉命衡文轺车,所到凡山川名胜风土人情,莫不纪之以诗"(徐用仪序)。本诗写于嘉庆十五年(1810),四月三十日那天奉命典试云南,同行者是

① 选自《求闻过斋诗集》卷二,上海古籍出版社 2009 年版"续修四库全书·集部 01501 册"。

② 朱方增(? —1830),字虹舫,浙江海盐人。嘉庆六年进士,选庶吉士,授编修。典云南乡试,迁国子监司业。嘉庆二十年,入直懋勤殿,编纂《石渠宝笈》《秘殿珠林》。寻督广西学政,累迁翰林院侍读学士。道光四年,大考第一,擢内阁学士。典山东乡试。七年,督江苏学政。十年,卒。

③ 至圣:指道德智能最高的人。旧时亦以专指孔子。宋王应麟《困学纪闻·考史六》:"宋祥符元年,幸曲阜,谒文宣王庙,谥玄圣文宣王;五年,改谥至圣。"

兵科给事中陈心畬。他们一路行来,过邯郸,渡淇水,望苏门百泉诸山,拜谒卫辉比干墓,作此诗以寄情。然后,渡河南下。

本诗用语质朴,古雅端庄。前四句引入。"或云"四句借众人之争论为下文蓄势,以突出"至圣"之语的微言大义,卓然超绝;同时,借圣人一针见血的评价,突出比干身上"仁"的精神思想的可贵。最后六句叙述行程,借"草木惨不春"以景蕴情,情蕴其中。结尾处借北魏孝文帝的悲比干"胡不我臣",突出现在有众多的深痛者,那么,他们"深痛"的内涵是什么呢?启发读者思考,起到了以古讽今的效果,让人们思考历史的教训和规律。

本诗语言朴实近拙,多用衬托,含蓄深沉,有一定的功力。他擅长的是熟谙朝章典故,辑国史名臣事迹为《从政观法录》,行于世。

吊比干墓①

〔清〕张澍②

七窍何缘聚九毛③,剖来丹血溅宫袍。悲歌秣马摧金阙④,忍见夷羊在坶郊⑤。

---

① 选自《养素堂诗集》卷十一《入都中集》,上海古籍出版社 2009 年版"续修四库全书·集部 01506 册"。

② 张澍(1776—1847),字百瀹,号介侯,凉州府武威县(今甘肃武威)人。嘉庆四年(1799)进士,选翰林院庶吉士。两年后出任贵州省玉屏县知县。后署遵义县知县、广顺州知州,任四川省屏山县知县,署兴文、大足、铜梁、南溪知县,任江西省永新县知县,署临江府通判,任沪溪县知县。1830 年辞官闲居,研究学问。

③ 九毛:按,刘向《烈女传》云:"王子比干谏纣,以为妖言,妲己谓曰:'吾闻圣人之心有七窍,窍有九毛,'遂剖视之。"这与《史记·殷本纪》所言稍异。

④ 秣马:饲马。秣,牲口的饲料。金阙:指天子所居的宫阙。按,王应麟《困学纪闻》卷十一《考史》:"韦昭《洞历记》:纣无道,比干知极谏必死,作《秣马金阙歌》。古歌尚质,必无'秣马金阙'之语,盖依托也。"

⑤ 夷羊:古指神兽、怪兽。《国语·周语上》:"商之兴也,梼杌次于丕山;其亡也,夷羊在牧。"一说,土神。《淮南子·本经训》:"江河三川,绝而不流,夷羊在牧,飞蛩满野。"高诱注:"夷羊,土神。殷之将亡,见于商郊牧野之地。"后亦以比喻乱世中的贤者。坶郊:即坶(牧)野。

尚有闳夭楸树表①,胜佗处父石棺叨②。可怜天讫殷商命③,轻吕仍将哲妇膏④。

【简析】

张澍是甘肃武威人,人称"凉州魁杰"。6 岁能吟诗,14 岁举乡试,19 岁中进士。张之洞说他"才气无双,一时惊为异人"。进入仕途之后,刚直不阿,一丝不苟,好辩是非,颇为不顺,一直在底层官位上徘徊。正如其好友所评论的,"以子之精心果力,著书当可传;以子之直气严情,筮仕实不合"。1830 年,张澍引疾辞职,客居西安,专门从事学术研究,在方志学、姓氏学、词章学、金石学、朴学、郑学等领域很有建树,成为在全国颇具影响力的学者。

本诗作于嘉庆十五年(1810)。在此之前,作者曾暂别官场,过了几年游历、教学的生活。《入都中集》的第一篇《入都补官留别同邑诸君子》,说明此次作者冒着严寒冰雪从凉州出发,经会宁、德隆进入豫境,经艰苦跋涉到汲县,至东明、开州、通州、大名,一直到第二年春天才至唐山而进京,其目的是"补官"。至卫辉时,应是冬末,作者作诗《汲县城外有碑镌孔子击磬处》和《吊比干墓》。本诗句句用典,意蕴古朴深刻,彰显了作者学养的深厚。首句由"七窍"起笔,认为"七窍"之说未必缘于"九毛"之说。其实,两种说法的争议意义不大,重要的是比干"丹血溅宫袍"。颔联剖析比干为何甘于剖心。比干目睹国志沦丧,作《秝马金阙歌》;他不忍心见到神兽被弃,贤者鼠窜。颈联写比干身后的荣耀。有武王封墓,天下得以敬仰之,远胜过蜚廉被天帝赐死而葬石棺的遭遇。尾联感叹由于纣王无道,殷商不得天命,纣王自焚,妲己被斩,国家灭亡,宗社不存。

---

① 闳夭:西周开国功臣,与散宜生、太颠等共同辅佐西伯姬昌。西伯被纣囚禁,他与众人设计,献给纣王美女宝物,营救西伯脱险,后又佐武王灭商。武王派其为比干封墓。表通"幖"。表帜,标志。这里有祭祀之意。《周礼·肆师》:"祭之日表。"

② 佗:表示远指,别的,其他的。石棺:按《史记·秦本纪》:"是时蜚廉为纣石北方,还,无所报,为坛霍太山而报,得石棺,铭曰:'帝令处父(蜚廉别号),不与殷乱,赐尔石棺以华氏。'死,遂葬于霍太山。"叨(dāo):动词,话多。

③ 按,《史记·殷本纪》:"及西伯伐饥国,灭之,纣之臣祖伊闻之而咎周,恐,奔告纣曰:'天既讫我殷命,假人元龟,无敢知吉,非先王不相我后人,维王淫虐用自绝,故天弃我,不有安食,不虞知天性,不迪率典。今我民罔不欲丧,曰:"天曷不降威,大命胡不至?"今王其奈何?'纣曰:'我生不有命在乎天!'祖伊反,曰:'纣不可谏矣。'"

④ 轻吕:古剑名。《逸周书·克殷》:"乃虣,射之三发而后下车,而击之以轻吕,斩之以黄鉞。"哲妇:多谋虑的妇人。《诗·大雅·瞻卬》:"哲夫成城,哲妇倾城。懿厥哲妇,为枭为鸱。"孔颖达疏:"若为智多谋虑之妇人,则倾败人之城国。妇言是用,国必灭亡。"后因以指乱国的妇人。《后汉书·杨震传》:"《书》诫牝鸡牡鸣,《诗》刺哲妇丧国。"

本诗属于典型的学者之诗,用典繁复,意蕴含而不露。但终究学究气过浓,跌宕起伏、凌厉骇俗之作不多。其在汲县所作的《汲县城外有碑镌孔子击磬处》也极有意蕴,即:"数声清磬卫城边,救世深心静里传。曾忆接舆歌凤德,居然荷蒉过门前。伶襄去职波方杳,柳惠迎师室正悬。总是圣怀难已处,聊将鄙意与人宣。"

汲郡比干墓[①]

〔清〕宋翔凤[②]

碧血入地三千年,有封若堂指道边。似篆非篆隶非隶,殷比干墓文深镌。世传孔子适卫国,四字刻石经风烟。斯言真伪竟难断,唯有古思生苍然。冢中竹书久凌杂,大誓[③]三策无残编。东瞻淇澳西卫水,一坏[④]土比南山坚。心肝既已碎宗社,魂魄定欲怀朝鲜。我今驱车墓旁过,际绕黯淡星河天。草间燐火光四射,应照七十公家田。

【简析】

宋翔凤是清代今文学家,常州学派学者。其治经不专主今文,混淆汉宋,常用朴学的训诂考证等治经方法,"通训诂名物,志在西汉家法,微言大义"。龚自珍的名句"万人丛中一握手,使我衣袖三年香",说的就是他。本诗作于嘉庆十九年(1814),作者由京赴陕洛,然后回京。在回京途中,拜谒汲县比干墓,作诗抒怀。

本诗为古风,其最大特点是以文入诗。首联引入,"碧血入地三千年"气势恢宏,古韵沛然,暗用苌弘化碧之典,让人联想到比干的孤冢乃碧血化就,屹立天地间已三千年。以下六句围绕着孔子剑刻碑抒发情怀。作者不回避"真伪竟难断"的问题,但指出其历经风烟,让人顿兴思古悠情。"冢中"六句先强调比干

---

① 选自《忆山堂诗录》卷七,上海古籍出版社 2009 年版"续修四库全书·集部01504 册"。
② 宋翔凤(1777—1860),字虞庭,一字于庭,江苏长洲(今吴县)人。嘉庆五年(1800)举人,历官泰州学正,旌德训导,湖南兴宁(今资兴)知县。著《过庭录》十六卷。
③ 誓:军中发布有关告戒、约束将士的号令。演变成为一种文体,《尚书》有《甘誓》《汤誓》《牧誓》等。
④ 坏:应为"抔"。量词,指土、沙一类的东西。

的事迹和精神流传于史册,然后写比干墓得山川之灵气,蕴自然之精华,其"一抔土"坚比南山。最后四句回到现实中,借景抒情,星河黯淡,燐火点点,让人伤怀。尾句中的"七十公家田"应指祭田,暗含人们对比干的褒崇之意。

作者早年间曾"屡往返京洛","诵山川之峻深,酬当地之雄杰"。直至年垂四十,才走上仕途,但"难举其职"。作者学识广博,游历丰富,故多借诗篇以抒怀。本诗不能算名篇,但也古朴厚重,跌宕起伏。他在这一次的奔波中,曾作《阌乡关龙逢墓》,可视为本诗的姊妹篇,即:"四百留余焰,龙逢已杀身。谁题一片石,如作九原人。死谏前无是,成仁后有邻。遥指比干墓,相望各嶙峋。"

比干墓①

〔清〕翁心存②

宗国悲沦丧,空怀六七君。三仁难悟主,一死足存殷。碣勒宣尼笔,碑留魏帝文。淇泉清澈底,千载绕孤坟。

【简析】

在《知止斋诗集·卷四·古今体诗九十八首》的诗题之下有序:"起丁丑,会试下第,游大梁,应史望之先生聘,课其三子。戊寅仍客大梁作。"可知,作者于嘉庆二十二年(1817)会试落第,"文章得失寸心违,疏越遗音赏讵希"(《下第后作》),心情颇为抑郁,"截嵲黄金台下路,京华虽好不如归"(《下第后作》)。然后,"浩然辞都门,郁郁谁与适"(《出都》),一路迤逦,到汤阴拜祭嵇侍中墓、岳忠武祠,经淇县莅卫辉比干墓。

作者到卫辉时,已至麦熟季节,此诗很少景色描写,直论史事,可见郑重。首联如泰山压顶,直言亡国之史实。作者没有具体描写亡国之惨象,而是把笔触放在对"宗国"悲殷之沦丧、怀念前世贤君上,暗含对亡国之纣王的贬斥。一个"空"字写出了无穷的伤感,不贬自贬,蕴含深刻;同时也为下文的议论蓄势。

---

① 选自《知止斋诗集》卷四《古今体诗九十八首》,上海古籍出版社2009年版"续修四库全书·集部01519册"。

② 翁心存(1791—1862),字二铭,号邃庵,江苏常熟人,清朝大臣。道光壬午(1822)进士,改庶吉士,授编修,官至体仁阁大学士。因病乞休,复起,以大学士衔管工部。赠太保,谥文端。有《知止斋诗集》。其子翁同书、翁同龢、翁同爵(官湖北巡抚)皆清代名士。

颔联以"三仁"为大背景,衬托出比干"一死"对殷祀留存的意义之深远。颈联即物抒怀,以比干庙中林立的"碑碣"为对象,列出最著名的两通,静静矗立,无言自威。尾联以景作结,突出"淇泉"的千载潺潺,寓大自然佑护忠义之意。

　　本诗质朴庄重,正气凛然,忧国忧民、建功立业之心尽显。此时的作者仅26岁,虽会试失败,心情郁闷,但年轻人的勃勃雄心依然难抑。他在卫辉写的另一首诗虽风格迥异,亦充分显示了作者的才情,即《卫辉道中》:"枣花十里暗香融,仄径玲珑曲折通。紫葚垂垂鸠妇雨,黄云漠漠鼠姑风。缲丝暖曝三盆白,染草晴蒸百顷红。摇指樯帆来碣石,危桥千尺倚长虹。"

谒比干墓①

〔清〕柏葰②

其一

淇泉左右抱丛林,华表巍峨尚可寻。本拟撄鳞③存国脉,不难剖腹见臣心。龙逢同志昭天日,鱼鲠④何人冠古今。千载桥陵⑤一抔土,松楸犹自振商音⑥。

其二

当日三仁称绝调,惟君一意乃孤行。只应一片西山石⑦,亮节清风并莫名。

【简析】

　　柏葰是晚清重臣。他进入仕途之后,持重老成,忠厚谨慎又不失勤恳,深

---

① 选自《薛箖吟馆钞存》卷一,上海古籍出版社 2009 年版"续修四库全书·集部01521 册"。按,诗题下有自注:"在淇县。"
② 柏葰(? —1859),原名松葰,字静涛,巴鲁特氏,蒙古正蓝旗人,晚清大臣。道光六年(1826)进士,授翰林院庶吉士,散馆授编修,历任内阁学士、总管内务府大臣、左都御史、兵部、吏部、户部尚书、热河都统、协办大学士。咸丰六年(1856),以翰林院掌院学士奉旨在军机大臣上行走。八年,拜文渊阁大学士。同年,主考顺天府乡试,陷科场舞弊案被杀。著有《薛箖吟馆诗钞》《奉使朝鲜日记》。
③ 撄鳞:按,详见附录《比干庙古诗中常用典故》注 17。
④ 鱼鲠:鱼骨,鱼刺。人们常用"鱼鲠在喉"比喻心里有话没有说出来,非常难受。
⑤ 桥陵:应该指鹿台、钜桥、皇陵之类。史载,周武王灭商之后,"散鹿台之财,发巨桥之粟,以振贫弱萌隶"。
⑥ 按,句后有自注:"县南有商六七圣贤故里碑。"
⑦ 按,古诗中常有"可怜一片韩山石"之说法。北魏高欢于韩陵山击败敌人,建定国寺旌功,命温子昇作《韩陵山寺碑》以记其事。后遂以"韩山石"借指碑石。

得皇帝器重。咸丰八年(1858年),被钦点为顺天乡试的主考,却不料卷入科场舞弊案,身为一品大员却被杀,成为科举潜规则和政治斗争的牺牲品。这两首诗应写于道光三年(1823)。先前参加科举并不顺利,也曾落榜下第,这次于"癸未嘉平月(道光三年十二月)由北地郡将旋京师"(其诗名),其目的是为了科举。他冒着严寒,经陕入豫,途中经过比干墓,作了这两首诗,然后北上京城。

其一首联写太师墓的地理环境。"尚可寻"说明有些残破颓败。颔联论比干之所以敢于逆鳞直谏,其目的是"存国脉";为了国家宗族的利益,"剖腹见臣心"对比干来说并不是艰难的事情。颈联进一步以关龙逢烘托比干,他们志同道合,其行为都光照日月,绝对"冠古今"。尾联用对比,过去繁华无比的"桥陵"已变成"一抔土",而比干墓悠然屹立在天地之间。"商音"既指商朝之音乐,又指旋律以商调为主音的乐声,其声悲凉哀怨。本句后有小字"县南有商六七圣贤故里碑",说明作者意中的"商音"应指前者。

其二是绝句。前两句以"三仁"衬比干。在国难当头之际,微子、箕子、比干的行为各异,孔子以"殷有三仁"称之,似已成定论。但作者认为唯有比干"一意乃孤行",盛赞之意溢于言表。后两句中的"一片西山石"指孔子的题墓之碑。古之贤人君子,能获孔子题字赞誉的极少,比干之荣耀自不待言。但作者认为,孔子题写的"殷比干墓"四字古碑,还远远不能说尽比干的"亮节清风"。本诗层层蓄势,使得结语铿锵有力,掷地有声。作者常中见险,平中见奇,发前人之未发,言前人之未言,开了一番新境界,显示了其较高的创作水准。

这两首诗作于柏葰成为进士之前,多豪语和激情,有勃郁之生机。如同时期的"一时冤狱成三字,千古羞名铸五人"(《岳庙》)、"只余断埂题残碣,劲节常留天地间"(《古函关》)等皆有此风。进入仕途后,随着阅历的增加,其诗多了些沉郁和敦厚,正如其门下士朱学勤跋语中所说,"其人有廉介之节,忠信之行,则其发于诗者必有淳雅之音"。

比干墓①

〔清〕黄爵滋②

下车循墓道,瞻拜肃仪型③。石碣圣人笔,铜盘天子铭。寒泉涵日白,古柏积烟青。禾黍朝歌后,溪毛④万古馨。

【简析】

黄爵滋是清道光年间的名臣。其任御史期间,对国家大事、民生疾苦,均有独到见解,并能直抒胸臆。其敢于直谏之声为台谏之冠。特别是在鸦片战争前夕,力主禁烟和重治吸食者,史家评论:"禁烟之议,创自黄爵滋。"道光帝赞其禁烟疏:"非汝痛发其端,谁肯如此说话。"在鸦片战争爆发后,他奉派赴闽、浙查办鸦片走私和视察海防,坚持抵抗侵略,揭露投降派对外妥协的阴谋,"一时以为清流眉目"。反映在诗歌创作上,其诗注重社会现实,尤擅五古,典雅淳厚,格调高昂。《晚晴簃诗汇》称其"诗循杜、韩正轨,纵横跌宕,才气足以发其学"。

本诗写于道光四年(1824),作者考上进士后,离京南行,归乡省亲。途中经过比干墓,虔诚拜谒,作此诗以抒怀。首联引入,起笔较为平淡,无甚新奇,但"循"可见虔诚,"肃"可见庄重。颔联借比干墓之圣物赞美比干的忠义情怀。作者有意突出二物之"圣人""天子"特点,借以烘托比干的忠义谏君为哲人贤士所钦佩,为明君圣主所欣羡。颈联借眼前之景而抒情,寒泉蕴含白日,古柏积聚青烟,苍凉中有执着,伤感中有力量。尾联以昔日朝歌繁华,今日禾黍青青为大背景,衬托比干万古以来为人所祀的情景。虽然宗社不存,但比干的忠义精

---

① 选自《仙屏书屋初集·诗录》卷二,上海古籍出版社 2009 年版"续修四库全书·集部 01521 册"。

② 黄爵滋(1793—1853),字德成,号树斋。宜黄县人。道光三年(1823)进士,入翰林院,选庶吉士,六年(1826)散馆授编修,旋充国史馆协修、武英殿纂修、总纂官。八年(1828)为江南乡试副考官。十二年至十四年为福建、陕西、江西、山东等道监察御史,兵、工、户部掌印给事中。十五年提为鸿胪寺卿、大理寺少卿、通政使。官至礼、刑二部侍郎。清代著名政治家、思想家、文学家,积极倡导禁烟的先驱者之一,与林则徐、邓廷桢等均为禁烟名臣。

③ 仪型:同"仪刑"。仪容。清李长盛《过史公墓》:"途过丞相墓,再拜想仪型。正气经天地,孤忠贯日星。"

④ 溪毛:溪边野菜。这里指祭品。语出《左传·隐公三年》:"苟有明信,涧溪沼沚之毛……可荐于鬼神,可羞于王公。"

神永存。

诗乃心声。黄爵滋痛心国事,直言敢谏,其诗自然"挟海涵地负之才,具博大精纯之诣","其体尊,其力厚,其骨坚,其气裕","至情流露,悱恻感人"(洪齮孙序)。如"弯弓射浮云,与天究何补"(《松筠庵谒杨忠愍遗像》)、"白虹一千丈,中有神龙升"(《轩辕陵》)等,颇有奇气。

比干墓①

〔清〕陈光绪②

同切颠危③虑,偏遭杀戮凶。心因强谏剖,甏有圣王封。碧草千秋血,苍姿百尺松。龙逢知己在,地下定相逢。

【简析】

据载,陈光绪是道光十三年进士,学诗勤勉,性好游览。在乡入泊鸥吟社,客津门结梅花社。其诗"古体淳茂出于汉魏,而参以六朝鲍谢阴何之流丽,其天然处于南宋,出于范陆;其简洁出于本朝,近于初白。予所谓古人之意不袭其迹者耶!"(牛坤序)《拜石山巢诗钞》中记游诗最多,描写自然或浪漫多姿,或气骨苍健,语言晓畅,不事雕琢,品格很高。本诗写于道光十一年(1831),作者由天津经过河北到河南,游汤阴岳飞庙,拜卫辉比干庙,"驱车延津道,遥望苏门山",经河阳韩昌黎墓,至孟津、宜阳、洛阳,后经郑、汴到山东,北上回到天津。

首联以议论引入。"偏"字见骨力,它呼应前句之"同",突出比干遭遇之"凶",悬念顿生,引发人们的思考,为下文蓄势。颔联承上而下,点出比干"偏遭杀戮凶"的原因在于"强谏",至于说为何"强谏"招致"剖心",作者没有明言,但"甏有圣王封"自然蕴含褒圣主贬暴君之意在其中。颈联即景抒情,碧

---

① 选自《拜石山巢诗钞》卷五,北京师范大学图书馆藏"稀见清人别集丛刊"影印本第17册第385页,广西师范大学出版社2007年版。

② 陈光绪(1788—1855),字子修,号石生,浙江会稽人。道光十三年(1833)进士,官山东武定同知。

③ 颠危:颠困艰危。明何孟春《馀冬序录摘抄·外篇》:"兵戈四起,民命颠危。"这里有宗国覆灭之意。

草如璧,乃忠臣千秋之血凝成;苍松百尺,乃谏圣百代之魂化就。尾联借关龙逢赞比干,一个"定"字揭示出忠臣的心意相通,同时也把作者的情感推向高潮。

陈光绪之诗"未尝刻意规摹而往往得古人之神息"(宗稷臣序),本诗先议后景,尾联微讽时事,"定"字见心意,耐人玩味,属其怀古诗中的翘楚之作。

比干墓①

〔清〕杨雅林②

荒原系马拜丛祠,慷慨当年说少师。国岂无人殉尸谏,心原可剖待君知。同朝魑魅天难问,九庙③神灵痛不支。一碧模糊犹是血,秋风坟上草离离。

【简析】

杨雅林乃道光年间名诸生,"不慕仕进,老没于乡,平生著述亦复泯泯。其文杨海琴观察曾梓之,诗则残零矣"(《湘雅撷残》)。杨海琴,即杨翰,清直隶宛平人,字海琴,号樗盦,别号息柯居士。道光二十五年进士。咸丰间官至湖南辰沅永靖兵备道。善画山水,工书法,喜考据。蓄书盈万卷、金石文字千种。有《粤西得碑记》、《褒遗草堂集》等传世。杨雅林的文章经过杨翰的刊刻得以流传,但诗歌大多散佚。

本诗不知写于何时。作者奔波卫地,系马荒原,敬拜忠臣,慷慨激昂,泫然泪下。作者认为比干剖心乃是"尸谏",其目的是"待君知"。但天子昏庸,魑魅横行,忠直受戮,宗庙隳堕,令人痛心疾首。尾联用苌弘化碧的旧典写比干之精魂不灭。尾句以景作结,寄托愁思。

---

① 选自张翰仪编《湘雅撷残》卷五《杨雅林》,岳麓书社 2010 年版,第 249—250 页。
② 杨雅林:湖南凤凰人。道光年间人。
③ 九庙:指帝王的宗庙。古时帝王立庙祭祀祖先,有太祖庙及三昭庙、三穆庙,共七庙。王莽增为祖庙五、亲庙四,共九庙。后历朝皆沿此制。

比干墓①

〔清〕黄钊②

六百祀③终忽，一抔幽隧深。穴寒狐捧足④，墓古柏留心⑤。石碣书存昔，铜盘款识今。朝鲜有高冢，谁与表碑阴。

【简析】

黄钊是清代著名诗人。"香铁以副贡留京师，公卿争欲以科第罗致之，香铁夷然不屑也。已卯举京兆，嗣以充国史馆缮书，将次铨令，辞就教职。品既高，名益噪。"（陈作舟序）黄钊善诗，其诗"精英在外，质实在内，尤有志于古烈隐迹，发挥其事，使生气在目"（陈作舟引端木鹤田语），本诗就属此类。

该诗写于道光十四年（1834），作者有一次离京莅中州，然后又返京。返京时，已届寒冬，已经56岁的作者冒大雪从白荥泽渡河，行至汲县，游比干墓，作此诗，然后经淇县北上。首联把国家的命运与"一抔幽隧"并提，暗含比干重于社稷之意。"忽"又与"六百祀"对比，启发人们对具有六百年历史的坚固江山竟崩溃于瞬间的原因的思考，为下文的抒情议论蓄势。颔联扣住"墓"写景，穴寒墓古，荒凉残破，自然令人伤怀；但比干之魂灵有野狐"捧足"，有翠柏抚慰，让人在天寒地冻之中感受到一丝丝暖意。颈联用典，剑刻碑傲然屹立，存留着宣圣的微言大义；铜盘铭虽古犹新，今天的人们依然读得懂武王的崇圣之情。尾联运用对比，箕子远走朝鲜，虽也有高坟巨冢，但香火寥寥，清冷无比；而比干墓却得到了古今明君贤圣、忠臣义士的顶礼膜拜。由此，把赞美之意推向高峰。

---

① 选自《读白华草堂诗二集》卷十，上海古籍出版社2009年版"续修四库全书·集部01516册"。
② 黄钊：字谷生，号香铁，广东蕉岭人。乾隆六十年（1795）中秀才，年仅17岁，后任大挑知县，曾在潮州等地书院任教。著名诗人、方志学家，与宋湘、李甫平等一起被誉为"梅诗三家"。著《石窟一徵》《读白华草堂诗集》《诗纫》等。
③ 六百祀：按，商朝有六百年的兴亡史。《新唐书》卷四十四："且夏有天下四百载，禹之道衰而商始兴；商有天下六百祀，汤之法弃而周始兴；周有天下八百年，文、武之政废而秦始并焉"。祀，中国商代对年的一种称呼。《书·洪范》："惟十有三祀。"
④ 捧足：指捧托其足，以示敬意。
⑤ 留心：关注，关心。

谒比干墓①

〔清〕郑珍②

墓禽知敬久无音,樵採③含凄远不侵。气共微箕存祖社,魂伤姬孔④表冈林。千秋死谏无公酷,半日勾留望古深。垄畔请携卷石去,桉闲时见昔年心⑤。

【简析】

郑珍是经学大师,晚清宋诗派作家,与独山莫友芝并称"西南巨儒"。张裕钊在《国朝三家诗钞》中,将郑珍和施闰章、姚鼐并列为清代三代诗人。他的诗具有浓厚的生活气息,这从本诗末的小字中就可见一斑。

这首诗写于道光十五年(1835)。时春冬之交,料峭风寒,作者拜祭比干墓,于垄畔得一卷石,形状与心"绝肖",欣喜不已,"持而归"。可见天佑忠臣,神气使然。首联极写比干墓环境的幽静。墓地里的飞禽知道"敬"比干的忠义精神,所以"久无音";周围的樵夫心含悲凄,他们采伐时远离比干墓,不侵犯这里的一草一木。首联用对仗,静中含敬,景中含情,含蓄地写出人们对比干精忠报国的敬仰和无端惨死的悲恸。颔联借典故正面赞美比干。"三仁"一体,都是为了商祀的绵延不绝;周武王、孔子为比干而"魂伤",他们用题词表达自己对谏圣的赞叹和崇敬。颈联前句从历史的角度强调比干之死的惨烈,后句句意难定,也许是写自己半日深思,留下此诗抒怨恨之情("望"在古时有怨恨、责怪之意);也许用典。尾联借一生活细节结束,以写永志不忘的情怀。本诗前三联皆用对仗,尤以首联为妙。中间两联的境界一般。尾联生动飞扬,情蕴其中。

---

① 选自《巢经巢诗集》卷三,丛书集成续编第159册,台湾新文丰出版公司1988年版。
② 郑珍(1806—1864),清代官员、学者。字子尹,晚号柴翁,别号子午山孩、五尺道人、且同亭长,贵州遵义人。道光十七年(1837)举人,选荔波县训导,补江苏知县,未行而卒。所著有《仪礼私笺》《说文逸字》《说文新附考》《巢经巢集》等。
③ 樵採:打柴。这里指打柴的人。宋林逋《西村晚泊》:"田园向野水,樵採语空林。"
④ 姬孔:指周武王、孔子。按,周武王为比干封墓并题写铜盘铭,孔子题写墓碑"殷比干墓"。
⑤ 按,句后有自注:"一石与心绝肖,持以归。"桉闲:即安闲。

比干墓下作并序①

〔清〕郑珍

王子于受辛为叔父,当日必有类伊周所为②者。独夫至剖其心,其不悟而痛衔之可想矣。周武立殷后,见书传尚十余氏,于王子仅封其墓,覆巢之下,殆无完卵乎?

王子骨肉间,力欲醒天梦。封墓不及后,孥戮知已纵。公旦③岂异人,三笞④得贤诵。同圣不同福,千载有余痛。

【简析】

这首诗首写于道光十七年(1837)。此时作者与莫友芝联袂进京会试,路过比干墓,又拜祭题诗。该诗运用对比手法,写两个圣人有着相同地位,却没有相同的"福"。比干与君王有着骨肉亲情,做过摄政王,一心想"醒天梦",使得国家长治久安,但却被戮并且子孙也遭到残杀。这从周武王只是封墓却不及比干子孙的举动中可以看出。周公旦与君王也有骨肉之亲,也做过摄政王,他使得国家兴盛,并且他的儿子伯禽成为鲁国开国之君,弟弟康叔也做了卫国君主。两者对比,作者感慨"千载有余痛"。作者是典型的借题发挥,探讨统治阶级内部的骨肉亲情。作者发现了问题,却仅仅归之于"同圣不同福",而没有往深处剖析,没有得出令人信服的结论,令人遗憾;或许作者有意识引而不发吧。

郑珍之诗风格奇崛,伤于艰涩,前篇《谒比干墓》于本诗都有此疾。

① 选自《巢经巢诗集》卷四,丛书集成续编第159册,台湾新文丰出版公司1988年版。
② 伊周所为:指摄政。按,商伊尹和西周周公旦都曾摄政。
③ 公旦:西周政治家。文王之子,周武王之弟。武王死后,由他摄政当国。其兄弟管叔、蔡叔和霍叔等人勾结商纣子武庚和东方夷族反叛,史称三监之乱。他奉命平叛。
④ 三笞:语出《尚书大传》卷四:"伯禽与康叔见周公,三见而三笞之。"伯禽乃周公之子,康叔乃武王之幼弟,他们见周公时多有不敬。三笞之后,他们向贤人商子讨教,再见周公时"入门而趋,登堂而跪",周公"迎拂其首,劳而食之"。后来,伯禽成为鲁国开国之君,康叔也做了卫国君主。

比干墓题字歌①

〔清〕李次坡②

朝歌遗址渺云雾,草树苍凉有遗墓。武王封后六百年,孔子西行车为驻。心自低徊手自书,石嵯磋峨字如铸。点画无庸隶古定,意旨不烦游夏③注。笔笔削削④劳一生,扶植纲纪有深情。愆人⑤莫逃铁钺严,志士自宜华衮⑥荣。况复三仁此居一,岂可默默无以旌。旌之非传亦非赞,累牍连篇徒汗漫⑦。韩碑⑧百遍争诵唐,蔡书⑨万本竞摹汉。志铭传刻日日多,史官真赝莫由判。何如数字冰霜凛,请作春秋特笔看。

【简析】

李仲鸾为林州名士,学识渊博,从学者众多,影响很大。其少年聪慧,成名较早,但科举坎坷,直至六十多岁才考中进士。未获显宦,育人无数,其侄孙李见荃为三甲进士,与徐世昌、张凤台为莫逆之交,名闻天下。李仲鸾《燕窦堂诗稿》流传广泛,河南省省长张凤台为之作序,称"次坡先生吾群名宿也,以经学鸣于诗",并举其句"老笔一枝犹倔强,不甘低首少年人"赞其长年勤学之苦衷,序

---

① 选自《四存月刊》1923 年第 17 期。

② 李次坡:即李仲鸾,字明甫,号次坡。河南林县人。道光十四年(1835)举人,主讲黄华书院,名才辈出,参与《咸丰林县志》的编写。但他直至同治二年才考进士,时已六十多岁,任怀庆府府学教授,从学者众多。卒于官。性诚恳真挚,学问渊博,有《燕窦堂稿》传世。按,李仲鸾为林州名士,其侄孙李见荃为三甲进士,与徐世昌、张凤台为莫逆之交,名闻天下。

③ 游夏:子游(言偃)与子夏(卜商)的并称。两人均为孔子学生,长与文学。选自《论语·先进》。三国·魏·曹植《与杨德祖书》:"昔尼父之文辞,与人通流。至于制《春秋》,游夏之徒乃不能措一辞。"

④ 削削:陡峭凛冽貌。

⑤ 愆(xiān)人:小人,奸佞的人。《书·冏命》:"尔无昵于愆人,充耳目之官。"

⑥ 华衮:古代王公贵族的多彩的礼服。常用以表示极高的荣宠。

⑦ 汗漫:漫无标准,不着边际。

⑧ 韩碑:唐宪宗元和十二年(817),宰相裴度率兵平定淮西,首先破蔡州生擒叛者吴元济的是大将李愬。宪宗命韩愈撰《平淮西碑》,韩愈主要突出裴度的运筹帷幄,引起李愬不满。愬妻(唐安公主之女)进宫诉说碑文不实,宪宗命翰林学士段文昌重新撰文勒石,观点迥然不同。后人多推崇韩碑。

⑨ 蔡书:汉灵帝熹平四年,蔡邕等正定儒家经本六经文字,奏请正定经文。诏允,蔡邕亲自书丹于碑,命工镌刻,立于太学门外,碑凡 46 块,称《鸿都石经》,亦称《熹平石经》。据说石经立后,每天观看及摹写人坐的车,有一千多辆。

中有"今观先生之诗,不雕不琢不枝不蔓,无幽僻类昨之韵,无志微噍杀之音,益信其含古茹今,触景抒怀,无非由学问中酝酿而生",可为本诗之注脚矣。

　　本诗歌咏比干墓前的孔子剑刻碑。首联用"渺云雾""草树苍凉"引出比干墓之景,为下文歌咏古碑渲染悲壮气氛。"武王封后"四句叙事,写剑刻碑的由来。其中"心自低徊手自书"形象传神,可见孔子之动情与虔诚。"点画"一联,上句指出此碑应该用篆隶而不用篆隶,用"无庸"强调乃孔子有意而为之,意在正气贯虹,铁笔如铸。金石学家多据表面,认为此碑乃伪作;作者作为诗人,揣摩圣人的心境,从情感抒发的角度进行解释,不无道理。下句突出碑文的意旨之简明扼要,字字珠玑,无需后人烦言繁注。"笔笔"两句正面歌颂碑文的内涵和价值。孔子周游列国,劳累一生,其目的同比干一样,是为了"扶植纲纪",是为了让憸人莫逃刑罚,使志士得到褒扬,故孔子为比干题墓,虽然仅仅四字,但言简意深,字字飘香。"况复"两句再进一层,孔子既然称比干为三仁之一,更应该题墓旌扬;孔子的旌扬非传非赞,也不连篇累牍,而只有"殷比干墓"四字,却如凛凛冰霜,微言大义,富有春秋笔法。作者还运用了对比手法,用"韩碑""蔡书"为例,提出世上"志铭传刻"众多,让后世史官真假莫辨;而孔子之碑运用了"春秋特笔",自然名垂千古。

　　本诗情感澎湃,古韵盎然,以"意旨不烦""扶植纲纪"为中心,称赞孔子的"春秋特笔"。随着内容的进行而三次换韵,跌宕起伏,气势撼山。

殷太师墓①

〔清〕许印芳②

佞臣不斩尚方剑③,忠臣请从龙比④游。太师剖心忠第一,青云附骥⑤多名

---

① 选自《五塘诗草》卷四,"丛书集成续编"第181册,台湾新文丰出版公司1988年版。
② 许印芳(1832—1901),字茚山、麟篆,号五塘山人,云南人,是清代云南颇负盛名的文学家和教育家。同治九年(1870)中举。先后任昆阳学正,永善教谕,昭通、大理教授,五华书院监院,经正书院山长等职。
③ 尚方剑:俗称"尚方宝剑"。尚方制作的御用剑。皇帝用来封赐大臣的剑,表示授权,可以便宜行事。尚方,古代制造帝王所用器物的官署。
④ 龙比:即关龙逢、比干。
⑤ 青云附骥:攀附青云而上升,叮附马尾而远行。比喻追随有名望的人左右,依附其成名。

流。峥嵘冢峙汲县北,近代犹闻陈祐①修。尼山题碣如吴季②,仁褒殷有高春秋③。首阳之仁④同而异,封墓早绝食粟羞。周王显忠绍烈祖,兴国能解亡国忧。铜盘铭词意且厚,抔土长为商家留。太师骨朽心未死,七窍精光腾九幽。上为日星下河岳,灵草异木蟠故邱。柏林森然铁石化,攒柯气压千梧楸⑤。乾坤枝柱霜雪盛,风雨啸嗥神鬼愁。贞廉感奋接踵至,韩义高浚皆朋俦⑥。李集沈水笑痴汉⑦,师经⑧琴怒撞君旒。嵲嵲进图笑怒免⑨,宋徽痼疾何时瘳。登坟远望

---

① 陈祐:一名天祐,字庆甫,赵州宁晋人。至元三年(1337),授嘉议大夫、卫辉路总管。申明法令,创立孔子庙,修比干墓。民立碑颂德。
② 尼山题碣:即比干墓前孔子所题古碑"殷比干墓"。尼山,即"尼丘",山名,在山东曲阜县东南,连泗水、邹县界。相传孔子父叔梁纥、母颜氏祷于此而生孔子。故孔子名丘,字仲尼。吴季:季札(前576—前484),春秋时吴王寿梦第四子,称公子札。传其为避王位"弃其室而耕"。据载,季札封于延陵,死后在丹阳市延陵镇立庙奉祀。庙前立有"呜呼有吴延陵君子之墓"碑,世称十字碑,传为孔子所写。现碑是明正德六年(1511年)六月重摹上石。
③ 本句意谓:孔子称"仁"及题墓碑中的"殷",都属"春秋笔法",其褒扬的效果都高于《春秋》中的褒贬技巧。按,《春秋》是编年体史书,相传孔子据鲁史修订而成。叙事极简,用字寓褒贬,故有"春秋笔法"之称。
④ 首阳之仁:指伯夷、叔齐。相传伯夷、叔齐采薇隐居首阳山。《史记·伯夷列传》:"武王已平殷乱,天下宗周,而伯夷、叔齐耻之,义不食周粟,隐于首阳山,采薇而食之。"
⑤ 攒(zǎn)柯:丛生的枝条。梧楸:梧桐与楸树。二木皆逢秋而早凋。
⑥ 韩义:汉武帝之子燕王刘旦的郎中。汉武帝死后,刘旦谋反,韩义数谏,不听,杀韩义等十五人。韩义之子是汉代名臣韩延寿。高浚:北齐人,高欢的第三子,豪爽有气力,善骑射。高浚对皇帝高洋纵酒荒政的行为深表忧虑。高洋闻讯,将高浚投入北城地牢铁笼,折磨而死。朋俦(chóu):朋辈;伴侣。
⑦ 按,本句典出《北史·齐本纪》:"曾有典御丞李集面谏,比帝有甚于桀纣。帝令缚置流中。沈没久之,复令以出,谓曰:'吾何如桀纣?'集曰:'向来弥不及矣。'帝又令沈之,引出更问,如此数四,集对如初。帝大笑曰:'天下有如此痴汉!方知龙逢、比干,非是俊物。'遂解放之。又被引入见,似有所谏,帝令将出腰斩。其或斩或赦,莫能测焉。"
⑧ 师经:战国时魏文侯乐师。《说苑·君道篇》载:师经鼓琴,魏文侯起舞,赋曰:"使我言而无见违!"经援琴而撞文侯,不中,中旒(liú),溃之。文侯谓左右曰:"为人臣而撞其君,其罪如何?"左右曰:"罪当烹。"提师经下堂一等。师经曰:"臣可一言而死乎?"文侯曰:"可。"师经曰:"昔尧舜之为君也,惟恐言而人不违。桀纣之为君也,惟恐言而人违之。臣撞桀纣,非撞吾君也。"文侯曰:"释之!是寡人之过也。悬琴于城门,以为寡人符;不补旒以为寡人戒。"
⑨ 按,本句典出《元史·卷一百四十三·列传第三十·嵲嵲》:"帝暇日欲观古名画,嵲嵲即取郭忠恕《比干图》以进,因言商王受不听忠臣之谏,遂亡其国。帝一日览宋徽宗画称善,嵲嵲进言,徽宗多能,惟一事不能。帝问何谓一事。对曰:'独不能为君尔。身辱国破,皆由不能为君所致。人君贵能为君,它非所尚也。'"

思协帝①,愿为良臣赞天休②。

【简析】

许印芳从小受到良好的家庭教育,勤奋刻苦,十分聪慧。府试、乡试都极为出色,后会试不中,投身于教育,取得了巨大的成就。他的诗歌创作在当时影响也很大,追求质朴真实,立场鲜明。后人评论《五塘诗草》是"以杜为实,而取奇于韩,取幽于贾,取练于半山,取意于苏陆"。

本诗是长篇古风。首联起笔不凡,道出了封建社会的普遍规律。在封建专制社会,如果皇帝宠信奸佞之臣,那么朝中一定会出现关龙逢、比干式的忠臣,这其实是王朝的悲哀。作者洞悉社会发展的规律,用朴素的语言总结出规律,见解卓异,令人感佩。然后,顺势引出比干,并以"忠第一"赞之,一"忠"字立全文之骨,成为诗眼。"青云附骥多名流"有提起全篇的作用,后文多举例用典写比干忠义精神的影响。"峥嵘"以下十八句切题以比干墓为歌咏对象,叙述史事,歌颂忠灵,此为全诗主体。作者首先写孔子题墓碑,以"仁""殷"褒扬比干的行为;然后,用伯夷、叔齐与比干作比较,突出比干之刚烈,根本就用不着去蒙受"绝食粟"之羞;接着,写周武王封墓、题写铜盘铭,揭示其目的是为"商家"留下一丝精神文化的根基,以示恩于商民。这些都是叙史写实,用笔古朴简捷,字里行间蕴含褒贬之意。在此基础之上,下文运用浪漫主义手法,写虚,写想象。作者强调比干"骨朽心未死",其七窍之精光飞腾于天地之间,形成日星河岳,这其实就是告诉我们:天地之间处处都荡漾着比干的忠义之气,比干的忠义精神永远流芳于历史和人间。然后,作者把目光集中在小小的比干墓上,灵草异木屈曲盘绕,柏林森森坚如铁石,横柯虬枝气势逼人,这些乾坤支柱凌霜雪而愈强劲,在风雨中发出呼啸使得神鬼发愁。这里的"乾坤枝柱"表面上指松柏,其实指比干的忠义精神,象征、借景抒情手法的使用不仅让文章灵动飞扬,而且内涵丰富。"贞廉感奋接踵至"上承"青云附骥多名流",叙述了历史上六个有名的"谏君"典故,说明了比干忠义精神对后世的深远影响。由此推出了本诗的写作

---

① 协帝:按,或指汉献帝刘协。《钦定四库全书·历代名贤确论》卷五十三《荀彧》:"纣杀一比干,武王断首烧尸而灭其国。桓、灵四十年间杀千百比干,毒流其社稷,可以血食乎? 可以坛墠父天拜郊乎? 假使当时无操,献帝复能正其国乎? 假使操不挟献帝以令,天下英雄能与操争乎? 使无操,复何人为苍生请命乎?"

② 赞:帮助,辅佐。天休:指天子的恩麻。

目的:愿为良臣,辅佐皇帝以取得功业。作者愿为"良臣"而不是"忠臣",暗含着希望君主是明君而不是昏君的心理。

　　本诗是气势恢宏、跌宕起伏的名作。起首大气,堂堂正正。在引出比干精神的感召力之后,却引而不发,转而围绕比干墓大做文章,运用虚实交映的手法,极力赞美比干忠义精神之伟大。然后,用"贞廉感奋接踵至"与前文相接,写比干的影响。这样,全篇就浑然一体,水乳交融。结尾用"登坟远望"表达自己渴望辅佐朝纲、建功立业的心理,水到渠成。这种大开大合,挥洒自如的文风非大手笔不能为也。

　　作者于同治庚午(1870)中举,名列乡试第二,意气风发。冬十一月"计谐入都",途中经过卧龙冈,"西南正苦干戈急,日望先生再渡泸""出处同心谁识得,高吟梁甫过南阳"(《望卧龙冈口占二绝句》),建功立业之心溢于言表。到达新乡时,作《新乡途中望获嘉故城》,此时并没有游比干墓。到达京城后,参加了同治十年(1871)的会试,落榜而归。在归途中,游比干墓,作此诗,此时的心情已大不如前,这样,我们就更能理解"登坟远望思协帝,愿为良臣赞天休"的心情了。

比干墓①

〔清〕黎汝谦②

　　绕道停车谒比干,萧萧邱陇③似平峦。墓前石子留心迹,亭上碑题识圣颜④。万古忠魂空洒泪,一生事业在痴顽。颓垣衰草斜阳里,拳石携归重若山。

---

① 选自《夷牢溪庐诗钞》卷一,上海古籍出版社 2009 年版"续修四库全书·集部 01567 册"。
② 黎汝谦(1852—1909),字受生,贵州遵义人。变法维新运动鼓吹者和参加者。光绪元年(1875)举人。八年(1882)随黎庶昌出使日本,充神户领事。十年(1884)回国,流寓上海。十三年(1887)随驻日本使黎庶昌再次出使日本,任横滨领事。三年任满回国,以知府分发广东,任财务提调等职,历时十年,郁郁不得志,后罢官寓居贵阳,与僧人往来,死于庙中。著《夷牢溪庐文集》四卷,《夷牢溪庐诗钞》七卷。
③ 邱陇:亦作"邱垄"。坟墓。司马光《论刘平招魂葬状》:"是故圣人作为邱垄,以藏其形;作为宗庙,以饷其神。形之不存,葬将安设。"
④ 按,句后有注:"世传其碑为先圣孔子书。"

【简析】

黎汝谦出身书香之家,幼时酷爱读书,受到姑父"西南巨儒"郑珍器重。他是晚清著名外交家黎庶昌的侄子,曾两次随黎庶昌出使日本。他关注国家及天下形势,使日时,同人合译《华盛顿传》,介绍西方民主。他纂译《日本地志提要》,所写该书之序堪称日本史纲。他是中国变法维新运动的支持者和参与者,有思想,有见解。

作者于光绪五年(1879)北上会试,光绪六年由湖北进入豫省。此诗应写于北上途中。首联中的"绕道"而谒,可见虔诚;作者看到的是衰草斜阳里的颓壁残垣,心情沉重。颔联借物抒怀。一写寻常之物"石子"的不寻常之处,墓前的石子也为忠魂所感动而呈现出心形,这与比干庙开心柏、无心草等风物传说属于一类;一写不寻常之物的令人敬慕之处,剑刻碑让人们感受到了圣人的魅力。而作者的目的是借此褒扬比干的忠孝节义精神的伟大。颈联属直接抒情。作者为比干的遭遇而"洒泪",一个"空"字让人顿生无限感慨。诗贵情真意深,作者回顾比干的一生,悟出了一个道理——"一生事业在痴顽"。语白意沉,令人警悟沉思。此句颇有借此说彼、有感而发的沧桑之感。此时的作者仅仅是个上京赶考的士子,意气风发之余对人生已有丝丝隐忧,以后的经历恰恰就证明了这一点。尾联写作者携石而归,这让我们不禁想起了其姑父郑珍于道光十五年(1835)游比干墓时的一个举动。当时郑珍发现"一石与心绝肖,持以归",写出了"垄畔请携卷石去,桉闲时见昔年心"的名句,想来黎汝谦定是受到了郑珍的影响,姑甥的行为也算是比干庙历史上的一段佳话。

但可惜的是黎汝谦此次是下第而归。他的《出都》写得令人垂泪,即"冬去秋旋转近一年,宝山重到仅空还。到家翻恐惭妻子,沿道无心计食眠。愁极转妨倾大地,恨来直欲咬皇天。平生第一伤心事,未出都门已黯然"。但科举之路的不通却使得黎汝谦走上了维新救国之路,这不能不说是民族之幸。

比干墓①

〔清〕朱庭珍②

苦谏龙朋③似，宗臣重有商。剖心难悟纣，披发愿从汤④。节与微箕异，名争九鄂⑤光。特书赖尼父⑥，封墓谢兴王⑦。

【简析】

据朱庭珍自序中所说，"编计偕北上及己丑都门、庚寅旋滇之作为公车上下集"。公车是为举人应试的代称。作者于光绪己丑(1889)北上会试，"文已中选，终以违时旨放归"。光绪庚寅(1890)回归云南，本诗就写于回归途中。

本诗全篇叙史、论史。首联以关龙逢作比，赞美比干死谏的出发点——重有商。死并不是目的，通过死使君王"悟"，让商朝的江山永固，这才是比干最为看重的。颔联承上，指出比干即使剖心也"难悟纣"，令人叹息。颈联把"名节"拆开，分置两句之首，用微箕、九鄂作陪衬，突出比干忠义精神之光照万世。尾联借孔子的题墓四字，把颈联中比干"名""节"的赞美推向高潮。"特书"，有意地书写，有意地彰扬。结句再用周武王的封墓突出比干所受到的荣耀，赞美比干忠义精神的伟大。

朱庭珍善论诗，著《筱园诗话》传世。他在《穆清堂诗钞》自序中说道："夫理不纯，气不厚，志不壹，而神惟执诗以求，诗则无成也。"颇有见地。时人对他的评价很高，"故其所自为诗，一以义法为宗，雄浑高老直逼大家，信近今未易之

---

① 选自《穆清堂诗钞续集》卷三《公车集下》。丛书集成续编第 179 册，台湾新文丰出版公司 1988 年版。

② 朱庭珍(1841—1903)，字小园，一作筱园，云南石屏县人。博览群书，光绪十四年举人。早年参加科举，"文已中选，终以违时旨放归"。遂从军，后以诗结社，主讲经正精舍。著《筱园诗话》四卷、《穆清堂诗钞》三卷等。

③ 龙朋：即关龙逢。也写成关龙逢。按，详见附录《比干庙古诗中常用典故》注 13。

④ 汤：商朝的创建者。今多称商汤，又称武汤、天乙、成汤、成唐，甲骨文称唐、大乙，又称高祖乙。商族部落首领，子姓。

⑤ 九鄂：古时，九、鬼互通。《史记·殷本纪》："(纣王)以西伯昌、九侯、鄂侯为三公。九侯有好女，入之纣。九侯女不喜淫，纣怒，杀之，而醢九侯，鄂侯争之，强辨之疾，并脯鄂侯。"

⑥ 尼父：亦称"尼甫"。对孔子的尊称。按，原诗此句后有小字"墓碣，系孔子书"。

⑦ 兴王：励精图治，勤于王业的君主。《国语·晋语六》："兴王赏谏臣，逸王罚之。"

奇才也。"(施有奎序)但就本诗来说,浑厚有余,灵性不足。此类诗是在叙述史实的基础上加以议论,要求从人们熟悉的史料上发现亮点,给人启发;否则会照搬材料,板滞无味。本诗的尾联写得简单,见解一般,没有将全诗上升到一定的高度,令人遗憾。

比干墓①

〔清〕张星柳②

茫茫殷士③屹孤忠,手引清樽酹晚风。身许朱云④游地下,心悬白日照天中。九原深恸龙鳞逆,一冢高封马鬣隆。闻道圣朝无阙事⑤,几人相顾厚颜红。

【简析】

作者是清朝后期云南诗人。有关他的资料不多,《天船诗集》前有其同乡好友施有奎所作之序,其中的一些说法可以让我们对他有一个大概的了解。"天船,狂士也。其生平虽奇穷而志节不屈,常恣睢傲慢以陵轹。一时不可意,虽尊贵,唾骂无稍顾惜。人亦以此忌之,故其穷愈甚。然至于其诗,则莫不心折也……天船诗之雄健适肖其人……今天船稍稍能自存活,虽不获用于时,而优游林下,一意于诗,其造诣常不止此,然亦足以传亦……",从上述的记述中,一位耿介豪放,品节高尚,傲慢率真的失意文人形象出现在我们面前。

首句用"茫茫殷士"衬托比干的特异、高贵,赞美其孤介忠义的精神和思想。次句点明祭祀之事。颔联分写"身""心"。"身"虽游于地下,但"心"却悬空明照。也就是说,比干身亡而精神不死。颈联以比干墓为描写对象,突出连阴间也为比干的遭遇所感动,发出恸哭的风声;用"高""隆"来写比干墓的高大雄

---

① 选自清张星柳撰《天船诗集》卷中《北征集》,"丛书集成续编"第181册,台湾新文丰出版公司1988年版。本诗辛未年作。按,诗题后有注:"卫辉府。"
② 张星柳:字天船,原名星源。清代云南诗人。少孤遭乱,家道中落,刻苦自励,以文学知名,尤雄于诗,人称特立之士。六次参加会试,未获第。光绪甲午(1894)八月以疾卒。
③ 殷士:殷人。指殷商的臣属。《诗·大雅·文王》:"殷士肤敏,裸将于京。"按,典故中的"殷士"指那些仍然穿戴着殷时的旧装却十分勤勉地在镐京助祭并登上庙堂的殷商臣属。诗中可指一般的殷人。另,古书中"士""土"易混用,若解释为"殷土"也通。
④ 朱云:按,用"朱云攀槛"之典,详见附录《比干庙古诗中常用典故》注18。
⑤ 阙事:失事,误事。岑参《寄左省杜拾遗》:"圣朝无阙事,自觉谏书稀。"

伟,借以写比干精神的伟大。尾联最有意味,堪称名联。咏史诗肯定要有寄寓,一般的写法往往以景作结,含深意于其中,但这里却截取了一个生活镜头:有人说今天的朝廷中没有"阙事",众人相顾无言,就连厚颜之人也脸红了。放言朝廷无"阙事",多是阿谀,有悖于比干之道,正说明为官者失责。描写生动形象,又用口语,微露贬义,让读者体味其中的深意。

本诗选自诗集中的《北征草》。这里的"北征",应是北上参加会试。他曾六次参加会试,皆未第。这种打击与其恃才傲物性格的形成可能有一定的联系。正如朱庭珍所写的序中所说,"然生平究心时务,视天下事无不可为,锐欲有所表见于世……益与时忤,终身困穷"。本诗可见其敢发议论,诗风狂放雄健。

比干墓①

〔清〕袁嘉谷②

周家救民牛③,商家恃天命④。臣知天即民,入谏入槛阱。岂不念身危,身危气益劲。不见新朝兴,墓土犹干净。

【简析】

袁嘉谷,1903 年状元及第,长期从事教育工作,集学者、诗人、教育家于一身,以忧国忧民、刚正耿直、恒于勤苦、乐育后进著称。此诗应写于光绪二十三年冬或二十四年初,时袁嘉谷 26 岁,赴京应试,路过比干墓而作。

本诗用语凌厉,见识卓远,慷慨激昂。作者突破了一般咏史诗拘泥于具体史实的写法,直接对比商、周治国理念的不同,从深层次上挖掘朝代更替的原因。殷

---

① 选自袁嘉谷著、袁丕厚编《袁嘉谷文集》卷三《公车集》,云南人民出版社 2001 年版,第 362 页。按,此卷前有序:"丁酉冬,计偕北上。国恩惠远,例给沿途车马,故滇之公车,风尘之劳稍免,免劳而因得咏诗,能勿快也。因以公车名集,姑留鸿雪,十二月二十日记于湖南常德舟中。"
② 袁嘉谷(1872—1937),云南石屏县人。1903 年参加经济特科考试,状元及第,为云南历史上唯一状元。任学务处副提调,学部编译图书局局长,开国内编写统编教材之先河。1909 年,调任浙江提学使,又兼布政使。辛亥革命后回到云南,担任云南省政府顾问、省图书副馆长、省通志馆编纂等职,在东陆大学(云南大学)执教 15 年。有 400 多卷学术著作。
③ 按,《尚书·武成》:武王灭商,"乃偃武修文,归马于华山之阳,放牛于桃林之野"。
④ 按,《尚书·西伯戡黎》:"西伯既戡黎,祖伊恐,奔告于王……王曰:'呜呼! 我生不有命在天?'"

商贵族凭恃天命,狂妄自大,不恤民生;新型的周王朝偃武修文,"归马于华山之阳,放牛于桃林之野",注重民生。作者用现代社会的治国理念去关注殷商旧事,鞭辟入里,一针见血,亦有借古讽今的意图。颔联"臣知天即民"高度称赞比干的民本意识,为了人民,为了国家,甘愿犯险殒身,身入槛阱,体现了一位卓越政治家杀身成仁的情怀。颈联剖析比干的精神底蕴,"身危气益劲"的目的是为了人民的福祉,为了国家和民族的未来。尾联写比干身虽死,但精魄永存,思想永在。

　　这首诗呈现出近代青年学者的胸襟气度和思想见识。少旧典腐语,多新理念新思想,显示了扭转乾坤,领时代风气之先的气概。但应试不第,愤然而归,故有"丈夫不作禁囚泣"之句。自此"住院潜修达五年",后自道"平生得力于此"。31岁再次应试,入翰林院,授职编修。光绪二十九年,以《〈周礼〉农商政各有专官论》蟾宫折桂,名扬天下。以其才其志,这实不意外,从本诗中即可见一斑。

谒比干墓①

〔清〕沅子②

其一

　　妹土③酣歌暮复晨,郁葱王气满岐齗。可怜酒肉熏朝市,竟见戈鋋指帝闉④。亡国人才风节盛,千秋墓草血痕新。说难我笑韩公子⑤,不敢终批颔下鳞⑥。

其二

　　谁从鼎镬敢探汤,赖有神威一角羊⑦。我觉语言皆斌媚⑧,剖来肝胆亦芬

---

① 选自《经济丛编》1902 年第 20 期。
② 沅子:清末人。无传,待考。
③ 妹土:或为"沫土""妹邦"。《书》"明大命于妹邦",孔氏注:"纣所都朝歌以北是也。"戴氏曰:"沫土之邑,沈湎惟旧,虽以康叔化之,未能尽变也。"
④ 戈鋋(chán):戈与鋋。亦泛指兵器。借指战争。帝闉(yīn):京都的城门。亦泛指京城。
⑤ 按,《说难》选自《韩非子》,是《韩非子》55 篇中最重要的作品之一。说,游说;难,困难。说难即游说的困难。韩非认为,游说的真正困难在于所要游说的对象(即君主)的主观好恶,即"知所说之心",指出为了游说的成功,一要研究人主对于宣传游说的种种逆反心理,二要注意仰承人主的爱憎厚薄,三是断不可撄人主的"逆鳞"。
⑥ 按,详见附录《比干庙古诗中常用典故》注 17。
⑦ 一角羊:即獬豸,有神羊之称,为独角。《神异经》云:"东北荒中有兽如羊,一角,毛青,四足,性忠直。见人斗则触不直,闻人论则咋不正。"因善于辨别是非曲直,力大无比,古时的法官曾戴獬豸冠,以示善断邪正。又将它用在殿脊上装饰,象征公正无私,又有压邪之意。
⑧ 斌媚:柔婉美好,有媚态。

芳。九关①守路多豺虎,西土惊人是凤皇。痛自朱云攀槛②后,从游地下总相望。

【简析】

《经济丛编》收录的是晚清时的作品。作者沅子应为清光绪年间的人物,无传,不知确指,亦不知这两首诗的创作背景。

其一前四句写殷周更替时的时势。殷商都城酣歌不断,酒池肉林;西周岐酂王气兴盛,朝气蓬勃。鲜明的对比告诉人们,殷商必亡,周朝将兴。就在商纣君臣醉生梦死之际,牧野之战已迫在眉睫。这四句描述比干剖心的大背景。第三联正面称赞比干等忠臣的"风节盛",这种风节流芳后世,比干之血历久犹新,比干的忠义历久犹劲。尾联用典,以韩非不敢直谏作比,突出比干冒死批鳞的直谏精神。

其二首联之"谁从"说明众大臣畏惧退缩,不敢"鼎镬探汤";"赖有"犹如"幸有""还有",突出比干如同獬豸,不惧邪僻,忠直有力,只手扶植朝纲。颔联先写众人"语言皆斌媚",畏避权势,讨好君王;再写比干挺身而出,剖心沥胆,为国献身。颈联用《楚辞》之典,写殷商之权臣当道,凶残如豺虎;而西周却凤鸣岐山,王气蒸腾。殷商大势已去,比干的努力并没有挽回国家之颓势。尾联有借古讽今之意。作者痛心自从比干、朱云之后,忠臣难觅,为官为政者缺少朱云那种从龙逄、比干遊地下的以死劝谏的精神。

这两首诗用典自然,语言古雅,气韵沛然,有慷慨激烈、痛快淋漓之效。尤以"千秋墓草血痕新""剖来肝胆亦芬芳"等句意象鲜明,韵味悠长。

---

① 九关:谓九重天门或九天之关。《楚辞·招魂》:"魂兮归来,君无上天些。虎豹九关,啄害下人些。"王逸注:"言天门凡有九重,使神虎豹执其关闭。"王夫之通释:"九关,九天之关。"故古语用"九关虎豹"比喻凶残的权臣。

② 按,用"朱云攀槛"之典,详见附录《比干庙古诗中常用典故》注18。

谒比干墓①

〔清〕陈夔龙②

其一

寒泉一掬荐殷仁,柏叶森森古墓春。怅望千秋空洒泪,眼前谁是有心人。

其二

煌煌麟笔③大书碑,先圣心惟后圣知。博得朱云④称敢谏,相从地下不同时。

其三

路入朝歌便不平,车声若为助哀鸣。当年倘⑤共微箕老,不过殷顽⑥了一生。

【简析】

　　陈夔龙是清末大臣,长期位居要职。他于光绪二十九年(1903)春调任河南巡抚,七月出都,经邢台、定州、磁州,至汤阴,作《汤阴岳庙题壁》,留下"覆辙古今宁一例,秋风瑟瑟肃灵旗"的名句。然后莅卫辉,谒比干墓,作本诗后渡河南下,至大梁履任。作者作为朝廷重臣、地方大员,洞悉时政之弊,常怀国政之忧。这三首绝句的主要特点都是层层蓄势,结句借古抒怀,表寄寓之情。

　　其一扣题目中的"谒",写祭祀时的情景。寒泉清冽,松楸森森,香烟袅袅,惆怅悲怀。一个"空"字写出了作者多少的感伤和无奈啊。结句的"眼前谁是有心人"可谓宕开意境,启人深思的名句。比干之心被剖,确已无心;眼前的人们一个个"心"皆健全,但物质之心虽存,精神之心如何呢?他们虽然也在祭祀忠烈,但能理解并具备比干心怀宗社之忠肝义胆吗?作者之问,猛一看显得突兀,细思索让人觉醒。

---

① 选自《松寿堂诗钞》卷三《淮浦集》,上海古籍出版社 2009 年版"续修四库全书·集部 01577 册"。

② 陈夔龙(1857—1948),清末大臣。字筱石,号花近楼主,室名花近楼、松寿堂等,贵州贵筑(今贵阳)人。光绪十二年(1886)进士。官运亨通,历经同治、光绪、宣统三朝,历官顺天府尹、河南布政使、河南巡抚、江苏巡抚、四川总督、直隶总督兼北洋大臣,张勋复辟时任弼德院顾问大臣,曾反对废除科举,反对变法和辛亥革命,后期的思想比较落后。

③ 麟笔:孔子作《春秋》,绝笔于获麟,故称史官之笔为"麟笔"。此处指孔子之亲笔。

④ 朱云:按,用"朱云攀槛"之典,详见附录《比干庙古诗中常用典故》注 18。

⑤ 倘:表示假设,相当于"倘若""如果"。《史记·伯夷传》:"倘所谓天道,是邪?非邪?"

⑥ 殷顽:指殷代遗民中坚决不服从周朝统治的人。按,详见附录《比干庙古诗中常用典故》注 37。

其二用典。先抓住孔子剑刻碑大做文章，称其"煌煌""大书"，然后用"先圣心惟后圣知"过渡，引出"朱云攀槛"的典故，突出其"敢谏"。结句用朱云"相从地下"比干借古喻今，现在的人们还有似朱云那样的敢谏者吗？

其三中的"车声若为助哀鸣"即景生情，以"车声"写"心声"。结尾两句议论，借微子、箕子的结局衬托比干身后的荣耀，突出比干忠孝节义精神的伟大。暗含告诫世人之意，希望后来者要学习比干的爱国精神，实现自己最大的人生价值。

绝句之妙，妙在结句的别开生面、含蓄蕴藉。这三首可谓其中之翘楚。其同郡陈田为《松寿堂诗钞》作序，称其诗"上希大历，下逮长庆，五言深于储柳，七字妙合钱郎"，虽有过誉之嫌，倒也大多中的。

谒殷太师比干祠墓①

〔民国〕沈观②

君王沈饮甘长夜③，异性怀忠感寤④难。不惜剖心明本志，岂能抱器逐同官⑤。长林初日灵宫⑥晓，劲草严风隧道⑦寒。剩有铜盘残刻在，壁间留与后人看。

【简析】

本诗摘自《文艺丛录》。作者沈观应是民国时人，身世及创作背景不详。

前四句重在叙事。纣王不仅荒淫奢靡，为长夜之饮，酒池肉林，而且拒纳忠谏，刚愎自用，一意孤行，导致国势衰微，江山摇坠。在此局面下，身为皇室贵戚和国之柱石的比干责无旁贷，挺身而出，宁肯剖心明志，也不愿抱器归周，显示

---

① 选自《文艺丛录》民国十九年(1912)第1期。
② 沈观：民国人物。无传。待考。
③ 按，《韩非子·说林上》："纣为长夜之饮，惧以失日，问其左右尽不知也。"《史记·殷本纪》："大聚乐戏于沙丘，以酒为池，悬肉为林，使男女倮相逐其间，为长夜之饮。"
④ 感寤：即"感悟"。感动之使醒悟。宋罗大经《鹤林玉露》卷七："奏疏不必繁多，为文但取其明白，足以尽事理感悟人主而已。"
⑤ 按，传微子系商王帝乙之长庶子。商纣王不道，微子抱器归周。武王克商，封微子于宋。同官：即同僚。
⑥ 长林：高大的树林。灵宫：用以供奉神灵的宫阙楼观。
⑦ 严风：寒风。隧道：墓道。

了与日月同光的气节。后四句即景抒情。眼前的长林灵官郁郁葱葱,光彩四射;寒风中的劲草、幽长的墓道又激发着人们的思古之情。铜盘已失,铭文犹存;碑碣虽残,字迹隐隐。比干之精神附着在祠墓的一草一木上,永远昭彰人间!

过比干墓①

〔民国〕徐世昌②

墓门秋树遏行云,绿遍卷葹③澹夕曛。留得残碑文字在,殷墟犹有比干坟。

【简析】

徐世昌《水竹邨人诗集》是按照时间顺序编排的,根据卷三的内容判断,此卷诗应写于民国五年(1916)。作者由京师至天津,由天津而有"河朔之行"。夜过保定,再洇河晚眺,而后过比干墓,写本诗以抒怀。接着,由山彪西行,过潞王坟,到辉县城,七月三十日由城中到水竹村,开始了一段悠闲恬适的乡居生活。初冬时,才返回京师。

本诗意象鲜明,意蕴深远。前两句写景。夕阳西下,暮色渐起,淡烟雾霭,绿草萋萋,在秋树蓊郁之中,比干墓墓门兀立,高冢耸峙,傲立于天地之间,仿佛要插入云霄,阻遏行云。作者借高坟巍巍象征比干精神与天地并,与日月辉。再加上无心草遍地,尤显草木有情,体护忠臣。后两句盛赞比干精神之万古长存。比干已死,身寂魂灭,千年踯躅,物是人非,但犹有"残碑文字"留存人间,比干文化的精髓得以传颂。尾句把"殷墟"与"比干坟"并列,富有象征意蕴。因为纣王残虐亡国,殷墟已成为历史嘲弄的典型,但比干坟傲然挺立,辉煌无比,

---

① 选自徐世昌著《水竹邨人诗集》卷三,沈云龙主编"近代中国史料丛刊第六十七辑",文海出版社1966年版,第165页。

② 徐世昌(1854—1939),乳名卫生,字卜五,号菊人,又号涛斋、水竹村人、石门山人、东海居士等。河南卫辉人。光绪进士,授翰林院编修,历任兵部侍郎、军机大臣、巡警部尚书、东三省总督等,助袁世凯取得总统职位,1918年由国会选为总统,下台后迁居天津,以编书、赋诗、写字遣兴。有《退耕堂文集》。

③ 卷葹,即"卷施"。草名。又名"宿莽"。《尔雅·释草》:"卷施草,拔心不死。"郭璞注:"宿莽也。"郝懿行义疏:"凡草通名莽,惟宿莽是卷施草之名也……按施,《玉篇》作葹。"晋郭璞《卷施赞》:"卷施之草,拔心不死。屈平嘉之,讽咏以比。"唐李白《寄远》诗之九:"卷葹心独苦,抽却死还生。"

成为忠义精神的化身,为天下正人君子所崇仰。

　　民国五年乃近代中国最为风云变幻的一年。查《水竹邨人年谱》①,三月徐世昌函致袁世凯,要求撤销帝制,有"及今尚可转圜,失此将无余地"语。三月二十一日,袁世凯派人请徐世昌至府密谈,"以时局危迫,谆约出维大局",徐世昌"坚辞"。二十二日,袁世凯申令撤销承认帝制案,复任徐世昌为国务卿,徐又辞。二十三日,废洪宪,复民国,徐世昌始"入府治事"。四月二十二日,因病辞职。后袁世凯病逝。七月二十三日,徐世昌至彰德,"为袁总统成主",第二天送葬。二十六日至卫辉,"诣太夫人节孝坊,视所种树木;诣唐冈先茔拜扫;察视河园村蔬果园;入城,住四叔母宅。次日,行过三漊,经潞王坟游眺,至辉县寓"。此乃本诗写作的大概背景。徐世昌刚刚经历了洪宪闹剧和袁世凯丧葬之事,过比干墓,咏叹以死谏君的比干,一定会揉进自己对封建帝制的厌弃和对忠臣义士的敬重。通过本诗,可以揣摩徐世昌的心底波澜,这是本诗的另一价值所在。

---

①　选自武强贺培新辑《水竹邨人年谱》之"民国五年丙辰六十二岁",手抄影印本。北京图书馆编《北京图书馆藏珍本年谱丛刊》第 184 册,北京图书馆出版社 1999 年版,第 194—197 页。

附　录

附录一　比干庙古诗中常用典故

1. 三仁：三位仁人。指殷末之微子、箕子、比干。《论语·微子》："微子去之，箕子为之奴，比干谏而死。孔子曰：'殷有三仁焉。'"

2. 截胫剖心：砍断足胫，剖开心胸。《书·泰誓下》："（纣）斮朝涉之胫，剖贤人之心。"孔传："（纣王）冬月见朝涉水者，谓其胫耐寒，斩而视之；比干忠谏，谓其心异于人，剖而观之。酷虐之甚。"后以"截胫剖心"为暴君酷虐残民之典。《史记》卷三《殷本纪》："纣愈淫乱不止。微子数谏不听，乃与大师、少师谋，遂去。比干曰：'为人臣者，不得不以死争。'乃强谏纣。纣怒曰：'吾闻圣人心有七窍。'剖比干，观其心。"

3. 玉马朝周：即"抱器归周"。《论语比考谶》："殷惑女妲己，玉马走。"玉马，指贤臣微子启。纣王昏乱，启数谏不听，乃去殷而朝周。事见《史记·宋微子世家》。后以"玉马朝周"谓贤臣去国另事明主。唐陈子昂《感遇》之十四："昔日殷王子，玉马遂朝周。"

4. 箕子佯狂：按，《史记》卷三十八《宋微子世家》："箕子者，纣亲戚也。纣始为象箸，箕子叹曰：'彼为象箸，必为玉杯；为杯，则必思远方珍怪之物而御之矣。舆马宫室之渐自此始，不可振也。'纣为淫泆，箕子谏，不听。人或曰：'可以去矣。'箕子曰：'为人臣谏不听而去，是彰君之恶而自说于民，吾不忍为也。'乃被发佯狂而为奴。遂隐而鼓琴以自悲，故传之曰箕子操。"

5. 自靖自献：各自谋行其志。《书·微子》："自靖。人自献于先王。"孔传："各自谋行其志，人人自献达于先王。"宋罗大经《鹤林玉露》卷十二："如三仁之自献自靖，或杀身以全节，或归周以全祀，或佯狂以全道，均不失本心之德而已矣。"

6. 黍离麦秀：相传西周亡后，"周大夫行役，至于宗周"，见旧时宗庙宫室，尽为禾黍之地,触景伤怀,无限感慨,而作《黍离》之诗。又箕子朝周,过故殷墟,见宫室毁坏,尽生禾黍,哀伤不已,而作《麦秀》之歌。事见《诗·王风·黍离》、《史记·宋微子世家》。后遂用作典故,以"黍离麦秀"为感慨亡国之词。

7. 马鬣、马鬣封、马鬣坟:按,"马鬣"即马鬃,喻指坟墓封土的一种形状,亦指坟墓,即"马鬣封""马鬣坟"。《礼记·檀弓上》:"昔者夫子言之曰:'吾见封之若堂者矣,见若坊者矣,见若覆夏屋者矣,见若斧者矣。'从若斧者焉,马鬣封之谓也。"郑玄注:"俗间名。"孔颖达疏:"马鬣之上,其肉薄,封形似之。"

8. 九原:春秋时晋国卿大夫的墓地。《礼记·檀弓下》:"赵文子与叔誉观乎九原。"汉刘向《新序·杂事四》:"晋平公过九原而叹曰:'嗟乎!此地之蕴吾良臣多矣,若使死者起也,吾将谁与归乎?'"亦泛指墓地。前蜀韦庄《感怀》诗:"四海故人尽,九原新冢多。"亦指九泉,黄泉。《旧唐书·李嗣业传》:"忠诚未遂,空恨于九原。"宋苏轼《亡妻王氏墓志铭》:"君得从先大人于九原,余不能,呜呼哀哉!"

9. 孔子:儒家学说的代表人物,中华文化之圣人。因为"三仁"及孔子剑刻碑,孔子与比干墓关系密切。比干庙古诗中多次出现:①宣圣。汉平帝元始元年谥孔子为褒成宣公,此后历代王朝皆尊孔子为圣人,诗文中多称为"宣圣"。②仲尼。孔子的字。《庄子·人间世》:"颜回见仲尼,请行。"《史记·孔子世家》:"纥与颜氏女野合而生孔子,祷于尼丘得孔子。鲁襄公二十二年而孔子生。生而首上圩顶,故因名曰丘云,字仲尼。"③尼山、尼丘。山名。在山东曲阜县东南,连泗水、邹县界。相传孔子父叔梁纥、母颜氏祷于此而生孔子。故孔子名丘,字仲尼。

10. 孔子剑刻碑:位于比干墓前,乃上古名碑。公元前497年,孔子到匡城蒲乡(今河南长垣),经过牧野(今河南卫辉)时,车坏,问弟子,知比干墓葬之地。孔子称"仁人之墓"而拜之,并剑刻"殷比干莫"("莫"是"墓"之古字)四字流传至今。按,孔子多次过卫,但古之地名与现地多不吻合。孔子过汲地,仅见于方志。另,碑中四字不似上古字形。所以,对于该碑之真伪多有争议。但该碑所具有的深厚的文化积淀是不容置疑的。

11. 比干庙铜盘铭:武王克商之后,派大臣褒封比干墓,铸铜盘铭。按,关于此铭的真伪,金石学家多有争议,且拓本不一,比干庙中两通古碑摹之并加以论述:一是元人张淑《周武王封比干庙铜盘铭》;一是明人周思宸《殷太师比干墓铜盘铭辩》。可参阅。

12. 周武王封墓：周武王灭商后，为比干增修坟墓，以旌功勋。《书·武成》："〔武王入殷〕释箕子囚，封比干墓，式商容闾。"孔颖达疏："纣囚其人而放释之，纣杀其身而增封其墓，纣退其人而式其门闾，皆是武王反纣政也。"

13. 龙逢：亦作"龙逢"，即关龙逢。夏朝之贤人，因谏诤而被桀所杀，后用为忠臣之代称。《庄子·胠箧》："昔者龙逢斩，比干剖。"按，《干禄字书·平声》："逢、逢。上俗下正。"《经典文字辨证书》："逢正、逢俗。俗以逢为逢迎字，以逢为逢蒙字者，非。"逢本训姓，音庞，俗误混于逢，音蓬，亦音逢。所以，"逢"是"逢"的异体字。今河南省长垣县有龙相村及关龙逢祠、双忠祠等。

14. 六七贤圣：出自《孟子·公孙四章句上》："由汤至武丁，贤圣之君六七作。"查《史记·殷本纪》，在殷商帝国缔造的过程中，成汤、太甲、太戊、祖乙、盘庚、武丁等六位君王都是在逆境中力挽狂澜，身体力行，广施王道，体恤黎民，使殷商帝国再度中兴。今淇县南关村头官道西侧关帝庙前，曾立有一通巨碑，为淇县人孙徽兰所立，上书"殷朝六七贤圣君故都"九个大字，后移至摘心台公园内。

15. 宗臣：世所敬仰的名臣。《汉书·萧何曹参传赞》："淮阴、黥布等已灭，唯何参擅功名，位冠群臣，声施后世，为一代之宗臣，庆流苗裔，盛矣哉！"颜师古注："言为后世之所尊仰，故曰宗臣也。"

16. 亳社：殷社。古代建国必先立社。殷都亳，故称。《春秋·哀公四年》："六月辛丑，亳社灾。"杜预注："亳社，殷社，诸侯有之，所以戒亡国。"《穀梁传·哀公四年》："亳社者，亳之社也。亳，亡国也。亡国之社以为庙屏戒也。"范宁注："亳，即殷也。殷都于亳，故因谓之亳社。"

17. 批鳞、批逆鳞、婴鳞：传说龙喉下有逆鳞径尺，有触之必怒而杀人。常以喻弱者触怒强者或臣下触犯君主等。语本《战国策·燕策三》："秦地遍天下，威胁韩、魏、赵氏，则易水以北，未有所定也，奈何以见陵之怨，欲批其逆鳞哉？"

18. 朱云折槛：汉成帝时槐里令朱云，曾上书切谏，指斥朝臣尸位素餐，请斩佞臣安昌侯张禹（成帝的师傅）以厉其余。成帝大怒，欲诛云，云攀折殿槛（殿堂上栏杆）。后来成帝觉悟，命保留折坏的殿槛，以旌直臣。事见《汉书·朱云传》。后以"朱云折槛"为直臣诤谏的事典。

19. 独夫：指残暴无道、众叛亲离的统治者。《书·泰誓》："独夫受，洪惟作威,乃汝世仇。"孔传:"言独夫,失君道也。"蔡沉集传:"独夫,言天命已绝,人心已去,但一独夫耳。"

20. 毒痡(pū):犹毒害,残害。《书·泰誓下》:"作威杀戮,毒痡四海。"痡,本义为"过度疲劳,疲倦",引申为毒害。

21. 孤忠:忠贞自持,不求人体察的节操。清宋儒醇《南渡》:"独有史督辅,尽瘁继以死。一片孤忠心,众口交肆毁。"

22. 炮烙:亦作"炮格"。相传是殷纣王所用的一种酷刑。《荀子·议兵》:"纣剖比干,囚箕子,为炮烙刑。"《史记·殷本纪》:"百姓怨望而诸侯有畔者,于是纣乃重刑辟,有炮烙之法。"裴骃集解引《列女传》:"膏铜柱,下加之炭,令有罪者行焉,辄堕炭中。妲己笑,名曰炮烙之刑。"

23. 镬鼎:亦作"鼎镬"。原指古代两种烹饪器鼎和镬。后指古代的酷刑,用鼎镬烹人。文天祥《正气歌》:"鼎镬甘如饴,求之不可得。"

24. 脯醢:古代酷刑,处斩之后把人做成肉干或剁成肉酱。脯,本以为干肉,用作动词,制干肉;醢,本以为肉酱,用作动词,剁成肉酱。

25. 苹藻、溪苹:苹与藻。皆水草名。古人常采作祭祀之用。《诗·召南·采苹》"于以采苹? 南涧之滨;于以采藻? 于彼行潦"汉郑玄笺:"古者妇人先嫁三月,祖庙未毁,教于公宫,祖庙既毁,教于宗室。教以妇德、妇言、妇容、妇功。教成之祭,牲用鱼,笔用苹藻,所以成妇顺也。"亦泛指祭品。明李东阳《送衍圣公闻韶袭封还阙里》诗:"鲁郡山川归旧国,孔林苹藻荐新盘。"

26. 烝尝:本指秋冬二祭。后亦泛称祭祀。《诗·小雅·楚茨》:"絜尔牛羊,以往烝尝。"郑玄笺:"冬祭曰烝,秋祭曰尝。"

27. 俎豆:俎和豆。古代祭祀、宴飨时盛食物用的两种礼器。亦泛指各种礼器。汉班固《东都赋》:"献酬交错,俎豆莘莘。下舞上歌,蹈德咏仁。"亦谓祭祀,奉祀。《论语·卫灵公》:"俎豆之事则尝闻之矣,军旅之事未之学也。"《庄子·庚桑楚》:"今以畏垒之细民而窃窃焉欲俎豆予于贤人之间,我其杓之人邪!"

28. 血食:谓受享祭品。古代杀牲取血以祭,故称。《汉书·高帝纪下》:"故粤王亡诸世奉粤祀,秦侵夺其地,使其社稷不得血食。"颜师古注:"祭者尚血腥,故曰血食也。"

29. 七庙:《礼记·王制》:"天子七庙,三昭三穆,与太祖之庙而七。"此指四亲庙(父、祖、曾祖、高祖)、二祧(远祖)和始祖庙。后以"七庙"泛指帝王供奉祖先的宗庙。后也用于王朝的代称。

30. 九庙:指帝王的宗庙。古时帝王立庙祭祀祖先,有太祖庙及三昭庙、三穆庙,共七庙。王莽增为祖庙五、亲庙四,共九庙。后历朝皆沿此制。

31. 彝伦:常理,常道。语出《书·洪范》:"王乃言曰:'呜呼,箕子!惟天阴骘下民,相协厥居,我不知其彝伦攸叙。'"蔡沉集传:"彝,常也;伦,理也。"

32. 殷墟:殷纣身死,国都为墟。指商代后期都城遗址。在今河南安阳小屯村及其周围。商代从盘庚到帝辛(纣),在此建都达二百七十三年,是中国历史上可以肯定确切位置的最早的都城。

33. 牧野:古代地名。在今河南省淇县南。周武王与反殷诸侯会师,大败纣军于此。《书·牧誓》:"时甲子昧爽,王朝至于商郊牧野,乃誓。"曾运乾正读:"牧野,在纣都朝歌南七十里。"

34. 朝歌:在河南淇县。古称沫乡、沫邑,商代武丁、武乙曾迁都于此。帝乙于公元前 1115 年定都于沫,其子帝辛(纣王)袭都,易沫为朝歌(因朝歌山而命名)。

35. 牝鸡司晨:母鸡报晓。旧时贬喻女性掌权,所谓阴阳倒置,将导致家破国亡。语本《书·牧誓》:"牝鸡无晨,牝鸡之晨,惟家之索。"孔传:"喻妇人知外事。雌代雄鸣则家尽,妇夺夫政则国亡。"

36. 鹿台:传纣王兵败之后在鹿台自焚。鹿台别称南单之台,纣王贮藏珠玉钱帛的地方。故址在今汤阴县朝歌镇南。《书·武成》:"散鹿台之财,发巨桥之粟。"孔颖达疏:"《新序》云:鹿台,其大三里,其高千尺。"

37. 顽民:指殷代遗民中坚决不服从周朝统治的人。《书·毕命》:"毖殷顽民,迁于洛邑,密迩王室,式化厥训。"孔传:"惟殷顽民,恐其叛乱,故徙于洛邑,密近王室,用化其教。"宋赵与时《宾退录》卷十:"'武王克商,迁九鼎于洛邑,义士犹或非之。'义士即《多士》所谓'迁殷顽民'者也。由周而言,则为顽民;由商而论,则为义士矣。"

38. 狡童:指纣王。按,《史记·宋微子世家》:"(箕子)乃作《麦秀之诗》以歌咏之。其诗曰:'麦秀渐渐兮,禾黍油油。彼狡僮兮,不与我好兮!'所谓狡童者,纣也。"

39. 枉人山:按,传纣杀比干于此。《隋图经》曰:"枉人山,俗名上阳三山,

或云,纣杀比干于此山,因得名。古凡伯国之地也。"清顾祖禹《读史方舆纪要》:
"善化山:县西北三十五里,去内黄县西南六十里。山有三峰如鼎峙,亦名三山。
俗传纣杀比干于此,亦名枉人山。后魏主宏云:'邺西有枉人山。'谓此也。山高
六十余丈,周三十里。其南北连跨巨冈,左右溪涧,不啻百数。西南一峰杰出,
近西有黑龙潭。又有仰泉七十二穴,旱潦如一,居人以山出云雨,望之幻态百
出,名曰善化山。"

40. 夜台:坟墓,亦借指阴间。又长夜台,也指坟墓。因闭于坟墓,不见光
明,故称为"夜台"。

41. 苌弘化碧、碧血:忠臣烈士所流之血。《庄子集释》卷九上《杂篇·外
物》:"外物不可必,故龙逢诛,比干戮,箕子狂,恶来死,桀纣亡。人主莫不欲其
臣之忠,而忠未必信,故伍员流于江,苌弘死于蜀,藏其血三年而化为碧。"唐成
玄英疏:"碧,玉也。子胥苌弘,外篇已释。而言流江者,忠谏夫差,夫差杀之,取
马皮作袋,为鸱鸟之形,盛伍员尸,浮之江水,故云流于江。苌弘遭谮,被放归
蜀,自恨忠而遭谮,遂刳肠而死。蜀人感之,以匮盛其血,三年而化为碧玉,乃精
诚之至也。"

附录二　比干庙诗路历程①

唐

◎天宝十年(751),李翰任卫县县尉,撰《殷太师比干碑》,并刻石立碑。其铭语"靡躯非仁,蹈难非智。死于其死,然后为义。忠无二体,烈有余气。正直聪明,至今犹视。咨尔来代,为臣不易",亦见李白诗集中,署名李白。有学者推测李翰之文乃李白代写。

元

◎至元四年(1267)九月,卫辉路总管陈祐率宾友幕属,毕集祠下,祭祀比干之神。十月,王恽作《殷少师比干庙肇祀记》以记之。同时,王恽又作长篇古风《陪总管陈公肇祀商少师比干庙》以记之。

◎至元二十六年(1289),陪伴南宋宫室在北方生活了13年的宫廷琴师汪元量请求南归。南归途中,他把种种亡国之象和胸中的凄恻悲凉记录在自己的诗词中,后人以"诗史"目之。其中就有五言古风《比干墓》。

◎延祐二年(1315),翰林侍读学士郝经"阴风莽苍吹短衣,落日投文比干墓",作长诗《比干墓》以抒怀。

◎延祐四年(1317),朝鲜人李齐贤以成均馆祭酒的身份奉忠宣王到峨嵋山降香。北归途中,路过比干墓,作《比干墓》诗二首以抒怀。

◎至正十年(1350)孟春,直学士周伯琦圣眷日隆,代祀北岳,经过汲县,祭比干墓,作诗《比干墓》以抒怀。

---

① 此处仅列有确切时间者。

明

◎景泰元年(1450),明代思想家、理学大师、河东学派的创始人薛瑄往南京赴任,经过比干庙,作诗《卫河怀古》。

◎景泰三年(1452),河南布政司左参议高信"按部郡邑,过其墓前,有感于怀",作诗《比干墓》。

◎成化十八年(1482),赵文博升都察院右副都御史,巡抚河南。谒比干墓,赋绝句一首,以致其吊。

◎成化二十二年(1486)仲秋,汲县知县毛英、县丞武森立石《过殷太师比干墓》。刻写河南按察副使胡谧、太常寺卿章忱所作祭诗。

◎弘治八年(1495)十月十六日,钦差御马监太监戴义拜谒比干庙,作诗《谒比干祠》。

◎弘治十一年(1498),监察御史、开封府同知李瀚巡抚河南,檄卫辉知府金舜臣、汲县知县宋瑭修葺比干庙。河南提刑按察司佥事彭纲撰《重建太师殷比干庙记》以记之。同时,李瀚诗《谒殷少师比干墓》被刻石,河南按察佥事包裕题识并书丹,该碑现存比干庙碑廊。

◎弘治十六年(1503),张旭巡抚河南,过河北彰德,到卫辉,祭拜比干墓,作诗《过殷太师比干墓》。

◎正德十五年(1520)十月,卫辉府同知马时中谒比干庙,作诗《谒殷太师庙吊古》。该碑现存比干庙碑廊。

◎正德十五年(1520),郢南游子肖□□拜谒比干庙墓,作诗《谒殷太师比干庙墓》。该碑现存比干墓前东壁。

◎嘉靖元年(1522)夏,河南等处承宣布政使司分守河北道参议徐文溥、河南等处提刑按察司分巡河北道佥事张天性拜祭比干祠,徐文溥作诗《拜比干祠》,刻于比干庙王公孺碑之碑阴,位于比干庙大殿前。

◎嘉靖二年(1523)六月,河南右参政鲍继文过殷太师墓,祭祀比干,作诗《过殷太师墓》。该碑现存比干庙碑廊。

◎嘉靖二年(1523)秋,曾任兵部左侍郎的郑岳因"大议礼"事件而致仕回归。回乡途中将至卫辉比干庙,作诗《淇县有殷三仁祠,将至卫辉,有殷太师比干墓庙》。

◎嘉靖八年(1529)冬,时任兵部侍郎的陈洪镆路过卫辉比干墓,作七绝《比干墓》三首。回京后,因"大议礼"事件之余波,受到攻讦而罢归。

◎嘉靖十一年(1532)五月,河南按察司副使刘天民被御史指摘,改任四川按察司副使。在赴蜀途中,路过比干墓,作五律《比干庙》以抒怀。

◎嘉靖十七年(1538)十一月二十八日,河北道布政使司左参政乐護作诗《谒太师坟》。该碑现存比干庙碑廊。

◎嘉靖十九年(1540)春望后,河南布政使陶钦夔拜谒殷太师祠墓,作诗《敬谒殷太师祠墓》。该碑现存比干庙碑廊。

◎嘉靖十九年(1540),明代儒学大师、兵部主事唐顺之遭免官归里,路过汲县,谒比干墓,作诗《汲县谒比干墓》以抒怀。

◎嘉靖十九年(1540),张壁被任命为南京礼部尚书。在上任途中,路过比干墓,创作五律《卫源比干祠》。

◎嘉靖二十六年(1547),河南鄢陵人陈棐因"直谏外迁",谪长垣县丞。史载其"莅政宽平,吏民畏服。仅期年,百废俱举,政事日新"。曾游比干祠,写《过比干祠次吾山韵二首》。

◎嘉靖二十七年(1548)春,卫辉府通判吕颙(其叔伯兄弟吕颛曾任卫辉知府)撰写祭诗《谒殷太师比干庙墓》。

◎嘉靖三十六年(1557)六月,翰林院编修万浩敬谒比干墓,作诗《谒比干墓》。该碑现存比干庙碑廊。

◎嘉靖三十六年(1557)十一月,汲县知县宁珷拜墓作诗,并书丹立石。该碑现存比干墓前石西壁。末句"拜筑墓前石",说明比干墓前的墓前石是宁珷领人修筑的,也就是说,现在比干墓前的基本形制还保留着宁珷修筑时的样子。

◎嘉靖四十年(1561)二月十七日,前卫辉知府陈庆祭祀比干庙,作诗《祀殷太师》并书丹。该碑现存比干庙大殿中。

◎嘉靖四十四年(1565),出按河南的颜鲸拜祭比干墓,创作七律《比干墓感怀》。

◎隆庆三年(1526)九月,巡按河南监察御史蒋机拜祭比干庙,作诗一首并书丹。该碑现存比干庙大殿中。

◎隆庆五年(1571)二月,河南推官周易于比干墓前吊祭,作诗《吊比干墓》并书丹。

◎万历二年(1574)夏,巡抚河南监察御史余乾贞拜谒比干庙,作诗一首并书丹。该碑现存比干庙碑廊。

◎万历四年(1576)夏,河南参政吴国伦拜谒比干墓,作诗《谒比干墓》。该碑现存比干庙碑廊。

◎万历四年(1576),时任河南右参议的胡汝嘉与吴国伦、王天与等在卫辉、百泉交游。游览比干墓时,创作五言古风一首。

◎万历九年(1581),刘伯燮按河北,拜谒比干墓,创作五言古风《谒比干墓》。

◎万历十年(1582)三月望日,河南都司署都指挥佥事张大德拜谒比干墓,"举觞致奠,泪潜潜下",作诗《谒殷太师比干庙墓次刘祠部韵》并书丹。该碑乃比干庙碑刻中最为漫漶者,现存比干墓前东壁石上。

◎万历十一年(1583),汲县知县邢云路拜谒比干墓,作诗《谒比干墓》。该碑现存比干庙碑廊。

◎万历十六年(1588)春,汝南守林云程拜谒比干祠墓,作诗《谒殷太师祠墓》。该碑现存比干庙碑廊。

◎万历十八年(1590)春,卫辉知府霍鹏拜谒比干庙,作诗《谒比干庙》。万历十八年(1590)秋,卫辉府推官童正蒙拜谒比干庙,作和诗《谒比干庙墓奉和霍抟南寅长韵》。两首诗刻在一通碑上,该碑现存比干庙碑廊。

◎万历十八年(1590),新乡名士郭湄"移家苏门,守先人坟墓",平时住在百泉别业,以辉县为中心,漫游四方。留有五律《谒比干庙》一首。

◎万历二十年(1592)秋,临川才子帅机行牧野道中。途经比干庙时,住宿其中,拜谒忠臣,题诗作文,留下《比干庙祭文》和七律《宿比干庙》。

◎万历二十三(1595)冬,御史龚文选北上,路过卫辉,吊比干庙,作绝句4首,题为《万历乙未冬北上吊比干庙四绝》。汲县县丞程嘉猷、典史徐子章督造立石,现存比干庙碑廊。

◎万历二十六年(1598)季春,南京广西道御史黄仁荣拜谒比干庙,作诗《谒比干墓》并书,汲县知县李右谏立石。该碑现存比干庙碑廊。

◎万历二十九年(1601)三月初一,立《吊殷太师》碑。上刻班令、连汉鹏、陈官定诗各一首。该碑现存比干庙碑廊。

◎万历二十九年(1601),太仆寺丞区大相"再遣得周藩。是时,畿辅大饥,道上所见，林木皮几尽，问之皆饥民所采。于是传舍具餐，予为停筋，不能食。漳水而南，弥伤心目。邺之故都、殷之遗墟与夫羑里之台、铜盘之铭，皆在焉。既而玩淇竹则叹卫武之睿圣，入苏门则思啸徒之遗世也"。到比干庙时，作诗《谒太师墓》二首以抒怀。

◎万历三十年（1602），邵阳名士车大任游览卫地，作五律《过比干墓》。

◎万历三十三年（1605）冬日，卫辉知府刘迁拜谒太师庙，作诗《谒太师庙》并书。该碑现存比干庙碑廊。

◎万历三十三年（1605）十一月十六日，张季彦赴南阳府推官之任，途经卫辉比干墓时作《谒比干庙》并书。该碑现存比干庙碑廊。

◎万历三十八年（1610）二月，巡按河南监察御史曾用升拜谒比干庙，作诗《谒殷太师庙》并书。该碑现存比干庙二门之西壁。

◎万历四十五年（1617）二月十七日，河南左布政使沈儆炌游比干庙，拜比干墓，作诗《拜比干墓》并书。该碑现存比干墓前西壁。

◎天启二年（1622）冬，进士郑鄤因上疏弹劾阉党而被降职外调，回籍候补。在"谪归"途中，拜祭比干墓，创作五律《拜殷太师比干墓有宣圣题篆》。

◎崇祯二年（1629），长沙才子陶汝鼐北上，进国子监。秋大考，崇祯帝亲擢其为第一，从此名满天下。在北上途中，路过殷商故地，创作七绝《殷太师比干墓二首》。

◎崇祯三年（1630），李长科北上应试，"乡思方遣，诗思忽来"，创作七律《殷比干墓》。

◎崇祯九年（1636），监察御史刘兴秀拜谒比干墓，作诗《谒太师墓》并书。该碑现存比干庙碑廊，漫漶严重，不易辨识。

清

◎顺治五年（1648）季冬，卢綋北上参加会试，途中经过比干庙，作七绝《比干墓》以抒怀。后卢綋获会试魁元，进入仕途。

◎顺治六年（1649），卫河使马光裕奉命管理卫河，拜谒比干庙，作诗《过殷太师墓》并书。该碑现存比干庙碑廊。

◎顺治十八年（1661），阎兴邦"过朝歌，涉淇水，至公墓下，摩挲宣圣之篆及铜盘铭，曾赋一绝，以申凭吊，欲勒之石而未果"。

◎康熙三年(1664),赵士麟北上会试,路过卫地,曾作一组诗,其中《汲冢》《比干墓》《过蘧伯玉墓》与卫辉有关。考中进士后,出都回归,拜谒比干墓,又作诗一首。后来,赵士麟曾出任贵州平远县推官、容城县令。

◎康熙三年(1664)五月,卫辉知府程启朱督工大修比干庙,作诗《考工殷太师庙有作》并书。该碑现存比干庙碑廊。清初重臣、理学大师、大学士魏裔介作《吊殷太师比干墓和念伊程太守韵》以和之(该碑存比干庙碑廊),卫辉府推官张倓作《重修殷太师庙墓》、清初大儒孙奇逢之子孙望雅作诗《甲辰谒殷太师庙墓有怀》以和之(两首诗刻于一碑,现存比干庙碑廊)。

◎康熙三年(1664)七月,分守河北道河南布政使司右参议吴柱拜谒比干庙墓,作诗《谒殷太师庙纪事》《殷太师墓》并书。该碑现存比干庙碑廊。

◎康熙五年(1666)冬天,清初名臣曹溶裁缺归里后,曾游中州。途中游比干墓,作诗《比干墓》。

◎康熙七年(1668)至康熙十年(1671),卫辉知府霍鹏的侄子霍叔瑾任银台使。他应于此时拜谒比干庙,作诗《谒殷太师庙》并书。该碑西侧比干庙碑廊。

◎康熙十一年(1672),河北道参议李赞元"观察河北三郡"。他与诸名士拜谒比干庙,李赞元"限韵"作《殷太师墓和韵四首》,王紫绶作《殷太师墓和韵四首》,孙望雅作《殷太师比干墓依韵》,赵宾作《和殷太师庙代》,贺振能作《比干庙和匡侯道台韵》,赵威作《壬子秋日谒太师忠烈公殷比干墓,奉和大参李素园会兄韵》,孔兴釪作《谒比干墓次大参李素园韵》,孙浍作《比干墓依韵》,成为比干庙发展史上的一段佳话。

◎康熙十二年(1673)秋,河南巡抚佟凤彩拜谒比干庙,作诗《题比干墓》并书。该碑西侧比干庙碑廊。

◎康熙十二年(1673)十月,户部尚书梁清标路过卫辉,敬谒比干墓,作诗《康熙癸丑初冬奉命入粤过汲郡谒太师比干墓》并书。该碑西侧比干庙碑廊。

◎康熙十七年(1678),济南滨州人杜漺补河南布政使司参政,"观察中州",曾游览比干庙,有感于贞观碑"三谏不入,奉身而退,圣人之道也,何必碎七尺之躯,深独夫之罪"之数语,作诗《殷比干墓》以抒怀。尤以颔联"殉国宁辞肩苦节,全身谁宥踏危机"为最佳。

◎康熙十七年(1678)秋,江闿在北上赴博学宏词试途中路过卫辉,有七绝《比干墓》存组诗《征鞍览古》中。

◎康熙十八年(1679),钱塘名士王嗣槐参加制科博学鸿儒之试。但因"诗韵误改一字"而"落卷",止授中书舍人而罢归。归乡途中游历比干庙,作诗《拜殷太师墓》。

◎康熙二十年(1681),翰林院侍讲施闰章任河南乡试正考官,敬谒比干庙,作诗《比干墓》。

◎康熙二十四年(1685),翰林院编修尤珍自京归家,途中路过比干墓,有感而发,创作了一首音节流畅,恢弘大气的七律《谒比干墓》。尤珍乃尤侗之子,深于诗学,与沈德潜交最善。

◎康熙二十六年(1687)春,原五台县知县万钟奉吊比干墓,作诗《谒殷太师比干墓》并书。该碑西侧比干庙碑廊。

◎康熙二十六年(1687),王晋征"奉命校士三楚",于七月十五日次卫辉,拜谒比干庙,作五律《殷太师墓》。

◎康熙三十七年(1698),泰和人梁机自京师游洛川,途径比干墓,作五律《殷太师墓》。

◎康熙四十年(1701),闲居在家的潘耒游览中州。拜祭比干墓,留诗《比干墓》。

◎康熙四十六年(1707)九月九日,清初诗人沈受宏、卫辉知府庄廷伟拜祭比干庙,各作诗一首并书,以《谒殷少师墓》为总题立石。该碑现存比干庙碑廊。

◎康熙四十八年(1709)正月初一,北上参加会试的张汉到达卫辉,游蘧伯玉墓,有"纵横骑拥探花客,下上光澄积雪天"句,足见春风得意之态。然后,莅孔子击磬处,祭比干墓,写诗《比干墓》。后来,张汉曾出任河南府知府。

◎康熙五十年(1711)二月,宜兴进士蒋锡震由汴奔洛,途径汲县,拜谒比干庙,作诗《汲县谒殷太师墓庙》以抒怀。

◎康熙五十五年(1716),钱塘人朱樟"摄篆新都",然后离蜀入楚,赴豫北上。在路过卫辉时,有诗《殷少师墓谒宣尼碑》二首。

◎康熙五十六年(1717),钱塘名人梁文濂由鄂至豫而北上。途径卫辉时,已届盛夏,莅比干墓以拜谒忠臣之灵,作五绝《比干墓》。

◎康熙五十八年(1719)八月中旬,顾嗣立出游中州时晚宿卫辉府,看到"路人尽拜忠臣墓",创作七律《殷太师比干墓》以抒怀。

◎康熙六十年(1720)正月十六日,汲县知县欧阳维藩率同人至比干庙瞻拜,赋诗唱和,共得诗 11 首(欧阳维藩、倪长化、贺国锦、杨允鹏各二首,欧阳逴三首),康熙六十一年(1722)二月二十四日立石。

◎乾隆五年(1740),汤斯祚"就岁荐,年已垂暮,二三宦游友人渐凋落,无可依,始游京师,入太学",途中拜谒比干庙,作诗《殷太师墓》以抒怀。汤斯祚曾"十赴棘闱",直至乾隆十年(1745),才授予新昌训导。

◎乾隆十年(1745),李因培入京考中进士,授翰林学士。在赴京途中,拜谒比干庙,作诗《比干墓》。后来官至湖北、湖南、福建巡抚。

◎乾隆十年(1745),蔡新奉命入直上书房,并授翰林院侍讲,奉命督学河南。途中至比干庙拜祭,创作五律《谒比干墓》。

◎乾隆十五年(1750)九月,乾隆"巡省中州,祀中岳"。途中经过卫辉,莅临比干庙祭祀,题写《过殷太师墓有作》。该碑现存比干庙。

◎乾隆十五年(1750),提督河南学政梦麟于卫州校试毕赴辉县百泉,途中游比干墓,作五律《比干墓》。

◎乾隆十五年(1750),周长发随乾隆"巡省中州,祀中岳"。途中经过卫辉,作五律《卫辉殷太师比干墓》。

◎乾隆二十一年(1756)秋,已届暮年的桑调元自濂溪往恒山,在"纵酒高歌恣豪横"中抵达卫辉,作长诗《比干墓》以寄怀。回归时,又作五言古风《重谒比干墓》。

◎乾隆二十一年(1756)仲春,文安文士纪迈宜(纪晓岚伯父)返乡。途中游历比干墓,作五古《闻比干墓傍有庙,花木颇盛,道人工琴棋,亦不俗。思一展谒,兼寓目焉。问人不详,匆匆间已过矣。怅然有失,赋八韵纪之》以记之。

◎乾隆二十二年(1757)仲夏,乾隆重臣方观承奉使商邱。途中经过比干墓,"拜瞻松柏路",祭祀忠臣,作诗《比干墓》。

◎乾隆三十年(1765),江阴画家朱黼"献赋及画,蒙恩奖赐"。是年拔贡,官沭阳教谕。季冬,赴任途中经过卫辉比干庙,有感而发,作诗《比干墓》。

◎乾隆三十五年(1770)春冬之交,充任广西主考官的吴省钦南行,路过卫辉,有诗《比干墓》,以"地下龙逢一笑亲"最为传神,

◎乾隆三十六年(1771),西蜀才子李鼎元北上会试,途径卫辉比干墓,作诗《比干墓》,得少陵诗骨,为人传颂。

◎乾隆三十七年(1772),张埙从河北出发,一路南来。到卫辉后,祭拜比干

墓,作诗《比干墓》。张埙曾入四库馆任编校,诗才横厉,与蒋士铨齐名。

◎乾隆四十五年(1780)十月,彰德知府卢崧游比干庙,作诗《殷太师比干庙》并书。该碑现存比干庙碑廊。

◎乾隆四十八年(1783),翰林院侍讲吴寿昌典试广西。路经卫辉,作诗《殷比干墓》。

◎乾隆五十七年(1792),刘嗣绾北行途中游比干墓,作诗《比干墓》。后嘉庆十三年(1808)会试第一。

◎乾隆五十九年(1794)初夏,卫辉水灾。岭南才子赵希璜"我住三日比干庙,目击苍茫心愧沮",创作长篇古风《谒比干墓》。

◎乾隆六十年(1795),李鼎元"将游嵩高",路经比干墓,作古风《比干墓》以抒情。

◎嘉庆七年(1802),刑部安徽司郎中钱楷在返京途中,路过比干墓,作古风《比干墓》以抒情。

◎嘉庆十五年(1810),朱方增奉命典试云南,途中拜谒卫辉比干墓,作诗《比干墓》以寄情。

◎嘉庆十五年(1810),暂别官场的"凉州魁杰"张澍游历中州。冬末,莅卫辉,作诗《汲县城外有碑镌孔子击磬处》和《吊比干墓》。

◎嘉庆十七年(1812)正月上旬,林氏后人林侑偕友敬谒比干庙,题诗一首并书。该碑现存比干庙碑廊。

◎嘉庆十九年(1814),清代今文学家宋翔凤由京赴陕洛。在回京途中,拜谒汲县比干墓,作《汲郡比干墓》以抒怀。

◎嘉庆二十二年(1817),江苏常熟学子翁心存会试落第,心情颇为抑郁,出都而归。一路迤逦,到汤阴拜祭嵇侍中墓、岳忠武祠,经淇县莅卫辉比干墓。作《比干墓》诗一首以抒怀。

◎道光三年(1823)十二月,柏葰为科举而"由北地郡将旋京师",路过卫辉时,作《谒比干墓》诗二首。后柏葰成为晚清重臣,但卷入科场舞弊案而被杀。

◎道光四年(1824),汲县知县,侯兴霖主持修葺比干庙,于道光五年(1825)初冬始落成,作五言排律《殷太师庙重修小引》并书以记之。该碑现存比干庙碑廊。

◎道光四年(1824),考上进士的黄爵滋离京南行,归乡省亲。途中经过比干墓,虔诚拜谒,作诗《比干墓》以抒怀。后黄爵滋成为道光年间名臣。

◎道光十一年(1831),陈光绪由天津到河南游览,曾拜卫辉比干庙,作诗《比干墓》。十三年成进士。

◎道光十三年(1833)十月上旬,河东河道总督文冲拜祭比干墓,题诗《拜比干墓》并书。该碑现存比干庙碑廊。

◎道光十四年(1834),淇县知县方观国拜谒殷太师墓,作诗《谒殷太师墓》并书。该碑现存比干庙碑廊。

◎于道光十四年(1834),清代著名诗人黄钊离京莅中州。返京时已届寒冬,黄钊冒大雪渡河至汲县,游比干墓,作诗《比干墓》。

◎道光十五年(1835),经学大师、诗人郑珍于春寒料峭之际拜祭比干墓,于垄畔得一卷石,形状与心绝肖,欣喜不已,"持而归",作诗《谒比干墓》以抒怀。道光十八年(1838),郑珍与莫友芝联袂进京会试,路过比干墓,又拜祭题诗《比干墓下作》。后选荔波县训导,补江苏知县,未行而卒。

◎道光十八年(1839)十二月,邹鸣鹤拜谒比干墓,作诗四首,即《岁暮谒殷少师比干墓有作》并书。该碑现存比干庙碑廊。

◎同治十年(1871),清代云南颇负盛名的文学家和教育家许印芳参加会试,落榜而归。在归途中,游比干墓,作长诗《殷比干墓》以抒怀。

◎同治十年(1871),清代云南诗人张星柳北上参加会试,途经比干墓,作诗《比干墓》。张星柳以文学知名,尤雄于诗,人称特立之士。六次参加会试,未获第。

◎光绪六年(1880),主张变法维新的名士黎汝谦北上会试,由湖北进入豫省。在北上途中,路过卫辉,作诗《比干墓》。

◎光绪十五年(1889),朱庭珍北上会试,"文已中选,终以违时旨放归"。光绪十六年(1890)回归云南,途中游比干庙,作诗《比干墓》。后以诗结社,主讲经正精舍。

◎光绪十六年(1890),朱庭珍北上会试,"文已中选,终以违时旨放归"。回归云南的途中,拜祭比干墓,作诗《比干墓》。

◎光绪二十三年(1897)七月中旬,河南巡抚刘树堂拜谒比干墓,考释孔子剑刻碑,步韩愈《石鼓歌》之韵,作长诗《殷比干墓》并书。该碑现存比干庙碑廊。

◎光绪二十三年(1897)冬,袁嘉谷赴京应试,路过比干墓,作诗《比干墓》。后来,袁嘉谷获光绪二十九年状元,成为集学者、诗人、教育家于一身的名士。

◎光绪二十五年(1899),直隶布政使王廉拜谒比干墓,作诗《过殷太师比干墓》并书。该碑现存比干庙碑廊。

◎光绪二十九年(1903)春,陈夔龙调任河南巡抚。莅卫辉时谒比干墓,作七绝《谒比干墓》三首。然后渡河南下,至大梁履任。

◎民国五年(1916)七月,徐世昌至彰德,办理袁世凯丧事。二十六日至卫辉,途中有诗《过比干墓》。